vänaste land

ÅKE EDWARDSON

vänaste land

NORSTEDTS

AV ÅKE EDWARDSON HAR TIDIGARE UTGIVITS:

Dans med en ängel 1997
Rop från långt avstånd 1998
Genomresa 1999
Sol och skugga 1999
Låt det aldrig ta slut 2000
Himlen är en plats på jorden 2001
Segel av sten 2002
Jukebox 2003
Winterland 2004
Rum nummer 10 2005

PÅ ANNAT FÖRLAG:

Göra tidning (med Per Andersson-Ek och
Kenth Andréasson) 1994
Till allt som varit dött 1995
Börja skriva (med Per Andersson-Ek och
Kenth Andréasson) 1996
Gå ut min själ 1996
Samurajsommar 2005
Drakmånad 2006

ISBN 978-91-1-301789-1

Norstedts, Stockholm 2006 och 2007
Omslag: Norma Communication
Tryckt hos ScandBook AB, Smedjebacken 2007

***

www.norstedts.se
Norstedts ingår i Norstedts Förlagsgrupp AB,
grundad 1823

Till mina flickor
Rita, Hanna, Kristina

1

JAG KUNDE MINNAS SAND SÅ FORT jag kunde minnas nåt. Sand. Det vore ju konstigt annars. Det rann mellan fingrarna och det flyttade sig under fötterna.

Jag kan minnas det lika klart som om jag står i sand nu. Och jag minns kylan på nätterna. Den var som hettan under dagarna, det fanns ingen utväg. Det fanns nästan inga vägar nånstans i öknen, inga utvägar, och inga invägar om man säger så. Min mor sa en gång att det var som att vara på ett skepp utan segel. Jag hade frågat henne vad hon menade, eftersom hon aldrig hade varit på nåt hav, jag tror inte ens att hon nån gång sett ett segel, eller en båt för den delen, men hon svarade inte. Och jag hade heller aldrig sett nåt segel, inte då.

Tältduken slog i vinden när vinden kom. Det var timmen innan kylan kom. Kylan. På nätterna önskade man sig ur sin egen kropp. Förstår du vad jag menar? Man var bara sina ben, det fanns inget kött, och inget blod. Man ville bara bort från sig själv och allt det som fanns omkring en och man förstod vad det betydde. Snart kanske den skulle komma, minuten när man lämnade sin kropp, sekunden när det skedde. Förstår du?

På dagarna försökte vi gå. Det var inte så många veckor vi gick, men efter bara en dag, eller två, mindes jag inte längre när vi hade lämnat byn. Det kunde ha varit under den gamla månen. Det kunde ha varit under en annan Gud. Men det fanns bara en. Och i byn hade Gud funnits överallt, och för alla. Gud är stor, Gud är stor. Allt det där.

*

Min far hade ropat till Gud när dom dödade honom. Min bror hade ropat nästan samtidigt, som i ett rop efter ropet efter vår far, och han hade dött, som i en död efter döden efter far. Kan du förstå det? Jag tror inte du kan förstå det.

När vi gick under den där förbannade solen var dom minnena vita som ljuset i öknen. Det var så det var. Dom var som glödande i mina ögon. Jag kunde inte se sin mors ögon. Jag hade inte sett dom sen vi lämnade byn.

Jag minns inte hur vi kom undan.

Kanske var det för att dom försökte döda så många samtidigt att dom inte kunde döda alla. Och solen hade gått ner medan dödandet pågick, och då hade vi kunnat komma undan. Min mor hade slitit tag i mig som om jag var ett knippe bränsle för elden, nåt som var ganska stort men som vägde ganska lite. Det var då jag såg hennes ögon som för sista gången, i ljuset från den brandgula solen. Och sen rusade vi in i natten utanför.

Jag kan minnas blod. Det hade varit nästan svart i det brandgula ljuset från solen. Det hade varit som olja. Det fanns mycket olja i jorden, det vet du säkert, det vet alla, jag hade sett olja varje dag, det fanns nästan lika mycket olja som blod i landet då. Och nu är det gamla blodet borta i sanden och oljan väntar långt därnere och jag förstår att olja är värt mer än blod, det är tjockare än blod. Och vatten, som är tunnare än blod, är också värt mer.

Och jag sprang igen. Jag hade sett blod igen. Det var lika svart. Ljuden var likadana. Ett skrik hörde jag. Ljuset var som elden, och det gjorde ögonen blinda.

2

DÄRUTE. DET FINNS INGENTING DÄRUTE. Däruppe: en gryning som ska komma. Men det är redan ljust. Natten får nästan ingen tid på sig i natt. Här går motorvägar mellan söder och norr. Strålkastare över asfalten. Kommer och går. Det är ett meningslöst ljus. Vinden blåser plötsligt upp från väster, ett tåg tjuter med vinden. Det låter som ett tåg. En taxibil framför en servicebutik. Ett hus för sig självt, inget skydd. En kvartersbutik utan kvarter. Öppet 24 timmar. Föraren står bredvid bilen nu. Det är tyst därinne. Tyst. Han behöver cigarretter. Butiken är mest glas. Ingen rör sig. Stilla. Allt är stilla. Föraren går över parkeringsplatsen. Ljud från klackarna flyter långt i natten. Någonstans finns ett eko, han kan höra det. Någonting annat kommer tillbaka med ekot. Skrik. Ett skrik, flera skrik. Nej, det blir en efterkonstruktion. Skott. Ekot av skott. Nu skriker han. Han ser. Han står i dörren. Den var öppen hela tiden. När han gick mot dörren såg han ljuset. Men nu *ser* han. Han står därinne. Nu skriker han, men ingen lyssnar.

På golvet ligger en kropp i ett hav av rött. Taxichauffören har varit därinne förut och han vet att golvet är av sten, det är lagt med svarta och vita rutor, och det blänker i vilket ljus som helst. Det finns inget ansikte därnere. Han ser ett ben sticka ut bakom försäljningsdisken. Han ser en ensam hand i en annan del av lokalen. Han tänker så: ensam hand. Stilla, den är stilla. Allt är stilla. Han hör ensamma ljud ute på motorvägarna i väster. Snart ska folk köra till jobbet. Det är inte så många som tar semester i juni. Och inte han. Kanske i september, om han har råd. Eller kanske nu, omedelbart nu, alldeles förbannat just *nu*. Han har redan tänkt på det.

Chauffören rör sig inte. Han kan se det röda röra sig över stenplattorna. Det finns ingenting som fångar upp där, suger upp, hindrar, stoppar.

Och då – när ingenting hörs från vägen, eller i vinden, eller från himlen – hör han ljudet av steg, tunna steg, lätta, som från ett barn, de liksom flyger över marken därute och så är de borta.

Det finns nån därute, tänker han. Fanns nån. Därute, därinne. Nån lyssnade på mig när jag skrek. Nån har sett. Hur skulle nån kunna lyssna därinne. Se vad som skedde därinne. Sådana tankar. Han tänker dem sedan, efteråt. Nån annan som lyssnar. Herregud, kommer han att säga kort efteråt. Dom fick hämta bilen. Vad tror du? Jag vet inte hur jag ringde, men det måste jag ju ha gjort.

Kriminalkommissarie Erik Winter gick försiktigt i halvcirkeln runt det röda havet, när väl teknikerna släppt in honom. Han blev stående mitt emellan dörren och kroppen på golvet. Det var en man som låg där. Eller: det hade varit en man. Nu fanns det ingenting kvar, inte ens ett ansikte. Mannen hade skjutits i ansiktet på nära håll och kraften hade varit fruktansvärd. Som om en bomb sprängts därinne. Men det var ingen bomb. Så mycket visste de redan. Det var skjutvapen i händerna på människor.

Winter såg Bertil Ringmar på knä på stengolvet till höger om två pinnstolar och ett bord som välts överända. Kommissarie Ringmar tittade upp och skakade på huvudet och pekade mot kroppen på golvet. Kropp nummer två, om man räknade från dörren och inåt. Till vänster, åt andra hållet, nästan bakom disken, låg kropp nummer tre. Tre döda, en massaker. Winter såg det Ringmar pekade på. Kroppen låg frånvänd, en rygg, ett huvud som delvis försvunnit.

”Ansiktet är borta”, sa Ringmar.

Rösten lät onaturligt hög därinne, som elektrisk. Den bröt en tystnad som varit total, tänkte Winter. Som om alla ljud försvunnit därinne efter skotten, efter dånet som måste ha sugit bort alla andra ljud för en lång stund. Tagit död på allt.

”Det gäller alla tre”, sa Winter.

Han kunde se skorna på offret längst bort från dörren.

”Hur kunde han komma så nära?” frågade Ringmar. ”Så nära alla tre?”

Winter ryckte på axlarna.

”Och nästan samtidigt”, fortsatte Ringmar.

”Det finns ett svar på det”, sa Winter. ”Hur han kom nära.”

”Man ska inte känna vissa personer”, sa Ringmar.

Winter nickade.

”Välkommen hem förresten”, sa Ringmar.

Han hade kommit hem efter en vinter och vår i Sydspanien, en bra lägenhet i Marbella, inte mycket regn, inte så kallt på nätterna, fungerande element, klara dagar när någon med lite fantasi kunde se över till Afrika. Ett jävla bra halvår. Angela hade arbetat på kliniken och han hade arbetat i hemmet. Elsa och Lilly, deras små döttrar, var direkt underställda honom, eller om det var tvärtom. Vamos! hade han sagt och de hade varit på väg, efter frukost, varje dag, ut i den klara dagen. Låtom oss gå!

Ingen av de tre som låg på golvet inne i den blåkalla servicebutiken kunde gå längre. De hade skorna på, men det var också allt. Det blå ljuset förändrades sakta när solen kröp upp över den taggiga horisonten. Winter stod nu i den sydvästra delen av det enorma område som byggts när det funnits något slags framtidstro som i dag, på 2000-talet, framstod som sinnessvag. Häruppe skulle staden växa: Hjällbo, Hammarkullen, Gårdsten, Angered, Rannebergen, Bergsjön. Hushelvetena vrålade upp ur jorden. De hade gjort Göteborg till Europas mest segregerade stad i dag. Fanns det några invandrare nere i Örgryte eller ute i Långedrag så var det engelsmän som jobbade på Volvo, men inte på bandet. Häruppe jobbade inte så många, inte på något band. Kanske hade människorna som blivit till lik i kvartersbutiken i Hjällbo haft ett arbete, just därinne. Kanske var någon bara kund. Kanske var de något annat. Han skulle snart veta. Det här var platsen för fynden och platsen för brotten. Winter såg sig om. Tre av byggnadens fyra väggar var av glas. Ingenting därinne kunde ha skett i hemlighet. Och själva natten hade gjort butiken till en scen. Han tänkte på det när han gick ut. Scen. Som någonting inför publik. Någonting som skulle fånga en publik, förr eller senare.

Taxichauffören tittade upp när Winter närmade sig, som från en sömn. Winter hade gått in i butiken för att bilda sig en första uppfattning, och sedan gått ut direkt för att förhöra vittnet.

Chauffören satt i Ringmars bil. Det var en vit man, vilket blivit relativt ovanligt bland taxichaufförer. Kanske student, men han såg för gammal ut för det. Kanske konstnär, författare. Winter kände inga författare, men han gissade att de flesta tillhörde de fattiga. Winter tillhörde inte de fattiga.

Han presenterade sig för mannen, fick svar:

"Reinholz... Jerker Reinholz."

"Jag behöver ställa några frågor om vad du har sett", sa Winter. "Skulle du kunna stiga ur bilen?"

Reinholz nickade. Han klev ur. Det glödde till i hans ögon när solen plötsligt träffade dem som en strålkastare. Han ryckte till och gick ett steg åt sidan, i halvskugga från en lönn. Winter kunde höra det torra ljudet från bladen som sakta rördes av morgonvinden. Vinden kom i den tidiga morgonen och försvann sedan, kanske ut över havet. Sedan de kommit hem hade det inte funnits mycket till vind under dagarna, inte mycket till moln. Bara en sol. Han längtade redan efter regn. Ett mjukt svenskt sommarregn. Det förde med sig dofter han redan hunnit glömma vid Medelhavet. Regnet hade varit annorlunda där, hårdare. Hos oss är det mjukare, hade han tänkt. Ett mjukt regn ska falla över oss.

Reinholz tog på sig ett par svarta glasögon.

"Jag föredrar om du tar av dig dom där", sa Winter.

"Eh... jaha", sa Reinholz och tog av sig glasögonen. Han tittade uppåt, som för att se om solen höll sig undan. Den var fortfarande bakom lönnen.

"När kom du hit?" frågade Winter.

"Jag har redan sagt det till... nån", sa Reinholz och viftade till med handen, bort mot butiken. Winter såg poliserna röra sig därinne i det blå och gula ljuset. Som på en svensk scen.

”Säg det till mig”, sa han och vände sig tillbaka mot chauffören. Mannen var klädd i svart skinnjacka. Kanske var det skönt med en tjock jacka under de långa nätterna. Nätterna här var aldrig som nätterna i Sydspanien.

”Ja... det var vid tretiden. Ett par minuter över, tror jag. Jag tittade på klockan när jag gick ur bilen.”

”Okej, fortsätt.”

”Jag gick över planen. Parkeringen.” Reinholz nickade bort mot butiken. Den ser mindre ut, tänkte han. Konstigt. Den var större förut.

”Vad hade du för ärende?” frågade Winter.

”Cigarretter. Jag skulle köpa cigarretter.”

”Har du handlat i den där butiken förut?”

”Ja... några gånger. När jag är i närheten. Flera gånger.”

”Varför var du i närheten nu?”

”Hade haft en körning upp till Gårdsten. Kanelgatan, i närheten där.”

”Varför körde du tillbaka den här vägen?”

”Tillb... jag vet inte, jag skulle ner till Centralen... tja, kände väl inte för leden helt enkelt.” Han nickade bort mot väster, mot Angeredsleden som löpte därute invid älven. ”Jag brukar köra här.”

”Fortsätt”, sa Winter. ”Du gick över planen?”

”Jag tänkte faktiskt på att det var så... tyst. Det är väl tyst annars också, speciellt på natten, eller i gryning eller så, men nu var det på nåt sätt ovanligt tyst.” Reinholz gnuggade sig över ena ögat. ”Och jag såg ingen därinne. Annars ser man ju nån när man kommer över planen.” Han viftade till igen mot byggnaden trettio meter därifrån. ”Det är ju mest fönster.”

”Men nu såg du ingen?”

”Nej.”

”När gjorde du det då?”

”Vad?”

”När såg du nån?”

”När... när jag kom in. Eller när jag stod i dörren... jag minns inte riktigt. Jag gick ju inte in egentligen.”

”Vad såg du?”

”Jag såg han som låg på golvet.”

Winter nickade.

”Jag såg blodet.”

Winter nickade igen.

”Jag såg… jag såg…”, sa Reinholz men tystnade. Winter kunde se chocken i hans ögon, i ansiktet, i kroppen. Han hade varit här länge nog. Han kunde få lämna den här platsen nu. Han behövde tala med någon, någon annan än en kriminalkommissarie.

”Såg du nån annan?” frågade Winter.

Reinholz skakade på huvudet.

Winter väntade.

”Kanske nån… arm”, sa Reinholz efter en liten stund. ”Eller nåt ben.”

”Fanns det nån annan bil när du parkerade härute?”

”Nej. Det var bara jag.”

”Ingen på väg härifrån?”

”Nej… inte som jag såg. Det fanns ett par bilar ute på vägen, men dom… verkade ha varit där längre, om man kan säga så. Dom var på väg därute. Om du förstår vad jag menar.”

”Ja”, svarade Winter. ”Hörde du nåt annat?”

Reinholz såg ut att studera något långt bort, som om han fått syn på något eller någon. Winter vände sig om, men där fanns ingen han inte sett förut.

”Jag tyckte jag hörde nåt”, sa Reinholz. Hans röst var lugnare nu, stadigare. Som om han tagit ett djupt andetag och fått ner pulsen. ”Det var nåt där.”

Winter väntade.

”Steg”, fortsatte Reinholz. ”Ljud som av steg. Som om nån sprang. Men det var… lätta steg.”

”När hörde du dom?”

”När jag stod därframme… när jag var vid dörren.”

”Steg?”

”Det kom som från baksidan. Som om nån sprang därifrån. Jag kommer faktiskt ihåg det. Jag hörde det när jag såg… när jag såg det jag såg.” Han mötte Winters blick. ”Lätta steg.”

3

DET HÄR VAR RELATIVT FRÄMMANDE mark för honom, så främmande den kunde bli i hans egen stad. Ibland mycket främmande, tänkte han. Den blir dubbelt främmande. Det förstärks av alla främlingar. Som jag. Visst fan är vi främlingar. Jag är främling och de andra här är flyktingar. De har en gång flytt till det här landet som var deras, kanske för en generation sedan. Ofrivilliga pilgrimer. Kan man kalla det så? Vilka skulle ha valt att vandra hit upp till de arktiska utposterna om de hade haft ett val? Ett verkligt och anständigt val. Sverige är ett av världens åtta så kallade arktiska länder. Fler är det inte. Den här staden vid ishavet har en sol över sig just nu, men annars råder mörker. Regn. Vind.

Winter kände ingen vind just nu. Han stod fortfarande utanför kvartersbutiken. Den såg ut som ett litet glaspalats, ett litet tempel av ljus som bröt solljuset som ett prisma. Han fick plötsligt ont i ögonen. Han tog på sig solglasögonen, och träden på andra sidan Hjällbovägen förlorade återstoden av sina färger.

Ringmar kom ut från butiken och ställde sig bredvid honom.

”Pia är snart klar därinne”, sa han.

Rättsläkaren, Pia E:son Fröberg, hade arbetat tillsammans med Winter under snart tio år. De hade börjat ungefär samtidigt. De hade båda varit löjligt unga. De hade haft ett kort förhållande på den tid då Winter fortfarande inte hade en aning om vart han var på väg i sitt liv i den sekund han lämnade polishusets entré efter arbetsdagens slut, eller arbetsnattens. Men allt det där var förbi nu, glömt och förlåtet i minnesfragment från obduktioner under det blå ljuset, undersökningar i starkt lampsken, solljus, regn, dag, natt, kväll, från gryning till skymning. Död, alltid död. Kroppar som hade gjort sin sista vandring. Pilgrimsfärd. Winter hade ofta tänkt på att kläderna som de döda burit hade de själva klätt på sig samma dag, samma morgon, den sista morgonen. Det var sista gången de dragit på sig den där tröjan, skjortan, byxorna, kjolen. Skorna. Vem tänkte på en sådan sista gång medan den pågick? Bara den som är på väg till sin egen avrättning.

”Som en jävla avrättning”, sa Ringmar.

Winter svarade inte.

”Det blir bara värre”, sa Ringmar.

”Vilket då?”

”Vad tror du? Vad tror du jag står här och pratar om?”

”Ta det lugnt, Bertil.”

”Lugnt, lugnt, alltid ska vi ta det lugnt. Vi är dom som alltid ska ta det lugnt. Jag är fan *trött* på att ta det lugnt.”

”Det är lugnet som gör oss professionella”, sa Winter och log nästan åt sin egen grötmyndiga kommentar.

”Dom därinne då?” sa Ringmar. ”Var dom också lugna?”

Nu är dom i vilket fall mycket lugna, tänkte Winter.

”Jag menar inte offren, Erik”, fortsatte Ringmar. ”Jag menar mördaren. Eller mördarna.”

”Dom var lugna”, sa Winter. ”Lugna och kanske professionella.”

”Herregud, jag längtar tillbaka till en värld av amatörer.”

”Det är för sent för det, Bertil. Den är borta.”

”Stackarna därinne kanske var nåt annat en gång nån annanstans”, sa Ringmar och vände sig tillbaka mot butiken. ”Men sen var dom bara amatörer mot proffs.”

”Och nu är dom borta”, sa Winter.

Ringmar följde trafiken ute på vägen med blicken. Bilar från söder, bilar från norr. Mest Volvo, det här var Göteborg. Ringmar tyckte att de körde långsamt, nästan som i ultrarapid, som för att hedra de döda.

”Det är som en gangsteruppgörelse i Chicago”, sa Ringmar med blicken fortfarande på trafiken. ”Tjugotalet, maskingevär, hagelgevär, nermejning.”

”Jag tyckte du sa nyss att du längtade tillbaka till en värld av amatörer, Bertil.”

”Bry dig inte om vad jag säger just nu.”

”Du sa hagelgevär. Det får vi nog bry oss om. Det ser ut som hagel här. Pumphagel kanske. Kanske halvautomatiskt.”

”Ett eller flera gevär?”

”Jag skulle säga minst två”, sa Winter.

”Mhm.”

”Kanske olika ammunitionstyp.” Han nickade in mot butiken. Gestalter rörde sig därinne. ”Vi får se vad Pias obduktion ger.”

”Ungdomsgängen brukar väl inte köra med hagelgevär?” sa Ringmar.

”Nej, det är inte så vanligt. Men visst kan vi ha någon form av uppgörelse här.”

”Eller ett rån”, sa Ringmar.

”Pengarna är kvar i kassan. Och på tal om det. Vi kan nog läsa av när den öppnades sista gången. Apparaten. När sista kunden handlade. Kan du kolla tekniken med tillverkaren?”

Ringmar nickade. Han stirrade dystert mot butiken och såg sedan på Winter.

”Dom fick en kick bara av att skjuta huvena av offren”, sa han. ”Dom glömde stålarna. Skjutandet räckte.”

”Ska jag bry mig om vad du säger nu?”

”Ja”, sa Ringmar och log svagt. ”Kanske.”

”Dom kanske var höga som hus”, sa Winter.

”Högre än husen häruppe.”

”Dom kanske kände offren.”

”Vi får se när vi får se vilka offren är”, sa Ringmar.

Offren var Jimmy Foro, Hiwa Aziz och Said Rezai. Det var inte så svårt att konstatera det, det tog inte så lång tid. Jimmy Foro drev butiken sedan fyra och ett halvt år, den hette dessutom Jimmys, och Hiwa Aziz var i teknisk mening anställd, även om skatt och arbetsgivaravgifter och sociala avgifter och myndigheter och sådant inte alltid prioriterats.

Said Rezai var inte anställd men kanske kund. Han hade körkortet i fickan och fragment av tänder kvar, och visst var det han. Rezai kunde ha kommit in tillsammans med mördaren eller mördarna, eller redan ha stått därinne. Om inte Rezai faktiskt varit del av någon form av uppgörelse, kanske inom en större uppgörelse, så hade han haft oturen att stå där, fel person på fel plats vid fel tidpunkt.

Det måste ha varit flera mördare. Om inte en ensam mördare varit omänskligt snabb, eller inom en sekund lyckats hypnotisera sina offer, så att de stått alldeles stilla och väntat på sin tur. Eller varit osynlig. Offren kanske inte vågade flytta sig, tänkte Winter. Det finns fler alternativ här.

Jimmy Foro och Hiwa Aziz hade inte bott i Hjällbo, utan längre norrut, i Västra Gårdstensbergen respektive Hammarkullen. Said Rezai hade bott i Rannebergen.

Det fanns inga avtryck av skor på golvet, på havet av blod. Röda havet, tänkte Winter. Han hörde musik och den verkade komma någonstans från Mellanöstern. Musiken hade funnits därinne när de steg över den röda tröskeln, blodet hade stänkt på tröskeln. Stänkbilder, hade Winter tänkt. Är någon flyttad? Är bilden jag ser manipulerad? Den ser verklig ut, men den kan vara manipulerad. Som ett fotografi som också ska återge den så kallade verkligheten. Winter hade sett högtalaren över hyllan bakom disken där kassaapparaten stod. En kvinna sjöng en sång som lät mycket vemodig, på gränsen till stilla gråt. Rytminstrumenten verkade arbeta sig baklänges i en rörelse som var som ett annat sätt att tänka. Blåset var samtidigt skruvat som åt andra hållet. Det svängde men från oväntat håll. Det var ett slags jazz. Winter kände igen dissonanserna, asymmetrin.

Mördarna hade inte störts av musiken.

Varför hade de lämnat den på?

Hade de haft den med sig?

Musik stod alltid på inne hos Jimmy, skulle vittnen säga senare. Populär musik från Turkiet, Syrien, Irak, Iran, Jordanien, Libanon, Egypten, Palestina. Olika svarta afrikanska länder, Nigeria förstås. Kassetter, cd-skivor. En del kunder tog med sig musik och gav bort.

”Kameljazz”, sa kriminalinspektör Fredrik Halders senare, vid den första genomgången. Ingen skrattade.

Det fanns inga tydliga avtryck på golvet. Teknikerna skulle leta efter latenta avtryck, förstås, vad som funnits där tidigare.

Men nu fanns spår som efter hasningar. Mot offren. Från offren.

”Dom hade skoskydd på sig”, sa kriminalkommissarie Torsten Öberg, ställföreträdande chefen på tekniska roteln. ”Såna där skoskydd som man har i sjukvården.”

”Åh fy fan”, sa kriminalinspektör Aneta Djanali. ”Dom visste verkligen vad dom gjorde. Vad dom skulle göra.”

”Vad som skulle ske”, sa kriminalinspektör Lars Bergenhem vid det där sammanträdesbordet hos spaningsroteln i polishuset vid Ernst Fontells plats i Göteborg, mitt emot den internationella fotbollsarenan Ullevi. ”Hur det skulle bli.”

”Två olika storlekar”, sa Öberg, ”det är vad vi kunnat hitta hittills. Två personer.”

”Två mördare”, sa Ringmar.

”Hittills ja. Samma typ av vapen”, sa Torsten Öberg. ”Hagelgevär, pumphagel. Olika ammunition, så vi kan inte säga hur många vapen, eller hur? Det finns grovhagel i kropparna, fem millimeter, och mindre, tre, och en del enmillimeters.”

”Det där var också planerat”, sa Winter.

”Ser så ut”, sa Öberg.

”Dom vill verkligen inte att vi ska vet hur många dom var”, sa Aneta Djanali.

”Kanske för att det bara var en enda person”, sa Winter.

”Det är omöjligt”, sa Ringmar.

”Allt är möjligt”, sa Winter.

”Normalt är det där ett optimistiskt uttryck”, sa Aneta Djanali.

”Vi får studera hur kropparna faktiskt låg”, sa Winter utan att kommentera Djanalis ord. ”Hur dom blev skjutna, och i vilken ordning.”

Torsten Öberg nickade.

”Intressant med dom där skoskydden”, sa han.

”Kan man spåra sånt?” frågade Bergenhem. ”Finns det olika sorters?”

”Det föreslår jag att du tar reda på, Lars”, sa Halders.

Winter tänkte på offrens ansikten, det som varit deras ansikten. Varför hade mördaren riktat hagelgeväret mot ansiktet? Vad betydde det?

Och han hörde musiken igen i sitt huvud, och senare i sitt rum, i verkligheten. Den var som ett budskap, musiken från Jimmys butik. Han bad att få texten översatt.

Winter betraktade likbilarna på väg från platsen. Det var fortfarande de första timmarna. Det stod några nyfikna på andra sidan repen. Där fanns redan begravningsföljet, om man så ville. Kanske också mördarna. Det var inte otänkbart, inte ens ovanligt. Det berodde på brottets natur, dess bakgrund, utförande. Han hade varit med om att inse, efteråt, när det varit nästan för sent, att mördaren, eller mördarna, stått därute bland de nyfikna. Hejda de nyfikna. Fånga dem. Han kunde fånga dem med frågor, försöka prata med så många som möjligt. Han hade poliser tilldelade som ställde frågor därute just nu. Ledet blev glesare när polisen kom närmare. Nån måste ha hört skotten, tänkte han. De var explosioner. Måste ha väckt några. Han gick tillbaka över tröskeln till butiken. Utan kropparna såg den lilla lokalen ännu mer makaber ut. Spåren var värre än händelsen, otäckare. Budskapet om det oerhörda. Dom där fläckarna går inte bort, tänkte han. Det blir nytt golv. Om ens det. Kanske rivs skjulet. Det är inte mycket mer än ett skjul. Som en förvuxen korvkiosk ute i ingenmansland. Det här är ingenmansland. Han gick ut igen och runt byggnaden. Det löpte en gångväg från butiken över ett fält. Winter kunde se huskroppar skymta bakom träden, granar, lönnar, björkar. Huskroppar. Det var också ett jävla ord. Han följde vägen, mest en stig av asfalt. Det var kanske tvåhundra meter bort till bostadsområdet, hundrafemtio. Det var omöjligt att spärra av stigen, eller området. Nästa steg skulle i så fall vara att spärra av alla de norra och nordöstra stadsdelarna. Vilket på sitt sätt redan skett. Segregation kallades det visst.

Winter kunde känna andra dofter när han kom några fler steg bort från vägen, dofter från gräset, buskarna, luften. Det var varma dofter i solen, under solen, men ändå mjukare än dofterna vid Medelhavet. Här luktade det blygare. Blondare. Ja, blondare. Oskyldigare, kanske. Men det där var över nu.

Gångvägen mynnade i en liten öppen plats framför ett åttavåningshus som stod intill andra åttavåningshus byggda under samma tid för snart femtio år sedan. Här hade husen stått och väntat på sina hyresgäster, tills tiden var mogen, eller världen var mogen om man ville se det så. Så kom folket, från Turkiet, Syrien, Iran, Irak, från afrikanska stater, amerikanska stater, mest syd- och mellanamerikanska. Jugoslaviska stater. Winter hörde musik där han stod. Arabisk, sång, kvinnoröst, den speciella dröjande rytmen. Han såg paraboler hänga utanför de flesta av balkongerna. Det var så häruppe, parabolerna var som öron och ögon riktade mot det gamla hemlandet, mot det förflutna. Det här var inte framtidens land, åtminstone inte för de äldre. Livet var som ett stillestånd här. Han såg inte en enda människa på balkongerna. Flera av balkongerna var fyllda med växter, som en trädgård. Han kunde till och med se ett par palmer i kruka. Det gick ingen människa på planen framför honom. Det var snart förmiddag, men här verkade det ännu vara natt.

Plötsligt hörde han ett ljud bakom sig.

Han vände sig om.

En pojke stod vid stigens mynning. Han höll en liten boll i handen, en tennisboll. Han studsade den i marken. Det var det ljudet Winter hade hört. Pojken kunde vara tio år, kanske äldre, det var svårt att avgöra. Han hade mörkt hår, det såg svart ut i morgonljuset. Blicken var riktad mot Winter, eller ovanför honom, mot huset. Winter vände sig om igen, men såg ingen nu heller, inte på någon balkong. Han vände sig tillbaka mot pojken, och han var borta!

Från den ena sekunden till den andra hade han försvunnit.

Winter gick bort till där pojken stått. Ingen kom eller gick på gångvägen bort mot kvartersbutiken. Det fanns ingen på fälten på sidorna om gångvägen. Den fortsatte med en krans av buskar från där han stod och vidare i en halvcirkel bort mot husknuten, och han gissade att pojken sprungit i skydd bakom buskarna. Han hade inte hört några steg, och hörde inga nu. Lätta steg, de måste ha varit så lätta att han inte hört dem. Lätta steg. Taxichauffören hade hört dem. Lätta steg på väg bort i gryningen.

”Vi får knacka på varenda dörr”, sa Winter.

Ringmar nickade.

”Kan det ha varit han?”

”Kan ha varit vem?”

”Ett vittne. Vittnet.”

”Vi har ju bara taxikillens ord på det. Reinholz. Han kan ha hört fel.”

”Mhm.”

”Du tror inte det, Bertil?”

”Att han hörde fel? Nej. Är det nån gång ens sinnen är helskärpta är det då. Efter vad han nyss sett.”

”Jag håller med.”

”Så då finns det ett vittne.”

”Eller ännu en mördare”, sa Winter.

”Eller ännu en mördare”, upprepade Ringmar.

”Eller ännu ett offer”, sa Winter.

”Offer som inte blev”, sa Ringmar.

”Det finns inget blod utanför kåken”, sa Winter.

”Han duckade”, sa Ringmar.

”Är det där ett skämt?”

”Finns inget att skämta om här”, sa Ringmar. ”Det kan ha funnits ett offer till, men han kom undan. Eller hon.”

”Enda vägen att komma undan är på den där gångvägen”, sa Winter.

”Det finns ju en massa fält, för fan.”

”Stegen skulle nog inte höras.”

”Han sa ju att dom var lätta.”

”Kanske inte så lätta. Inte ens dina steg skulle höras om du sprang där, Bertil.”

”Vad menar du med det där?”

Winter svarade inte, Bertil fick dra sina egna slutsatser.

”Nä”, sa Ringmar efter en liten stund, ”det stämmer inte. Taxikillen kommer dit. Han ser dom mördade. Han hör steg. Han slår larm. Det är inte sannolikt att ett presumtivt offer skulle dröja sig kvar och sen fly därifrån, när räddningen äntligen kommer.”

”Chock”, sa Winter. ”Fördröjd chock.”

”Möjligt men inte troligt”, sa Ringmar.

”Okej, vi lämnar det för ögonblicket”, sa Winter. ”Torstens folk går över gräset och fältet just nu. Finns det nåt avtryck så hittar dom det. Det fanns dagg kvar i gräset. Vi kan ha tur.” Han gjorde en paus och strök sig över ena tinningen med pekfingret. ”Vi säger alltså att det var ett vittne. Han, eller hon, dröjer sig kvar tills mördarna gett sig iväg. Gömmer sig.”

”Men varför inte stiga fram då? Varför fly när det är över?”

”Vi har talat om chock tidigare. Det kan ju stämma här också. Som en fördröjd rörelse.”

”Om det är ett vittne, var ett vittne – vad gjorde han eller hon där överhuvudtaget?”

”Kund, kanske.”

”Presumtivt offer, alltså.”

”Nej. Kanske på väg in, på väg dit.”

”Från gångvägen bakom stället?”

Winter ryckte på axlarna.

”Och så small det därinne.”

Winter nickade.

”Och så stack mördarna.”

Winter nickade igen.

”Åt vilket håll som helst. Sannolikt i bil, vi får se om nån hört nån bil efter skotten. Sett nån. Eller om dom sprang, kanske gångvägen, kanske fälten." Ringmar gjorde en paus. "Och vittnet var kvar, kanske darrande av skräck, kanske skadad, kansk..."

"Kanske inte ens där", sa Winter.

"Jo", sa Ringmar, "jag tror där var nån."

"Ett barn", sa Winter.

"Lätta steg", sa Ringmar och nickade.

"Kan ha varit ett barn", sa Winter. "Kan ha varit grabben jag såg nyss."

Jimmy Foro hade kommit från Nigeria för sju och ett halvt år sedan, ensam och – som han hävdade – förföljd över hela den afrikanska kontinenten, och sedan över den europeiska. Han fick stanna. Och han förblev ensam, i en tvåa på Kanelgatan i Västra Gårdstensbergen. Huset hette Bokgården. Winter stod framför det nu. Det såg relativt nyrenoverat ut, ett av flera grupperade runt en trevlig öppen gård som Winter skymtade till vänster. Han kunde se en man gräva i rabatterna. Jorden måste vara torr nu, torrare än normalt, det hade inte kommit något försommarregn sedan han kommit hem. Han hade kommit med solen.

Winter visste mycket lite om trädgårdsskötsel, vad som skulle planteras när, och hur, och varför. Han hade gått i cirklar runt sådant, ungefär som någon som är rädd för allt tekniskt och hellre lever med droppande kranar än byter packning. Winter hade aldrig önskat sig en gräsmatta att klippa, men kanske skulle det ske. Kanske. För tre år sedan hade han och Angela köpt en tomt söder om Billdal. Intill havet. Den var fortfarande inte bebyggd. Den var deras utflyktsmål. Erik, Angela, Elsa, Lilly. Ett par gånger hade det regnat. Hur skulle det vara med ett tak? hade Angela sagt.

Han nickade åt polisinspektören från Angered som väntat utanför huset.

"Har du varit däruppe?" frågade Winter.

"Jag kollade dörren, ja. Låst. Och ingen har kommit eller gått."

"Har du pratat med nån granne?"

"Jag har inte sett till nån alls."

”När var du här?”

”Ja... det var inte jag, det var Henriksson och Berg. Dom drog ju hit direkt efter larmet.”

”Bra.”

”Dom har inte sett nån som skulle till lägenheten. Eller skulle från den.”

”Lika bra att börja knacka dörr”, sa Winter och tittade på sitt armbandsur. ”Det kommer några till snart.”

Han gick in i huset, porten stod öppen. Det luktade ungefär som i alla andra trapphus han stigit in i under snart tjugo års tjänst i kåren: gammalt, det luktade gammalt, oavsett hur nyrenoverade husen var. Mannen i trappan, det var han, Winter.

Det fanns en lukt i trappor som bara svarade inför sig själv. Kanske var det stenen, kanske var det människorna som gick upp- och nedför stenen. Alla luktade ungefär likadant, såg ungefär likadana ut, vita eller svarta, långa näsor, platta näsor, krulligt hår, rakt hår, inget hår. Det luktade mat, det gjorde det alltid, starkt, surt, sött, beskt. I det här trapphuset fanns kryddor kvar i luften, kanske kryddpeppar, muskot, kanel, mättade, fylliga. Jimmy Foro hade haft en hög och bred kryddhylla i sin butik. Den var intakt. De flesta kryddor var i påsar, där fanns inga glasburkar från Kockens. Hyllan stod till vänster om dörren, i utkanten av det röda havet. Winter hade känt en doft därinne av chili och något slags curryblandning, men bara för ett ögonblick.

Det luktade ingenting i Jimmy Foros hall. Det fanns inte mycket till ljus från den bländande dagen utanför. Alla persienner var vridna så hårt det gick, som för att dämpa känsla och intryck därinne när det första besöket kom, efter det att lägenhetens innehavare aldrig mer skulle stiga in.

Klockan var snart halv åtta. Den första dagen, tänkte Winter, klockan halv åtta den första dagen. Någon gång i går, eller mycket tidigt i morse, hade Jimmy lämnat lägenheten och tagit sig till Jimmys, och där hade han blivit kvar. Butiken hade varit öppen tjugofyra timmar om dygnet de senaste två åren. Ett misstag, tänkte Winter där han fortfarande stod i den dunkla hallen. Det är ett misstag att hålla butiker öppna under de små timmarna. Det kan vara farligt.

Hur tog sig Jimmy härifrån och dit? De visste inte. De kände till hans adress, men det var hittills allt. Det hade inte stått någon bil på den lilla parkeringsplatsen utanför servicebutiken bortsett från Reinholz taxi. Det hade inte funnits några cyklar, eller mopeder. Det var säkert sju kilometer mellan Jimmys lägenhet och hans butik fågelvägen. Skulle man ta bil- eller cykelvägarna blev det över milen.

Winter tog fram sin mobil och slog Bergenhems nummer. Bergenhem var på plats vid brottsplatsen.

”Hej, Erik här.”

”Hur ser det ut?”

”Jag har precis kommit in. Men jag kom på en sak. Kolla om det finns några ytterligare fordon varsomhelst i grannskapet, buskarna, fälten. Husen bortom gångvägen också.”

”Vad letar vi efter?”

”Jimmy Foros transportmedel.”

”Okej.”

”Och hur Aziz och Rezai kom dit.”

”Okej.”

”Hur är det hos dig?”

”Det börjar torka upp. Det börjar lukta. Det luktar inte curry längre.”

”Hur är det med dom nyfikna?”

”Dom flesta har troppat hem. Vi har snackat med så många vi hunnit med. Men det var ju inga lokala invånare som strök med härinne.”

”Dom var väl lokala nog”, sa Winter. ”Det var ju en butik i området.”

”Ingen släkt”, sa Bergenhem. ”Det är skillnad för folket här.”

”Vad är det för skitprat? För vilket folk är det inte skillnad.”

Bergenhem svarade inte.

”Ser du några barn, unga grabbar, försök fånga in dom.”

”Okej.”

”Bildligt talat. Använd inte rep, Lars.”

”Har du inte en lägenhet att undersöka, Erik?”

”Vi hörs”, sa Winter och tryckte av och stoppade ner mobiltelefonen i bröstfickan.

Han gick genom hallen och steg försiktigt in i vardagsrummet.

Han behövde bara stå där i några sekunder för att förstå att någon annan varit därinne under de senaste timmarna.

4

LJUSET FÖRSÖKTE BRYTA SIG IN, mellan persiennerna, och vid sidan om dem, men den person som varit här före Winter hade inte brutit sig in. Dörren hade inte haft några skador, inte fönstren heller. Varför visste Winter att någon varit här? Han visste. Det kom bland annat av att han vandrat in i främmande lägenheter förr. Hundratals genom åren. Vandra in, *tränga* sig in i tjänsten, med legitimationen synlig om det krävdes. Men det krävdes inte så ofta. De som bott där var borta från livet nu, kanske mitt i sitt eget hem, på golvet, i en säng, i en soffa. De krävde inte identitetshandlingar. De hade sällan gjort det i livet. De flesta som dog för annan människas hand var sådana som inte krävde någonting av livet, och sällan fick något. Det var för sent för det, hade alltid varit det. Döden var en solkig historia, någonting som pågick runt om i avgrunden.

Winter såg ner på sina skoskydd. De var nästan självlysande därinne, såg obscena ut. Han såg det röda havet för sitt inre. Han tänkte på sjukvård, sjukhus. Patienter som tassade in till läkaren. Till hans fru. Hon var läkare. Han tänkte på henne. Hon hade blivit hans fru för några månader sedan, i den svenska kyrkan i Fuengirola. Han tänkte på det. Det var mycket han tänkte på medan han försökte scanna av rummet efter någon form av bevis på att hans föraning var riktig. Han hörde samtidigt trafiken ute på Kanelvägen, och borta på Pepparvägen, och på Timjansvägen intill. Alla kryddor, men de hörde inte ihop, inte timjan och kanel, fy fan. En ljusstråle bröt sig till slut in mellan ett par persiennblad. Det betydde att solen flyttat sig på himlen. Strålen skar rakt igenom rummet. Winter kunde se dammet dansa i ljuset. Det såg ut som dimma, Jimmy Foro kanske inte hade haft städning som hobby. Eller så hade någon annan rivit upp damm här nyligen. Det skulle falla till golvet så småningom. Winter såg på golvet. Han kunde se någonting därnere som inte var golvmatta. Han böjde sig ner utan att sätta knät i golvet. Det var en knapp, en helt liten knapp, skjortknapp kanske. Winter tittade upp, han hade soffan nästan i ansiktshöjd. Det såg ut som om dynorna rubbats ur sitt läge, där fanns ingen symmetri, inte från det här perspektivet. Kanske Jimmy Foro hade föredragit det på det sättet, men Winter var inte säker. Han reste sig upp, gick fram till fönstret, vred persiennerna, såg ut mot gatan. Den var vit i solskenet, nästan utan färger. Gräset var vitt, kanske en spegelbild av husfasaderna. Inget rörde sig ute på Kanelgatan nu. Som om det var siesta. Han vände sig om, in mot rummet. För Jimmy var det siesta för alltid, den stora sömnen. Men siesta är inte ett begrepp i Nigeria. Död är det, ond bråd död, ett konkret begrepp. Där – och här, också här i det vänaste land uppå jord. Jag hälsar dig.

Sängen var inte bäddad, möjligen aldrig, en hög rynkor i mitten, som ett tält. På nattygsbordet stod ett fotografi på en man som log försiktigt mot kameran. Det var en man i trettioårsåldern och det var Jimmy. Fotot kunde ha tagits för fem år sedan, kanske sex eller sju, åtminstone efter det att han kommit till Sverige. Winter hade tidigare bara sett hans passfoto. Det var samma bild, samma ansiktsuttryck vad han kunde se, samma ruta. Men så här såg inte Jimmys ansikte ut nu. Det hade försvunnit tillsammans med hans liv.

Winter såg sig om efter fler foton, men där fanns inga. Kanske någon annanstans. Kanske på andra, men Winter var inte säker på det. Jimmy hade bara sig själv vad han hittills visste, bara sitt eget ansikte på bordet intill kudden. Fanns det några andra? Varför hade han dött? Kanske för att några påtända jävlar stigit in för att skjuta något, döda något, kanske inte ens påtända, kanske inte ens jävlar, jo jävlar, möjligen ute efter kassan, men det hade inte gått efter skotten, skotten hade varit så jävla höga att mördarna själva fått en chock, eller att chocken kommit efter att de sett resultatet av skjutandet.

Eller ingenting av detta.

Mördarna var ute efter Jimmy eftersom de var gamla bekanta. Eller ute efter Said, eller Hiwa, eller allihop, eller två av dem. Det fanns medvetna mord och det fanns otur: fel plats och allt det där. Man ska aldrig befinna sig på fel plats, det var regel nummer ett, för vem som helst. Alltid rätt plats, med rätt person, vid rätt tid.

Hade Jimmys butik varit fel plats? Alltid fel plats?

Hade Jimmy varit fel person? Alltid fel person?

Och gryningen… gryningen var alltid fel tid. Allt ont sker i gryningen. Så var det världen över.

Winter gick tillbaka ut i hallen. Han hörde ljud på andra sidan ytterdörren, steg och fragment av röster. Hans mobiltelefon ringde i bröstfickan. Han tog upp den.

”Ja?”

”Bertil här.”

”Ja?”

”Var är du?”

”Står i Jimmys lägenhet.”

”Hittat nåt?”

”Kanske. Nån har varit här.”

”Efteråt?”

”Jag tror det.”

”Och letat efter nåt?”

”Jag vet inte. Var är du själv?”

”I bilen. På väg upp till Rannebergen.”

Winter kunde höra surret runt Bertil, trafik, brus, klank och klonk.

”Vad ville du, Bertil?”

”Vi får inget svar från Rezais lägenhet. Jag har ringt ett par gånger. Killarna från Angered väntar i porten mitt emot, men dom har inte gått in.”

”Han har alltså en fru? Said Rezai.”

”Enligt immigrationsmyndigheterna, ja.”

”Också iranska?”

”Svar ja. Han kom till Sverige först och hon senare.”

”Barn?”

”Nej, inte vad nån myndighet vet.”

”Och hon svarar alltså inte?”

”Vi har inte fått kontakt med henne, Erik. Hon vet inte än.”

”Nej, jag ska berätta för henne. Jag vill inte att nån ringer på dörren innan jag kommer dit.”

Winter hörde röster igen utanför dörren.

”Vad är adressen?”

”Fjällblomman... 9”, svarade Ringmar, läsandes från en lapp. ”Jag är inte bekant med Rannebergen, men huset ska ligga mitt i centrum, om det kan kallas så.”

Rannebergens centrum var ICA, en pizzeria, en skola, sport- och simhall, daghem, Bostadsbolagets kontor, en parkeringsplats.

Ringmar väntade på parkeringsplatsen, utanför sin bil intill bokbussens zon. Bredvid stod Angeredspolisens målade bil.

”Dom väntar därborta”, sa Ringmar och pekade mot en av fastigheterna, ett trevåningshus i beige och brunt med fönsterkarmar i rosa färg. Det hängde en svensk flagga från en balkong.

En uniformerad polis väntade utanför en port i mitten av huset. Det var samma sak igen för Winter, andra gången i dag. Samma frågor till kollegan, samma svar.

Kvartersvärden kom, en man i femtioårsåldern med ett verktygsbälte runt magen som en soldat. Han bar keps och sitt förnamn på en bricka på vänster bröstficka, Hannu. Ringmar hade ringt efter honom.

”Har Fredrik och Aneta hunnit varit hemma hos Hiwa?” frågade Winter medan de gick uppför trapporna.

”Ja. Det var kaos.”

”På vilket sätt?”

”Han är... var visst äldste sonen i en familj med flera barn. Pappan är borta, försvunnen nånstans i Kurdistan. Nåt av barnen också. Mamman är ensam med dom andra här.”

”Hur gammal var Hiwa?”

”Tjugofyra. Den ende som jobbade i familjen. Svart, vad jag förstår, eller åtminstone grått. Men vad fan.”

”Vad var det för kaos hemma hos dom?”

”Kan du inte föreställa dig det, Erik?”

”Jo.”

”Jag kunde höra det i bakgrunden”, sa Ringmar.

”Var glad för att det inte var du som var där.”

Ringmar svarade inte.

”Hur många såna besök har du gjort, Bertil? Med ett sånt besked?”

”Alldeles för många. Som äldsten får man göra alldeles för många.”

Det var alldeles sant. Kommissarie Bertil Ringmar hade i många år varit den som kommit med budet om död. Under de få senaste åren hade Winter och Ringmar delat på bördan. Det var en helvetes börda. Det var alltid värre än det gick att föreställa sig, varje gång. Det var alltid kaos. Det kunde se ut på olika sätt, men kaos var kaos, invändigt, utvändigt, ibland både och.

Ingen öppnade dörren på andra våningen. De ringde på igen och väntade. Kvartersvärden Hannu väntade. Ringmar ringde på igen och bultade ett par gånger för säkerhets skull. Sedan nickade han mot Hannu som redan höll nyckelknippan i handen.

Winter kunde se träden utanför fönstret i vardagsrummet som låg rakt framför honom, i slutet av den korta hallen. Rummet var mycket ljust. Han kunde se taken på husvagnar utanför fönstret. När han svängt in på området hade han sett många husvagnar på de långsmala parkeringsplatserna mellan husen och Rannebergsvägen. Det var som om alla boende här hade ett andra hem just utanför som de kunde rulla iväg i.

De stod fortfarande ute i trapphuset.

”När börjar du jobba?” frågade Winter kvartersvärden.

”Halv åtta. Jag brukar komma lite tidigare, men mellan åtta och nio har jag egentligen telefontid. Nu på vardagar.”

”Och du har kontoret i det här huset?”

”Ja. På gaveln.”

”Träffade du nån när du kom i morse?”

”Nej… inte direkt.”

”Vad menar du?”

”Jag såg väl nån köra iväg i en bil…”

”När?”

”Hon… var väl sju, ungefär. Lite över.”

”Varifrån?”

”Varifrån bilen körde? Parkeringsplatsen.” Hannu pekade bort mot parkeringen framför affären. Där var relativt tomt. Kanske folk var på jobbet. ”Körde ut därbortifrån.”

”En eller flera bilar?”

”Det var en. Då, när jag låste upp till expeditionen.”

”Märke?”

”Eh… det var väl en Opel. Rätt gammal, tror jag. Jag är inte säker. Såg ut som en Corsa. Vit. Lite rostig.” Han log. ”Det är så man känner igen en Opel.”

”Rätt gammal?” frågade Ringmar. ”Vad menas med det? Hur gammal?”

”Jag vet inte. Tio år, kanske. Jag vet inte.”

”Nåt annat med bilen?” frågade Winter.

”Höger framskärm verkade lite intryckt.”

”Hur då?” frågade Ringmar.

”Tja… nån liten krockskada. Skärmen var lite böjd.”

Ringmar nickade.

”Känner du Said och hans fru?” frågade Winter.

”Vad… är det som har hänt egentligen?”

”Svara bara på frågan.”

”Nej. Jag känner dom inte.”

”Känner du igen dom då?”

”Nej… jag har bara varit här sen i påskas.”

”Shahnaz”, sa Ringmar. ”Hon heter Shahnaz.”

Winter höll upp en kopia av Saids passfoto framför kvartersvärdens ansikte. ”Och det här är Said.”

Kvartersvärden tittade, och skakade sedan på huvudet.

”Även om jag träffat honom skulle jag nog inte känna igen honom”, sa han.

5

WINTER STÄNGDE DÖRREN. Det blev inte mörkare i hallen. Plötsligt kände han sig bländad. Han blinkade. Han kände svindel för en sekund. Det hade hänt ett par gånger sedan de kom hem från Spanien. Han var antagligen alltför utvilad, alltför avslappnad. Inte riktigt beredd inför den riktiga världen.

”Vad är det, Erik?”

”Ingenting”, svarade han och öppnade ögonen.

”Hur mår du?”

”Antagligen alltför bra. För mycket avkoppling.”

”Mhm.”

”Det går över.”

Ringmar såg in mot hallen. Han kisade med ögonen.

”Jag tycker inte om det här”, sa han.

Winter svarade inte.

De började gå mot vardagsrummet. Till vänster låg köket. Det fanns ingen dörr.

Winter stannade, gick in i köket, såg sig om. Allt verkade fläckfritt, diskbänken ren, ingenting på bordet mer än några blommor i en vas, röda, blå, han hade inte en aning om sorten, arten eller vad fan det hette. Genom fönstret kunde han se två barn gunga i ställningen på den lilla lekplatsen. Han såg att de skrattade, men han hörde det inte genom fönster och isolering. Det var som en stumfilm som han sett många gånger: barn i gungställningar på en gård som han besökte för första gången med en känsla av att han varit där förut. Det var déjà vu som inte var déjà vu. Han hade varit där förut, många gånger, en annan plats bara, en annan del av stan. Och barnen var alltid där, i gungor, sandlådor. Som en försäkran om att det ändå fanns hopp för framtiden.

”Erik.”

Han hörde skärpan i Bertils röst. Eller rädslan. Den professionella rädslan. Han kände igen den. Han visste vad det var. Det väntade därute. Det fanns redan där. Ringmar stod i dörren till rummet till höger i hallen, sovrummet. Han vände sig mot Winter. Ja. Winter såg i hans ansikte vad han hade sett. Ringmar vände blicken in mot rummet igen. Winter *såg* vad han såg, han *visste*. Och så var Ringmar försvunnen, in i rummet.

Hon låg tvärs över sängen, med huvudet hängande i en onaturlig vinkel över sängens vänstra långsida. Onaturlig. Winter såg allting i en enda blick. Det fanns ingenting naturligt över scenen i normal, mänsklig mening, men samtidigt, tänkte han medan han var på väg mot henne, samtidigt är detta ett naturligt tillstånd, för mig, för Bertil, en naturlig situation. Det är därför vi är här. Det ledde oss hit. Det väntade härinne. Det fanns redan här.

Han hörde Ringmar säga något i sin mobiltelefon.

Hallen var lika ljus som förut, nej ljusare. Winter kände lust att gå igenom vardagsrummet och släppa ner persiennerna, men han ville inte röra någonting. Han fick inte vara där. De väntade på teknikerna. Winter hade lyssnat på Torsten Öberg:

”Jag föreslår att vi tar en patrull från Borås”, hade Öberg sagt. ”Jag vill inte ta några risker här.”

”Nej.”

”Ännu mindre om brotten hör ihop”, sa Öberg. ”Om offren gör det, om jag säger så.”

”Ja. Vi vill ju inte ha några smittorisker mellan platserna.”

Det var viktigt. Polisen höll på att bli alltmer medveten om risken för spridningen av spår från en plats till en annan, en smitta, att spår kunde flyttas med tekniker, eller poliser, och sedan försvåra utredningen.

Ringmar stod i dörren till sovrummet.

De kunde inte göra någonting nu. Hade aldrig kunnat göra något. Det var dags att gå ut därifrån och lämna över till Pia E:son Fröberg och teknikerna från Borås.

"Vad fan är det som händer", sa Ringmar, men det var ingen fråga och Winter svarade inte. Han strök sig över ögonen. Han kände sig het, som om värmen därute plötsligt brutit sig in i den här lägenheten. Den hade varit sval när de steg in, som luftkonditionerad, men det finns ingen luftkonditionering i svenska lägenheter. Ingen räknar med att det ska behövas.

"Det är inte så många timmar", sa Ringmar.

"Ingen idé att spekulera, Bertil."

"Jag spekulerar inte."

Winter hörde irritationen i Ringmars röst. Det fanns något där som han inte hört tidigare år men kände igen från den senaste månaden, från när han kommit tillbaka i tjänst efter halvårets ledighet. Som om något hänt, inte med honom, men med Bertil. Det måste vara Bertil. Winter var densamme, lugnare men densamme.

"Den där bilen", sa Winter.

"Jag drog det också när jag ringde in", sa Ringmar. "Hörde du inte det?"

Winter svarade inte. Det fanns inget att svara på där heller. Han gick ut i hallen, ut genom dörren, nedför trapporna, ut på gården. Det var en annan gård nu än för en halvtimme sedan, den skulle aldrig bli densamma. Folk här skulle skakas om, knappast prata om något annat den kommande tiden. Sedan skulle det glömmas. En del skulle flytta, inte på grund av det här. Andra orsaker. Naturliga orsaker. En del skulle åka på semester i sina husvagnar precis som vanligt. Kanske nu. Det var snart juli. Så kallad högsommar. Han hade haft sin högvinter. Hans sommar var för arbete. Och därför var den här sommaren – som det hette – räddad.

Barnen var borta från lekplatsen, som om de redan fått budskap om vad som hänt i lägenheten på andra våningen bakom honom. De hade lämnat gungorna svängande, eller om det var vinden, men det fanns ingen vind. Det fanns bara sol nu. Winter vände blicken mot himlen, som var fri från moln. Den här gården släppte in mycket himmel, det fanns mycket himmel häruppe i norra delen av stan, mer än i centrum. Från där han stod såg han betydligt mer av den blå skyn än han skulle ha sett från gatan utanför huset vid Vasaplatsen. Från sin våning såg han ännu mindre.

Ringmar stod plötsligt bredvid honom.

”Ursäkta om jag lät tvär, Erik.”

”Du är ursäktad.”

”Ibland blir det bara för mycket.”

Winter svarade inte.

”Det måste ju hänga ihop”, sa Ringmar.

”Morden nere i Hjällbo blir plötsligt ytterligare nåt annat”, sa Winter.

”Handlade det om Said Rezai?” sa Ringmar och vände sig mot Winter. ”Var det han dom var ute efter?”

”Och hon.”

”Det måste hänga ihop”, upprepade Ringmar. ”Först han och sen hon.”

”Eller i den andra ordningen”, sa Winter.

Ringmar nickade.

”Eller inte alls i den ordningen. Inte i nån ordning alls.”

”Hur menar du?”

”Said är gärningsmannen”, sa Winter.

”Han skar halsen av sin egen fru?”

”Om det var så hon dog.”

”Det såg så ut”, sa Ringmar.

Winter nickade.

”Var det nåt hon gjort?” sa Ringmar. ”Han dödade henne för nåt hon gjort? Eller inte gjort?”

”Vi får vara försiktiga med spekulationerna”, sa Winter. ”Men Said skulle ligga illa till om han inte redan låg ännu sämre till.”

”Jag kan inte tänka mig det där”, sa Ringmar. ”Jag hör vad du säger, men jag lägger det åt sidan en stund.” Han såg på Winter. ”Kan du inte låta mig lägga det åt sidan en minut?”

Han vill ha en bättre värld, tänkte Winter. Han vill fortfarande ha en bättre värld. Bertil är tio år äldre än jag och han har fortfarande hopp. Jag har börjat förlora det. Jag vill inte förlora det. Jag vill bli som Bertil. Men jag kan inte lägga nånting åt sidan.

”Du kan tänka dig det som hände i butiken”, sa Winter.

”Låt oss säga att mördarna egentligen var ute efter Said Rezai...” sa Ringmar dröjande.

”Ja?”

”... och dom andra två råkade bara befinna sig på fel plats”, fortsatte Ringmar.

”Då hade det alltid varit fel plats”, sa Winter. ”Dom jobbade liksom där.”

Ringmar nickade.

”Och Said Rezai var en kund, vad vi vet. Om han inte jobbade där också.”

”Inte vad vi vet.”

”Så gärningsmännen kliver in och offrar två andra för att klippa en?”

”Det har hänt förut”, sa Ringmar.

”Inte hänt oss, Bertil. Inte oss här i Göteborg.”

”Vi är inte direkt vaccinerade mot det.”

”Vaccinerade? Vad är det för jävla jämförelse? Det här är inte fågelinfluensan.”

Lägg av, Erik, tänkte Winter. Det här samtalet kan gå överstyr. Vi måste hitta tillbaka, till metoden.

De hade en metod, där orden flög, associationerna, frågorna, svaren ibland, tankarna. Hjärnstorm kanske, eller åtminstone styv kuling, ibland mer. Om man sa ”det där är bara spekulationer” var man långt från metoden.

”De kunde skjutit honom var som helst, på vilken plats som helst”, sa Winter. ”Varför just där?”

”För att få det att se ut som ett rån.”

”Dom stal ingenting.”

”Just det.”

”Vad vi vet.”

”Ett galet rån. *Random*, som jänkarna säger. Det är inte första gången ett sånt sker här i stan.”

”Första gången med den här utgången.”

”Det skulle komma. Det har kommit nu.”

”Kvinnan då? Shahnaz?”

”Hon fanns med i planen”, sa Ringmar.

”Planen? Vilken plan?”

”Jag vet inte, Erik.”

”Finns det överhuvudtaget en plan här?”

”Vad finns det annars?”

”Hat. Jag vet inte. Hämnd.”

”Hämnd för vad?”

”Blodshämnd. Respekt. Ära. Förnedring.”

”Vad betyder det?”

”Jag vet inte.”

”Vad vet vi om paret Rezais liv?”

”Ingenting.”

”Vi vet snart allt om hur dom dött men ingenting om deras liv.”

”Det finns mycket kvar att veta om hur dom dött”, sa Winter.

”Och här kommer teknikerna”, sa Ringmar, ”hela vägen från Borås.”

Winter och Ringmar stod utanför kvartersbutiken igen. Det var som en cirkel av tystnad omkring dem. Det *var* en cirkel av tystnad. De nyfikna hade gått därifrån. Cirkeln var avspärrningsbanden, blå och vita i middagsljuset. Ingen vind nu heller.

Trafiken hade tätnat ute på vägen, men inte mycket. Winter kunde se ansikten vändas mot honom när bilarna passerade därute: där står Winter, då måste det ha hänt nåt. Aha, dom har spärrat av. Ett rån igen. Han har varit med i teve den där.

Det här blir en lång dag, tänkte Winter och vände sig mot byggnaden. Från gryning till skymning. Kanske ska vi stå här till nästa gryning. Försöka förstå hur det var.

”Jag försöker förstå hur det var”, sa Ringmar.

Winter hoppade nästan till.

”Kan du läsa folks tankar, Bertil?”

”Nä, vadå?”

”Inget. Du försöker förstå, sa du?”

”Okej, klockan är två på morgonen, på väg mot tre. Det är den första vargtimmen. Även om det är sommar finns det ingen anledning att hålla sig uppe då.”

”Partyfolket håller sig uppe”, sa Winter.

”Häruppe? Vi är inte i dina hemtrakter, i Vasastan, Erik.”

”Det är sant.”

”Vi säger att klockan är två”, fortsatte Ringmar. ”Det är fortfarande natt. Inne i den här butiken finns tre män. Fanns. Åtminstone så många. Kanske fler, alltså innan skjutandet började. Avrättningarna utfördes. Tre män fanns härinne och klockan var två på morgonen.”

”Vart vill du komma, Bertil?”

”Det är inte rusningstimmen vi pratar om här, Erik. Det är vargtimmen. Visserligen håller Jimmys öppet tjugofyra timmar om dygnet, men det behövs knappast två personal vid den tiden.”

”Två personal för en kund”, sa Winter.

”Sånt är bortrationaliserat i det här landet”, sa Ringmar.

”Dom var inte från det här landet.”

”Men ändå.”

”Jag förstår vart du vill komma, Bertil.”

”I den mest osannolika av dygnets timmar kliver Said Rezai in här för att köpa nåt”, sa Ringmar. ”Var det så?”

”Han hade i vilket fall inte hunnit köpa”, sa Winter. ”Inget i fickorna.”

”Här står Jimmy och Hiwa. Said kliver in.”

”Mhm.”

”Sen sker massakern.”

”Fortsätt.”

”Taxikillen kommer hit kanske nån timme senare. Slår larm.”

”Och besökarna är borta”, sa Winter.

”Besökarna är borta”, upprepade Ringmar. ”På väg till Rannebergen.”

”Ja. Eller nej. Det vet vi inte än. Vi får vänta på Pias obduktion.”

”Beredda att ta den risken”, fortsatte Ringmar som om han inte hört Winter.

”Vilken risk?”

”Larmet kunde ha gått sekunderna efter skotten”, sa Winter.

”Larmet? Vilket larm? Larmet till polisen?”

”Ja.”

”Det gjorde inte det, eller hur?”

”Nej.”

”Vi leker med tanken att dom åkte upp till Saids lägenhet för att mörda kvinnan. Dom visste att hon var där. Dom visste om Said och Shahnaz.”

”Dom kände dom”, sa Winter.

”Jag har svårt att se det på annat sätt. Om inte Said gjorde det själv.”

Winter såg in i butiken. Den var tom nu. Teknikerna skulle komma tillbaka, de kom alltid tillbaka så länge det fanns anledning. Det fanns nästan alltid anledning. I en förundersökning gällde det att se bakåt lika mycket som framåt. Mest såg man bakåt, åtminstone i början. Det kunde finnas saker kvar därinne som de inte kände till men som kunde hjälpa dem, hjälpa dem enormt.

Winter vände sig tillbaka mot Ringmar.

”Dom väntade.”

”Förlåt?”

”Dom väntade”, upprepade Winter. ”Jimmy och Hiwa och Said. Dom hängde inte därinne för att dom inte hade annat att göra. Sova, till exempel. Nej. Dom väntade på någon, några. Det var ett möte.”

”Därinne?” sa Ringmar och nickade in mot lokalen som låg i barmhärtig skugga från middagssolen. Herregud, det var egentligen fortfarande förmiddag.

”Finns det en bättre plats för ett möte?”

”Nej.”

”Nån skulle komma. Dom väntade.”

”Och nån kom. Den som dom trodde?”

”Jag vet inte.”

”Bättre kan du, Erik.”

”Ja. Jag säger ja.”

”Alla var gamla bekanta, alltså?”

”Ja, eller nya. Nya bekanta.”

”Så våra tre offer väntar och in kommer deras bekanta?”

”Ja.”

”Med hagelgevären på full *blast*.”

”Full *blast*?”

”Full spruta då”, sa Ringmar. ”Du vet vad jag menar, för helvete.”

”Gevären var med, men kanske inte på det sättet”, sa Winter.

”Dom blev osams, menar du?”

”Det är möjligt.”

”Osams om vad?”

”Priset”, sa Winter.

”Priset på vad?”

”Varan.”

”Vilken vara?”

Winter nickade in mot butiken.

”Knappast socker och salt”, sa han.

”Men nåt som liknar det?” sa Ringmar. ”Till utseendet?”

Winter nickade igen, fortfarande vänd in mot lokalen.

”Ja, varför inte”, sa Ringmar.

”Finns det nåt som är typiskt för knarkuppgörelser så är det att dom är våldsamma”, sa Winter.

”Och omfattar hela familjen”, sa Ringmar.

Winter svarade inte.

Han gick plötsligt därifrån, runt byggnaden.

Ringmar följde efter.

Winter stannade med blicken mot gångvägen. Husen skymtade på andra sidan fälten i en annan nyans av grått nu som inte var grått alls, snarare gult som skulle bli brandgult under den sena kvällen.

”Vad är det, Erik?”

”Den där pojken. Jag tänkte på honom.”

”Kan vara vem som helst, vilken grabb som helst.”

”Jag tror inte det.” Winter tog ett par steg på gångvägen. ”Jag tror inte det, Bertil.”

6

FREDRIK HALDERS OCH ANETA DJANALI passerade Hammarkullens station till fots. Härifrån gick spårvagnen till Kungsten. Det var nästan Långedrag. Det var två poler.

”Stans längsta spårvagnslinje”, sa Halders och stannade till vid rulltrapporna.

”Är det?” sa Aneta Djanali.

”Tror det. Åtminstone bildligt talat.”

”Bildligt talat?”

”En lång klassresa”, sa Halders. ”Det tar många generationer härifrån och till Långedrag.” Han tittade på Aneta Djanali. ”Tusen generationer.”

”Om du säger det så.”

”Jag säger det. Själv har jag inte kommit längre än till Lunden.” Han tittade upp mot skyn, som för att mäta fågelavståndet till Lunden strax söder om Redbergsplatsen. ”Härifrån till Lunden är det inte mer än sex kilometer.”

”Sex generationer”, sa Aneta Djanali.

”Fast jag kommer ju inte härifrån”, sa Halders, med ett tonfall som om det gick upp för honom just nu.

”Inte jag heller.” Hon gick ett steg åt sidan när de mötte en grupp svarta män. Två av dem nickade artigt mot henne.

”Ingen kommer väl egentligen härifrån.”

”Det är sant. Det var bra sagt, Aneta.”

”Jag vet inte.”

”Men du smälter in bra”, sa Halders.

”Jag hoppas du inte skämtar nu, Fredrik. Det här är inte rätt tid och rätt plats.”

”Rätt plats är det väl. Vill du ha en kebab?”

De stod utanför Marias Pizzeria & Café. Stället hade nyss öppnat. Aneta Djanali kunde se två svarta män vid bordet närmast fönstret, afrikaner, kanske somalier. De såg definitivt ut som somalier. Hon var själv afrikan, om man kunde kallas så efter födsel på Östra sjukhuset, sex kilometer från Hammarkullen. En generation därifrån. Ja, hon var afrikan och samtidigt den första svenska generationen i familjen Djanali. Hennes föräldrar hade kommit hit från Ouagadougou i dåvarande Övre Volta, hade flytt hit. Nu hette landet Burkina Faso. Och de hade till slut lämnat Göteborg, när hemlängtan blev för stark och den politiska situationen hade förändrats till det bättre och dottern var vuxen och polis. Hennes mor hade dött i Ouagadougou kort efter hemkomsten. Aneta hade rest till Afrika och sett landet för första gången, sett staden. Det var hemma men borta. Det var en oerhörd upplevelse. Hemma och borta. Hon var *hemma* men visste att hon aldrig skulle kunna leva i Burkina Faso. Det handlade inte om fattigdomen, eller språk, eller jobb, eller kulturen. Ja, kanske. Men det var något annat som hon aldrig kunde sätta ord på. Hon grät på Air France-planet tillbaka till Paris, grät, grät. Hon grät när hon kom ”hem”. Plötsligt var hon en främling överallt. Det hade ännu inte riktigt gått ur. Kanske skulle känslan aldrig gå ur. Den hade kanske funnits där hela tiden, kunde inte försvinna. Den var latent, som eventuella skoavtryck på Jimmys golv. Den hade väntat på att få komma fram. Den hade fötts med henne på Östra sjukhuset.

”Jag vill inte ha kebab klockan nio på morgonen”, svarade hon Halders. ”Men en smörgås, kanske.”

”Vi delar”, sa Halders. ”Jag är ändå inte särskilt hungrig.”

De gick in. Kvinnan bakom disken hälsade som om de var stamgäster. De två männen vid fönstret reste sig och gick.

Smörgåsen var stark och vegetarisk.

”Helt okej”, sa Halders men munnen full. ”Jag gillar dom här pepparfrukterna.”

”Jag vet”, sa Aneta Djanali.

Hon visste. De hade, efter några års förhållande, till slut flyttat samman i huset i Lunden. Samman och samman, Aneta hade flyttat dit, Fredrik bodde där redan med barnen Hannes och Magda. Han hade själv flyttat dit, eller flyttat tillbaka, när hans före detta fru Margareta körts ihjäl av en rattfyllerist. Aneta hade ändå mer eller mindre bott i huset den senaste tiden. Men ändå. Det hade varit ett stort steg, för alla. Men till slut fanns det inget annat steg att ta.

Någon kanske undrade. De var inte ett självklart par.

Men Fredrik hade förändrats. Han började hitta sig själv, som han sagt för inte så länge sedan. Det finns nån som är jag, hade han sagt. Det lät djupt. Det lät också på riktigt. Han var fortfarande sarkastisk, drastisk, men inte så ofta och inte på samma sätt. Han var på väg att bli kommissarie. Återväxten, hade han kallat det, och lett ett snett leende. Men tjänsten behövdes, skulle besättas. Chefen, Sture Birgersson, skulle gå i pension i höst. Winter skulle formellt ta över det han informellt styrt de senaste sju åtta åren. Och Ringmar blev inte yngre. Halders kände sig yngre, det hade skett det senaste året, eller halvåret. Han hade växt i Winters frånvaro, på något sätt. Det hade ibland varit så tydligt att det varit komiskt. Och kanske lite tragiskt, hade Aneta tänkt. Erik kastar en skugga över Fredrik, han kommer inte undan den. Det är inte Eriks fel. Det bara är så.

Halders torkade sig om munnen. Han blinkade och kisade mot solen. Några kvinnor i svarta slöjor gick snabbt över stenarna på torget. Eller om det var solen som gjorde slöjorna svarta. Den var redan stark och skuggorna var skarpa. Allt var svart och vitt därute. Halders drog med handen över sin stubbade skalp. Han nickade bort över torget.

”Hoppas inte familjen Aziz ser oss sitta här och käka”, sa han. ”Som om ingenting har hänt.”

”Jag tror dom har annat att tänka på.”

”Ja, fy fan.”

”Hon visste ingenting”, sa Aneta Djanali. ”Mamman.”

”Nej.”

Halders drack av vattnet, och la servetten på tallriken framför sig.

”Här kommer vi och berättat att hennes son blivit skjuten på jobbet, och hon vet inte ens att han jobbade där”, sa Aneta Djanali.

”Hon visste att han jobbade.”

”Men inte där.”

”Spelar det nån roll?” sa Halders.

”För henne? Eller för utredningen?”

”Vi kan börja med henne.”

”Naturligtvis gör det det. Tänk dig hennes fruktansvärda trauma nu. Det blir dubbelt när sonens liv på nåt sätt är en hemlighet.”

”Syskonen kanske visste”, sa Halders.

”Inte vad dom säger.”

”Jag tror dom ljuger. Flickan, systern, jag tror hon visste.”

”Visste vad?”

”Var han jobbade, förstås. Var han var.”

”Varför skulle hon ljuga om det?”

”Det får vi fråga henne. Nästa gång.”

”Var försiktig där, Fredrik.”

”Jag är alltid försiktig.”

”Det här är människor som blivit illa behandlade, för att uttrycka det milt.”

”Dom väntade på asyl” , sa Halders.

”Bara det”, sa Aneta Djanali.

”Sa hon att dom hade fått avslag fyra gånger?”

”Jag tror det. Vi får kontrollera det också.”

Halders nickade.

”Det är för jävligt”, sa Aneta Djanali. ”Där har dom suttit och väntat.”

”Barnen fick ändå gå i skola”, sa Halders.

”Det gör det hela ännu mer cyniskt”, sa Aneta Djanali.

”Dom har inte tvingats gömma sig i alla fall.”

Halders kunde se glöden i Anetas ögon.

”Påminn mig inte, Fredrik. Påminn mig inte om att det är vi, polisen, som jagat dom gömda familjerna och gripit dom och drogat dom och satt dom på ett plan tillbaka.”

”Det är inte vårt beslut”, sa Halders.

”Vårt beslut? Vårt BESLUT!? Vi lydde bara order? Vad är vi? Nazister?”

”Det är komplicerat”, sa Halders.

”Komplicerat? Komplicerat? När poliser i andra distrikt i landet har annat att göra än att jaga skräckslagna barn, när dom *ser till* att dom har annat att göra, så är kåren i Västra Götaland mer än villig att satsa sina resurser på människojakt.”

”Jag vet inte om den historieskrivn...”

”Historieskrivning?”, avbröt Aneta Djanali. ”När den där lagen kom om omprövning... herregud, alla andra la ner vapnen direkt, men inte vi. Inte Göteborg. Vet du vad jag tänkte då, Fredrik? Vet du vad jag tänkte då?”

”Jag vet vad du tänkte, Aneta. Du sa det till mig. Du sa det många gånger.”

”Jag tänkte lägga av. Jag säger det en gång till.”

”I en sån situation behövs alla goda krafter”, sa Halders.

”Herregud, Fredrik, du har förändrats och det är bra, men det finns en gräns. Vill du bli kommissarie, eller politiker?”

”En sak i taget”, sa Halders och försökte le.

Det var meningslöst.

”Vad tror du den här skräckslagna familjen tänker och tror och tycker när vi stövlar in i deras lägenhet?”

”Jag kan föreställa mig”, sa Halders.

”Det är bra. Utan empati kommer vi ingenstans med det här fallet. Fallen. Empati och fantasi.”

”Nu låter du som Winter.”

”Jag låter som mig själv.”

Halders sa ingenting. Han gjorde ett tecken till kvinnan bakom disken och tog fram sin plånbok.

”Jag tror vi låter företaget stå för det här. Arbetsfrukost. Fast vi kallar det lunch.”

Aneta Djanali lutade sig framåt över bordet.

”Hur ska vi göra, Fredrik?”

Halders tog emot notan och kvinnan gick tillbaka till disken. Han tog fram några sedlar ur plånboken och tittade upp.

”Hur menar du?”

”Jag tror också att någon eller några i familjen vet mer än dom sa till oss nu. Men vi måste vara försiktiga. Det här är annorlunda, Fredrik. Mycket annorlunda. Allt är annorlunda.”

”Jag förstår det, Aneta.”

”Vill vi veta nånting måste vi tänka på det. När vi ställer frågorna. När vi får svaren.”

”Om vi får några svar.”

”Vi kommer att få svar.”

Kvinnan kom tillbaka och tog emot pengarna. Hon såg ut att komma från något land i Mellanöstern, men kanske kom hon från Östra sjukhuset. Aneta Djanali betraktade henne när hon gick över golvet. Hon ställde sig vid kassaapparaten igen. Bakom henne stod en man och skar skivor från en tjock kebabrulle med malet kött. Om Aneta Djanali någon gång åt kebab ville hon ha döner kebab, med hela lammskivor i lager ovanpå varandra, men det var inte så vanligt i Sverige. Ordet kebab hade överhuvudtaget en dålig klang. Som något sekunda. En import från en del av världen varifrån vi inte ville ha några importer. Oliver kanske. Och dadlar. Dadlar hade funnits i svenska urhem sedan femtiotalet, fyrtiotalet. Dadlar var helsvenskt nu. Som kåldolmar. Svenska kåldolmar, inte orientaliska. Det fanns inte svensk kebab ännu, även om kebabrullen fanns i varenda svensk landsortshåla.

Halders var på väg att resa sig när han stelnade till.

”Är inte det där hon?” sa han och nickade mot torget utanför fönstren. ”Systern?”

Aneta Djanali vände sig om.

Hon kunde se gestalten av en kvinna gå utefter bortre delen av torget, gå snabbt. Hon såg först ut som en silhuett under solen, innan ögonen vande sig vid ljus och avstånd. Hon bar inte slöja, det var därför Halders trott sig känna igen henne, och han hade rätt. Det var den döde Hiwas sjuttonåriga syster. Aneta Djanali kom inte ihåg hennes namn, men hon hade skrivit ner det i sitt anteckningsblock. Hon skämdes plötsligt för att hon inte kom ihåg namnet.

”Vart är hon på väg?” sa Halders och började snabbt gå mot utgången.

”Vi kan int...” sa Aneta Djanali men Halders var redan därute, och på väg över torget. Det såg ut som om ett stort moln drog fram därute.

Aneta Djanali kunde inte längre se kvinnan.

Nasrin. Hon hette Nasrin. Aneta Djanali hade tagit fram anteckningarna.

Hon tittade upp. Halders var försvunnen bakom buskarna och grenverket till höger.

Därute kände hon plötsligt vinden i ansiktet. Hon kunde se den i träden. Vinden var het, den påminde om den vind hon känt vid randen av staden när hon varit i sina föräldrars land. Randen av staden var samtidigt randen av öknen. De gick in i varandra.

Hon gick över torget och in på gångvägen på andra sidan.

Hon kunde se Fredrik femtio meter längre bort. Han stod stilla, vinkade när han såg henne, vände sig åt olika håll.

”Jag tappade bort henne”, sa han.

”Såg hon dig?”

”Tror inte det. Hon var redan borta när jag kom hit.”

En större parkeringsplats fanns framför dem.

”Hon kan inte ha hoppat in i nån bil”, sa Halders. ”Det hade jag sett.”

”Det finns en parkeringsplats ännu längre bort”, sa Aneta Djanali.

”Det finns gott om gångvägar också”, sa Halders och pekade åt väster. ”Och buskar.”

”Jag tror inte hon försöker gömma sig”, sa Aneta Djanali.

”I vilket fall skulle jag vilja veta vart hon var på väg”, sa Halders.

*

”Vart som helst”, sa Bertil Ringmar under eftermiddagens sammanträde.

”Nej”, sa Halders, ”hon såg ut att vara på väg till en bestämd plats och det snabbt.” Han tittade på Aneta Djanali för bekräftelse. ”Eller hur?”

”Jag vet faktiskt inte”, sa hon och tittade på Ringmar och Winter och Bergenhem.

”Det vet du visst.”

”Det behöver inte betyda nåt”, sa Bergenhem.

Halders svarade inte. Han verkade inte lyssna. Han såg på Aneta Djanali som om hon svikit honom.

”Dom kände alltså inte till Hiwas jobb?” sa Winter.

”Svartjobb”, sa Halders.

”Inte helt”, sa Ringmar.

”Vem säger det?”

”Samma källa som berättade att Hiwa jobbade där.”

”Det där har inte jag hört”, sa Halders. ”Vem är det?”

”En granne.”

”Granne? Granne till vem?”

”Till butiken.”

”Det där låter vagt”, sa Halders.

”Du förstår när du ser området”, sa Ringmar.

”Hur dök den här grannen upp då?”

”Han kom fram till avspärrningen”, sa Winter.

”Låter skumt.”

”Varför det?”

”Tja, för det första: hur kunde han veta vem som låg därinne?”

”Vi började direkt förhöra folk utanför”, sa Ringmar. ”Nyfikna.”

”Och?”

”Den här mannen sa att han varit inne i butiken under kvällen och att dom två som jobbade där varit där då, som han uttryckte det.”

”Han kunde namnen?”

”Ja.”

”Okej. Men då visste vi redan vilka det var, va?”

”Ja.”

”Han visste inget om den tredje killen? Sair?”

”Said”, sa Bergenhem.

”Va?” sa Halders.

”Said”, upprepade Bergenhem. ”Med ett d på slutet.”

”Jisses, som om det skulle vara nån skillnad.”

”Jag hoppas du skojar, Fredrik”, sa Ringmar.

”Jag skojar.”

”Är det nån mer som vill skoja?” sa Winter. ”Innan vi börjar gå igenom det här på allvar?”

7

JAG FRÖS INTE LÄNGRE. Jag frös som en hund när solen gick upp och det tog två timmar till innan det blev lite varmare.

Jag stod utanför tältet och såg solen stiga över bergen som en blodapelsin. Allt var plötsligt rött omkring mig, sanden, tälten, bergen, stenarna.

Kamelerna fanns hundra meter bort. Två kameler. Och hundarna som redan var uppe och sprang mellan tälten och letade efter föda, men det fanns ingen föda, inte till dom och inte till oss. Det är därför jag alltid tänker på blodapelsiner när jag ser solen gå upp. Eller granatäpplen, jag tänker egentligen på granatäpplen. Jag vill inte tänka på blodapelsin. Det hade inte gått mer än en vecka sen jag åt ett granatäpple, det var före flykten. Jag tycker om granatäpplen. Saften som finns i varje kärna, som om varje kärna är en liten säck för sig. Tänk om vi hade ett kilo granatäpplen nu, tänkte jag när jag stod där.

Tänk om dom inte hade några granater alls, om det inte fanns några. Jag förstod att det var granater. Det förstod alla i byn. När det lät som om allt exploderade på vägen till byn förstod vi vad det var, och när vi såg röken. Rökmolnen. Som om alla kvistar på alla slätterna tändes på samma gång. Jag såg eld som tungor upp mot skyn. Det var som på oljefälten, men på ett annat sätt. Elden var svartare.

Vi hade bara haft lite vatten och lite bröd dom senaste två dagarna. Brödet kom från mjölet som mor fick med sig när vi flydde hemifrån. Jag vet inte hur hon fick med sig det, i lädersäcken. Det var som om hon redan packat mjölet. Som om hon visste att det skulle hända, elden, granaterna, skjutandet. Knivarna. Att det skulle komma.

Jag frös inte längre. Jag gick bort till änden av lägret och det var som om jag kom närmare solen då, som om det blev ännu varmare.

Det rök från små eldar i lägret, det var en liten rök. Vi kokade tevatten, vi hade lite te, men det tog snart slut. Vi hade inget socker och det går nästan inte att dricka te utan socker, jag var inte van vid det.

Far sa alltid att har man socker till sitt te så är allting som det ska vara. Han kunde säga såna saker: har man salt till brödet så är allt bra, har man lök till riset så är allt bra, har man peppar till lammet så är allt bra, har man smör till äggen så är allt bra, har man olja till okran så är allt bra.

Allt var bra. Vi hade allt det där, så allt var bra.

Vi lekte i dom gamla ruinerna efter palatset. Ruinerna var femhundra år och palatset hade varit sjuhundra år.

Byn hade funnits i tusen år, hade jag hört. Jag hörde sen i lägret att den inte fanns längre, dom som kom efter oss har sagt så.

När jag vände mig om såg jag mor komma ut ur tältet och ropa något mot mig som jag inte kunde höra. Hon viftade med handen, hon ville att jag skulle komma. Hon ville mig nåt.

8

SKUGGORNA VAR LÄNGRE DÄRUTE NU, de drogs ut av eftermiddagen, från Angered till Saltholmen. Men det var ännu inte skymning, det var fortfarande timmar dit. Tiden från gryning till skymning var oändlig dessa dagar i juni, den upphörde aldrig. Skuggorna från belysningstornen på Ullevi skulle senare sträcka sig ända bort till Korsvägen, och uppför Eklandagatan. Winter kunde inte se så långt. För en sekund kunde han knappt se papperen framför sig, eller ansiktena runt bordet. Han blundade och öppnade ögonen och den svaga känslan av yrsel var borta.

”Vad är det, Erik?” frågade Aneta Djanali.

”Ingenting.”

”Utarbetad?” frågade Halders med oskyldig min.

”Inte än, Fredrik.”

Halders såg ner på bilderna framför honom, framför alla. De visade en kropp på en säng. Kroppen tillhörde Shahnaz Rezai, adress Fjällblomman 9. Eller hade tillhört henne. Hennes själ var någon annanstans nu. Det där ansiktet är inte hennes längre, tänkte Aneta Djanali. Det är vårt nu.

”Vad kallas det där?” sa Halders och tittade upp. ”Hat?”

Ingen svarade.

”Vad säger dom uppe på tekniska?”

”Ingenting ännu”, svarade Winter. ”Dom jobbar på det, som vi.”

”Vad säger Pia då?”

”Att det finns ett par tänkbara dödsorsaker”, sa Ringmar.

”Jag kan förstå det”, sa Halders lågt medan han åter betraktade bilderna. ”Fy fan.” Han tittade upp. ”Dom här jävlarna måste vi ta, och det snabbt. Dom har vandrat tillräckligt länge på jorden."

Ingen svarade.

"Om det här hänger ihop med skotten i butiken? *You bet* det hänger ihop", fortsatte Halders. "*No way* det är en tillfällighet."

Ingen kommenterade det heller.

"Ingen chans", översatte Halders sig själv.

"Han kan ha gjort det själv", sa Bergenhem. "Said."

"Vi får se vad karaktärsstudien visar", sa Winter torrt.

"Vi vet för fan ingenting om dom här människorna", sa Halders.

"Inte än", sa Winter.

Halders såg på bilden framför sig igen och vände den sedan upp och ner.

"Vad gör vi nu?" sa han.

"Operation dörrknackning pågår ännu", sa Ringmar.

"Kommer inte att ge ett skit", sa Halders. "Vi får vänta på teknikerna och fröken doktorn." Han tittade ner på fotografiet. "Och jag tror inte det kommer att ge ett skit heller." Han tittade upp igen. "Vi får säkert veta hur. Men inte varför."

"Vi kommer att få veta det också", sa Winter.

Halders skakade på huvudet:

"Det kommer att ta tusen och en natt."

Den som gjorde en första överblick kunde tro att det fanns tusen och ett gäng i Göteborg, med stark rekryteringbas i stadens nordöstra stadsdelar: mc-gäng som Bandidos, Hells Angels, Red Devils, Red White Crew; fängelsegäng som Original Gangsters och Wolfpack; ungdomsgäng som X-team och Tigrarna; mera tätt sammansatta etniska nät av albaner, kurder, före detta jugoslaver, somalier.

Men det fanns egentligen inte några etniskt sammansatta grupper när det handlade om brott, framför allt om de tunga brotten, den stora smugglingen, narkotikan, stölderna, människohandeln. Det var brottet som integrerade, som förenade. Det var pengarna, vinsten, profiten. Det viktiga var inte varifrån den kriminelle kom – det var hur mycket han kunde tjäna på brott, tillsammans med andra, eftersom ensam är svag men mycket starkare tillsammans. Brott var gemenskap över nationsgränserna, över religionsgränserna, det stod över det mesta av all gammaldags och svennig etnicitet. Ja, den var svennig, svennen funderade mer på sådant än narkotikasmugglaren från Albanien eller Iran eller Somalia eller Sverige, det gamla blågula Sverige. Brottslighet var på det sättet svaret på frågan om integration och segregation. Det gav också en integritet, och en trygghet. Det var en otrygg trygghet, men den var bättre än alternativet. Vad var alternativet? Många visste inte.

Polisen försökte ta in och höra kända gängmedlemmar i norr, men också i alla andra väderstreck. Var det en knarkuppgörelse skulle det förr eller senare komma fram, antagligen förr, men med otydliga detaljer. Detaljerna var alltid otydliga när det gällde knark.

Och Winter måste titta efter vapen. Det fanns alltmer vapen ute på gatorna, i gängen. Sådant som var otänkbart för tio år sedan var del av vardagen nu. Nya medborgare på gatorna, nya vapen, fler vapen. Uppgörelser med eldvapen på torgen, på restauranger, på gatorna. På stränder, gangsteruppgörelse al fresco.

Winter väntade för rött vid Avenyn. Det var mycket folk ute i den varma sommarkvällen. Det var kväll nu. Han försökte minnas vilken dag det var men gav upp. Han hade kommit bort från det där under senaste halvåret och det var svårt att bryta vanan. Måndag, tisdag, fredag, söndag. Det var inte söndag, det visste han, men det var allt.

Mobiltelefonen ringde. Den låg på sätet bredvid. Han kände igen numret på displayen.

”Ja, Bertil?”

”Pia kom ner. Hon säger att det skedde nån gång på morgonen.”

”Morgonen? När på morgonen?”

”Tidigt, ett par timmar efter midnatt och fram mot kanske sju.”

Ljuset slog om till grönt och Winter accelererade.

"Frågan är när Said kom till butiken", sa han.

"Ja. Enligt Pia bör skjutandet ha skett i gryningen under det där tidsspannet också. Men det vet vi ju."

De hade ännu inte fått fram något vittne som faktiskt hört skotten. Det var egendomligt, som om mördarna använt ljuddämpare. Men det hade inte varit möjligt, inte med de skadorna på offren. Byggnadens väggar dämpade en del, men inte så mycket. Kanske var det butikens relativt isolerade läge. På det avståndet, från boningshuset, kunde skotten kanske ha uppfattats som trafik, kanske avgassmällar, kanske något annat av sommarnattens ljud. Det kanske inte uppfattades alls.

De kunde göra ett test. Skjuta lite mer.

"Vi vet inte om det fanns fler i butiken", sa Winter. "Bortsett från offren och mördarna."

"Nån som kom undan, menar du?"

"Ja."

"Stegen taxikillen hörde?"

"Nej, jag tänker inte på stegen. Jag tänker på om nån annan fanns med, och lyckades fly. Eller fick lämna stället, självmant så att säga."

"Varför tänker du så?"

"Jag vet inte. Det är nåt som inte stämmer. Jag vill åka ut direkt i morgon bitti och gå igenom allt igen."

"Jag måste… göra en sak först. Jag kommer senare."

"Jag sa att jag åker ut, Bertil. Du behöver inte vara där."

"Jag vill vara där."

"Okej, vi ses", sa Winter och tryckte av.

Han svängde in mot Vasaplatsen och körde kvarteret runt och ner i parkeringsdäcket under jord.

Han köpte en baguette i bageriet i gatuplanet i huset där han bodde. Bagaren bakade flera gånger om dagen. Winter hade blivit förvånad när han förstod att han kunde köpa färsk franska också tidig kväll. Det var ett starkt argument för att bo kvar i våningen.

I hissen upp tänkte han på pojken som betraktat honom på gården intill husen tvåhundra meter från den ensamma lilla byggnad där tre människor mött döden.

Teknikerna Bo Lundin och Isak Holmström från Borås hade varit med förr. De var också i takt med den nya tiden, och därmed den senaste DNA-metoden, LCN, Low Copy Numbers, som fann spår där det tidigare varit omöjligt att finna spår. Man kunde söka spår på platser där det tidigare inte varit idé att söka.

Bo Lundin tyckte att köksfönstret hos paret Rezai såg ovanligt vältorkat ut, mer än fönstren i övriga rum. Genom det kunde han se en övergiven lekplats i solen. Det fanns en möjlighet att någon torkat bort något på rutan, men bara handlingen i sig var intressant. Och än mer intressant var möjligheten att denne någon andats på fönsterglaset medan torkningen skedde, och den helt lilla utandningen kunde i sig innehålla lite DNA. Det vill säga: någon hade kanske gjort sig omaket att torka bort ett spår man kanske inte kunde åka dit för överhuvudtaget, men den handlingen kunde göra att polisens tekniker sedan hittade något.

Och där fanns kvinnans nacke, och bakhuvud.

Mördare andades.

Bo Lundin visste inte om han kunde säkra några spår. Men han hoppades.

Han arbetade i sitt munskydd och sin sterila engångsoverall.

De satt på balkongen och såg himlen över taken. Den var fortfarande mycket blå.

Winter tog en klunk av det vita vinet, en riesling från Turckheim. Det kändes mjukt på tungan, nästan som vatten som rullar mot stranden en stilla kväll. Det var en stilla kväll. Natten hade ännu inte börjat därnere.

Han hörde ett plötsligt skrik inifrån våningen.

”Hon drömmer igen”, sa Angela.

”Jag går.”

Han hörde gråten i hallen.

Lilly satt upp i sin lilla säng.

Elsa sov vidare i sin.

”Såja, gumman.” Han lyfte upp Lilly och kände rädslan i hennes kropp. Vad hade hon drömt? Vad fanns det i hennes undermedvetna som skapade den oron, skräcken? Hon hade inte fyllt två år ännu. Sina egna drömmar kunde han förstå. Ibland var det nästan som om han välkomnade dem. Hur hemska de än var kunde de aldrig mätas med verkligheten. Men de kom från verkligheten, hans verklighet. Som den här, den i dag. Lägg av nu för fan. Tänk inte just nu. Vagga bara den här lilla till sömns igen. Gunga på. Hon sover nästan. Nu, hon sover nu. Ja. Jag kunde känna det där lilla hjärtat. Det lugnar sig nu.

Han la tillbaka barnet och drog försiktigt lakanet över henne. Det var för varmt för täcke. Den gamla våningen ackumulerade värme under dagen och den låg kvar därinne under natten som en hästfilt. Tvärdrag mellan alla öppnade fönster hjälpte inte mycket när det inte fanns något drag, ingen vind. Det hade inte blåst ordentligt på veckor. Det var som om något höll andan. Faktiskt hade han tänkt så i dag, när han sett de orörliga bladverken och buskarna runt brottsplatserna. Bladverken runt brottsplatsen. Det kunde vara en titel på något. Kanske hans mordbibel. Den hade upprättats i dag och den kunde bli tjock. Den var redan tjock, fyra mord under en gryning. När han tänkte att det skulle bli fler var det spekulation, men inte bara. Under åren hade han lärt sig att lyssna på de okontrollerade tankarna. Den här gången var det nästan som om han inte ville lyssna.

”Hon sover nu”, sa han när han kom tillbaka ut på balkongen och satte sig i rottingfåtöljen igen och tog glaset. ”Det kanske är omställningen till ett annat land och en annan kultur.”

”Och ett annat väder”, sa Angela. ”Det är varmare här än i södra Spanien.”

”Just nu, ja.”

”Kan du hämta lite mer vatten, är du gullig?” sa hon och höll upp sitt tomma glas.

Han reste sig igen och grep karaffen och gick ut i köket och lät vattnet spola sig så kallt det gick. Han la också några isbitar i karaffen.

”Tack”, sa hon när han var tillbaka och serverade henne. Han satte sig. Det fanns fortfarande lite vin i flaskan. Han skulle dricka det, och sedan inte mer i kväll. Ingen whisky i kväll. Ingen visste vad som hände därute i morgon, eller i natt, eller nästa natt.

”Vill du prata om det?” sa Angela efter en liten stund.

”Jag tror jag måste”, sa han.

”Du får själv säga när vi inte ska göra det längre.”

”Det är den där grabben”, sa han.

”Tror du att det var han?”

”Ja.”

”Varför?”

”Han tittade på mig på ett speciellt sätt.”

”Varför kom han inte fram då?”

”Någon kanske tittade på honom.”

”Herregud.”

”Jag fick det intrycket.”

”Att han kände sig iakttagen?”

”Ja. Eller trodde att han var det.”

”Varför trodde han det?”

”För att han hade sett något. Han hade sett morden.”

”Vad gjorde han där då? Varför var han där?”

Herregud, Angela är som Bertil, tänkte han. När Bertil går i pension har jag fortfarande Angela.

”Ute och cyklade, kanske. Ute och… jag vet inte.”

”I gryningen? Ensam ute i natten? Hur gammal var han? Tio tolv?”

”Nåt sånt”, sa Winter. ”Inte mer.”

”Och han fick cykla ensam därute?”

Winter ryckte på axlarna.

”Han var kanske inte ensam”, fortsatte Angela.

”Det har slagit mig också.”

”Han var med nån av dom… andra?”

”Det är möjligt”, sa Winter.

”Hur hittar du honom?”

”Vi går igenom alla som bor i området, lägenhet för lägenhet. Vi pratar med närpoliserna, bostadsvärdarna, skolorna, idrottsföreningarna. Och poliserna däruppe pratar i sin tur med sina källor, på båda sidor om lagen. Fast mest på andra sidan.”

”Det låter som ett jättejobb. Alltihop, alltså.”

Winter nickade.

”Hur lång tid tar det?”

”Alltför lång.”

Han hällde upp det sista av vinet till sig och Angela. Han lyfte glaset och drack. Det var lite för varmt nu. Han satte ner glaset och hällde i lite isvatten.

”Det kan ha varit nån helt annan”, sa han.

”Om det var nån överhuvudtaget”, sa hon.

”Taxikillen var säker.”

”Är han trovärdig?”

Winter ryckte svagt på axlarna igen. Han tyckte inte om att göra det, men han gjorde det ändå.

”Jag vill nog inte prata om det här mer nu”, sa han.

”Bra.”

”Jag vill prata om snälla och trevliga saker.”

”Havet”, sa hon. ”Låt oss prata om havet.”

”Vilket hav?”

”Varför inte det som ligger härutanför”, sa hon och gjorde en gest mot väster, över takåsarna bakom dem.

”Vad är det med det?” sa han, men han visste vad hon skulle säga. Det var en gammal diskussion som blev ny varje gång.

”Nånstans i mitt bakhuvud finns det nåt om en tomt intill det där havet”, sa hon. ”Eller om jag till och med ser ett hus.”

”Ett hus? En tomt?”

”Är det inte konstigt?”

”Jo, det är det verkligen.”

”Den där tomten måste vara värd en hel del pengar nu, Erik.”

”Den var alltid värd pengar.”

”Varför inte sälja den?”

”Vill du det?”

”Jag vet faktiskt inte. Jag kanske försöker provocera, kanske inte. Men det känns ju som om det aldrig kommer att hända nåt. Att vi aldrig kommer härifrån.”

”Är det så hemskt då? Att aldrig komma härifrån?”

”Nej, nej, men du vet vad jag menar. Vi har två rosenknoppar därinne och luften här är inte den bästa. Det vet du. Det har vi pratat om tusen gånger. Du säger att det är för sent för dig, men det är inte för sent för Elsa och Lilly.”

”Har jag sagt att det är för sent för mig?”

”Du har sagt att du är immun. Du har sagt en jävla massa korkade saker men just nu är det vad jag kommer ihåg.”

”Är det okej om jag tänder en cigarr?” sa han.

”Försök inte komma undan det här nu.”

”Jag försöker inte komma undan. Jag behöver en cigarr. Jag är nervös.”

”Se där. Du försöker komma undan igen.”

”Angela. Skulle du verkligen trivas därnere? Det är fint och det kanske kan bli fantastiskt, men... blir det samtidigt inte lite isolerat? Blir vi inte isolerade?”

”Isolerade? Isolerade från vad?”

”Det här.” Han slog ut med handen. ”Stan.”

”Jag vet inte”, sa hon. ”Ibland tycker jag att det inte är mycket till stad.”

”Jämfört med Marbella är Göteborg stort”, sa han.

”Jag jämför inte med Marbella.”

”Madrid då? Barcelona? Paris? London? Milano? Singapore? Bombay? Sydney? New York?”

”Ja.”

Winter brast i skratt, ett kort.

Han tände en Corps.

Röken gled iväg i kvällen. Han kunde se den, länge.

”Det är vackert när röken glider iväg så där en klar kväll”, sa han.

”Jag går och lägger mig nu”, sa hon och reste sig.

Winters mobiltelefon ringde. Han hade lagt den på bordet. Angela himlade med ögonen och vinkade farväl medan Winter grep telefonen.

”God natt, Winter.”

Han kände igen rösten i andra änden.

”God natt på dig själv, Sivertsson. Tack för att du ringde.”

Det var Holger Sivertsson, närpolischefen i Angered.

”Du sa ju att jag kunde ringa sent. Eller tidigt. Men du behöver inte tacka. Nyheterna är att det inte finns några nyheter.”

”Vad betyder det?”

”Det betyder att våra källor inte vet nåt. Åtminstone inte nu. Eller åtminstone inte än.”

”Är du inte förvånad?”

”Det är inte mycket som förvånar mig längre, Winter. Inte efter tjugofem år häruppe.”

”Är det så länge.”

”Men inget ont om våra stadsdelar.”

”Jag har inte sagt nåt, Holger.”

”Vi har ett oförtjänt dåligt rykte.”

Winter sa ingenting.

”Det bor åttiotusen invånare häruppe”, fortsatte Sivertsson. ”Och då har jag inte räknat med Bergsjön. Kortedala tar hand om Bergsjön. Men vi rör oss över gränsen, förstås. Vi rör oss över alla gränser. Vi följer till exempel med våra kära ungdomar ner till stan. Du kan tro att gänget blir förvånat när dom busar utanför en klubb vid Mölndals Bro och näpo Angered dyker upp och gör honnör!”

”Jag kan tro det.”

”Ingen anonymitet, Winter. Ingenstans att springa. Anonymitet är det bästa en kriminell har.”

”Och nu är det väldigt anonymt.”

”Vi kommer att få resultat, Winter. Vi vet hur man driver källor häruppe. Hade det varit en större affär bakom det här hade vi vetat det redan nu, eller redan då. Antagligen före dom inblandade!”

Att driva källor innebar att en spanare skapade en relation med sin informatör. Det kunde vara en aktiv gängmedlem, eller någon i den kriminella periferin, eller ibland någon utanför. Det viktiga var relationen, att spanaren verkligen skapade en nära relation. Och anonymiteten. En informatör utsatte sig för livsfara. Det är tabu att avslöja vad som händer i den kriminella världen. Det visste Winter. Därför var det också livsviktigt att så få som möjligt kände till vilka källorna var. Sivertsson visste inte vilka källor hans 21 poliser i yttre operativ tjänst arbetade med. Han visste inte ens hur många det var. Han ville inte veta. Han ville inte riskera att göra misstag. Han skulle antagligen inte heller göra det, men en kvarlämnad lapp med ett namn kunde leda till katastrof. Det var bara en back-up som visste något: Vi ska ha det här mötet, kommer jag inte tillbaka så...

Winter visste också att det i dag var svårare att få information från vittnen. Det var tystare. Människor var räddare nu. Polisen behövde informationen från den undre världen, meddelanden från den undre världen. Varför blev man informatör till polisen? Varför signera sin egen dödsdom in blanco? Det var spänningen. En yttre dimension att lägga till identiteten. Att vara kvar i den kriminella världen och samtidigt vara något mer. Att *vara* någonting. Att få en jävla kick av det.

”Jag vet inte om du förstår vilket kontaktnät vi har häruppe”, hörde han Sivertssons röst nu.

”Jag förstår.”

”Jag tror inte du gör det. Men skit samma. Nyheten just nu är alltså att det inte finns nån nyhet men att det kommer att finnas.”

”Du tror inte på att det varit nån större affär i samband med det här, sa du. Kan du verkligen vara säker?”

”Såvida dom inte lagt om rutinerna helt.”

”Vilka?”

”Vilka som helst. Gängen. Eller frilansarna. Jag skulle vilja påstå att det är omöjligt att bedriva till exempel större knarkaffärer häruppe utan att vi har en susning. Mindre affärer också. Omöjligt.”

”Ändå bedrivs dom”, sa Winter.

”Ja, är det inte underligt? Jag har alltid funderat på det. Varför finns det kriminalitet när vi har poliser?”

”Det är intressanta tankar, Holger. Tror du att vi har att göra med amatörer här?”

”Hur menar du?”

”Några stackare som gett sig in i business utan att inse riskerna? Som kanske snubblade över ett parti heroin, eller stal det, och detta var straffet?”

”Det här är en enorm grej, Winter. Du kanske inte förstår från din centrumhorisont hur det snackas om Jimmy Foro häruppe, vad som hände i hans butik. Till och med med våra mått mätt är det inte småsaker det där.”

”Jag tror jag förstår.”

”I vilket fall hade vi fått veta, Winter. Nån av källorna måste ha vetat, åtminstone efter. Hört nåt. Det är omöjligt att nåt sånt inte läcker ut.”

”Då har alltså det omöjliga inträffat?”

”Vad jag säger är att detta inte var nåt straff eller vad vi ska kalla det. Det hängde inte ihop med nåt parti.”

”Nån annan verksamhet då? Prostitution? Trafficking? Rån av värdetransporter? Livsmedelshantering?”

”Livsmedelshantering?”

”Det är allvarliga saker, Holger.”

”Skojar du med mig?”

”Nej.”

”Bra, för det *är* allvarliga saker. Illegal livsmedelshantering. Vi har haft rejäla problem med det. Men oavsett vilken bransch det rör sig om i det här fallet så borde vi vetat nåt, åtminstone nåt litet.”

”Så vad är det då?” sa Winter.

”Den frågan bör väl du svara på, Winter.”

”Jag tänkte högt bara.”

9

GRYNINGSLJUSET GJORDE ALLTING mjukt omkring honom. Det var som att se världen genom en finmaskig väv. När han rörde sig rörde den sig med honom. Han var det enda som rörde sig nu. I den varma gryningen var allting stilla. Temperaturen hade inte sjunkit under tjugo grader under natten. Han hade känt svetten i Angelas korsrygg när de älskat, under den timme när mörkret passerade över himlen. Han hade inte lyssnat efter några andra ljud, inte då. Han gjorde det inte nu heller. Det var inte det han var ute efter.

Det var tjugo meter mellan parkeringsrutorna och dörren in till butiken. Kanske skulle de hitta några spår efter bilar, kanske inte, antagligen inte. Det hade stått många bilar där, men inte nu. Avspärrningsbanden hängde mot marken men fyllde kanske sin funktion. Winter gick stegen mellan parkeringen och byggnaden. Han gick fram och tillbaka. Han hade låtit videofilma platsen där han gick, uppfarten om man så ville. Teknikerna hade tagit fotografier. Här måste mördarna ha kommit rusande. Eller smygande. Eller gående, som han. Det hade varit stilla, som nu. Ingen trafik ute på vägen. Inte vad han visste. Kanske något vittne skulle höra av sig, de hade redan annonserat till allmänheten. Någon som körde förbi och inte såg någonting men som ändå körde förbi. Någon som körde bakom eller framför när mördarna gav sig iväg. Om de gav sig iväg i bil. De kanske sprang. Dom kanske trycker i husen därborta, tänkte han och lyfte blicken. Hur spärrar man av en hel stadsdel? En hel stad?

Gräset såg fuktigt ut i den tidiga timmen. Torsten Öberg hade hittat färska avtryck efter skor som måste ha suttit på ett barn. En pojke. Eller en flicka. Eller någon som är varken eller, men har små fötter. Han tänkte plötsligt på många saker som hörde ihop med det som skett på den här platsen: kassaapparaten som visat att den senaste kunden expedierats fyrtiotvå minuter över midnatt, det hade Bergenhem fått fram med hjälp av apparatens tillverkare. Köpte mördarna något? Innan de höjde hagelgevären, med olika laddningar, olika ammunition som gjorde det omöjligt att avgöra exakt hur många vapen som använts. Spelade det någon roll för mördarna?

Spelade det någon roll hur det skedde? Vem som sköts först? Jimmy hade legat närmast dörren. Sedan Said. Hiwa hade verkat vara på väg från disken eller bänken eller vad fan den skulle kallas. Hiwa Aziz. En ung kurdisk man som hade ändat sitt liv i den svenska juninatten. Det var inte därför han kommit hit. Hade han varit på väg mot mördarna när han blev skjuten? Varför hade han inte rusat åt andra hållet? Han hade kanske inte kommit långt, men det fanns ett rum innanför själva butikslokalen och där fanns ett fönster. Fönstret hade varit stängt när Winter kommit till platsen första gången. Han såg bort mot butiken igen, ett litet glaspalats i ögonen på någon med rubbad fantasi. Winter hade fantasi, ibland för mycket, ibland var den rubbad, men den hjälpte honom i arbetet. Åtminstone fram till nu. Han var inte säker nu. Han var inte säker på någonting nu, men det var normalt, egentligen självklart.

Hiwa Aziz. Han är nyckeln här. Varför tänker jag så? Nyckeln till vad?

Han hade en chans. Eller han trodde att han hade det. Varför trodde han det? För att han kände mördarna. Visste han vad som skulle hända?

Dom kom i skoskydd. Hiwa och Jimmy och Said såg det ju.

Dom tog på sig skoskydden utanför.

Avtryck efter två olika storlekar därinne, oklart vilka storlekar, från 40 till 42 kanske. Kunde finnas fler. Det röda havet hade inte släppt ifrån sig några enkla och klara spår.

Winter såg upp mot den späda morgonhimlen. Temperaturen

hade redan stigit. Det skulle bli en ny rekorddag. Åk gärna till Göteborg, men inte på sommaren, det är för hett.

Han gick åter mellan här och där. Hur många mördare kommer vi att finna? Försöka finna. Nej, finna. Jaga, jaga ner. *Hunt down.* Han tänkte på sin vän i södra London, Steve Macdonald, kriminalkommissarie i ett område som räknade in hundratals mord varje år. Eller om det var kvartal. Croydon, en av Englands största städer i sig. Men den försvann i London. Göteborg skulle försvinna i Croydon. Winter hade planerat en vecka i London med familjen i början av oktober. Den bästa tiden. Lägenhetshotellet i Chelsea. Kanske en pint med Steve på puben med synfält över Selhurst Park, hemmaplan för miserabla Crystal Palace, ett lag bara mödrar kunde älska. De hade gått till Prince George den första gången de möttes, High Street, Thornton Heath. Winter hade flugit över till London för att hjälpa till med utredningen av mordet på en ung svensk pojke intill Clapham Common. Han stod nu på den svenska asfalten i gryningsljuset. Himlen klarnade sakta, förlorade det oskyldiga ljuset. Solen var på väg igen. Winter stod i dörren nu. Han kunde se det röda havet. Det gick inte att skölja bort det. Konturerna av havet skulle alltid finnas därinne, spåren skulle finnas kvar. Han tvivlade på att där någonsin mer skulle finnas en butik, men han kunde ha fel. Alla glömde, ibland mycket snabbt. Han önskade att han hade den förmågan. Här hade de kommit in. Ansikten här, ansikten där. Hade offren stått där de låg? Det var inte många steg det handlade om, men de kunde vara avgörande, för honom. För dem hade det inte spelat någon roll. Men för Winter. Allt var viktigt nu. Allt var avgörande.

Han kände en plötslig svindel igen. Som om han tuppade av för en tiondels sekund. Vad i helvete. Solen dök plötsligt upp från öster. En stråle träffade Winter rakt i ansiktet. Han kände en smärta över ena ögat. Han hade känt den ett par gånger tidigare den här försommaren. Det är inte så man ska känna när man kommer hem från ett halvår i Sydspanien. Där ska man inte skaffa sig migrän för första gången i livet. Och sedan var yrseln borta och han tänkte inte mer på det.

*

Fredrik Halders stod mitt på gräsmattan. Det var andra gryningen i rad. Det hade blivit en vana. Efter tio minuter gick han in igen. Aneta vände sig om när han la sig i sängen igen.

”Vad är det, Fredrik?”

”Kunde inte sova.”

”Gör ett försök till”, mumlade hon och la sig på andra sidan.

Han blundade utan att svara. Det var barmhärtigt dunkelt i rummet bakom rullgardinen. Han såg röda och svarta prickar för ögonen. Några såg ut som grodyngel. De rörde sig, som i ett mönster. Han såg något annat röra sig, ett huvud. Det var på väg bort, det var svept i någonting. Han kunde bara se huvudet. Han förstod att han drömde nu, och han visste vad drömmen föreställde. Han vaknade. Aneta sov, han kände igen hennes lugna andhämtning när hon verkligen sov. Hon verkade kunna sova när som helst. Bestämde hon sig för att sova så sov hon. Det kanske är hennes arv, tänkte han. Det kanske är så i Afrika. Jag får fråga henne. Han satte sig upp och sträckte sig efter armbandsuret. Prick fem, han hade knappt sovit en timme efter promenaden i gryningen. Det fick räcka. Han ställde sig upp, drog på sig shortsen och gick ut i köket för att sätta på vattenkokaren men ångrade sig.

I bilen gäspade han och tryckte in cd-skivan som låg överst i den lilla högen på passagerarsätet. Kevin Welch. Det var en sång om försommarregn, men det fanns inget regn här. Halders tryckte ner vindrutan. Ett mjukt regn ska falla. Någon gång, någonstans. Han kände nästan inga dofter från staden när han körde norrut.

En solstråle lyste på byggnaden, på den tredje våningen, på ett fönster till vänster, som ett laserknippe. Fönstret såg svart ut i det plötsliga ljuset. Sedan var strålen borta, som om solen hade gått ner. Winter stod på gångvägen, halvvägs till husen. Han såg på det korta gräset. Han såg på asfalten. Det var omöjligt att kamma asfalten efter osynliga ledtrådar. Han började gå mot husen igen. Där var en plötslig rörelse! Där! Något som flammade till bakom buskarna till vänster. Var det en solstråle till? Nej. Inte så lågt. Strålarna skulle fortsätta att träffa husens toppar när solen gled upp över jordklotet i öster. Där var det igen! Längre till vänster. Något som flashade förbi. Någon som cyklade på andra sidan buskarna! Winter började springa över fältet, snabbare än vad han borde med tanke på knän och vader. Han såg pojken nu. Cykeln svängde bort från buskarna. Winter försökte öka farten, han var halvvägs över fältet. Buskarna hade upphört nu. Han såg pojken vända sig om och sedan öka hastigheten. Det var samma pojke. Winter fortsatte att springa. Han höjde handen till något slags hälsning. Han ville göra den vänlig. Han ville stoppa pojken med den där vänliga hälsningen, men pojken ville inte låta sig stoppas, han såg sig inte om. Han svängde runt ett hörn och var borta. Winter sprang på asfalten nu. Han kände hur det stramade i vaderna, men ännu hade ingenting slitits av därinne. Nu kände han hur lungorna började ge upp. Det gjorde plötsligt för jävligt ont över bröstet. Det sprängde till över ögat. Bara runt hörnet, tänkte han. Snart är jag där.

Halders hade tänkt köra förbi och komma tillbaka lite senare men såg Winters bil på parkeringen. Det är visserligen en Mercedes, men han borde byta årsmodell nu. Eller så väntar han tio år till och då blir det en bil som alla vill ha. Vintage. Om tio år är vi alla vintage. Alla vill ha oss då, ännu mer än nu.

Halders parkerade bredvid Winters bil. Han steg ur och gick mot butiken. Det var första gången han var här, det hade inte funnits tid i går. Dörren till butiken stod öppen. Halders såg ingen kollega som höll vakt, eller någon från vaktbolaget. Här borde vara någon. Han tittade in och såg allt det röda, från tröskeln och inåt, mot hyllor, diskar, bord. Hyllorna var fullastade med matvaror, påsar, burkar, glas, aluminium. Färgglada etiketter. Han kunde se en frysdisk, en liten charkdisk med knubbiga turkiska lammkorvar i kransar. En grönsaksdisk som var röd, grön, lila. Halders kände igen aubergine när han såg dem, men han lagade sällan till dem eftersom det tog sån jävla tid, skivorna skulle saltas och läggas under press för att vätskan skulle dras ut innan det gick att börja steka. Han såg stora flata bröd, burkar med gurkor och pepparfrukter, askar med sliskiga sötsaker som gav livslång diabetes efter en enda tugga. Det här är mer en stor matvarubutik än en närbutik, men mat är ju förstås också service. Undrar hur mycket av det här som är hanterat på hederligt sätt. Finns det nån hederlig livsmedelshantering i dom här stadsdelarna? Fick inte hederliga gamla svenska ICA slå igen på nåt torg häruppe? För dyra leverantörer?

Halders såg från vänster till höger. Spåren efter morden fanns överallt därinne. Herrejesus, det ser för jävligt ut. Vem kan hata så?

Det är som om det inte ska få finnas några ansikten kvar, hade han tänkt när han betraktade bilderna inne på roteln på polishuset.

”Det är som om dom var ute efter ansiktena”, hade han sagt till Winter efteråt. ”Men det kan ju inte handla om identifieringen.”

Winter hade inte svarat.

”Eller hur?”

”Inte som vi tror i alla fall.”

”Vad menar du med det, Erik?”

”Jag vet inte riktigt än”, hade Winter svarat. ”Det är nåt med det här som jag inte förstår. Inte än.”

Halders stod kvar innanför tröskeln.

Han hörde plötsligt någon ropa någonstans utanför. Det lät som ett rop på hjälp. Det lät som ett eko.

Winter hörde sin egen röst eka mellan husen. Ropet hade inte hjälpt, det hade inte gjort pojken synlig. Pojken hade kunnat cykla bakom det andra hörnet eller han hade kunnat släpa in cykeln i en port och försvunnit. Kan vara vilken grabb som helst. Han behöver inte ha sett nåt. Han behöver inte veta nåt. Förföljer han mig? Förföljer jag honom? Plötsligt skriade sig några måsar tvärs över himlen. Winter ryckte till, sliten ur tankarna. Han började gå längs huslängan och svängde runt hörnet och gick rakt in i Halders.

”Herregud, vad gör du här!?”

”Detsamma”, sa Halders och masserade pannan.

Winter försökte se bakom och bortom Halders.

”Såg du nån här?” frågade han och tittade på Halders.

”Nej.”

”En grabb, tio elva kanske.”

”Nej, jag såg ingen.”

”Han var här”, sa Winter. ”Grabben.” Winter gjorde en gest med armen bakåt, förbi alla hörn, tillbaka utmed gångvägen, till den tysta butiken, och tillbaka igen. ”Grabben jag såg morgonen efter morden.”

”Var han här?” Halders såg sig om, såg på sitt armbandsur. ”Så här tidigt?”

”På tal om det”, sa Winter, ”vad gör du här själv?”

Halders såg norrut. De stod framför butiken. Winter tände en Corps, drog in, blåste ut. Röken flöt iväg genom den klara luften som en förorening. Den var på väg norrut men löstes upp halvvägs över fältet. Winter drog ett nytt bloss. Röken kändes sträv i munnen. Kanske var det dags att sluta nu. Det här var den sista. Morgonen var alldeles för vacker. Livet var alldeles för värdefullt och allt det där. Hans ansvar för familjen und so weiter. Angela kunde säga ”und so weiter” ibland och Elsa hade också börjat göra det och snart skulle Lilly också säga det. Och så vidare. Som bonden ute på de skimrande fälten skulle göra, han skulle så vidare.

”Hon hade besök”, sa Winter. ”Shahnaz Rezai hade besök.”

”Av vem?”

Winter svarade inte.

”Vem skulle söka henne vid den tiden?”

”Nån som också befann sig här”, sa Winter och slog ut med handen mot butiken. Glasväggarna lyste som ett prisma.

”Vem var det som besökte henne?” upprepade Halders.

”Nån hon kände.”

Halders nickade.

”Hon kunde ju se genom titthålet vem det var”, sa Winter. ”Hon skulle inte ha släppt in en främling, och inte mitt i natten.”

”Hon kanske inte släppte in nån”, sa Halders. ”Mördaren fanns redan därinne.”

”Said, ja.”

”Said”, sa Halders.

”Eller nån hon kände.”

”Vi vet ännu inte vilka paret Rezai kände”, sa Halders. ”Och jag tror inte vi får fram en fullständig lista.”

”Det kanske inte behövs”, sa Winter.

”Ska vi åka?” sa Halders.

Det fanns en skylt vid ingången till Rannebergens köpcentrum, eller vad det skulle kallas. Ekonomiskt centrum, kanske. Winter kunde se en pizzeria genom en glasvägg. Han parkerade intill sport- och simhallen. Han gick tillbaka och läste på skylten: ”Vi gillar förorter.” Kanske var det Bostadsbolaget som satt dit skylten. De kasserade in hyrorna. Eller kommunen. Eller någon annan officiell institution. Alla gillade förorter så länge dom var förorter, tänkte han. Så länge dom höll sig för sig själva ute i periferin. Det var inte så bra om förorterna började röra på sig. In mot kärnan. Mot Vasaplatsen. Då blir det dags att flytta. Till söder, södra förorterna. Söder om söder. Där det är renare, snyggare, vitare. Men det var vitt och snyggt också i Rannebergen. Bostadsbolaget hade bestämt att det bara fick bo tre invandrarfamiljer i varje uppgång. Att ingen tänkt på det tidigare, det var integrering.

”Fan vad flaggor”, sa Halders och såg bort mot husväggarna. ”Är det svenska flaggans dag?”

”Den existerar inte längre”, sa Winter. ”Nu heter den nationaldagen.”

”Ja just det”, sa Halders.

”Och vi har passerat den”, sa Winter. ”Eller om den har passerat oss.”

”Märkte jag inte.”

”Det var en helgdag”, sa Winter.

”Märkte jag inte heller”, sa Halders och började gå bort mot Fjällblomman.

*

Den döda lägenheten var genomlyst av morgonen. Winter och Halders rörde sig försiktigt därinne. De hade båda samma egendomliga känsla av skam som alltid. De kom efter döden. Först fanns livet och sedan kom döden och sedan kom Winter och Halders. Men nu fanns där ingen att be om ursäkt. Det fanns ingen efterlevande, eller överlevande. Ingen att trösta. Ingen att ställa frågor till.

”Och ingen granne har hört nåt”, sa Winter.

”Bra isolering”, sa Halders. ”Vi bygger bra väggar i Sverige.”

”Nån måste ha hört nåt”, sa Winter.

”Varför skulle nån säga det till oss?” sa Halders.

Winter nickade. Varför? Vad skulle vittnen få ut av det? En klapp på axeln? Ett vänligt tack, ett uppskattande ord från Polismyndigheten i Västra Götaland?

Eller en laddning hagel i ansiktet? Nej. Det var avsett för något annat, några andra.

”Vi får skaka om dom”, sa Halders.

”Vad var det du ville se här?” frågade Winter. ”Varför ville du hit nu? Varför kunde du inte vänta tills solen gick upp på allvar?”

”När jag såg fotona förstod jag inte riktigt hur hon låg”, sa Halders. ”Och teknikerna kunde ju inte släppa in oss direkt.”

”Hon låg tvärs över sängen”, sa Winter.

Halders svarade inte. Han stod över sängen nu. Det var nästan som om han kastade en skugga. Sängen var fortfarande som när Winter kommit dit första gången. Det var ingen säng längre.

”Varför sängen?” sa Halders. ”Och varför på det där sättet?”

”Fortsätt”, sa Winter.

Halders gick några steg från sängen utan att säga något, gick tillbaka igen, satte sig på huk, reste sig upp. Winter kunde höra måsar utanför, de fanns här också. Kanske en trut. Den skrattade plötsligt, skrattet rullade in genom fönstren. Det lät ihåligt, utan riktig glädje.

”Antingen släppte hon in nån frivilligt eller så tog dom sig in ändå”, sa Halders.

”Det finns inga märken på dörren”, sa Winter.

”Nyckel, dom hade nyckel.”

”Said hade nyckel”, sa Winter. ”Han bodde här.”

”Det är inte han”, sa Halders. ”Vi hade sett det. Pia hade sett det. Eller Torstens folk.”

”Vi har inte fått alla resultat än”, sa Winter.

”Dom hamnade här i sängen”, sa Halders tyst, som för sig själv. ”Det skulle ske i den här sängen. I en onaturlig ställning. Om man kan säga så i det här fallet. Ja. En onaturlig ställning.” Han såg upp på Winter. ”En slaktställning.”

Winter nickade. Han hade tänkt så också. Det hade funnits något av en ritual över mordet. Var det en ritual? Vem använde den? Fanns den? Kunde han finna den? Fanns det en instruktionsbok?

”Det kunde ha skett på golvet, i köket, vardagsrummet”, sa Halders, ”men det gjorde inte det.”

”Det hände nånting före mordet”, sa Winter.

”Dom sa nånting.” Halders slog ut med handen. ”Kanske en ceremoni. Nånting som skulle göras före. Eller sägas.”

”Var det efteråt?” sa Winter.

”Efteråt? Menar du efter skotten nere i Hjällbo?”

”Ja.”

”Jag tror det. Kort efter. Eller samtidigt. Jag vet inte, Erik.”

”Skedde det samtidigt, med andra inblandade, så kanske det inte hör ihop”, sa Winter.

”Det hör ihop”, sa Halders.

Winter hörde skrattet igen därute. De som levt här hade också hört det. Kanske de hade väckts av det tidiga morgnar när sömnen var det viktigaste i livet. Han hörde ljudet från en bilmotor som varvades upp onödigt högt. Det var ändå fortfarande tidig morgon.

Han försökte se Said Rezai framför sig, men det var inte möjligt att se hela hans gestalt. Det blev mer av en skepnad. Den var otydlig, och nästan osynlig över axlarna. Said hade förlorat sitt ansikte i döden och det fanns inte kvar när Winter försökte se honom sådan han var innan det hände. Förlorade ansiktet. Hade Said

Rezai förlorat sitt ansikte redan tidigare? Han och de andra två, Jimmy och Hiwa? Var det här bara en bekräftelse? Shahnaz Rezai hade inte förlorat sitt ansikte. Men hon hade förlorat något annat. Hennes död gjorde det här till något ännu mer komplicerat, om möjligt. Var det tänkt så?

”Said kanske förändrade allt”, sa Winter.

Halders tittade upp. Han hade stått bredvid sängen som inte längre var en säng och sett ut som om han drömde något. Han hade haft ögonen slutna.

”Dom hade inte räknat med Said därinne”, fortsatte Winter. ”Men när han väl var där så hade han ingen chans.”

”Han hade otur, menar du?”

”Riktig otur”, sa Winter. ”Dom kände igen honom och han kände igen dom.”

”Mördarna var inte maskerade, menar du?”

”Jag vet inte, Fredrik, men jag tror inte det. Jimmy hade ingen bevakningskamera och dom visste det.”

”Frågan är varför han inte hade nån”, sa Halders.

”Varför han inte hade nån just då”, sa Winter. ”Han hade haft en tidigare, men den var nermonterad.”

”Av vem?”

”Just det. Av vem? Av Jimmy själv.”

”Och det visste besökarna?” sa Halders. ”Att kameran var nere.”

”Just det.”

”Dom hade varit där förut.”

”Kanske många gånger.”

”Nu kom dom dit för att säga upp bekantskapen.”

”Ja.”

”Inte för att robba.”

”Nej.”

”Och så träffar dom på Said.”

”En överraskning”, sa Winter.

”Dom kunde väl se honom genom dörren? Eller fönstren? Glasväggarna, för helvete.”

”Han kanske var i rummet bakom disken”, sa Winter. ”Och kom fram när han hörde skrik eller prat eller vad det var. Eller han stod i en vinkel dom inte kunde se utifrån.”

”Vi har mer att göra därnere”, sa Halders. ”Fler steg att ta. Fram och tillbaka. Vem stod där och vem stod här.”

Winter nickade.

Halders lät blicken röra sig över rummet.

”Och när Said var borta var det dags för hans fru”, sa han, ”och det snabbt.”

Winter nickade igen.

”Dom kunde inte ta risken att låta henne leva”, sa Halders. ”När budet kom om hans död skulle hon veta vem som gjort det.”

”Om det är så enkelt”, sa Winter.

Han klev av cykeln, och klev på den igen. Det var tyst när han cyklade mellan husen. Det var varmt. Han tänkte på att det var varmare mellan husen än någon annanstans, som om värmen gömde sig.

Gömde han sig? Vem skulle han gömma sig för i så fall? Han hade inte sagt nåt hemma, så dom visste inte.

Det var nån som letade efter honom. Han hade sprungit efter honom när han cyklat. Han visste vem det var. Men han ville inte prata med honom. På det sättet gömde han sig.

10

WINTER KÖRDE MED NEDRULLAT FÖNSTER. Han trodde han kände dofter från havet. Det var någonting salt. Han passerade Angereds centrum. Parkeringsplatserna mellan honom och Angereds downtown verkade oändliga, som byggda för framtiden. Det var som med husen i området, de hade alla byggts för framtiden. Den var här nu.

Han fortsatte söderut på Angeredsleden. Halders bil låg framför honom. Winter kunde se Halders armbåge sticka ut. Den var brun och hårig, Winter kunde se det till och med från det här avståndet. Halders var klädd i t-tröja och jeans. Winter hade dragit på sig en linneskjorta och ett par bomullsbyxor i morse. Han hade gjort det halvvägs i sömnen. Resterna av någon dröm han nu glömt hade funnits kvar i rörelserna. Något med en strand, och ett hav. Han hade drömt mycket sådant sedan de kommit hem. Inte så mycket därnere i Andalusien, men när han var hemma igen kom minnet av strand- och havslinjerna tillbaka i sömnen och drömmarna. Linjerna var alltid raka och långa, de fortsatte längre än någon kunde se, som parallella horisonter utan slut.

Elsa hade ropat från sin säng när han klädde sig, och han hade gått in i flickornas sovrum, men hon hade inte varit vaken.

Han hade druckit en kopp kaffe i köket och tystnaden. Han hade tänkt på havet igen. Flyktingarna. De tog sig över haven. De blå haven. De röda. Röda havet. Medelhavet. Winter hade sett flyktingar plockas upp ur havet väster om Estepona. Han visste att tusentals försökte ta sig in i Ceuta. Han hade inte varit där och han hade ingen önskan att åka över till Marocko, och ännu mindre till det egendomliga lilla Spanien som låg i Afrika. Ceuta. En imperialistisk rest. Där stod de första murarna till Europa, redan i Afrika. Han visste att människor dött i vågorna innan de nått land. De hade inte ens fått dö i Europa, inte hunnit hit för att dö. Han hade varit ensam, på väg till La Linea. Det var ingen vacker kust.

Halders höjde armen och pekade åt vänster och svängde sedan av. Det var så man gjorde förr. Winter hade ett minne från när han åkt i en bil där visaren fällts ut från bilen som en pinne, eller en flagga. Han hade varit tre år, eller kanske fyra. Det hade varit i hans fars bil, eller kanske farbror Göstas. Folkvagn i så fall. Far hade haft en Mercedes. Winter hade köpt en Mercedes så småningom. Han trodde inte det var sant när han gjorde det. Han berättade ingenting för sin far eftersom de inte berättade någonting alls för varandra då. Senare hade de gjort det, men då hade det varit för sent. Bengt Winter hade dött på Hospital Costa del Sol i Marbella. Winter hade varit på sjukhuset, men inte där när det skedde, vid faderns säng, sekunderna när det skedde.

Winter följde Halders på Hammarkullens väg söderut och tog sedan in mot Hammarkulletorget. De parkerade. Halders låste sin bil och gick bort till Winter.

”Dom bor bortanför stationen och torget”, sa han. ”Bredfjällsgatan.” Han viftade till bort mot torget. ”Låter som nåt i en småstad på landet.”

”En stad kan inte vara på landet”, sa Winter och steg ur sin Mercedes. ”Antingen är det stad eller också är det landet.”

”Då är det landet”, sa Halders och såg sig om. ”Det är min uppfattning om landet.”

”Vilket land?”

”Moderlandet, förstås. Eller Faderlandet, vilket som.”

”Är det Västerås du kommer ifrån, Fredrik?”

”Varför frågar du det?” frågade Halders och såg plötsligt misstänksam ut.

”Bara en fråga.”

”Absolut aldrig”, sa Halders och började gå mot torget.

”Vänta”, sa Winter. ”Jag ser nån som vinkar åt oss.”

”Var då?”

”Därborta, vid stenarna.”

Nu såg Halders också. Det var en man i deras egen ålder. Han bar kavaj i den varma morgonen. Han höjde handen igen. Kanske log han, eller så var det solen. Den hade börjat blixtra nu, i ansikten, på väggar, i glas.

”Tolken skulle inte komma förrän om en halvtimme”, sa Halders, ”vid nio. Men det måste ju vara han.”

Mannen hade börjat gå mot dem och de gick honom till mötes. Kanske hade han ett leende kvar i ansiktet, eller om solen i hans ögon fick honom att dra isär munnen.

”Mozaffar Kerim”, sa han och tog Winter i hand, sedan Halders. ”Jag kom lite för tidigt.”

”Det gjorde vi också”, sa Halders.

”Bor du i Hammarkullen?” frågade Winter.

Kerim ryckte till. Och det var en abrupt fråga, som i ett förhör. Det här är inget förhör, tänkte Winter. Jag behöver den här mannens hjälp.

”Nej... i Gårdsten.”

”Känner du familjen Aziz?” frågade Winter.

”Bara som vi kurder känner varandra”, svarade Kerim.

”Och hur är det?” frågade Halders.

”Som bröder och systrar.”

”Vad jag menar är om du träffat dom förut? Nån i familjen? Om du träffat dom personligen?”

”Bara nån gång”, svarade Kerim. ”Nån fest.”

”Är det stora fester?” frågade Winter för att få samtalet att bli lite lättare.

”Ibland”, svarade Kerim.

”Träffade du Hiwa Aziz?” frågade Halders.

”Jag tror det. Men det var i så fall mycket... vad säger ni? Flyktigt?”

Winter såg hans ögon liksom böja undan, kanske för solen, kanske för att det var dags att gå, kanske för något annat.

”Var kommer namnet ifrån?” frågade han. ”Aziz?”

”Antagligen från deras far”, sa Kerim och såg överraskad ut. ”Hade fadern varit här hade barnen haft sitt namn efter farfar.”

”Är det så det fungerar?”

Kerim nickade.

”Vi har egentligen tre namn.”

”Var är han?” frågade Winter. ”Deras far.”

”Familjen kom hit utan honom.”

”Vad hände?”

”Jag vet inte. Han dog. Dödades. Det var i Kurdistan. Irakiska Kurdistan, tror jag. Eller om det var på den turkiska sidan.”

”Vet du vilken ort?”

”Nej.”

Den äldre systern öppnade dörren. Halders frågade henne inte vart hon varit på väg senast han sett henne, på väg över torget. Det hade inte varit en bra start på förhöret. Eller samtalet, som Winter föredrog att kalla det.

De hälsade.

”Nasrin”, sa hon.

Hon vände sig genast om och visade in mot rummet, genom hallen. Väggarna var vita, eller såg vita ut i motljuset. Solen sken rakt framifrån genom fönster som saknade persienner eller gardiner. Hallen ledde vidare till ett större rum där en äldre kvinna reste sig tillsammans med en yngre flicka. Båda såg rädda ut. Kvinnan såg ut som sina döttrar, men tyngre, och kortare än Nasrin. Det var samma ögon, det var ingen tvekan. Den äldste sonens ögon hade Winter kunnat se på ett fotografi när Hiwa levde. När han varit död hade det inte gått att se hans ögon. De fanns inte längre. Hon ser mycket rädd ut, tänkte Winter. Något annat hade varit omöjligt. Men det är bättre att vi är här än på polishuset. Förhörsrummen är visserligen inredda för att ge lite trygghet, men det är en falsk trygghet. Winter tänkte inte på inredningen i det här hemmet, det han hade sett av den hittills. Han skulle tänka på det senare. Nu var det människorna framför honom han tänkte på. Han såg fatet med teglas och sötsaker på bordet, baklava, halva, andra kakor som såg ut som små fågelbon, solrosfrön, frukt. Modern hade gjort i ordning detta för gästen. Han var välkommen som gäst. Han skulle dricka te och bita i den honungssöta tusenbladskakan. Det var ingen uppoffring.

Ediba Aziz, modern, hade satt sig igen. Hon hade sagt sitt namn med låg röst och tolken hade upprepat det. Mozaffar Kerim förblev stående, bredvid den yngre systern som hette Sirwa. Senare, en annan dag, skulle Nasrin berätta för Winter att Sirwa betydde ”lätt vind”, och att Hiwa betydde ”hopp” och att namnet på lillebror Azad betydde ”frid” och att detta var kurdiska namn som tidigare varit förbjudna. Och vad betyder ditt namn, Nasrin? hade Winter frågat. Det är en blomma som du ändå inte känner till, hade hon sagt. Och vad betyder Erik, förresten? hade hon frågat. Jag vet faktiskt inte, hade han svarat. Finns det inte svenska kungar med det namnet? hade hon frågat. Jo, hade han sagt, men det är inte jag. Det måste betyda nåt med kung, hade hon sagt. Och han hade slagit upp namnet och det betydde ”härskare”. Det betydde också ”ensam”.

Hiwa betydde hopp, hade han tänkt. Sirwa betydde lätt vind, som i lätta steg.

Nasrin hade satt sig i en tung fåtölj närmast fönstret och hon tittade ut genom det som om ingenting av det som skedde därinne angick henne. Det var det intryck Winter fick: Jag är inte här, säg vad ni vill.

Winter visste att familjen kommit från norra Irak för fem år sedan. Från Kurdistan, detta land utan land som tillhörde Iran, Irak, Turkiet, Syrien, enligt kurderna östra Kurdistan, södra, norra, västra, tillhörde och ändå inte, och folket spreds vidare över de där länderna och sedan ut i världen, över gränser som fanns och inte fanns, spreds som i en diaspora, som ännu en påminnelse om att friheten är motsatsen till gränslös.

Och här hade familjen Aziz stannat. Och fortfarande visste de inte om det skulle förbli så. De väntade fortfarande. Det påstods från svenska myndigheters sida att det rått sådant lugn i norra Irak under så lång tid att det inte fanns någon anledning att fly från området. Att inte återvända. Svenska myndigheter visste bäst.

Men äldste sonen har fått permanent uppehållstillstånd nu, tänkte Winter.

Nasrin fortsatte att betrakta ingenting utanför fönstret som var som en kvartslampa riktad inåt. Hon behöver solglasögon, tänkte Winter. Sirwa såg rakt på honom med öppet ansikte. Hon var fortfarande ett barn. Hur är det möjligt? Ediba såg inte på någon. Hennes ögon var slutna, som i bön. Det kanske var bön, för sonen. Hiwa fick stanna i den vigda svenska jorden, tänkte Winter. All jord är vigd i Sverige. Alltid redo att ta emot sina offer. Mozaffar Kerim tittade på Winter. Han behövde någonting att översätta. Eller tolka. Det är också ett uttryck, tänkte Winter och gjorde sig redo. Ingen direkt översättning, mer en tolkning. Men om Mozaffar här inte tolkar mig rätt. Eller dom. Han kan ha sina skäl. Han kan ljuga om mycket. Det är tur att Fredrik talar flytande kurdiska.

”Fru Aziz…” sa Winter.

Hon verkade inte reagera. Ögonen var fortfarande slutna.

Kerim sa någonting och hon tittade upp.

”Vi behöver ställa några frågor”, sa Winter. ”Det tar bara en liten stund.”

Han visste inte om han kunde nå henne, långt därinne i hennes sorg. Den kan vara som en grotta. Mycket djup, mycket svart. Hon har redan varit där, för flera år sedan. Nu är hon tillbaka igen. Winter hörde Kerim upprepa orden, han förutsatte att det var hans ord. Han fick ge fan i Kerim nu, förutsätta att han, Winter, talade direkt till Ediba Aziz. Han fick titta på henne, aldrig på tolken. Han måste få henne att titta på honom. Han ställde första frågan, om den som saknades. Winter hade trott att alla skulle vara där. Han hade förutsatt det.

”Var är din yngste son? Var är Azad?”

Hon tittade upp nu, och såg sig om, hastigt, som för att snabbt konstatera att Azad inte var där. Hon såg inte överraskad ut.

”Han är ute”, sa hon, och hennes blick var också därute nu.

Winter kunde se en lönns tjocka grenverk genom fönstret, som en grön vägg på andra sidan gårdsplanen. Kanske gömde sig Azad bakom väggen. Kerim hade följt hennes blick, som om det ingick i hans uppgifter också att följa blickar, och rörelser. Det är bra, tänkte Winter. Orden är inte allt. Han visste det själv från tusentals förhör, korta och långa. Det mesta var tolkning. Ord kunde betyda allt och inget. Han kunde förhöra någon i timmar, dagar, veckor, och det kunde vara som om de talade totalt främmande språk med varandra, och han skulle inte ha tillgång till någon tolk. Han skulle själv vara tolken.

”Grabben borde varit här”, sa Halders intill hans öra. ”Dom skulle vara här allihop.”

”Var är Azad?” upprepade Winter.

”Kan ni inte i alla fall lämna honom i fred?”

Det var Nasrin. Hon hade flyttat sin blick från fönstret till Winter när modern börjat titta ut hon också. Det var som om det inte fanns plats för bådas blickar därute på Bredfjällsgatan, och på fotbollsplanerna framför skolan där barn spelade fotboll eller stod i små klungor och pratade med varandra. Det var inte skola i dag, men barnen var där.

Nasrin behövde ingen tolk. Winter kunde inte höra spår av något annat språk i hennes svenska.

”Hur menar du, Nasrin?” frågade han.

Winter ville inte tala med henne, inte än, men han var tvungen, han kunde inte nonchalera henne, inte nu.

”Jag menar ingenting. Jag säger bara att vi är här nu. Azad behöver inte vara här. Han vill inte vara här.” Hon nickade ut genom fönstret. ”Han vill bara vara därute nu. Han vill cykla.”

”Cykla?”

”Cykla, ja. Han tycker om att cykla. Han är därute och cyklar runt nu.”

Det är inte möjligt, tänkte Winter.

Det kan inte vara han. Det är för långt härifrån och ner till Bergsgårdsgärdet, till Hjällbo. Men det var inte för långt. Han skulle kunna cykla sträckan själv på relativt kort tid. Fram och tillbaka. Han visste inte hur Azad såg ut. Han skulle be att få se på ett fotografi av honom innan han gick härifrån. Kerim tittade på honom: ska vi fortsätta? Winter vände sig mot modern igen. Hennes blick var fortfarande kvar någonstans därute.

”Jag måste ställa några frågor om Hiwa, fru Aziz.”

Hon svarade inte. Han var inte säker på att hon hörde. Han upprepade frågan och Kerim upprepade den, som ett eko. Det här var rätta sättet att lära sig ett främmande språk. Han såg hur Nasrin beredde sig på att säga något men avbröt sig. Vad skulle hon säga nu? Kan ni inte lämna Hiwa i fred? Men de kunde inte lämna honom i fred. I frid. De döda fick ingen vila när Winter kommit in i deras död. Eller liv. Man skulle kunna säga att de fick liv igen när han kom in.

”Hur länge hade Hiwa arbetat hos Jimmy Foro?”

Hon svarade fortfarande inte. Winter upprepade frågan.

”Jag vet inte... vem det är”, svarade hon utan att flytta blicken. Winter tittade också ut nu, och tolken, och kanske alla andra i rummet. Det här är som att hålla ett förhör i... profil, tänkte Winter. Som en egyptisk väggmålning. Det fanns inga målningar på väggarna i det här rummet. Det fanns textilier, men inga målningar. Strukturen på textilierna var kraftig men inte grov. Färgerna såg ut som silade genom sand och sol. Det var så de såg ut. Winter kunde se en karta på den bortersta väggen. Den föreställde ett land han inte kände igen.

”Jimmy Foro”, sa han. ”Han ägde butiken där er son arbetade. Där Hiwa arbetade.”

Hon nickade, men det var som om hon hörde Foros namn för första gången. Det kanske var så.

”Berättade Hiwa var han arbetade?” frågade Winter.

Ediba Aziz skakade på huvudet.

”Han berättade det inte?”

Hon skakade på huvudet igen.

”Visste ni att han arbetade i en butik?”

Hon skakade på huvudet igen.

Winter tittade på Nasrin, men den unga kvinnan tittade inte

tillbaka. Hon hade beslutat sig för att inte säga någonting mer, Winter kunde se det, kände igen det. Alla fick klara sig själva nu, utan hennes hjälp. Hennes profil var skarp, som skuren ur luften. Sex år skiljde mellan Nasrin och Hiwa, det var väl sex? Nej, sju. Hon måste vara utom sig av sorg. Utom sig. Ett egendomligt uttryck. Kanske var det sant. Hon var här nu, men ändå inte. Hon är därute, där hennes blick är, utom sig själv. Hon är det gröna därute, och solen, och kanske barnen.

”Jag vill att ni svarar på frågorna, fru Aziz. Att ni svarar med ord. Att ni säger något.”

”Jag visste inte att han arbetade i den där affären”, sa hon.

”Har ni varit där?”

Hon tittade upp nu. Det fanns ett uttryck av genuin förvåning i hennes ögon.

”Varför skulle jag ha varit där?”

”För att handla, kanske.”

”Det är... långt borta”, svarade hon.

”Vet ni var den där butiken ligger?” frågade Winter.

Hon såg kanske förvirrad ut nu. Hon tittade på sin äldsta dotter, på hennes profil.

”Nasrin...”

Nasrin vände på huvudet.

”Ja?”

Modern nickade mot Winter.

”Vad är det?” sa Nasrin.

”Butiken...” sa modern.

”Vad är det med den?”

”Var ligger den?”

”Hjällbo. Den ligger i Hjällbo.”

Ediba Aziz vände sig mot Winter.

”Hjällbo”, sa hon.

”Visste ni om den förut?” frågade Winter. ”Innan er son... innan detta hände med er son?”

”Nej.”

”Han hade aldrig pratat om den med er?”

”Nej.”

”Aldrig pratat om sitt arbete?”

”Nej.”

”Varför inte?”

Hon svarade inte. Winter upprepade frågan. Kerim upprepade den, redan innan Winter avslutat. De var ett team nu.

”Jag... frågade inte”, sa hon.

”Men ni visste att han arbetade?”

”Lite”, svarade hon efter en paus.

”Lite? Ni visste att han arbetade lite?”

”Ja.”

”Han kom hem med pengar?”

”Ja.”

”Mycket pengar?”

”Nej. Lite.”

”Hur lite?”

”Inte mycket”, svarade hon.

Goddag yxskaft, tänkte Winter. Hon vet inte mycket om det där jobbet. Hon kanske inte ville fråga. Hon kanske trodde att det handlade om andra saker som hon inte ville veta någonting om.

Plötsligt reste hon sig, försiktigt, och sa någonting till tolken.

”Hon behöver gå till... behöv...”

”Det är okej”, avbröt Winter.

Kvinnan lämnade sakta rummet, som om hon hade problem med att gå. Winter kunde inte se hennes ben, eller någon annan del av hennes kropp, bortsett från delar av ansiktet.

Den yngre systern följde sin mors steg med blicken. Hon behöver inte vara här, tänkte Winter. Det var ett misstag.

”Du kan gå ut om du vill, Sirwa”, sa han. ”Eller göra vad du vill.” Han försökte le. Visa sitt vänliga ansikte. ”Du behöver inte vara här.”

”Kunde ni inte sagt det från början?” sa Nasrin.

”Jo.”

Hon såg plötsligt förvånad ut, som om det var det sista svar hon hade väntat sig från polisen. Att den där polismannen plötsligt skulle låta så defensiv.

”Det var nog fel av oss”, fortsatte Winter.

”Kan polisen göra fel?” sa Nasrin.

”Det händer”, svarade Winter.

Han såg att Halders nickade sin bekräftelse.

”Det har jag aldrig hört”, sa Nasrin. Hon log inte, men det fanns något i hennes blick... kanske ironi... kanske bara resignation. Besvikelse. ”Ni erkänner det aldrig. Att ni gör fel.”

”Du har inte frågat mig förut”, sa Winter. ”Eller Fredrik här.”

Nu log hon. Det var faktiskt ett leende. Det försvann omedelbart.

”Vi litar inte på polisen.”

”Det finns olika sorter”, sa Winter.

”Jaså?”

”Nasrin, vi tillhör spaningsroteln, kriminalpolisen. Länskriminalen. Vi är här för att vi ska utreda mordet på din bror. Det är anledningen till att vi är här, den enda. Vi ska göra allt vi kan för att få fast dom som mördade din bror.”

Hon nickade.

”Det är därför vi måste ställa alla dom här frågorna. En del verkar dumma. Dom kanske är dumma. En del kanske är... verkar hårda. Jag vet inte. Det är så många frågor vi måste ställa, och framför allt nu, i början. När det nyss har skett. Förstår du? Vi vill ha hjälp av dig och din mamma, din familj. All hjälp vi kan få. Vi behöver den.”

”Vi har aldrig fått nån hjälp”, sa Nasrin.

Winter sa ingenting. Han tittade på Halders som nickade.

”All hjälp ni kan få, säger du”, sa Nasrin. ”Men vi då?”

Winter såg att hon ville säga mer, men hon tystnade och lät blicken dras ut genom fönstret igen.

”Kan jag gå?” Det var Sirwa. ”Kan jag få gå ut?”

”Javisst”, sa Winter.

”Och nu kommer ni hit för att få hjälp”, fortsatte Nasrin utan att titta på Winter.

Han såg Sirwa lämna rummet. Kanske skulle hennes syster genom fönstret snart få syn på henne nere på gården.

Winter reste sig och gick bort till fönstret, men ställde sig så att han inte skymde Nasrins sikt. Han såg några barn i sandlådan därnere. Ett barn gungade i en av de två gungorna. Det var som alltid. Jag har sett nog av det här, tänkte han. Dom där barnen på alla gudsförgätna lekplatser. Nu såg han Sirwa komma ut nedanför honom. Hon gick snabbt rakt över lekplatsen utan att se sig om, eller bakåt, eller uppåt mot fönstret där han stod. Ett av barnen, en liten flicka, lyfte sin hand till hälsning och Sirwa vinkade tillbaka. Och så var hon borta, bakom ett hörn. Barn försvinner bakom hörn i den här berättelsen, tänkte Winter. Dom försvinner.

”Hon är mycket ledsen”, hörde han plötsligt bredvid sig.

Nasrin hade rest sig och stod nu bredvid honom.

Winter nickade. Han frågade inte hur det var för Nasrin. Det kunde ha förstört allt. Men allt kanske redan var förstört, oavsett vad han gjorde, eller sa.

”Vart tror du hon går?” frågade Winter.

”Jag vet vart hon går”, sa Nazrin.

”Vart då?”

”Där Azad är.”

”Och var är det?”

Hon svarade inte.

”Är det viktigt för mig att få veta det?” frågade Winter.

”Nej.”

”Då ska jag inte fråga mer om det.”

”Bra.”

”Men jag vill fråga dig om butiken.”

”Det förstår jag.”

”Hur länge hade Hiwa arbetat där?”

”Inte länge.”

”En månad? Två?”

”Fem månader kanske, eller fyra. Jag minns faktiskt inte. Jag minns inte riktigt när han berättade det. Han kanske berättade när han redan jobbat där ett tag.”

”Hur fick han jobbet?”

”Jag vet inte. Det sa han aldrig.”

”Kände du till butiken innan Hiwa började jobba där?”

”Ja... jag visste var den låg. Det är inte så långt ner till Hjällbo. Dom flesta som bor här tror jag känner till den.” Hon kastade en blick på Winter. ”Det var ju alltid öppet. Sånt känner folk till.”

”Hur kände Hiwa Jimmy Foro?”

”Jag vet inte.”

”Är det inte konstigt att han inte berättade det?”

”Jag frågade inte.”

”Men ändå.”

”För mig räckte det att han hade ett jobb. Och för honom också. Det var ju inte heltid, men det var ändå... jobb.” Hon gjorde en gest ut mot Hammarkullen, mot allt de kunde se genom fönstret, och kanske allt de inte kunde se. ”Det finns inga jobb här. Och framför allt inte för oss.”

”Vad gör du själv, Nasrin?”

”Jag? Vad spelar det för roll?”

”Går du i skolan?”

”Ja. Konstigt nog, va? Jag har gått ut ettan på gymnasiet. Samhällsprogrammet.”

”Angeredsgymnasiet?”

”Var annars?”

”Inte vet jag”, sa Winter.

”Hur länge det nu varar”, sa hon.

”Mhm.”

”Förstår du vad jag menar?”

”Ja.”

”Vad tycker du om det då?”

”Att din familj kanske inte får stanna i landet?”

”Ja. Min och många andra.”

”Det tycker jag är för jävligt.”

”Men ni är ändå väldigt hjälpsamma när folk ska köras ut.”

Winter svarade inte.

”Måste ni vara så hjälpsamma?”

”Nej.”

”Men det är ni.”

Winter svarade inte på det heller. Han såg en av kvinnorna därnere ta ett barn i handen och borsta bort sand från barnets knän och sedan gå därifrån. Det fanns mycket sand därnere, lekplatsen var fylld av sand, och den var märkligt överdimensionerad för området.

”Träffade du Jimmy nån gång?” frågade Winter och vände sig mot Nasrin.

”Nej.”

”Besökte du inte Hiwa nån gång när han jobbade.”

”Ett par gånger, kanske. Två gånger, kanske.”

”Inte mer?”

”Nej.”

”Varför inte?

”Jag... tyckte inte om det där stället. Jag vet inte... jag tyckte inte om det.” Hon stirrade rakt ut genom fönstret. ”Och jag tycker ännu mindre om det nu.”

”Varför tyckte du inte om det förut?”

”Jag vet inte.”

”Vad var det du inte tyckte om?”

”Jag vet inte”, upprepade hon.

”Var det Jimmy?”

”Vadå?”

”Var det på grund av Jimmy? Att du inte tyckte om butiken? Berodde det på honom?”

”Jag träffade honom aldrig. Det sa jag ju nyss.”

”Javisst. Förlåt.”

”Det kommer du ihåg. Så gammal är du inte. Du visste att jag sa det.”

Winter svarade inte.

”Du försöker lura mig.”

”Nej.”

”Det försöker du visst.”

”Vi pratade om att du inte gillade det där stället”, sa Winter efter en kort paus. ”Träffade du några andra när du var där? Några kunder? Några vänner? Några bekanta?”

”Nej.”

”Said Rezai? Mannen som också blev skjuten? Träffade du honom nån gång?”

En direkt fråga.

”Inte vad jag vet”, svarade hon. ”Jag kan väl ha gjort det, men jag kände ju honom inte, så då minns jag ju inte om jag träffat honom, eller hur?”

”Vi ska visa dig fotografier på honom”, sa Winter.

”Måste jag se dom?”

”Inte från då”, sa Winter. ”Inte från när det hänt.”

Han såg en flicka svänga runt ett hörn och bli synlig därnere. Det var Sirwa. Steget efter kom en pojke. Det var Azad. Den lätta vinden, och friden, sida vid sida.

De tittade uppåt, mot fönstret där Winter och Nasrin stod.

Nasrin vinkade. Pojken och flickan därnere vinkade tillbaka, men de log inte.

Winter höjde också sin hand. En fånig gest.

”Den enda jag kände igen där var Hussein”, sa Nasrin, med blicken fortfarande på sina syskon.

”Hussein?”

”Ja, Hussein Hussein. Han heter så. Hussein Hussein. Han är från Irak, tror jag, men han är inte kurd.”

”Du känner honom?”

”Bara därifrån. Han jobbade ju där också. Jag träffade honom bara en gång.”

Winter hörde ett ljud bakom sig. Han vände sig om. Halders hade stött till en stol. Winter såg det överraskade uttrycket i Halders ögon.

”Hussein Hussein?” sa Winter. ”Han jobbade där? Det fanns nån mer än Jimmy och Hiwa som jobbade där?”

”Ja. Hussein jobbade där.” Hon tittade på Winter. ”Visste ni inte det?”

11

”HUSSEIN HUSSEIN! Vad i helvete är detta!?”

”Ett namn”, sa Winter. ”Det är ett namn.”

”Det begriper jag väl, för helvete”, sa Halders. ”Det är situationen jag pratar om.”

”Men om han heter så vet vi inte.”

”Eller om han finns.”

”Varför skulle hon ljuga om det?”

”Är det en medvetet naiv fråga, Erik?”

”Ja.”

”Är det ens en fråga?”

”Försök svara på den, Fredrik. Varför skulle hon ljuga?”

De svängde vänster vid Bredfjällsskolan, ännu ett hörn. Skolan var integrerad i all annan bebyggelse, husen var alla likadana. Barnen spelade fotboll. En fotboll studsade ner framför Winters fötter och han sköt tillbaka den med kraft, i en vid båge över plan, till andra sidan. Gänget på plan hojtade.

”Inte dåligt”, sa Halders. ”Och med vänstern. Jag kom inte ihåg att du var vänsterfotad.”

”Jag är lika bra med båda fötterna”, sa Winter.

”Vi borde haka på i korpen igen”, sa Halders.

”Du är faktiskt avstängd på livstid, Fredrik.”

”Det har dom glömt nu”, sa Halders.

”Dom påminns den sekund du kommer ut på plan.”

Halders svarade inte. En liten kille på sex sju betraktade dem från en port. Han bar hornbågade glasögon som täckte halva ansiktet. Halders slängde upp handen till hälsning. Pojkens ansikte sprack upp i ett leende.

De fortsatte förbi skolbyggnaden och svängde höger vid Pizzeria Gloria.

”Hungrig?” frågade Halders.

”Det är inte öppet”, sa Winter.

De gick över Hammarkulletorget. Winter hade ringt in till Möllerström direkt från familjen Aziz lägenhet. Spaningsrotelns registrator hade tagit emot namnet och satt igång. Winter tittade på sitt armbandsur. Larmet var ute nu. Alla skulle söka efter Hussein Hussein. Nasrin Aziz skulle försöka komma ihåg hur han såg ut, kanske med hjälp av teckningar. Någon kreativ nytta skulle de väl ha av det nya datorprogrammet. Ett ansikte skulle växa fram. Det var många ansikten som saknades nu. Pojkens ansikte dök upp för hans inre syn. Det var inte Azad Aziz som var pojken han hade sett förut och han hade inte trott det heller. Det var någon annan. Det var lika viktigt att hitta pojken som att hitta Hussein, tänkte Winter. Kanske var det ännu viktigare. Hussein kunde vara någon annan. Ett missförstånd.

”Hiwa sa att Hussein jobbade där ibland”, hade Nasrin sagt nyss.

”När sa han det?”

”När jag var där. Hussein var där.”

”Hälsade du på honom?”

”Nej. Jag såg honom bara.”

”Vad gjorde han?”

”Gjorde? Hur då?”

”Vad gjorde han när du var där?”

”Han… gjorde ingenting. Han var bara där.”

”I butiken?”

”Ja, det är klart.”

”Hur gick det till? Pekade Hiwa på honom och sa att han där jobbar här?”

”Ja… nåt sånt. Eller han nickade kanske mot honom.”

”Varför har du inte berättat om det här tidigare?” hade Winter frågat.

”Jag… trodde ni visste”, hade hon svarat. ”Sånt trodde jag ni visste direkt.”

*

Halders öppnade sin bildörr. De hade passerat Marias Pizzeria som var öppen, men Winter hade inte varit hungrig.

”Jag tror inte hon ljuger”, sa Halders.

”Hon kunde ha sagt det första gången vi träffade henne. När du träffade henne.”

”Vi frågade inte”, sa Halders. ”Jag frågade henne inte om där fanns ännu fler anställda.” Han stängde bildörren igen. ”Eller vad fan det ska kallas. Ska det kallas anställd? Han var väl bara nån som plockade ner några burkar från hyllan nån gång och fick en hacka för det.”

”Han var där”, sa Winter.

”Inte nu längre.”

”Var är han? Varför har han inte hört av sig?”

”Det finns lite olika svar på det, eller hur?”

”Nu gäller det i vilket fall att hitta honom”, sa Winter.

”I vilket skick som helst”, sa Halders.

Winters mobiltelefon ringde.

”Bergsjön”, sa Möllerström högt i hans öra.

”Pratar du om Hussein?”

”Jag skickade ju ut uppgifterna till dörrknackarna uppe i Hjällbo”, sa Möllerström. ”Nån kände visst till en Hussein som funnits i butiken nån gång. Men det var osäkert.”

”Okej, Janne.”

”Det är ju inte mycket att gå på. Den här personen sa att han trodde att karln bodde nere i Bergsjön.”

”Varför trodde han det?”

”Ingen aning. Det är inte mycket att gå på, det är det inte.” Winter hörde Möllerström knappa på sitt tangentbord. ”Det finns några Hussein Hussein i stan.” Han knappade vidare. ”Men alla har kanske inte telefon.” Han knappade igen. ”Vi har ingen med just det namnet i registren. Vi har en Hassan Hussein. Stöld.”

”Kolla upp honom. Och kolla vilka hyresbolagen är i Bergsjön. Ta reda på om dom hyr ut till nån Hussein och ring mig direkt."

"Tänkte själv på det", sa Möllerström.

"Bra", sa Winter och tryckte av.

"Vi ska till Bergsjön", sa han till Halders och gick snabbt bort till sin bil.

De körde Gråbovägen och sedan Bergsjövägen. Bergsjön växte sig högre och högre omedelbart i öster. De såg inte sjön, men berget fanns där. Bergsjön var en platå av skog och betong, som en jättelik medeltida borg där Bergsjövägen löpte runt stadsdelen som en vallgrav. Det var ett egendomligt ställe, surrealistiskt, och intrycket förstärktes av de rymdklingande namnen som måste stå för någonting som Winter inte förstod: Stratosfärgatan, Nebulosagatan, Universumsgatan, Meteorgatan, Kometgatan.

Han parkerade nedanför Rymdtorget. Allting hörde samman med rymden här, gatorna, torgen. Kanske hade det med framtiden att göra. Det hade byggts för framtiden, byggts stort. Kanske hade man räknat med boende här för folk från andra planeter.

Halders klev ur sin bil. Han hade parkerat bredvid Winter.

"När var du här senast?" frågade han och såg sig om.

Winter tänkte efter.

Därborta, nästan mitt på den öppna betongytan, framför Bergsjökrogen, hade han en gång fått brotta ner en man. Det var före krogens födelse. En blandmissbrukare, mannen hade haft kniv. En svenne, det bodde fler svennar här då. Winter kom fortfarande ihåg hans ögon. Han hade varit fullständigt livsfarlig. Reptilrörelser, reptilhjärna. Det hade varit en sommardag, som den här. Hade den där vårdcentralen funnits där då också? Winter såg skylten. När var det han hade brottats här? Säkert femton år sen. Hade han varit här någon gång efter det? Inte vad han kunde minnas.

Telefonen ringde.

"Ja?"

"Tellusgatan 20." Möllerströms röst lät avlägsen, som om han ringde från yttre rymden. ”Familjebostäder har en Hussein gånger två där.”

”Bor han ensam?”

”Enligt hyreskontraktet, ja.”

”Bra, Janne.”

”Var försiktig.”

”Fredrik är med”, sa Winter.

”Det var det jag tänkte på.”

”Skicka en bil”, sa Winter.

”Den är på väg”, sa Möllerström.

”Be dom vänta vid Rymdtorget”, sa Winter. ”Befälet får ringa mig.”

Winter tryckte av och stoppade ner telefonen i skjortans bröstficka.

”Tellusgatan”, sa han.

”Det finns en karta därborta”, sa Halders.

De gick dit. Tellusgatan löpte norrut i en halvcirkel.

Halders strök sig över skalpen. Han såg varm ut, han var röd i ansiktet.

”Jag behöver komma in i skuggan”, sa han och såg sig om. Torget låg övergivet i solen. Skuggorna var skarpa, vinklarna var raka. Ytorna var stora och fria. Där var sten och himmel. Gatorna som löpte från torget var som huggna i ett stycke betong. Rymd och ljus, tänkte Halders. Det han såg påminde honom om ett skivomslag. Pink Floyd. *Wish you were here.* Jag önskar att du var här.

På väg mot Tellusgatan passerade de ett daghem. Det stod ett stort lokomotiv i trä på lekplatsen. Husen löpte bort mot horisonten. Det var alltid så. De enorma huskropparna i förorterna sträckte sig längre än ögat kunde följa.

”Här är det”, sa Halders.

Det var tyst och svalt i trapphuset. Hussein Husseins namn fanns i porten.

”Ungefär som att heta Fredrik Fredrik”, sa Halders.

”Det räcker med en”, sa Winter.

”Ha ha.”

”Då går vi väl upp då.”

”Fjärde våningen.”

Däruppe var det fortsatt tyst. De hörde ingenting från några andra lägenheter. Kanske var alla på jobbet, eller vid havet, eller sjöarna. Utanför huset hade det varit tomt. Winter ringde på dörrklockan. Han hörde signalen därinne, ett onödigt gällt ljud. Halders såg beredd ut. Han såg ut som om han var beredd att slå in dörren, eller åtminstone låset. Winter ringde igen. De lyssnade på signalen igen. Den lät som om den hördes i hela huset. Han kände på dörrhandtaget. Tryckte ner det och drog försiktigt.

Dörren öppnades.

Halders drog sin SigSauer.

Winters telefon vibrerade i hans bröstficka.

”Ja?”

”Winter? Wickström här. Vi är ne…”

”Tellusgatan 20”, avbröt Winter. ”Vi går in nu. Kom upp.”

”Okej.”

Halders hade dragit upp dörren med pistolpipan.

De stod på var sin sida om dörren.

”Hussein?” ropade Winter men försökte hålla rösten nere. ”Hussein Hussein?”

”Polisen”, ropade Halders.

De väntade. Ingenting hördes därinne. Det betydde ingenting. En sådan tystnad var i sig misstänkt.

”Hussein?” ropade Winter igen.

”Vi kommer in nu”, ropade Halders.

Dörren på andra sidan hallen öppnades.

En liten pojke kikade ut.

”Hej, vad heter ni?” sa han.

”Gå in igen och stäng dörren”, sa Halders och viftade mot pojken med den hand som inte höll en pistol.

Pojken öppnade dörren ännu mer. De kunde se en hall. Pojken kunde se hallen mitt emot, och det var mer än de själva gjort ännu.

”Gå in igen och stäng dörren”, upprepade Halders.

Pojken kunde vara tre, två och ett halvt. Han såg inte rädd ut. Han hade hamnat i en lek. Han ville också ha en pistol. Han tog ett steg framåt och efter ännu ett fångades han upp av en kvinna som plötsligt störtat ut från hallen. Hon hade sett. Hon backade tillbaka med pojken som började skrika.

”Stäng dörren”, upprepade Halders.

Winter kastade en blick runt hörnet, in i Husseins lägenhet. Ingenting rörde sig därinne.

Han höjde vapnet och klev snabbt runt hörnet och fortsatte ett par steg. Halders andades bakom honom. Det var mörkt i hallen, och varmt, som om solen fanns därinne men dold i skuggorna. Det luktade instängt, ovädrat. En sötaktig lukt. Winter kunde se damm röra sig i en solstråle någonstans ifrån. Den var som en stråle från en ficklampa. Den visade in mot rummet till höger. Det var så det såg ut.

”Ingen av Husseinarna är hemma i dag”, sa Halders. ”Och det kanske inte är så konstigt.”

Winter svarade inte. De hade gått igenom bostaden.

Få ägodelar, få inventarier, nästan inga möbler. Fyra nakna madrasser på golvet i vardagsrummet. En enkelsäng i sovrummet. Vardagsrummet var ibland populärare som sovrum.

Någon annan hade också gått igenom här. Någon hade kanske letat efter något. Eller så hade Hussein Hussein varit ovanligt slarvig med sina ägodelar, sitt möblemang. Eller de andra som bott här. Andra måste ha bott här.

”Han kanske hade bråttom härifrån”, sa Halders. ”Hittade inte tennisracketen, och då blev det så här.”

”Dörren var öppen”, sa Winter.

”Öppnad med nyckel, vad jag kunde se.”

”Sängen är uppskuren.”

”Det är inte första gången jag ser det.”

”Varför är en säng uppskuren?”

”Han gömde sina pengar i madrassen?”

”Nej.”

”Han gömde något annat där?”

”Ja.”

”Knark?”

”Kanske.”

”Eller nån annanstans”, sa Halders. ”Dom har letat nån annanstans också härinne.”

Winter hörde steg ute i trappan, och röster. Kollegerna var här.

”Winter?” hördes utifrån. ”Hallå? Winter? Är du där?”

”Räknas inte jag?” sa Halders.

Winter såg två tekoppar stå på ett litet bord i vardagsrummet. De var inte av glas. Han gick fram till bordet och såg att det fortfarande fanns spår av vätska i båda kopparna.

”Han har haft besök”, sa Winter.

”Mhm. Kanske det. Nåt för Öberg.”

”Vattenkokaren i köket var inte iskall.”

”Det är varmt härinne”, sa Halders.

”Vi får prata lite med grannarna”, sa Winter.

”Pojken blir glad”, sa Halders.

Pojken hoppade upp och ner i hallen när de stod innanför dörren. Han vågade inte gå alltför nära, men det här var det hittills mest spännande i hans liv. Winter såg på honom att han önskade att de skulle dra sina vapen igen. Han hade dessutom sett uniformerna ute i trapphuset när dörren öppnades. Det var en mycket speciell dag för honom. Den går inte av för hackor för oss heller, tänkte Winter. Och den har knappt börjat.

Mamman och pojken var de enda i lägenheten. Hon presenterade sig som Ester när de själva presenterat sig. Winter hade läst namnet Okumus på dörrskylten. Pojken hette Mats.

Nej, hon hade inte sett Hussein i dag. Hon kunde inte minnas när hon sett honom senast. Eller någon av de andra. Det hade varit flera som kommit och gått.

”Jag känner honom inte direkt.”

”Direkt? Hur väl känner du honom?”

”Vi har bara hälsat. Vi hälsar bara.”

”Hussein!” sa pojken.

”Känner du Hussein, Mats?” frågade Winter.

Pojken nickade.

”Det gör han inte alls”, sa Ester Okumus. ”Det är bara för att du frågar.”

Winter satte sig på huk. Pojken tog ett steg bakåt.

”Brukar du leka med Hussein?” frågade han.

”Det har han aldrig gjort!” sa hans mamma.

”Ute på gården?” Winter frågade henne nu. ”Han kanske har gungat din pojke nån gång.”

”Nej.” Hon tittade på sin son. ”Han har hälsat på honom därute. Precis som jag.” Hon tittade på Winter. ”Varför vill ni honom nåt? Har han gjort nåt?”

”Det vet vi inte”, sa Winter. Han ställde sig upp igen. Det stramade i det vänstra knät. Men han fick ingen yrselattack i alla fall. ”Har du sett några besök till Hussein de senaste dagarna?”

”Nej, inte vad jag kommer ihåg.”

”Skulle du kunna komma ihåg det?”

”Hur menar du?”

”Om du får tänka efter lite.”

”Nej… det tror jag inte.”

Hon vill inte ha med oss att göra, tänkte Winter. Hon tycker inte det här är lika spännande som grabben. Åtminstone inte på samma sätt.

”Har du hört nånting i dag? Utifrån trappan?”

”Nej, ingenting.”

”Har du varit utanför lägenheten i dag?”

”Nej.”

”Vet du om Hussein umgås med några andra grannar här?”

”Nej.”

Winter och Halders och de två andra poliserna från radiobilen gjorde en snabb första dörrknackning i uppgången, men det var bara en dörr som öppnades, och mannen därinne visste ingenting och hade ingenting hört och hade nyss flyttat in och skulle snart flytta ut.

”Ett fritt liv”, kommenterade Halders när de lämnade huset.

Måsarna skrattade åt dem hela vägen ner till Rymdtorget. Winter fick åter känslan av ett surrealistiskt landskap, Storm Thorgersens landskap på Pink Floyds skivor. Det var ett tag sedan han hade spelat Pink Floyd. Det tillhörde hans ungdom. ”Remember when you were young.” När du var ung. *Ummagumma*, hans favorit, den fick han ha för sig själv. ”Careful With That Axe, Eugene.” Ta det försiktigt med den där yxan.

Winter tryckte på sin fjärrkontroll och hans Mercedes låstes upp med en skarp smäll som lät onödigt hög. Winter kände svett i nacken. Halders hade svett i pannan. Han torkade bort den och lutade sig mot Mercedesen.

”Så vad gör vi nu?” sa han.

Winters mobiltelefon ringde. Han hade ändrat signalen när de lämnat huset och ljudet lät också det onödigt högt.

”Vi har inget på Hussein i registren”, sa Möllerström.

”Är du säker?”

”Killarna uppe i Foros lägenhet hittade nån blankett med hans personnummer och ringde hit direkt.”

”Okej.”

”Så hittills är det bara Foro i det här gänget som har en historia vi kan följa direkt”, sa Möllerström. ”Men den är ju inte lång.”

”Såvida man inte räknar in hans bortgång”, sa Winter.

”Tack för mig så länge”, sa Möllerström och la på.

”Han kanske bara är och handlar”, sa Halders. ”Hussein Hussein Hussein.” Han skuggade ögonen och såg bort mot stadsdelshuset. ”Är det inte tre namn dom har egentligen, araberna?”

Winter tog fram Corpspaketet och tände en av de smala cigarrerna.

”Hur många namn har du själv, Fredrik?”

”Eh… vad menar du?”

”Vad heter du mer än Fredrik Halders?”

”Eh… Göran. Fredrik Göran Halders.”

”Hur många namn är det?”

”Ha ha. Jag förstår vad du menar. Vad heter du själv, förutom Erik Winter?”

”Sven.”

”Sven? Det tror jag inte på.”

”Nej. Jag ljög.”

Röken från Winters cigarr drev genom luften. Den såg också den ut som något främmande och störande därute, precis som ljuden nyss.

”Hur många röker du om dan?” frågade Halders.

”Nästan inga”, sa Winter. ”Det blir mest på kvällen.”

”Ja, det är en härlig kväll.”

”Jag drar inga halsbloss”, sa Winter.

”Vad är det då för mening?”

”Det är en lång historia, Fredrik.”

”Blir det här en lång historia, Erik?”

”Det beror kanske på oss.”

”Det beror på hur bra koll vi har på gängen häruppe.”

”Rätt bra koll. Åtminstone enligt närpolischefen uppe i Angered.”

”Är det nån av dom så vet vi, menar du? Nån från ett gäng?”

”Jag menar ingenting.”

”Det oroar mig att varken Hiwa eller Said eller Hussein Den Andre här har något brottsligt förflutet.”

”Ja”, svarade Winter och blåste rök igen. ”Ibland får vi oroa oss också för sånt.”

”Du vet vad jag menar.”

”Men det betyder inte att dom är rena”, sa Winter.

”Rena som snö”, sa Halders. ”Rena som vitt pulver.”

”Eller orena.”

”Dom här offren kan ha med sig ouppklarade saker hemifrån”, sa Halders.

Winter nickade.

”Det är ett jävla jobb att kolla upp sånt.”

”Ja.”

”Vi kanske måste resa till Kurdistan och därmed Iran och Irak och Syrien och Turkiet, och Maldiverna”, sa Halders.

”Maldiverna?”

”Jag tror vi måste åka till Maldiverna också ett par veckor. För säkerhets skull.”

”Du och jag?”

”Där tänkte jag nog ta med Aneta. Hon kommer från trakterna.”

”Maldiverna ligger utanför Indiens sydkust, Fredrik.”

”Bra”, sa Halders.

Winter rökte igen. Han såg en familj gå över parkeringsplatsen och sätta sig i en bil, far, mor, syster, bror. De såg ut att komma från var som helst i norra Europa. Bilen var en Volvo.

”Är det en knarkuppgörelse får vi snart veta det”, sa Winter.

”Jag är inte säker.”

”På vad? En uppgörelse, eller att vi snart får veta vilket?”

”Knark. Det... stämmer inte. Du har ju själv snackat med Sivertsson. Det här känner han inte igen.”

”Tiderna förändras. Metoderna förändras.”

”Hagelbössor i ansiktet? Det är inga nya metoder. Det är inte ungdomens melodi”, sa Halders.

”Vem har sagt att vi har att göra med ungdomar här?”

”Det finns inte så många andra i branschen just nu”, sa Halders.

”Jag tror du har fel där”, sa Winter.

”Det är inte jag som säger det.”

”Men du säger att du inte riktigt tror på knark här?”

Halders ryckte på axlarna. Det var en stel rörelse. Han kände sig stel. Han kanske skulle försöka springa en mil i kväll. Men då blev han ännu stelare. Han blev mjukare av att kela med Aneta. Kanske skulle han göra det i kväll. Och lyssna på Pink Floyd. Jag önskar att du var här. Om det blev en kväll på det sättet. Han kanske skulle vara fästad vid Winter hela den här kvällen. Kanske längre än så.

”Vi får leta reda på Hussein”, sa Winter och fimpade på asfalten.

”Han är borta för alltid”, sa Halders.

”På vilket sätt?”

”Under jorden, antingen frivilligt eller ofrivilligt.”

”Då får vi väl gräva upp honom igen.”

”Ha ha.”

”Så roligt var det inte.”

Halders började gå bort mot sin bil.

”Allt ligger i motivet”, sa Winter. ”Det är det avgörande.”

”Knark eller blodshämnd”, sa Halders och stannade.

”Eller något annat.”

”Vad skulle det vara?”

”Vi får använda vår fantasi”, sa Winter.

”Det är väl det jobbet går ut på”, sa Halders.

Winter körde upp till Hjällbo. Halders körde ner till polishuset. Winter lyssnade på Lars Jansson Trio i bilen. *Witnessing.* Det hängde på vittnen här, men det fanns inga vittnen. Det hängde alltid på vittnen. Vittnen och klockslag. Han saknade de vittnen som han visste fanns här. Det var som alltid, det gällde att hitta dem. Att lyckas med det. *Success.* Eller misslyckas. *Failure.* Första låten på plattan var ”Success–Failure”. Den andra hette ”Get It”. Ta det, grip det. Ta vad? Grip vad? Inte fan var det lyckan, inte i det här fallet. Det var inte olyckan heller. Var det ondskan? Naturligtvis, men den visade sig med många ansikten. Eller inga ansikten alls. Han tänkte på offren i Jimmys lilla egendomliga butik. Egendomlig, på många sätt. Placeringen. Isoleringen. Ensamheten. En tjugofyratimmars servicebutik, en matbutik egentligen, som låg för sig själv. Det var en motsägelse. Placeringen hade underlättat morden.

Gångvägen var lika ensam som alltid när Winter gick stegen från butiken mot bostadsområdet. Det var en ensam känsla. Han kände vemod, som en kvardröjande mollton från Lars Janssons piano. Han tänkte på pojken, den cyklande pojken. Visar han sig om jag går här? Om jag väntar? Väntar han på mig? Winter tittade upp mot fönstren. De var som silver i solljuset. Den som stod innanför ett av de där fönstren var osynlig. Ser han mig nu? Jag är inte osynlig. Ska jag vinka?

Han fortsatte mot husen. Det fanns ingen vind och ingenting annat rörde sig bland buskarna till vänster. Winter började gå över fältet. Jag vet att allt hänger på den där pojken.

12

DET VAR HÄR DET BÖRJADE. Nej, det började nånstans långt härifrån. Ett helt annat ställe. Och så kom det hit. Eller så hade det alltid funnits här. Väntat. Winter såg sig om. De här husen. Den här delen av stan: klippig, backig. Fälten. De egendomliga städerna, som stenblock slungade med precision, med beräknat avstånd. Där. Där. Där och där. Nu sammanlänkade av motorvägar som slöt sig inåt, stängde inne städerna. Det fanns nästan ingenting däremellan. Ingenstans att fly. Eller: överallt att fly.

Winter hade gått runt hela huset, femtio meter, sjuttio meter. Hörde han en cykel? Han vände sig snabbt, men det var bara ett ljud, han såg ingen. Han började springa. Han såg honom nu. Pojkens rygg var på väg bort över en annan gångväg, mot ett annat hus. Han cyklade på ett sätt som fick hela hans smala kropp att stötas upp och ner, upp och ner, som om den satt fast i en maskin.

”Vänta!” ropade Winter. ”Vänta! Hallå! Vänta! Hallå!”

Han fortsatte att springa. Han kände sitt bröst igen, han var ingen maskin. Det var en sak att snigla sig runt Ruddalens slinga i en hastighet som var nästan promenad. En annan sak att sätta högsta fart omedelbart. Det var andra gången han gjorde det nu. Folk i fönstren måste börja undra på allvar vem galningen var därnere. Winter var övertygad om att de betraktade honom. Varför springer han? Vart är han på väg? Varifrån kommer han?

Betraktade pojken honom? Pojken var inte där nu. Han var åter försvunnen, som ett väsen som visade sig med ett bestämt syfte som det inte gick att förstå. Men det fanns ett syfte. Han borde förstå det. Han kanske förstod. Det var därför han ville prata med pojken. När han återfått andningen, om han fick tag i hans arm, ett lätt tag. Kanske skydda honom. Om han fick skydda honom. Pojken verkade röra sig fritt nu, men det kanske inte var för alltid.

Winter stannade, andades häftigt, strök sig över pannan, funderade på en Corps, vilket var ett jävla dumt sätt att handskas med kroppen just nu. Nästa gång kommer jag hit i träningsställ. Värmer upp nere vid butiken.

Han började sakta gå i den riktningen. Han stannade och tände en Corps. Därute körde en taxibil förbi, på väg söderut. Han kände igen den.

”Håller han på och cirklar runt däruppe?”

Ringmar gick bredvid Winter genom parken utanför polishuset. Parken och parken. De passerade gaveln mot Gamla Ullevi, vände igen. Det tog inte många minuter. Vandra mellan hus, runt knuten. Det kunde bli en vana.

”Du hade inte behövt komma”, sa Winter. ”Vi hade kunnat prata i telefon.”

”Vi sa ju att jag skulle dyka upp. Vad kan man mer önska sig än att vandra i en vacker park med en god vän en skön sommardag?”

”Ganska mycket”, sa Winter.

”Reinholz”, sa Ringmar, ”taxikillen. Han har väl en del körningar däruppe. Han hade väl en nu.”

”Mhm.”

”Såg det inte ut så?”

”Nej.”

”Men det var han?”

”Det var lite avstånd, men jag kände igen profilen.”

”På killen?”

”På bilen. Och på killen. Och jag såg numret.”

”Det var som fan.”

”Jag hade kikaren med mig.”

”Naturligtvis.”

Ringmar begrundade lögnen. Han såg en taxi passera därute, på väg mot Nya Ullevi.

”Vill du plocka in honom?” sa Ringmar.

”Han kanske bara är nyfiken”, sa Winter.

”Det är ju det jag säger.”

”Eller så hade han ärende dit. Natten då morden begicks.”

”Han visste vad han skulle finna?”

”Nej.”

”Han visste vilka som skulle vara där?”

”Ja.”

”Allihop?”

”Nej.”

De praktiserade sin metod. Tankar på flykt, alla möjligheter, och alla återvändsgränder. Lösa antaganden, som ibland visade sig vara fastare än de trott.

”Jimmy Foro?”

”Ja.”

”Vad heter han… Hiwa?”

”Kanske.”

”Hussein?”

”Nej.”

”Varför säger du nej?”

”Jag ser inte Hussein där. Inte då.”

”Hur menar du?”

”Han… jag vet inte. Vi lämnar honom.”

”Han kanske hade varit där”, sa Ringmar. ”Tidigare.”

”Vi lämnar honom för en sekund”, upprepade Winter. ”Vi pratar om Hussein sen.”

”Said då? Visste Reinholz att Said skulle vara där?”

”Kanske.”

”Mördarna?”

”Kanske.”

”Han förväntade sig att mördarna skulle vara där?”

”Kanske.”

”Men inte att dom skulle vara mördare?”

”Nej.”

”Nåt gick snett.”

”Kanske. För Reinholz gick det snett. Inte för dom andra.”

”Det var planerat från början? Mordet var planerat? Dom visste vad som skulle hända, men inte han?”

”Beror på vad du menar med från början.”

Ringmar svarade inte. Det var en svår frågeställning. Den kunde rymma timmar, veckor, år.

De hade gått fram till Shellmacken och vände vid tvätthallen. Den påminde om Jimmys, ungefär samma proportioner, men sammanväxt med den större stationsbyggnaden.

”Och syftet med Reinholz besök?” sa Ringmar.

”Kurir.”

”Hämta eller lämna?”

”Hämta.”

”Hämta nåt mer? Nåt mer än varorna?”

”Kanske.”

”Mördarna? Hämta mördarna?”

”Mhm.”

De vände igen vid parkeringsplatsen och började gå västerut.

”Dom hade avtalat tid?” sa Ringmar.

”Dom måste komma iväg därifrån, eller hur?”

”Egen bil.”

”Nej, ingen bil.”

”Hur kan du säga det?”

Winter svarade inte.

”Okej, vi säger att dom sprang därifrån. Över fälten, eller på gångvägen mot husen.”

Winter nickade.

”På lätta steg”, sa Ringmar.

”Nej.”

”Det fanns inga lätta steg överhuvudtaget?”

”Jo.”

”Det var taxikillen som sa det.”

”Jag tror han talade sanning.”

”Varför?”

”Varför inte?”

”Om han visste mer än han säger...”

”Han hade inte väntat sig det han fann”, sa Winter. ”När jag pratade med honom var det en lättnad för honom att kunna säga nåt som var riktigt.”

”Riktigt?”

”Som var sant. Elller åtminstone sanningsenligt, utifrån vad han faktiskt hörde då.”

”Sanningsenligt”, sa Ringmar. ”Det är ett märkligt ord. Enligt sanningen. Vad betyder det?”

”Har du inte grunnat ut det efter alla dessa år i förhörsrummet?”

”Jag är ingen bra förhörsledare”, sa Ringmar.

”Du är bättre än du tror.”

”Hur vet du det?”

”Det här fallet kommer att visa det.”

”Fallet? Du talar singularis, Erik.”

”Fallen, då. Men allt hör ihop.”

”När gör det inte det?”

”Jag var inte filosofisk, Bertil.”

”När plockar vi in den där killen då?”

Winter tittade på sitt armbandsur.

Han tittade på himlen.

”Vill inte Angela åka ut till havet i eftermiddag?” frågade Ringmar.

”Det vill vi alla”, sa Winter. ”Men det finns mycket dag kvar. Det blir inte kväll i dag.”

”Reinholz försvinner inte. Han smiter inte. Då hade han gjort det redan.” Ringmar såg upp mot himlen. ”Det kan bli en lång kväll, och natt.” Han vände sig mot Winter. ”Det är lugnt just nu. Det kanske inte är så dumt att ta ett par timmar ledigt. Det kanske dröjer till nästa gång.”

”Vi tar in Reinholz direkt”, sa Winter.

*

”Kom hem så åker vi iväg ett par timmar”, sa Angela i telefon. ”Flickorna behöver det, och du också. Du åkte iväg fyra i morse. Behöver du förhöra nån kan du göra det i kväll.”

Han svarade inte. Ringmar hade ännu inte ringt för att arrangera förhöret. Det var som om Ringmar väntade på besked, och det var inte från Winter.

”Kväll är bättre än eftermiddag”, sa Angela. ”Då skakar du om dom ordentligt. Det är till och med bättre än morgon.”

”Okej”, sa han.

Och havet var bättre än allting annat. Han skar upp baguetten och sträckte sig efter sardelloljan. En egen uppfinning.

”Jag hoppas jag inte ska behöva ha dåligt samvete”, sa hon.

Han höll upp glasflaskan mot solen, tog ner den, drog av naturkorken och luktade på oljan. Den var bra.

”Nu häller jag ut lite på bröden”, sa han.

”Du hörde inte vad jag sa.”

”Nej.”

”Bra.”

”Kan du räcka mig persiljan och krukan med timjan.”

Hon sträckte sig över filten och gav honom de färska örterna.

Winter hörde barnen i vattnet bakom honom. Måsar skrek, här var det ingen som skrattade ett ihåligt och kusligt skratt. Sanden var varm. Det var hans sand, om nu någon kunde äga sand, som om någon kunde äga träd. Men det var deras tomt, familjen Hoffmann Winters tomt. Angela hette nu Angela Hoffmann Winter. Det låter som en preussisk promenad, hade han sagt. Bra att du inte sa marsch, hade hon sagt. Och det hänger på uttalet.

Det låter förresten som en tysk skidskytt, hade han sagt.

Elsa och Lilly Winter skrek bakom honom. Det var svallvågorna. Han hade hört skärgårdsbåten, och sett den. Vit och vacker. Allt var vackert härute: han och hon och barnen och vattnet och himlen och klipporna och sanden. Det var ett svenskt paradis. De själva var ett svenskt paradis. Vi är paradiset, tänkte han. Det här landet.

Pojken cyklade genom sin värld. Han försökte tänka på vad han hade sett. Det hade varit som en film.

Och något annat. Det var som ett minne som han inte visste att han hade. Kanske någon hade berättat för honom, men han trodde inte det. Kan man minnas nåt som inte har funnits? tänkte han.

Han ville inte minnas.

Han ville inte veta.

Han ville berätta.

Hama Ali Mohammad levde i två världar. Det fanns en värld på dagen och en annan på natten.

Han var inte den som blev dissad. Det hade han bestämt sig för tidigt. När han var så stor att han kunde bestämma sånt. Ingen skulle kunna jävlas med honom. Allt det där kunde han genomskåda med en gång. Det betydde ingenting. Det enda som betydde nåt var pengar. Utan pengar fanns det ingen värld, åtminstone som Hama Ali såg det. Pengar att stjäla. Det fanns ju tillräckligt för alla. Alla, vad han visste.

Och så hamnade han med polisen. Han blev brorsan med polisen, kunde man säga. Han hade sagt ”lack, shoo!” till en näpo uppifrån Angered när han kryssade torget och killen hade svarat tillbaka på arabiska: ”du är ful du också”. Och Hama Ali hade sagt nåt mer. Och på den vägen var det. Han ville ha sin egen hemlighet. Det var spännande.

Och nu hade han hört nåt som han inte visste vad han skulle göra med. Det var mer spänning än han ville ha. Det var psykos. Kraftigt med psykos.

Han ville inte veta.

Han ville inte berätta.

Han var mycket rädd.

Han flög.

*

Ett annat samtal var inbokat före träffen med taxichaufför Reinholz. Winter såg det inte som förhör. Han tänkte sällan på förhören som förhör. Det handlade sällan om starka lampor i ansiktet, det var en stereotyp som knappt fanns på film längre.

Mozaffar Kerim kom punktligt till polishusets entré.

Winter tog hissen ner och mötte honom och de åkte upp till spaningsrotelns lokaler.

Kerim frågade honom i hissen upp vad saken egentligen gällde.

”Bara några detaljer”, sa Winter. ”Det tar inte så lång tid, hoppas jag.”

”Var så god och sitt”, sa Winter inne i rummet.

Själv satte han sig mitt emot.

Kerim satt längst ute på stolen, som om han var på väg därifrån vilken sekund som helst. Det var uppenbart att han önskade sig någonstans långt borta.

”Varför sa du att du knappt kände familjen Aziz?” frågade Winter.

Kerim ryckte till.

”Förlåt?”

Winter upprepade frågan.

”Jag förstår inte... vad du menar.”

”Ska jag upprepa frågan igen?”

”Jag känner dom inte”, sa Kerim.

”Försök en gång till”, sa Winter.

”Jag... känner dom inte på det sättet.”

”Vilket sätt är det?”

”Jag har inte... arbetat tillsammans med dom.”

”Vad betyder det?”

”Jag har inte tolkat för dom.”

”På vilket annat sätt känner du familjen Aziz?”

Kerim svarade inte.

”Låt mig formulera om frågan. Har du tidigare träffat någon i familjen Aziz? En eller flera gånger?”

”Jag känner ingen av dom.”
”Det var inte vad jag frågade, Mozaffar.”
”Varför ställer du alla dom här frågorna?”
”Jag ställer bara en fråga. Det är bara en fråga jag vill ha svar på.”
Kerim såg ut att tänka efter. Han tittade ut genom fönstret. Kanske han bara längtade dit ut, bort från frågan, bort från Winter.
”Vad är problemet, Mozaffar? Varför vill du inte svara?”
”Jag har bara träffat Hiwa”, sa Kerim lågt.
”Varför sa du inte det förut?”
Kerim rörde nästan omärkligt på axlarna.
”Hur träffade du honom?”
”På ett kafé.”
”Vilket kafé?”
”Limonell.”
”Var ligger det?”
”Det finns flera.”
”För helvete, Mozaffar! Vilket kafé pratar du om?”
”Limonell på Kaneltorget. Det har slagit igen nu.”
”Gårdsten?” Winter såg på kartan han fäst på väggen i sitt rum. De norra stadsdelarna. ”Jimmy Foro bodde där.”
Kerim svarade inte.
”Varför träffades ni där?”
”Det… bara blev så.”
Han ska inte komma undan, tänkte Winter. Det är nåt han vill berätta genom att inte berätta.
”Varför träffades ni?”
”En… ren tillfällighet, som man säger.”
”På vilket sätt?”
”Jag var där. Och vi började prata lite.”
”Varför var du där?”
”Jag bor ju i närheten. Jag brukade gå dit. Till Limonell.”
”Varför var Hiwa där?”
”Jag vet inte. Det sa han inte. Jag frågade inte.”
”Vad pratade ni om?”

”Inget särskilt.”

Jag får återkomma till det, tänkte Winter. Han såg platsen framför sig, det lilla torget om man kunde kalla det så. Kanelgatan. En närbutik, det hade varit närmare för Jimmy.

”Varför ville du inte berätta det här direkt?” frågade han.

”Jag tänkte att det inte betydde nåt.”

”Du är inte dum i huvudet, Kerim. Du vet att vi vill veta allt om de här personerna.”

”Förlåt.”

Han sa det mycket lågt. Det var nästan så att han såg ut som om han menade det. Kanske menar han det.

”Kände du Jimmy Foro?” frågade Winter.

”Nej.”

”Han bodde också i närheten.”

Kerim gjorde en knappt märkbar rörelse med axlarna.

”Då börjar vi från början igen”, sa Winter.

Ringmar ringde klockan halv åtta.

”Är tolken kvar?”

”Gick för en halvtimme sen.”

”Och?”

”Han är rädd.”

”För vad?”

”Det ville han inte berätta.”

”Frågade du?”

”Nej. Inte än. Han får berätta lite mer först. Självmant.”

”Gör han det?”

”När han får tänka efter lite.”

”Vad finns det att tänka på?” frågade Ringmar. ”Vad ska han tänka på?”

”Jag vet inte, Bertil. Men det finns nåt med den där killen… det är en känsla jag har. Det är väl den gamla intuitionen.”

”Mhm.”

”Jag har ingen logisk förklaring, inte än i alla fall.”

”Förklaring till vad?”

”Till vem han är. Vad han är.”

”Han är väl tolk? Det har vi ju kollat.”

”Vad han är i det här… vad hans roll är.”

”Ser du det som roller?”

”Ibland.”

”Huvudroller, biroller”, sa Ringmar.

”Han kände Hiwa.”

”Hur?”

Winter svarade inte.

”Erik?”

”Ja, jag hörde.” Winter gjorde en paus. ”Jag fick intrycket av att dom var… älskare.”

13

JERKER REINHOLZ SÅG UT SOM om han kände sig halv utan sin taxi, en halv individ. Det finns såna som lever hela sina liv i bilen, tänkte Winter. Stan blir nåt som alltid bara passerar.

Men sen stannar det upp.

”Varför stannade du till där?” frågade Winter.

Inte hans rum nu. Ett av förhörsrummen. Det lilla fönstret stod öppet. Han hörde ljud av brus från kvällstrafiken bortåt Heden, från och till Liseberg. Förra gången blev jag illamående efter Kaffekoppen. Nej, det var nåt annat, den finns väl inte kvar. Nåt ännu snällare. Farfars bil? Nej, inte så snällt.

”Stannade till? Det har jag ju berättat”, sa Reinholz. ”Vad är det här?”

”Vad röker du för märke?”

”Eh... va?”

Winter tittade ner på bandspelaren. Den rullade.

Han upprepade frågan.

”Marlboro.”

”Filter eller inte?”

”Eh... vadå?”

”Röker du dom med eller utan filter?”

”Finns dom utan filter?” sa Reinholz.

”Inte i Jimmy Foros butik.”

Reinholz kommenterade det inte. Det var som om han inte hörde. Han tänkte på något annat. Kanske på det han just sagt, eller på vad de faktiskt pratade om.

”Det fanns inga Marlboro alls i hyllan”, sa Winter.

”Nähä... dom var väl slut.”

”Men det brukade finnas?”

”Ja... det tror jag. Jag har väl köpt nån annan gång där också... det var ju därför jag stannade till. För att köpa ciggisar.”

Winter sa ingenting.

De kunde båda höra fågelsången utanför. Den upphörde och kom snabbt tillbaka, som om sångaren vilade sig med korta intervall.

”Jag trodde att det fanns Marlboro där”, sa Reinholz. ”Varför skulle jag annars stanna till?”

”Berätta”, sa Winter.

”Vad då? Varför jag annars skulle stanna till?”

Winter sa ingenting, svarade inte. Det var ibland en bra förhörsmetod: ställ inga frågor. Och lämna framför allt inga svar.

”Det vara bara därför”, sa Reinholz. ”Vad skulle det annars vara?”

”Berätta från början”, sa Winter. ”Från när du svängde in mot butiken.”

”Det har jag ju gjort förut!”

”Det är rutin”, sa Winter.

”Rutin, jaha.”

”Från när du svängde in”, upprepade Winter.

Därute, det hade inte funnits någonting därute. En gryning skulle komma. Motorvägar mellan söder och norr, strålkastare över asfalten. Ett värdelöst ljus som kom och gick, det löstes upp av gryningen. Vinden blåste in från väst, ett tåg tjöt med vinden. Hans bil stod framför butiken. Huset var för sig självt. Ensamstående. Han behövde cigarretterna. Butiken var mest glas, ingenting rörde sig, allt var stilla.

Han gick över parkeringsplatsen. Han hade gått över parkeringsplatsen. Han gick över platsen. Ljudet från hans klackar hade flutit långt i natten. Det hade fortfarande varit natt. En annan del av året och det hade verkligen varit natt, och långt till gryningen. Det kom ett eko nånstans ifrån.

”Varifrån kom det?” frågade Winter.

”Jag vet inte... nånstans från andra sidan kåken.”
”Hur lät det?”
”Som ett... skrik.”
”Vilken typ av skrik?”
”Skrik... jag vet inte... skrik.”
”Kan det ha varit en fågel? En mås?”
”Måsar... nej. Det fanns inga fåglar uppe då. Det var för tidigt.”
”Är du säker på det?”
”Jag är van att vara uppe tidigt... eller sent, hur man nu ser det. Jobba natt. Jag vet vilken tid måsar dyker upp på sommaren.”
Winter nickade.
”Kanske var det jag”, sa Reinholz.
”Kan du upprepa det där?”
”Kanske var det jag som skrek”, sa Reinholz.
”Medan du gick över platsen?”
”Nej, nej. Efteråt. Eller... nästan då. När jag stod vid... dörren.”
”Men du hörde ju ett skrik innan dess?”
”Jag är inte säker längre. Det kanske var... jag. Ekot från mig själv.”
”Ropade du till någon? Skrek du medan du gick över platsen?”
”Nej, nej. Varför skulle jag det?”
”Därför att du hörde nåt.”
”Nej.”
”Eller du kanske såg nåt?”
”Nej. Vad skulle det vara? Såg vadå?”
”Såg du nån springa ut därifrån?”
”Nej, nej. Då skulle jag sagt det. Varför skulle jag inte säga det?”
”Du kanske inte kom ihåg det.”
”Nåt sånt skulle jag komma ihåg.”
”Du kommer inte ihåg om du skrek. Eller när du skrek.”
Reinholz mumlade något som Winter inte kunde höra.
”Kan du upprepa det där?”

”Du var inte där”, sa Reinholz.
”Nej.”
”Du vet inte hur det var.”
”Jag kom nån timme senare”, sa Winter.
”Du var inte där ensam. Du var inte ensam.”
”Nej.”
”Det var fruktansvärt. Det var som att vara ensam i hela världen.”
”Vad får dig att känna så?”
”Det var vad jag kände då.”
”Vad fick dig att känna så?”
”Det... allt jag såg. Det där röda... det var som ett jävla... hav. Som ett stort jävla rött hav.”
”Såg du det redan utifrån?”
”Jag tror det. Jag... det kanske var därför jag skrek. Att jag skrek redan utanför alltså.”
”Kommer du ihåg det nu? Att du skrek redan utanför?”
”Jag måste ha gjort det.”
”Och sen?”
”Och sen vadå?”
”Vad hörde du sen?”
”Det var dom där stegen.”
Winter sa ingenting. Han nickade mot Reinholz: var så vänlig och fortsätt.
”Jag tänkte att det fanns nån därute”, sa Reinholz. ”Det var för... jävla otäckt. Som om nån *visste*. Förstår du? Som om nån hade sett. Hade *sett*. Förstår du?”
Winter nickade. Han förstod. Han såg Reinholz röda ögonvitor. Mannen såg inte frisk ut. Kanske drack han för mycket. Eller körde bil för mycket. Sov för litet. Tänkte för mycket. Sa fel saker. Gjorde fel saker. Kände fel människor.
”Nån sprang därifrån”, sa Reinholz.
”Var det ett barn?”
”Det vet jag inte.”
”Du har tidigare sagt att stegen var lätta. Att det var lätta steg.”

”Det lät så.”
”Men du är inte säker?”
Reinholz svarade inte.
Winter upprepade frågan.
”Det kanske bara var nåt som dämpade det där springandet”, sa Reinholz.
”Vad?”
”Tja… gräs kanske.”
”Det var därför dom lät lätta?”
”Ja.”
”Vi kan testa däruppe.”
”Hur då?”
”Höra hur det låter.”
”Ska du springa då?”
”Varför inte.”
”Ska vi jämföra med nåt barn sen? Några barnsteg?”
”Det kan vi göra.”
”Ja, det finns mycket barn däruppe.”
”Hur menar du då, Jerker?”
”Vadå? Det jag säger bara. Det finns mycket barn däruppe.”
”Såg du nåt barn den där morgonen?”
”Det var knappt morgon, har jag sagt. Jag har ju sagt när det var. Ungefär. Det var för tidigt för några ungar att vara uppe.”
”Såg du några ungar?” frågade Winter.
”Nej, nej.”
”Kände du nån av dom som låg därinne?”
”Nu är jag… vad menar du?”
”Kände du nån av dom döda?”
”Det har jag ju svarat på.”
”Hade du träffat nån av dom förut?”
”Det måste jag ju ha gjort, eller hur? Jag hade ju köpt ciggisar där förut.”
”Av vem?”
”Hur ska jag komma ihåg det?”
”Är det inte normalt? Att komma ihåg det?”

”Normalt? Dom ser ju ut som alla and...” sa Reinholz och avbröt sig mitt i meningen.

”Vad tänkte du säga, Jerker?”

”Ingenting.”

”Att dom ser ut som alla andra? Var det vad du tänkte säga?”

”Nej, nej.”

”Vad menar du då?”

”Jag menar bara att jag inte... skulle känna igen dom. Om jag handlat av nån eller inte... jag vet inte.”

Han såg ut att vilja säga något mer. Winter väntade.

”Och... därinne gick det ju inte att känna igen... nånting.”

Winter sa ingenting.

”Herregud”, sa Reinholz.

”Har någon av dom åkt med dig i din taxi nån gång?”

”Inte som jag kommer ihåg.”

”Skulle du kunna komma ihåg det?”

”Hur... menar du då?”

”Om du tänkte efter en liten stund till.”

”Det skulle inte hjälpa. Om jag inte kommer ihåg om jag handlat av nån så kommer jag knappast ihåg om jag skjutsat nån.”

”Du låter säker på saken.”

Reinholz ryckte på axlarna.

”Du förstår väl att vi behöver all hjälp vi kan få här”, sa Winter.

”Javisst.”

”I det här jobbet jag har är en av dom viktigaste sakerna att försöka få folk att komma ihåg saker. Minsta lilla sak kan vara mycket viktig. Du förstår det?”

”Ja.”

”Är du rädd?”

”Eh... va?” Reinholz hade ryckt till, inte mycket, men tillräckligt. ”Rädd?”

”Är du rädd för nån?”

”Vad är... vad är det för fråga?”

”Är det nån som försökt skrämma dig? I samband med det du såg?”

”Nej... varför skulle det vara det?”

”Eller för nåt du vet.”

”Jag vet ingenting. Vad skulle jag veta?”

Han såg på Winter som om han verkligen skulle kunna få ett svar av kommissarien. Att han gärna samarbetade bara han visste hur han skulle samarbeta. Det betydde i sig ingenting. Det fanns så många olika sorters samarbete. Det fanns så många avsikter.

”Jag vet ingenting”, upprepade Reinholz.

”Vart var du på väg när du stannade för cigarretter hos Jimmys?”

”Eh... på väg? Jag var på väg ner mot stan. Jag var på väg att packa ihop.”

”Packa ihop?”

”Packa ihop. Lägga av för natten. Åka hem.”

Winter nickade.

”Får jag åka hem nu?”

”Är det nån som är rädd för *dig*, Jerker?”

”Jag hoppas du inte gick för långt”, sa Ringmar.

”Inte med honom.”

”Hur menar du?”

”Det var som om han förutsett varenda jävla fråga.”

Ringmar nickade.

”Du vet vad jag menar.”

Ringmar nickade.

”Jag har sett såna förut”, sa han.

”Det är nåt med honom. Det går inte att bara släppa den där killen.”

”Då gör vi inte det.”

”Vi får försöka kolla alla hans körningar. Kolla med... vilka är det? Taxi Göteborg? Kurir? Och kolla kunderna.”

”En del betalar nog inte med kort”, sa Ringmar.

”Eller alls”, sa Winter.

”Eller svart”, sa Ringmar. ”Men det funkar väl inte hos dom stora bolagen.”

”På tal om svart”, sa Winter. ”Får jag bjuda på en stark kopp kaffe hemma hos oss?”

”Om man kan få nåt ännu starkare till”, sa Ringmar.

Ringmar fick själv välja och valde, på Winters diskreta inrådan, en 15-årig Glenfarclas.

”15-åringen är riktigt bra”, sa Winter. ”Robust och god. Bättre balanserad än 21-åringen, tycker jag.”

”Vilken tur att du hade den hemma”, sa Ringmar. ”15-åringen, alltså.”

”Du hade tyckt om dom andra årgångarna också”, sa Winter. ”Jag har nån 25-åring nånstans också.”

”Nästan dubbelt så gammal.”

”Det är inte alltid åldern som avgör”, sa Winter.

Ringmar höll upp den robusta buteljen. Etiketten visade en teckning av ett torn, en spira, hustak på lador, fält, himmel, och mjukt stigande berg i fonden.

”Har du köpt denna på plats?”

”Naturligtvis.”

”Naturligtvis? Herregud, Erik.”

”Det är ett väldigt trevligt destilleri. Stort och modernt. Ett familjeföretag, faktiskt. Tillhör ingen grupp. Speyside, förstås. Högländerna. Ligger intill en liten by som heter Marypark, om jag minns rätt. Trevlig den också. ”

”Det finns ett väldigt trevligt Systembolag på Jaegerdorffsplatsen.”

”Tycker du det?”

”Egentligen inte. Men man behöver inte åka till Skottland.”

”Det är inget straff, Bertil. Och Jaegerdorff har inte Glenfarclas.”

”Får man smaka?” frågade Ringmar. ”Eller ska man vänta in nån speciell känsla?”

Angela brast i skratt. Hon lutade sig framåt och gav Ringmar en klapp på kinden. De satt vid köksbordet. Någon gick över gården därnere med bestämda steg. Ekot steg uppåt, mellan husväggarna, det kom förbi där de satt och fortsatte mot himlen. Den skulle inte bli svart i natt. Om två dagar skulle det vara midsommar. Sedan skulle mörkret sakta krypa tillbaka över Norden. Om ett halvår skulle det vara jul. Men då skulle allt redan ha börjat bli ljusare igen. Och så vidare, och så vidare. På det sättet gick ett år mycket fort.

”Man kanske bara ska andas in det här”, sa Ringmar.

”Ta dig du en klunk, Bertil”, sa Angela.

Ringmar höjde glaset, Winter höjde glaset och Angela höjde sitt vinglas. De drack.

Ringmar såg ut som en provsmakare.

”Mhhmm”, sa han och ställde ner det tunna whiskyglaset. Det påminde om en högre och smalare konjakskupol.

”Rätt... kraftigt”, sa han och höll upp glaset igen och svängde det försiktigt för att få spriten i rörelse. ”Rätt simmigt också.”

Winter log.

”Känner du igen några smaker?” frågade han.

”Rök”, sa Ringmar. ”Men inte så mycket.”

”Bra.”

”Nästan lite sött... inte sött direkt, men nåt... jag vet inte.”

”Det kommer från sherryfaten”, sa Winter.

”Naturligtvis”, sa Ringmar.

Angela skrattade till igen.

”Du verkar på hyfsat humör”, sa Ringmar.

”Det är trevligt att ha sällskap”, sa hon.

”Man tackar.”

”Både av dig, och av Erik.”

Hon gav honom en blick.

”Det där har vi faktiskt pratat om, Angela”, sa Winter.

Hon drack av vinet igen. Det var rött, ett cahors som såg svart ut i den ljusa natten. Det var svart i nästan vilket ljus som helst.

”Det är hemska brott ni utreder”, sa hon efter en liten stunds tystnad.

”Bland det värsta jag sett”, sa Ringmar.

”Har ni några spår ännu efter han... den andre anställde?”

”Vi behöver inte prata om det här just nu”, sa Winter.

”Jag vill prata om det”, sa Angela.

”Vi letar efter honom överallt”, sa Ringmar. ”Det är det kanske viktigaste just nu.”

”Vad kan ha hänt?” frågade hon.

”Hur menar du?”

”Med honom? Vad kan ha hänt med… vad heter han? Hussein?”

”Ja. Hussein Hussein.”

”Vad som helst”, sa Ringmar.

”Har han ingen familj? Alltså här i stan?”

”Vi vet inte ännu.”

”Varifrån kommer han? Eller är han född här?”

”Nej. Sannolikt inte.”

”Är han flykting?”

”Sannolikt. Vi håller på att kontrollera det nu.”

Angela såg på Winter. Han satt med sitt glas i handen utan att dricka. Hans blick var vänd utåt, mot natten. Han vände tillbaka den.

”Det är många inblandade här”, sa han och ställde ner glaset. ”Alltför många.”

”Hur menar du då, Erik?”

”Det finns så många hypoteser.” Han tittade på Ringmar. ”Det vet ju du, Bertil.”

”Det är väl bra”, sa Angela.

”Jag är inte säker.”

”Som den med tolken”, sa Ringmar.

”Vad är det med tolken?” frågade Angela.

”Vi blir inte riktigt kloka på honom. Eller hur man ska uttrycka det.”

”Är det ovanligt? Att ni inte blir kloka på nån? Nåt vittne… eller nån misstänkt? Är det inte snarare vanligt?”

”Jo”, sa Ringmar.

”Men varför skulle jag bli fundersam över en tolk?” sa Winter. ”Eller en taxichaufför för den delen?”

”För att det är ditt jobb”, sa Angela. ”Ska du inte vara misstänksam mot alla?”

Ringmar log.

”Det där låter inte så trevligt”, sa Winter.

”Det har hjälpt dig förut, Erik”, sa Ringmar.

”Mhm.”

”Att du känner på dig nåt.”

”Hur är det med dig då, Bertil? Känner du inte på dig nåt?”

”Med tolken?”

”Ja?”

”Kanske… vi får se. Men jag vet ju inte hur det är med den där kärleken.”

”Vad är det med kärleken?” frågade Angela.

”Erik tror att tolken hade ihop det med en av dom mördade”, sa Ringmar.

”Det är bara en tanke än så länge”, sa Winter.

”Med kvinnan?” frågade Angela.

”Nej. En av männen”, sa Ringmar.

”Kan nåt sånt ha varit en orsak till morden?”

”Det är en av frågorna vi ställer oss.”

Angela lutade sig framåt över bordet.

”Vad säger tolken då?” frågade hon.

”Vi har inte frågat honom än”, svarade Winter.

14

SKRIKEN FÄRDADES MED VINDEN. Dom kunde komma från mil långt bort. Dom hade ett ord för det: Ropen från andra sidan. Från andra sidan världen. Eller från den här. Men ändå en annan värld. Nånting som fanns kvar i minnet, men bara hos dom som var riktigt gamla och riktigt unga. I den där världen var det solen som rörde sig mera än människorna. Här var det tvärtom. När solen brände gjorde den det under timmar som var dubbla. När den gick ner var det som för bara en kort stund. Det var då sanden färgades röd. Öknen var ett hav. Dom hade inget segel. Det röda havet rörde sig inte. Det fanns ingen vind. Det fanns ingenting som någon av dom kunde hoppas på. Dom var redan döda.

Jag var inte död, inte som farbror Ali. Han låg under det vita lakanet. Jag såg honom. Han steg upp på morgonen, jag såg honom när han gick bort mot buskarna. När han kom tillbaka såg jag inte hans ansikte eftersom solen gick upp precis då och jag fick den rakt i ögonen. Jag blev blind.

Vilket är värst? Blind eller död? Jag vet inte, nu vet jag inte. Jag vill inte se det jag ser nu. Men då kan jag minnas. Och då kan jag se nåt annat. Men om jag är död ser jag ingenting alls, och jag minns ingenting. Jag är ingenting längre. Eller om jag är hos Gud. Då kanske jag kan se ner på jorden. Skulle jag dö nu skulle jag i så fall kunna se rakt ner på jorden och se min syster och min bror och min mor, men jag skulle inte kunna hjälpa dom. I så fall skulle far redan ha hjälpt oss, om han kunnat, om han satt däruppe och såg ner på mig. Och det måste vara ännu värre än att inte veta nånting. Att kunna se men inte kunna hjälpa.

Ingen hjälper oss nu.

Ingen hjälpte oss då.

Var alla dom andra i dom andra byarna är vet jag inte längre.

Mor sa att nån hade sett soldater i väster. Det är där solen går ner. Den går ner och soldaterna kommer upp. Jag och min bror sa till varandra att soldaterna lever under sanden. I jorden. Dom hatar ljuset. Dom hatar oss. Dom hatar allt.

Vi hade gått åt fel håll ett par dagar, mot väster, men det hade inte varit fel för att soldaterna kanske fanns där, utan för att gränsen inte låg där.

Det var dit vi var på väg. Jag hade nog inte förstått. Gränsen. Vilken gräns? Det har funnits många gränser, har man alltid sagt till mig. I byn sa man att där ligger gränsen och så hade nån snurrat runt, runt med utsträckt hand och alla hade skrattat. Det var som om vi inte behövde några gränser.

Men det var ingen som skrattade nu. Vi behövde gränsen nu. Vad vi skulle göra där när vi kom dit visste jag inte. Jag vet inte hur långt det var dit. I morgon, sa nån. Det kunde vara nästa år, det visste jag. Det var långt till nästa år.

15

JIMMY FOROS LÄGENHET SÅG STÖRRE UT än förra gången Winter varit där. Det var ingen ovanlig känsla. Den berodde på tiden. När bara ett par dagar gått efter ett brott fick tingen som en annan form, proportionerna förändrades. Allt la sig till vila. Rummen – som det han stod i just nu – vidgades.

Winter hörde kylskåpets svala brummande ute i köket. Allt var som vanligt, allt fungerade.

Mobiltelefonen ringde. Också ljudet var större härinne än någon annanstans.

”Erik Winter.”

”Ja, hej. Lars Palm här. Boendechef på Hjällbobostaden. Du hade sökt mig.”

”Bra att du ringde.”

Winter förklarade sitt ärende.

Han såg pojken på cykeln medan han pratade, hans rygg. Hur han alltid försvann.

”Vi har 2 200 lägenheter här”, sa Palm.

”Mhm.”

”Om det är nån som kan hitta folk är det vår städpersonal”, sa Palm.

”Städpersonal?”

”Våra städerskor vet allt om alla här”, fortsatte Palm. ”Många har varit med från början, från när området kom till.”

”Det var som fan.”

”Dom är grunden vi står på häruppe, skulle man kunna säga. Dom här kvinnorna håller ihop alltihop.” Winter tyckte det lät som om Palm skrattade till. ”Dom lugnar känslorna. Håller ordning. Och dom vet som sagt allt om alla här. Vem som bor var. Hur dom ser ut. Och varför nån plötsligt börjat ställa bilen nån annanstans. Om vederbörande har en bil, förstås. Dom vet varför nån plötsligt börjar besöka nån."

"Bra."

"Finskor, dom som finns kvar. Det finns inte så många finländare kvar i dom här stadsdelarna längre."

Finnar. Winter hade just passerat en trappuppgång där det bodde finnar. Akaciagården 18. Bara finska namn på skyltarna.

"Finskor och svenskor", fortsatte Palm. "Veteraner."

"Bra", upprepade Winter.

"Jag kan höra mig för."

"Det är jag tacksam för. Hör av dig så snart du kan. Minsta sak är av värde."

"En ensam grabb, alltså? På cykel?"

Winter hade beskrivit hans utseende och ungefärliga ålder.

"Han verkar mer eller mindre sammanväxt med den där cykeln. Och han hade en tennisboll, åtminstone första gången jag såg honom."

"Kan han vara i fara?"

"Jag vet inte. Det är möjligt."

"Han kan ha berättat hemma... vad han sett. Eller hört."

"Det är möjligt", sa Winter.

"I så fall är familjen borta."

"Så drastiskt?" sa Winter.

"Om grabben är i fara så är dom alla i fara. Har han berättat hemma så finns det en risk att dom gett sig iväg direkt."

"Det kan du ju kontrollera."

"Om nån flyttat senaste dagarna? Naturligtvis."

"Vi kanske ska börja där", sa Winter. "Och fortsätta med finskorna."

"Jag hör av mig", sa Palm.

Ett fotografi på Jimmy stod i en ram på ett tungt skåp i meterhöjd. Winter hade ställt sig framför det medan han talade i telefon med Palm. Ramen var i guld. Det fanns guld i Jimmys leende.

Detta leende levererat på beställning till världens alla studiofotografer. Vad betydde det? Varför fanns det till? Vem behövde det?

Winter böjde sig närmare. Jimmys blick var riktad mot någonting bakom Winter. Han vände sig om. Där fanns bara ett fönster mitt på en tom vägg. Winter kunde se vägen utanför, en parkeringsplats, byggnader. Han gick bort till fönstret. En man gick över den öppna platsen. Winter kände igen honom.

Mozaffar Kerim tittade upp från sin kaffekopp.

”Får jag slå mig ner?”

Tolken gjorde en gest mot den tomma stolen mitt emot. Men han var inte tolk nu, bara en ensam man framför en tom kaffekopp på en tom liten sylta på Kaneltorget.

Winter satte sig.

En kvinna kom fram till bordet.

”En kopp kaffe, tack.”

”Ingenting till?” frågade hon.

Winter tittade på den tomma assietten bredvid Kerims kopp.

”Jag tar vad han hade.”

”Kanelbulle”, sa kvinnan.

”Stållets specialitet”, sa Kerim. ”Den har dom tagit över från Limonell.” Han nickade bort mot dörren. ”Café Limonell vägg i vägg. Mitt gamla favoritställe.” Han log ett svagt leende. ”Dom har slagit igen.”

”Det finns ett Limonell nere i Hjällbo”, sa Winter.

”Förut fanns det två”, sa Kerim. ”Men det lönade sig tydligen inte.”

”Kanelbulle och pizza”, sa Winter. ”Varför inte?”

De satt på Pizzeria Suverän.

Kvinnan hade gått iväg, också hon med ett leende. Det var borta från Kerims ansikte.

”Går du hit varje dag?” frågade Winter.

”Om jag har tid.”

Winter såg sig om.

”Trevligt ställe.”

Kerim lyfte långsamt armen och tittade länge på sitt armbandsur, som för att påminna sig själv och Winter om tidens förlopp.

”Är du på väg nånstans?” frågade Winter.

Kerim skakade på huvudet.

”Inga jobb i dag?”

”Inte än.”

”Kan det ske med kort varsel?”

Mannen svarade inte.

”I allmänhet alltså”, sa Winter. Han tänkte på Kerims jobb hemma hos familjen Aziz. Han förstod att tolken också tänkte på det.

”Ibland.”

”Tänker du på Hiwa?”

Kerim ryckte till, som om han träffats av en elektrisk stöt.

”Vad… menar du?”

”Det jag frågar. Hiwa.”

”Nej, jag tänkte inte på honom.”

”Vad tänkte du på?”

”Du… har väl ingen rätt att komma in här och fråga mig vad jag tänkte på? Eller har polisen rätt till sånt nu? Nåt slags tankepolis?”

”Inte på det sättet”, sa Winter.

”På vilket sätt då?”

Kvinnan kom med kaffe och kanelbulle på en liten bricka av trä och ställde ner assiett och kaffekopp med fat framför Winter och gick därifrån.

”Ovanligt att bli serverad vid bordet”, sa Winter och såg efter kvinnan. Solen sken in genom den öppna dörren och gav guldglans åt Pizzeria Suverän.

”Okej, jag tänkte på honom”, sa Kerim.

Winter nickade och bet i bullen.

”Han var min vän”, sa Kerim.

*

Aneta Djanali och Halders parkerade utanför ICA-butiken. Värmen slog emot dem när de steg ur bilen.

”Tretti grader”, sa Aneta Djanali.

”Jag såg det.”

”Det ska hålla i sig över helgen.”

”Då kan vi ta sillen ute i trädgården”, sa Halders.

”Tack, men nej tack.”

”Du vill inte sitta ute?”

”Du vet vad jag menar, Fredrik.”

”Du måste lära dig äta sill, Aneta. Du måste bli svensk nån gång.”

”Skulle tro att halva befolkningen säger nej tack.”

”Det är inte möjligt.”

”Men jag gillar färskpotatis.”

”Och potatis i flytande form”, sa Halders.

”Det räcker med en snaps.”

”Det är ingen snaps. En snaps är ingen snaps.”

”Har du handlat, förresten?”

”Spriten? Vad tror du?”

”Kommer Bertil också?”

”Ja. Bertil och Birgitta och Erik och Angela.”

”Bra.”

”Varför skulle spaningsrotelns kärntrupp vara åtskild bara för att det är midsommarafton?”

”Ja, varför?”

En mycket liten hund sprang över parkeringsplatsen, en blandras med tung kropp och korta ben. Den såg inte alltför farlig ut. Hunden såg sig om, åt alla håll, som efter någon med ett koppel, en husse eller matte, eller en hundfångare, och försvann sedan bakom närmaste husknut.

”Se upp för vargen”, sa Halders.

”Det där är förbjudet”, sa Aneta Djanali. ”Springa omkring utan koppel.”

”Säg det till jycken.”

”Här kommer ägaren.”

En man kom springande över parkeringsplatsen. Han hade tung kropp och korta ben. Han ropade åt dem:

”Såg ni en hund här nyss?”

”Menar du rottweilern?”

”Va? Nä… det är en liten… jag vet faktiskt inte vad det är för ras.”

Han såg själv förvånad ut över sina ord.

Han hade saktat in men stod inte helt stilla. Han såg ut att jogga på ett löparband.

”Jycken försvann bakom där”, sa Halders och pekade.

”Tack”, sa mannen och försvann också han bakom knuten.

”Ett vardagsdrama. Alltid pågår vardagsdramer”, sa Halders.

”Det vi kommit hit för är lite större”, sa Aneta Djanali.

”Låt oss gå”, sa Halders.

De gick mot huset. Det såg blekt ut i det skarpa solljuset, som om solen frätt bort en del av putsens ursprungliga färg. Det är som i södern, tänkte Halders. Skiner solen tillräckligt länge bleknar allting.

”Första gången jag är här”, sa Aneta Djanali.

”I Rannebergen? Du skojar.”

”Nej. Jag har kört förbi på vägen därute, men jag har aldrig haft skäl att stanna till.”

”Det har du nu, Aneta.”

De stod utanför porten. Halders tog fram nycklarna.

Aneta Djanali tog ett djupare andetag.

”Det syns inte mycket däruppe nu”, sa Halders. ”Uppe i lägenheten.”

”Spelar ingen roll för mig, det vet du, Fredrik.”

”Du hade inte behövt följa med.”

”Lägg av.”

De var på väg uppför trapporna.

En slinga musik gled ner genom trapphuset. Nåt orientaliskt, tänkte Halders, vad det nu är för något. Orienten är stor. Halva världen.

Han låste upp dörren.

Därinne var det svalt, men en speciell lukt dröjde sig kvar. Kanske var det inbillning. Han tittade på Aneta. Hon kände den också.

Aneta Djanali kunde se några flugor på fönstret i köket. De såg feta och orörliga ut. De flyttade sig inte när hon kom närmare.

Därutanför lekte barn. Hon hade inte sett dem när de stigit in i porten.

”Det hände under dom tidiga morgontimmarna”, sa Fredrik bakom henne.

”När ingen fanns därute”, sa hon och fortsatte att betrakta barnen på lekplatsen. En pojke gungade, en flicka grävde sig djupare ner i sandlådan, mot Kina. Kom man till Kina om man fortsatte hela vägen? Antagligen, Kina täckte en stor del av norra halvklotet. Från Rannebergen till Kina. Eller Iran. Det var inte heller ett litet land. Mycket öken, mycket sand. Makarna Rezai kom från Iran. Det kanske låg därnere dit barnet var på väg. Barnet kunde ha kommit därifrån, eller föräldrarna; håret svart, ett blekt ansikte, stora mörka ögon, en näsa med profil. Hon kunde se allt det där, och mycket tydligt. Fönstret var mycket rent.

Winter hade lagt ifrån sig kanelbullen. Den var god, men stor. Servitrisen hade kommit tillbaka och fyllt på hans kaffekopp. Kerim hade tackat nej till påtår. Han hade själv sagt ordet: påtår. ”Det är ett lustigt ord”, hade han sagt. ”Det känns svenskt. Jag vet inte. Enkelt och självklart.” Han hade tittat på Winters kopp, på hans påtår. ”Som ett nytt ord som ett barn kommer på. Förstår du?”

”Jag förstår precis.”

”När man jobbar som tolk tänker man på sånt.”

Winter nickade.

”Varför ord låter som dom låter. Varför dom heter som dom heter. Hur dom har kommit till. Jag tycker det är intressant.”

”Det tycker jag också”, sa Winter. ”Jag funderar på det rätt ofta.”

”Skriver du?”

”Förlåt?”

”Skriver du ner ord du funderar på?”

”Nej, gör du?”

”Ibland.”

”Det kanske man borde göra.”

”Gör det.”

”Okej.”

”Har du barn?”

”Två små flickor.”

”Gratulerar.”

”Tack. Och du själv?”

”Om jag har barn? Nej.”

Hans blick hade sökt sig ut genom fönstren. Det fanns inga barn därute heller. Winter tyckte att det såg ut som om han tittade efter barn.

”Det finns många barn därute”, sa han och tittade på Winter igen.

”Vad menar du?”

”Som inte visar sig. Som håller sig gömda. Eller hålls gömda.”

Winter nickade.

”Hur länge ska det hålla på?”

”Jag vet inte.”

”Först skapade dom den här lagen som gjorde att alla gömda kunde komma fram och få sina ansökningar prövade en gång till och sen skärpte dom lagen igen och folk fick åter börja gömma sig.”

”Jag vet.”

”Varför gjorde dom styrande så?”

”Fråga inte mig, Mozaffar. Ärligt talat är jag lika förvånad som du.”

”Har du sagt det?”

”Ja. Jag har till och med sagt att jag är förbannad.”

”Vem har du sagt det till?”

”Till alla som orkar lyssna.”

”Hjälper det?”

”Nej.”

”Kommer det att ta slut?”

”Ja.”

”När?”

”Jag vet inte.”

”När kommer dom där myndigheterna att verkligen förstå sig på lidande människor?”

”Jag vet inte det heller.”

”Vad vet du egentligen?”

Vem är det som ställer frågorna här? tänkte Winter. Vem har överläget? Är det nån av oss?

”Så jag har inte barn”, sa Kerim. ”Inte här.”

”Finns din familj nån annanstans?”

”Nej. Och det var inte så jag menade.”

Pojken hade inte vågat berätta. Han förstod vad som skulle hända då. Eller han trodde att han gjorde det. Och det ville han inte.

Men han visste att det var farligt. Det bästa var att glömma, cykla och glömma. Skolan var slut och han hade tid och om han blev tillräckligt trött skulle han kanske glömma.

Han som hade jagat honom hade han inte sett till mer.

Hama Ali Mohammad hade tappat mobben. Han kände sig naken utan den.

Det snackades om han som var försvunnen. Hussein. Som att leta efter en nål i en höstack, som svennarna sa. Som att leta efter Mohammad i Arabien. Eller efter Mister Singh i Indien.

Var det han som jobbat hos nigerianen? frågade nån. Ryktet flöt runt men det gjorde det alltid.

Men det där var inte jidder. Hama Ali hade ju inte alla detaljer, men det hade varit otäckt. Det här var inget jidder.

Hama Ali väntade. Det var svårare att vänta utan mobbe. Ingenting att göra. Det var åtminstone svalt därinne. Därute var det hett som i ett helvete. Det passade bra.

Nu såg han honom därute. Han höjde handen. Ey.

*

”Du sa att Hiwa var din vän.”

”Ja.”

”På vilket sätt var han din vän?”

”Finns det mer än ett sätt?”

”Jag vet inte.”

”Nu är du där igen. Du vet inte.”

”På vilket sätt var ni vänner?” upprepade Winter.

”Vi... träffades här, till exempel.” Han slog ut med handen. ”Eller där, på kaféet, när det fanns. Men det har jag ju redan sagt.”

”Varför ville du inte berätta det förut?”

”Du frågade inte.”

”Jag frågade inte om kaféet.”

”Jag tyckte inte nån hade med det att göra.”

”Hiwa är mördad”, sa Winter. ”Skjuten.”

Kerim svarade inte.

”Du borde ha varit en av dom första som kommit till mig och berättat allt du visste om honom.”

”Vi sitter här nu”, svarade Kerim.

”Varför ville du inte säga nåt? Är du rädd?”

”Alla är väl rädda för nåt?” Han såg inte Winter i ögonen. ”Här är alla rädda.”

”Det tror jag inte på. Du döljer dig bakom det där.”

Kerim svarade inte.

”Var Hiwa rädd för nåt?” frågade Winter. ”Visste han nåt?”

”Vad skulle han veta?”

”Något han inte borde veta”, sa Winter.

Kerim svarade inte.

”Vad var det han visste?” frågade Winter.

Kvinnan bakom disken tittade på dem. Det var tillräckligt avstånd för att hon inte skulle höra, men Winter hade sett hur Kerim sneglat åt hennes håll flera gånger.

”Vill du att vi går nån annanstans?”

”Nej, nej.”

Kerim skakade på huvudet.

Han började stilla gråta.

Winter såg inte om kvinnan såg. Hon hade vänt ryggen mot dem.

Kerim tog fram en näsduk och snöt sig diskret.

Han tittade upp.

”Fler tårar”, sa han.

”Det kan behövas många”, sa Winter.

”Vad vet du om det?”

”Jag är människa jag också.”

”Du försöker ställa dig in.”

”Det är vanlig förhörsmetodik.”

”Du försöker skämta.”

”Det blir ofta bara ett försök. Du skrattar inte, vad jag ser.”

Kerims blick sökte sig ut genom fönstret. En bil passerade. En bil körde iväg. Winter hade inte sett någon stiga in i den.

”Hiwa var rädd för nåt”, sa han utan att flytta blicken.

Winter sa ingenting, väntade, följde Kerims blick ut mot den vita tomheten därute.

”Jag vet inte vad det var.”

”Vad sa han?”

”Han pratade inte om det.”

”Hur kan du då veta?”

”Han förändrades.”

”Hur?”

”Jag kan inte säga exakt.”

Kerim såg Winter i ögonen nu.

”När förändrades han?” frågade Winter.

”För… någon månad sen, kanske. Jag vet faktiskt inte. Det kan vara före det, eller efter.”

”På vilket sätt förändrades han?”

”Han… verkade nervös.”

”På vilket sätt?”

”Jag… vet inte. Det var bara något… som jag inte kände igen. Han var inte… som han brukade vara.”

”Hur brukade han vara?”
”Glad. Han brukade vara glad.”
”Var han inte det längre?”
”Jo... men inte på samma sätt.”
”Hur skiljde det sig?”
”Han skämtade inte som förut.” Winter tyckte att han såg ett leende i Kerims ansikte, eller om det bara var en tunn solstråle som hastigt flög över hans mun. ”Han skämtade rätt ofta.”
”Om vad?”
”Om allt. Politik, till exempel. Om flyktingar. Om Saddam. Om amerikanerna. Om turkarna. Om svenskarna. Om somalierna. Om allt.”
”Men sen verkade det finnas mindre att skämta om?”
”Ja.”
”Han blev rädd.”
”Ja...”
”Sa han till dig att han var rädd?”
”Nej.”
”Det kanske inte var så.”
Kerim tittade på Winter.
”Vad menar du?”
”Du kanske bara inbillade dig det?”
”Nej... då skulle jag inte säga det här... nu.”
”Men du ville inte säga nåt alls när han var död.”
Kerim ryckte till igen.
”Du är också rädd, Mozaffar.”
”Nej.”
”Du är rädd för samma sak som skrämde Hiwa.”
”Nej. Vad skulle det vara? Jag vet ju inte vad det är.”
”Som dödade honom.”
Kerim svarade inte.
”För mig är det inte begripligt att du inte berättade för oss.” Winter böjde sig över bordet. ”För mig.”
Kerim svarade inte.
”Du kanske försökte”, sa Winter.

Kerim tittade upp. Han hade studerat sin tomma kopp.

”Du kanske försökte, men vi begrep inte.”

”Jag... vet inte vad jag ska säga.”

Winter såg kvinnan titta hastigt mot dem. Kanske möttes hennes och Kerims blickar.

Här hade Kerim och Hiwa suttit. Den ene av dem var död nu. Men de hade suttit här. De hade valt att sitta här. De hade inte känt sig hotade här. Kerim kanske inte var hotad här. Han hade inte sett rädd ut när Winter steg in genom dörren. Han såg inte rädd ut nu. Kanske såg han lättad ut. Eller rädd. Han kanske var rädd, men han kunde inte visa det. Visa det för vem? Kvinnan. Winter tittade på henne igen. Hon hade vänt ryggen till igen. Hon verkade studera torget utanför. Ingenting rörde sig därute. Ingenting rörde sig någonstans. Det var tyst. Dödstyst.

”Vad gjorde Hiwa?” frågade Winter.

”Jag förstår inte.”

”Höll han på med narkotika? Illegal livsmedelshantering? Stöld?”

”Nej, nej. Vad är det... illegal livsmedelshantering?”

”Det vet du.”

Kerim skakade på huvudet.

”Han höll inte på med nåt av det du säger. Det tror jag inte. Det är inte möjligt.”

”Ingenting?”

”Om du menar nåt brottsligt så vet jag inget om det.”

Det var ett svar som kunde betyda flera saker.

”Skulle Hiwa kunna hålla på med nåt brottsligt?” frågade Winter.

”Jag tror inte det, som jag sa.”

”Varför inte?”

”Han var inte... sån.”

”Han kanske inte hade nåt val.”

Kerim svarade inte.

”Nån kanske tvingade honom.”

”Jag vet inte.”

”Det var därför han var rädd.”

”Jag vet inte.”

”Jag vill att du hjälper mig att finna hans andra vänner.”

”Jag… vet inte vilka det är.”

”Det tror jag inte på.”

”Det är sant.”

”Hur väl kände du Jimmy och Said?”

Kerim ryckte till igen.

”Vilka?”

”Du vet vilka jag pratar om, Mozaffar.”

”Det… kom bara så plötsligt.” Han fingrade på koppen. ”Det var därför jag nästan hoppade till. Men jag kände dom inte.”

”På samma sätt som du först inte kände Hiwa?” frågade Winter.

16

RÄDSLA, HAN TÄNKTE PÅ RÄDSLA. Det var internationellt gångbart. En handelsvara som blivit alltmer lönande. Rädsla som framgång. Framgång byggd på rädsla. Winter körde norrut igen. Han körde med nedrullat fönster och kände blå och gula dofter från det gröna. De urgamla dofterna. Rädsla. Att komma förbi rädslan, människors rädsla. Att komma åt den. Att komma bakom den, angripa den bakifrån, eller från vilket jävla håll som helst. Framifrån var det svårt. Rädslan var öppen på det sättet. Den väntade ofta på ett frontalangrepp, och det var fel sätt att möta den. Den var förutsägbar på det sättet. Det beror på att den inte är naturlig, tänkte han och körde genom en rondell. Den har tvingats på. Den kommer utifrån. Den kommer från någon annan. Från vem? Från vilka? Den finns överallt. Den är universell. Den tillhör globaliseringen. Dom höll i halvautomatiska hagelvapen när dom dödade. Rädslan höll i vapnen. Rädslan skrämmer. Kanske till döds. Den kommer tillbaka. Rädsla bygger på upprepning. Den kan komma tillbaka när som helst, på natten, på morgonen, på sommaren, på hösten. Det är sommar nu, men sommaren har egentligen knappt börjat. Kanske inte rädslan heller. I morgon är det midsommarafton. Då är alla glada.

Hammarkulletorget såg grått ut så här på förmiddagen. En man passerade med en väska på hjul. Han nickade mot Winter, som till en främling. Winter nickade tillbaka.

Nasrin Aziz väntade utanför Marias Pizzeria och Café. Hon tände en cigarrett och blåste rök i riktning mot nergången till spårvagnen. Hon hostade till.

”Det där är starka grejer”, sa Winter och nickade mot cigarrettpaketet som hon fortfarande höll i handen.

”Ska du säga.”

”Förlåt?”

”Du röker ju cigarrer.”

”Hur vet du det?”

”Jag såg det genom fönstret. När ni var hemma hos oss. När du gick.”

Nasrin drog ett bloss till och blåste ut röken som drev som ett stråk dimma genom den lätta luften. Torget såg plötsligt ut som en plats på hösten. Några personer kurade vid rulltrapporna till spårvagnshållplatserna. En kvinna i 50-årsåldern verkade gå runt och tigga pengar. Hon såg svensk ut.

”Vet din mamma om att du röker?” frågade Winter.

”Tänker du säga det till henne?”

Nasrin tittade på Winter med något som skulle kunna vara trots i ögonen.

”Nej, nej. Jag har inte med det att göra.”

”Varför frågar du då?”

”Jag vet inte.”

”Hon vet ingenting”, sa Nasrin och drog ett långt bloss till och släppte sedan den halva cigarretten på betongplattan och trampade på den med hälen. De tunna läderskorna hade låg klack. ”Hon vet inte.”

”Om vad?”

”Om allt”, sa Nasrin. ”Hon har ingen koll på nåt.”

”Vem har koll då?”

Hon svarade inte.

Winter förstod kanske vad Nasrin pratade om. I många invandrarfamiljer hade föräldrarna noll koll. De hade ingen kontakt med omvärlden. De hade inget språk. De hade ingenting alls utanför sitt hem. De var rädda. Barnen fanns därute, i den främmande och skrämmande världen. Barnen gick ut och in i den. Passerade gränsen hundra gånger om dan. Ibland kom de inte tillbaka.

”Vem har koll i er familj?” frågade Winter.

”Hade”, sa Nasrin och tittade upp på Winter. ”Hade koll. Ska vi stå kvar härute?”

Nasrin ville inte gå in på Marias. De gick över torget. Tiggerskan var försvunnen.

”Så Hiwa hade koll i familjen?”

Hon svarade inte, tittade rakt fram i den riktning de gick, fingrade på sin axelväska utan att öppna den och till exempel ta fram en cigarrett till. Winter kände inget behov att att tända en Corps. Det skulle inte kännas bra. Den här flickan borde inte röka, hennes hy var för bra för det, för ung, och hennes lungor, och allt det andra. Hon var för ung, det var för tidigt, det var inte rätt, det borde vara förbjudet.

”Vad hade han koll på?”

Hon svarade fortfarande inte. De var på väg bort mot skolan. De mötte barn som ropade något till henne, men hon svarade inte.

”Är det där Azad går?” frågade Winter och nickade mot skolbyggnaden som börjat belysas av solen.

”Ibland”, svarade hon.

”Skolkar han?”

”Ibland”, upprepade hon. ”Ska du anmäla det, eller vad det heter? Anmäla för skolkning? Fast skolan är slut nu. Det är sommarlov nu.”

”Det sköter väl hans lärare om?”

”Till vem då?”

”Till din mamma, i så fall.”

”Hon vet ingenting. Sa jag inte det?”

”Hur länge har han skolkat?” frågade Winter.

”Varför frågar du?”

Hon hade stannat. De hade passerat skolan, och Pizzeria Gloria. Till vänster låg Hyresgästföreningens lokaler, och något som hette Rosa Affären. Det fanns kläder och leksaker i skyltfönstret, kanske begagnade. Det verkade vara ett roligt ställe för barn. Winter kunde se några barn gå in i butiken. En liten flicka vände sig om och såg på dem. Winter kunde se en skylt med ordet ”läkare” några meter bort.

”Vad säger Azad?” sa Winter.

”Om vad?”

Öppna frågor. Ibland fungerade det, ibland inte. Svaret kom tillbaka nästan som ett eko. Allt kunde ta mycket längre tid. Men det kunde löna sig.

”Om att Hiwa blev skjuten.”

”Vad ska han säga?”

Winter svarade inte.

”Spelar det nån roll för nån av oss?” sa hon.

”Varför blev Hiwa skjuten?” frågade Winter.

De stod fortfarande stilla. Hon började plötsligt gå tillbaka igen mot torget.

”Vad var det Hiwa visste?” frågade Winter. ”Vad var det han hade koll på?”

Hon började gråta.

Kyrkan såg kall ut. Det mesta såg varmt ut runt omkring, men inte kyrkan, eller tornet. Det kom kanske för nära himlen.

”Vad skulle han ha vetat?” sa hon.

”Nåt han inte skulle veta”, sa Winter.

”Vad är det? Vad skulle det ha varit? Kunde ha varit?”

”Vad sa han till dig? Vad sa Hiwa?”

”Till mig? Han sa ingenting sånt till mig.”

”Ingenting? Ingenting som han var… upphetsad av? Nervös för?”

”Nej.”

”Som gjorde att han blev annorlunda? Att han ändrade vanor? Eller blev… nån annan.”

Hon svarade inte.

”Det är mycket viktigt”, sa Winter.

”Vad finns det som skulle kunna ha dödat honom? Som var så viktigt att dom skulle kunna göra nåt sånt.”

”Dom?”

”Vad?”

”Du sa dom.”

”Eller nån. Dom. Eller den. Jag vet inte. Jag menar... vem skulle ha vetat?” Hon gjorde en paus. ”Vad handlar det om?”

”Jag vet inte, Nasrin. Kanske narkotika. Kanske nåt annat. Brottslighet. Nåt han kände till. Som han inte skulle känna till.”

”Skulle jag inte veta det? Det är klart att jag skulle ha förstått.”

De hade passerat kyrkan. Han kunde höra ljud av bilar som startade. Det låg en stor parkeringsplats framför dem.

”Hur skulle jag inte kunnat veta?” sa Nasrin.

”Ibland finns det hemligheter man inte känner till”, sa Winter.

”Det är väl därför dom kallas hemligheter”, sa hon. ”Men nån annan skulle ha sagt nåt. Nån annan skulle inte ha kunnat hålla tyst.”

”Vem då?” frågade han.

”Ingen av hans vänner höll på med nåt brottsligt. Ni har väl pratat med dom.”

”Vi håller på.”

”Då vet du. Ingen var nån brottsling.”

”Det stämmer inte riktigt”, sa Winter.

”Vad menar du?”

”Flera av dom har hörts av polisen tidigare.”

”Hörts av polisen? Vad betyder det? Det betyder väl ingenting. Häruppe har väl alla hörts av polisen!?”

”Hiwas vänner var inte alla oskyldiga”, sa Winter.

”Jag vill inte höra”, sa hon.

”Dom är rädda”, sa Winter.

”För vad?”

”För det som dödade Hiwa.”

Winter följde Nasrin tillbaka mot hemmet. Det luktade murbruk över torget. Det pågick ett anläggningsarbete i det östra hörnet. Arbetarna hade tagit en paus. Winter kunde se betongplattor i en hög framför en orörlig cementblandare. En svensk flagga slokade från en balkong på andra våningen.

Azad kom cyklande över torget tillsammans med två kamrater. Han hejdade cykeln som en stegrande ponny när han såg Winter. Hans kompisar hängde inte med, cyklade förbi Winter och Nasrin. Azad såg ut som om han ville vända när han såg systern. Nasrin såg ut som om hon ville vända. Vad är det med den här familjen? Dom är rädda. Och det är inte mig dom är rädda för. Dom var rädda förut. Och det är inte för att bli utvisade. Inte just nu, inte dom här dagarna. Eller månaden. Nånting hände förut. Hiwa hamnade i nånting han inte kunde komma ur. Varför i helvete kan vi inte finna det? Är alla rädda här? Är det vad allting beror på? En stad byggd av rädsla? Det är vi som har byggt den. Gröt och mjölk-svenskarna. Köttbulle och potatis-svenskarna.

”Azad!”

Han hörde Nasrins röst. Pojken var redan på väg tillbaka mot det håll han kommit ifrån. Han stannade cykeln och vände sig om. Håret var slickat över hans panna. Nasrin gick snabbt stegen fram till honom.

”Vad gör du ute i solen? Du blir ju genomsvett.”

Azad svarade inte. Han tittade på Winter under sin dyngvåta lugg.

”Var har du gjort då?” sa han och flyttade blicken till sin syster. ”Du är ju också ute i solen.”

”Jag var tvungen att svara på några frågor.”

Hon tittade hastigt på Winter.

Pojken tittade på Winter igen, med en blick som sa att han aldrig tänkte svara på några frågor från akash, snuten.

”Jag har några frågor till dig också, Azad”, sa Winter.

Azad ville inte ha någon pizza, och ingenting annat heller.

”Jag ska ha en kebab”, sa Winter. ”Jag är hungrig.”

Nasrin nöjde sig med en kopp kaffe.

”Jag äter inte lunch”, sa hon.

”Varför inte det?”

”För att jag inte vill bli ännu tjockare.”

Azad himlade till med ögonen. Winter förstod varför. Nasrin

var smal, eller till och med tunn, och cigarretterna höll vikten nere, tillsammans med bristen på lunch.

Winter kunde se Azads blick söka sig till det roterande spettet med kebabkött. Sedan skulle den söka sig till Winters tallrik när den kom på bordet. Det skulle vara en subtil form av tortyr, men Winter var inte ute efter det.

”Jag lovar att inte ställa några frågor när vi äter”, sa han och nickade mot Azad. ”Och inte efteråt heller, förresten.”

”Varför ska vi sitta här då?” frågade pojken.

”För att jag är hungrig, sa jag ju.”

Pojken tittade på det underbara spettet igen. En man skar bruna och vackra skivor ifrån det. Winter hade bett om att få kebaben nyskuren, och med alla tillbehör. Han förutsatte att pitabrödet var varmt.

”Är du inte lite hungrig, Azad?”

Winter tyckte att Nasrin skrattade till, men det kunde också ha varit en hostning, eller en nysning. Hon höll sig för munnen.

”Nasrin?”

”Vad är det?” sa hon och tog bort handen.

”Vill du ha nåt att äta?”

”Jag äter inte vid den här tiden, har jag sagt.”

Winter förstod att han inte skulle få henne att ändra sig. Hon skulle titta ut genom fönstret under måltiden, eller gå därifrån om det blev för svårt.

”Azad?”

Pojken svarade inte. Det var svar nog.

I bilen söderut lyssnade han på Lars Janssons pianospel. Tonerna var som det mjuka regnet utanför. Han hade pratat lite musik med Nasrin. Hon hade nämnt en kurdisk sångare som bott i Sverige men nu flyttat hem igen, till Kurdistan, irakiska delen, men hon visste inte exakt var. Han hette Zakaria, en av de yngre. Han sjöng kärlekssånger. Hon nämnde sångerskan Niyan Ebdulla, och Alan Omer. Winter nämnde inte musiken som spelats när de anlände till platsen för Hiwas död. Det hade varit en annan kurdisk sångerska, Sehîn Talebanî. På Oriental Musik på Stampgatan hade mannen innanför disken känt igen hennes röst nästan omedelbart. Han hade tagit fram skivan: *Bô tô Kurdîstan.* För dig, Kurdistan. Det var en bild på en stad på omslaget. En fontän i förgrunden, berg i fonden. Winter kände sig lugnare än på länge. Det kunde vara kebab med alla tillbehör men han trodde inte det. Det var musiken.

17

HAN KÖRDE FEL PÅ PEPPARGATAN. Det fanns en tid när allting skulle serveras med rosépeppar, även om det nu inte är peppar egentligen. Jag var ung då. Jag tyckte inte om det, men man kanske skulle testa igen. Kalvracks kanske. I gryta au lait.

Pizzerian såg lika övergiven ut som i går morse. Men det var inte lunchtid.

Kvinnan därinne var densamma. Hon presenterade sig som Maia. Winter frågade inte efter efternamnet.

”Känner du igen mig?” frågade han.

”Ja. Du var här i går.”

”Jag var inte ensam. Kände du igen honom?”

”Ja. Han är en av stamgästerna.” Hon log. Hennes tänder såg vita ut i motljuset. ”En av dom få.”

”Vad heter han?”

”Det… vet jag faktiskt inte.”

Winter tog upp ett fotografi.

”Känner du igen honom?”

Hon studerade Hiwa Aziz ansikte. Det hade hängt på väggen i hemmet, gjorde det fortfarande. Hiwa verkade ha sin blick riktad långt bort från där han befann sig. Det var det senaste fotografiet, bara något halvår gammalt. Det var taget i en studio.

”Nej, jag känner inte igen honom”, sa hon och tittade upp.

”Är du säker?”

”Så säker jag kan bli”, sa hon och gav fotot en blick till och lämnade sedan tillbaka det till Winter. ”Vem är han?”

Kanske läser hon inte tidningarna. Eller följer brotten på teve. Eller talar med grannarna.

”Han arbetade hos Jimmy Foro”, sa Winter.

”Vem är det?”

”Han blev skjuten.”

”Jaså han!”

”Skjuten tillsammans med killen på fotografiet här.”

”Jaså det var han!”

”Han var här ibland.”

”Jaså?” Hon tog emot fotot igen när Winter räckte fram det, studerade ansiktet igen och tittade upp och räckte tillbaka fotot. ”Men jag känner fortfarande inte igen honom.”

”Du kanske inte jobbade när han var här.”

”Jag jobbar alltid.”

”Är det inte lite konstigt att du inte känner igen honom då?”

”Han kanske hade skägg”, sa hon.

”Ta en titt igen.”

Hon tog en titt.

”Det kan vara han. Men han hade skägg i så fall.”

”Satt han tillsammans med mannen du såg mig tillsammans med?”

”Jag... tror det.”

”Är du inte säker?”

”Jag tror att det var han.”

”Hur ofta var han här?”

”Ett par gånger kanske. Det kan jag inte minnas. Ett par tre gånger.”

Winter nickade.

”Hur var det med Jimmy Foro då?” frågade han.

”Han var svart. Jag kommer ihåg hans ansikte. Han var aldrig här.”

”Varför inte?”

”Hur ska jag kunna veta det?”

”Såg du honom nån gång?”

”Ja... jag visste ju inte vad han hette, men han kanske passerade härute nån gång. Jag tror jag kände igen honom från bilderna i tidningarna. Men där såg man ju inte att han var så lång.”

”Ovanligt lång?”
”Om det var han var han mycket lång. Längre än du.”
”Var han ensam?”
”När jag såg honom, menar du?”
”Ja.”
”Det... tror jag. Det kan bara ha varit nån enstaka gång. Då var han nog ensam.”
”Talades ni vid?”
”Aldrig.”

Shirin Waberi sa att hon var sjutton år, och Winter kunde inte avgöra om det var sant. Hon såg ut som femton, fjorton. Men just nu var det inte hennes ålder han ställde frågor om.

Shirin var en av vännerna. Hon gick i samma klass som Nasrin Aziz, så åldern borde stämma.

Hon hade känt Hiwa.

Och hans vän Alan Darwish.

”Alan och Hiwa slutade träffas”, sa hon lågt. Winter hade frågat.

De satt på en bänk utanför Hjällbo kyrka, i skuggan under ett stort träd som Winter inte visste namnet på.

”Varför slutade dom träffas?”
”Jag vet inte.”
”Vad var det som hände?”
”Jag vet inte, säger jag.”
”Har du frågat Nasrin?”
”Nej.”
”Har du pratat med henne om nånting annat?”
”Vad då?”
”Vad som helst.”
”Jag har inte träffat henne sen... det hände.”
Shirin strök undan håret från kinden. Håret glänste i solen.
”När träffades ni senast?”
”Vi har inte setts sen... skolan slutade.”
”Vad hände?”

Hon tittade upp på honom för första gången. Sen skolan slutade. Winter trodde inte på det. Han visste inte varför han inte trodde på det. Kanske för att hon tittade på honom när hon sa det.

”Vad menar du? Det var inget som hände.”

”Är ni inte såna vänner som ses varje dag?”

Hon svarade inte.

”Var Alan och Hiwa vänner som sågs varje dag?”

”Det vet jag inte.”

”Var det ingen av dom som sa nåt om varför dom slutade träffas?”

”Aldrig.”

Aldrig är ett starkt ord. Winter stod mitt i Jimmy Foros lägenhet. Aldrig som i aldrig mer, eller aldrig nånsin. En sjöfågel skrek utanför. Det var ett evigt ljud, det skulle aldrig upphöra så länge jorden fortsatte att vara rund. Allt kan hända så länge jorden är rund.

Hur långt hade Jimmy och hans kompisar kunnat nå med eventuell amatörverksamhet? Den var sannerligen inte värd att dö för. Ingenting var värt att dö för, och vissa saker mindre än andra. Det stod en svensk flagga på en byrå utefter bortre väggen. Var den värd att dö för? Eller andra färger? Dö för sitt land? Vad var ett land? Vems var ett land? Vad var ett folk? Svenska folket? Vad var det? Döden häruppe i norr handlade inte om färg. Den handlade om pengar och pengar var färglösa och den som dödade för pengar var färgblind. Han saknade känslor. Det var förutsättningen. Har jag rätt? Hämnd är känslornas territorium. Vedergällning. Kan det ske utan känslor? Kanske. Som en högre lag. Vem stiftar den? Är det döden själv? Han lyssnade efter någonting i Foros lägenhet men kunde inte höra det. Det hade lämnat den här platsen. Han fick söka på annat håll.

Mobiltelefonen ringde.

Han kunde höra Ringmars nysning innan han sa något.

”Prosit”, sa Winter.

”Tack, min vän. Var är du?”

”I Foros lägenhet.”

”Kommit på nåt?”

”Lägenheten är lika död som sin ägare.”

”Torsten har inget nytt att komma med där.”

”Jag hade inte väntat mig det heller.”

”Vi kanske har ett spår efter Hussein Hussein.”

”Låt höra.”

”Fast då kallar han sig kanske Ibrahim.”

”Naturligtvis.”

”Eller Hassan.”

”Just nu skiter jag i om han kallar sig Jokkmokks-Jokke, Bertil. Berätta vad du vet.”

”Det var Brorsan Malmers informatör. Du känner ju Brorsan. Gammal yxa uppe i Angered. Han hade snappat upp nåt i ryktena som han trodde kanske kunde vara intressant för oss.”

”Varför trodde han det?”

”Eh... det vet jag inte. Det där får du ta med Brorsan.”

”Okej, okej. Vad säger informatören?”

”En man som kallar sig Ibrahim, eller Hassan, eller möjligen Hussein, håller sig gömd i området och...”

”Det kan vara två”, avbröt Winter. ”Eller tre.”

”Ja... men grejen är visst att killen, samma kille, går omkring och kallar sig olika saker för olika personer.”

”Så han går omkring? Jag förstod det som att han höll sig gömd?”

”Om vi säger att han verkar hålla sig undan, okej? Allt sånt får du ta med Brorsan som får ta det med sin kille. Men vi bör väl ändå kolla upp det.”

”Du sa området. Finns det nån närmare geografisk bestämning?”

”Inte vad jag vet.”

”Hur många håller sig inte undan häruppe? Eller i hela stan, för övrigt? Eller landet?”

”Jag vet, Erik.”

”Kan vi inte komma närmare?”

”Jag frågade Brorsan. Han sa att killen verkade skraj.”
”Alla är skraja.”
”Brorsan försökte pressa honom, men fick inte ut mer.”
”Varför sa han nåt överhuvudtaget då?”
”Det har du redan frågat mig, Erik.”

Winter frågade Brorsan. Winter kunde se den blå himlen bakom Brorsans kala skalle. Skallen såg ut som en planet utan liv, i ett obegripligt blått universum. Planeten roterade när Brorsan vände sig om för att se vad Winter tittade efter. Han kunde se vad Winter såg: Angereds torg. Mycket människor. Norra Göteborgs centrum. Det var inte nödvändigt att förflytta sig söderut.

De satt på Jerkstrands konditori. Brorsan hade föreslagit det.

”Är det här du brukar träffa din informatör?” hade Winter frågat.

”I den bästa av världar”, hade Brorsan svarat.

”Kan du låta mig träffa honom?”

”I den bästa av världar.”

”Jag kanske kan få ut nåt mer. Jag är ett nytt ansikte.”

”Samtidigt som jag förlorar mitt. Vill du att jag ska bli av med mina källor?”

”Vad är det för mening att driva dom om dom inte säger nåt?”

”Det där var orättvist, Winter.”

”Men han säger ju inget.”

Brorsan svarade inte. Han såg rakt igenom två män som kommit in och satt sig vid ett bord vid utgången. De var utom hörhåll. Winter förstod att Brorsan känt igen dem, eller till och med kände dem. De hade båda korta svarta skägg och var klädda i relativt snygga kostymer. Deras ointresse för de båda civilklädda poliserna var avslöjande. En av männen reste sig för att gå fram till disken och beställa. Han passerade deras bord och kastade en likgiltig blick på Winter.

”Är det nån av dom där två?” frågade Winter när han var förbi.

”Så jävla korkad är han inte.”

”Vilka är dom?”

”Relativa småhandlare. Lite knark, lite stöld, lite misshandel, lite allt möjligt som kan fresta.”

”Låter som en hel del.”

Brorsan ryckte på axlarna.

Mannen passerade Winter igen med två assietter med wienerbröd. Han satte sig vid bordet och sa något till den andre småhandlaren.

”Dom är här för att ta en liten titt på dig”, sa Brorsan.

”Då får man väl tacka för hjälpen”, sa Winter. ”Det var du som föreslog stället.”

”Du kan tacka mig senare.”

”Varför skulle just den här Hussein Hussein vara vår man?”

”Du måste förstå att min man inte skulle nämna nåt om det överhuvudtaget om det inte fanns nån substans”, sa Brorsan.

”Varför gör han det alls?”

”Låt oss säga att han är skyldig mig det.” Brorsan kanske log, det var inte lätt att säga eftersom munnen var som ett tunt streck. ”Han är skyldig mig nåt rejält.”

”Men han var rädd.”

Brorsan nickade.

”För vad?”

”För det här, gissar jag. För det som hänt. För dom som gjort det. Det kostade på att ens säga nåt om killen som håller sig undan. Och att han nämnde honom i samband med ditt fall betyder nog att det ligger en del i det.” Brorsan kanske log igen. ”Han vet att han måste ge mig nåt mycket bra… för att… tja, för att han själv ska må bra.”

”Men var finns han? Hussein?”

”Han visste inte.”

”Tror du på det?”

”Nej. Eller, han vet mer än han säger.”

”Och denne Hussein skulle alltså finnas nånstans häruppe? I norra stadsdelarna?”

”Mhm.”

”Är det så klokt?”

”Han kanske inte har nåt val. Det är här han är hemma. Därute finns inget skydd.”

”Borta dåligt, hemma bra.”

”Jag tror det.”

”Vad kan han få för skydd här då?”

”Jag vet inte. Det kan vara tvärtom också. Nån letar efter honom och det är inte vi. Lyfter han från där han trycker så går det åt helvete. Bättre att hålla sig stilla tills det lugnar ner sig.”

”Det lugnar inte ner sig”, sa Winter.

”Jag talar i relativa termer.”

”Du får klämma åt din källa hårdare, Bror. Hota lite mer med det där du hotar med.”

”Då förlorar jag honom.”

”Sånt är livet.”

”Du är känd som filosof, Winter. I hela kåren.”

De två männen vid bordet borta vid dörren reste sig och lämnade Jerkstrands. En av dem kastade en blick på Winter. Det fanns något i ögonen som inte var likgiltigt. Bra, tänkte Winter. Vi kanske ses igen. Kanske snart.

”Vad gör dom där två nu?” frågade han Brorsan som såg efter dem där de gick över torget, förbi Johans Fisk.

”Rapporterar.”

”Till vem?”

”Storhandlaren.”

”Vem är dct?”

”Finns flera. Jag är inte riktigt säker med dom där två, dom är nykomlingar. Jag är inte säker på att det betyder nåt för oss. För dig.”

Winter släppte småhandlarna med blicken och vände sig mot Brorsan.

”När träffar du honom igen?”

Brorsan tittade på klockan.

”Om en timme. Kanske.”

”Ring mig direkt efteråt.”

*

Telefonen ringde efter två timmar. Winter reste sig och stängde av Michael Brecker mitt i ett solo.

”Ja?”

”Han dök inte upp.”

”Är det vanligt?”

”Det har aldrig hänt med honom.”

Ordet aldrig dök upp, det starka ordet. Brorsan lät förvånad, eller något starkare. Orolig.

”Jag har dröjt med att ringa dig eftersom jag ville kolla lite efter honom först.”

”Och?”

”Ingen har sett honom sen i går kväll.”

”Jaså?”

”Jag pratade med honom i går, sent på eftermiddan, eller kväll nästan. Han var hemma sen ett tag men gick ut på kvällen. Och han har inte kommit tillbaka.”

”Är det vanligt?”

”Att han inte kommer hem på nätterna?”

”Ja.”

”Det är inte ovanligt. Hans familj är van vid det, eller vad man ska säga. Dom ringer inte mig om det sker, om jag säger så.”

Brorsan gjorde en paus. Winter kunde höra hans andning. Den lät plågad, som om Brorsan sprungit till telefonen, eller sprungit med den medan han sökt efter sin informatör. Kanske han sökte efter ett slags vän. Kanske var det en större förlust än Winter förstod.

”Men han har aldrig uteblivit från ett möte med mig. Aldrig.”

Aldrig. Nu var det ordet starkare än någonsin.

”Så nu letar vi efter två personer”, sa Winter.

”Det här måste vara jävligt stort om min man väljer att hoppa av”, sa Brorsan.

”Det är stort.”

”Herregud, han riskerar allt.”

”Han kanske riskerar sitt liv”, sa Winter.

Brorsan svarade inte. Winter visste vad han tänkte.

”Jag får jobba vidare”, sa Brorsan. ”Jag ska ställa till ett jävla liv för det här. Det finns fler att fråga. Fler som är skyldiga mig tjänster.”

”Se inte till så att alla försvinner nu, Bror.”

”Ska det föreställa ett skämt, Winter?”

”Hur kan jag hjälpa dig?” sa Winter avledande.

”Jag behöver ingen hjälp just nu. Jag hör av mig.”

Och med det tryckte han av sin telefon. Winter tryckte på fjärrkontrollen och Brecker fortsatte blåsa i ”African Skies”. Han gick tillbaka till skrivbordet och tog upp ett av papperen i högen med handlingar. Han ringde ett internnummer och sänkte volymen.

”Öberg.”

”Hej, Torsten. Hur går det med Hussein?”

”Vi har ännu inte kommit fram till om han har varit inne i Rezais lägenhet. Men vi fortsätter att knega på här.”

”Han kommer aldrig dit”, sa Winter. ”Såvida han inte väljer den som gömställe.”

”Det borde ni upptäcka, eller hur?”

”Jag funderar på en annan sak. Jag undrar hur många som kan ha varit inne i Husseins lägenhet i modern tid.”

”Vi tittar på det, Erik.”

”Okej. Har du hört nåt mer från folket i Borås?”

”Nej. SKL har det nu.”

”Vad tror du?”

”Kan vara nåt. Dom är skickliga. Lundin är en gammal räv.”

”Bra.”

”Vad tänkte du på när det gällde Husseins lägenhet?”

”Brorsan Malmer har förlorat en källa. Killen är försvunnen.”

”Vem är det?”

”Namnet är hemligt för alla utom för honom själv. Men förblir han borta så lär vi ju få veta.”

”Och den här källan kan ha känt Hussein?”

”Han visste kanske vem det var, och att han höll sig undan.”

”Var?”

”Vi vet inte. Han ville inte säga.”

”Bergsjön?”

”Var som helst.”

”Knappast i hembygden, va?”

”Jag vet inte.”

”Okej, vi kollar vidare här.”

Brecker var framme vid ”Naked Soul”, naken själ. Winter höjde volymen igen och gick bort till fönstret och såg ut över den så kallade parken och Ullevigatan och Fattighusån och Stampgatan på andra sidan. En spårvagn passerade österut, en blå mycket långsam blixt mot det gula. Det mesta var blått och gult därute, uppdelat på fifty-fifty-basis. Gräset var mer gult än grönt. Himlen skulle vara blå i morgon också, midsommarblå.

De körde ner till Järkholmen för ett kvällsdopp. Winter bar båda flickorna som en kamel från parkeringsplatsen till den lilla badstranden mellan hytterna och fortsatte rakt ner i vattnet med kläderna på. Elsa och Lilly skrek av skräck och glädje. Och ingen hade mycket till kläder. Han kände saltet på läpparna när vattnet plaskade upp i ansiktet. En segelbåt passerade, på väg mot öppet hav, mot fest. Två flickor ombord vinkade till hans flickor, kanske också till honom.

Brorsan Malmer ringde när de körde hem.

”Puts väck.”

Winter kastade en blick på Angela.

”Vi får lysa honom”, sa Winter.

”Jag vill att du väntar över natten.”

”Varför?”

”Just nu skulle det göra mer skada än nytta.”

”Varför?”

”Du sa det själv förut. Vi vill inte att alla ska försvinna, eller hur?”

”Kan du jobba vidare då?”

”Ja. Jag har folk. Kortedala hjälper till också, och folket häruppe.”

”River ni inte upp en massa damm på det sättet också?”

”Jag har ett par spår. Går vi ut med efterlysning nu går det åt helvete. Och jag röjer källan och då är det rökt för all framtid.”

”En efterlysning kanske räddar honom”, sa Winter.

”Nej.”

”Vad heter han.”

”Varför inte Marko? Men det håller du för dig själv.”

”Naturligtvis.”

”Jag ringer senare.”

Och Brorsan tryckte av.

”Vad var det där”, sa Angela.

”En källa som är puts väck.”

”Är det ovanligt?”

”Just nu är det det.”

”Vad ska du göra?”

”Vara försiktig med whiskyn i kväll.”

”Låt mig påminna om att det är midsommarafton i morgon, Erik.”

”Jag dricker nästan aldrig whisky på midsommarafton, det vet du.”

Winter var försiktig med whiskyn, han rörde inte flaskan fastän den hade ett mycket inbjudande ljus, som om den var omsluten av segerhuva när solen sken på den, och på de andra flaskorna som stod bredvid. Det var som ett trick av en mat- och dryckfotograf.

Flickorna hade somnat i baksätet innan de var tillbaka vid Vasaplatsen. Han hade parkerat utanför och burit in dem genom porten som en kamel igen och fortsatt in i hissen och upp till våningen. Winter drack en flaska Åbro vid köksbordet. Han hade inte känt någon yrsel på ett par dagar. Han hade inte sagt något till Angela och det var lika bra. Någon sjöng ett par sjömansvisetoner nerifrån, från ett hörn han inte kunde se: Gamla Nordsjön, Jungman Jansson. Värmen fanns kvar mellan huskropparna. Det fanns ingen vind, det fanns aldrig någon vind. Solen hade följt med honom från Marbella. Den skulle inte försvinna så länge han var kvar. Han visste inte hur länge han skulle vara kvar. Angela hade fått erbjudande om permanent jobb i solen, chefsjobb. Det var ett omöjligt val. Han hade sitt liv här, sin undre värld. Sina brottslingar, sina egna informatörer. Sin egen avgrund. Sina stadsdelar.

Telefonen i hallen störde tystnaden.

Angela svarade därute efter en signal, hon hade passerat telefonbordet på väg från flickornas rum. Elsa ville fortfarande att Lilly skulle dela rum med henne. Lilly hade ingenting emot det. Ibland kunde Winter höra deras samtal därinne. Elsa förklarade något. Lilly hade inte så stort ordförråd ännu, men det räckte.

Angela kom ut i köket och räckte över telefonen.

”Det är Bertil.”

Winter tog luren.

”Vi tror vi har hittat bilen, Erik.”

”Bilen?”

Kanske var det solen, och sanden, och havet. Just nu förstod han inte vad det var för bil Bertil pratade om.

”Flyktbilen.”

18

VAKTERNA ELLER SOLDATERNA eller vad dom var började skjuta när vi kom närmare gränsen. Dom kom i bilar som var så sandiga att dom såg ut som högar som rörde sig i all den andra sanden. Som om öknen rörde sig i kullar som spydde ut moln som kunde vara mer sand.

Vi skrek. Jag kunde höra alla skrika överallt och sen kastade sig alla ner på marken.

Jag låg nästan ovanpå min syster och jag kände plötsligt nåt varmt i axeln. Det gjorde inte ont, det var bara varmt.

Jag hörde mor skrika. Jag såg henne. Jag vet inte om hon skrek till mig eller till min syster eller om hon bara skrek. Alla bara skrek.

En soldat steg ur bilen eller stridsvagnen eller vad dom kallade det. Den stod inte långt bort. Jag kunde känna att det luktade bensin från den, och andra lukter som det gjorde ont att andas. Vakten hade en uniform som var blå eller grön eller brun, det gick inte att se riktigt vilken färg eftersom solen höll på att gå ner och färgerna alltid blev andra då.

Jag kunde se flaggor som rörde sig som i en liten vind därborta. Dom var röda och kanske vita och det var tre eller fyra stycken. Där låg gränsen. Det gick inte att se vad som fanns på andra sidan, men det måste vara annorlunda där. Det kunde inte vara som här. I så fall skulle vi inte försöka ta oss över den.

Jag kunde inte se vilken sida av gränsen som soldaterna kom ifrån. Dom kunde ha åkt över från den andra sidan.

En av dom äldre männen hade rest sig upp med armarna över huvudet. Han ropade nåt, eller om det var vakten som ropade.

Jag låg fortfarande ner, men jag försökte se vad som hände i alla fall. Jag tror att jag kikade mellan fingrarna.

Soldaten sköt mannen. Han stod bara några steg ifrån, han höjde geväret och sköt. Från bara några steg. Den gamle föll ihop, han slängde inte upp armarna eller kastades baklänges eller nåt sånt. Han bara ramlade ihop.

Soldaten tog ett steg till framåt och sköt igen.

Jag kunde höra en av dom gamla kvinnorna skrika. Jag såg hennes hand, om det nu var hennes hand.

Soldaterna verkade finnas överallt nu. Jag hörde skott igen. Jag tryckte ner mitt ansikte i sanden. Det kändes vasst. Det var inte längre varmt i axeln. Jag vågade inte titta, inte åt nåt håll. Min syster sa ingenting. Jag trodde inte att hon andades längre. Jag trodde att hon var död. Jag trodde att jag snart var död. Vi är alla döda, tänkte jag.

19

BILEN HADE SETT BÄTTRE DAGAR, OCH NÄTTER. Den skulle aldrig mer kunna köras. Den skulle aldrig mer kunna rulla överhuvudtaget, där fanns inga däck, chassiet var bortbränt, allt var bränt. Bilen var tillbaka i förhistorisk tid, eller mitt i jordens undergång, Mad Max, öppna öknar, sand, hetta. Det fanns stark värme kvar på parkeringsplatsen, inte mycket sand. Solen hade sjunkit, värmen höll sig flytande. Mörkret steg. Det sas allmänt att mörkret föll, men för Winter hade det alltid stigit. Det kröp upp ur jorden och förmörkade allting undan för undan, men det nådde aldrig riktigt himlen. Västerhimlen hade alltid ett ljus, och speciellt nu. Ljuset nådde ända ner, eller upp, till skogen i centrala Bergsjön. Vägen hade blivit en stig och den hade till slut upphört och där, invid två granar som såg ut som tvillingar, stod den utbrända bilen. Den hade körts så långt det var möjligt.

Winter hade gått två varv runt bilen, på avstånd. Ringmar hade låtit spärra av. Det såg absurt ut, som en avspärrning mot älgar eller rådjur. Men några andra hade varit här, de hade kommit och sedan gått. Det var kanske en kilometer ner till Bergsjöns centrum, inte mer. Men det kunde ha varit en mil. Tystnaden var milslång, om man kan tänka sig en sådan tystnad. Fåglarna hade slumrat in en stund inför morgonkonserten. Midsommarsången. Sjung hopp faderallan lej.

Winter betraktade teknikerna i arbete. Torsten Öberg var där själv. Ibland hängde allt på deras arbete, ibland betydde det mindre än man kunde tro. Ibland hängde det på honom, Winter. Det var ett lustigt uttryck: hängde på. Som om mödan hängts på, som en tung överrock. Som om man skulle kunna kasta av sig den.

En meter innanför avspärrningen, och några meter från bilen, låg skoskyddet. Den blå plasten såg självlysande ut. Det var ett ljus som inte hörde dit. Det hörde inte hemma i skogen. Det såg elakt ut.

”Nån har tappat nåt”, sa Ringmar som såg att han såg.

”Borde han väl ha märkt”, sa Winter och tittade upp. ”Hur är det med avtryck?”

”Några mjuka och fina, säger Torsten.”

”Bra.”

”Lite för många dock.”

”Du sa några.”

Ringmar gjorde en gest mot stigen, och skogen runt om dem. Winter kunde se mellan stammarna, som genom glesa persienner.

”Folk har vandrat runt här senaste dygnen. Det är ju ett promenadstråk.”

”Vem slog larm?”

”Anonymt. Från en telefonkiosk.”

”Var?”

”Angereds centrum.”

”Det är en bit härifrån. Man eller kvinna?”

”Nån kille, enligt Angered. Lät yngre, sa dom.”

”Han ringde dit? Till Angeredsstationen?”

”Tydligen ringde han växeln och bad om att få bli kopplad till närpolisen i Angered. Med dom orden.”

”Mhm. Han ville dit. Han kände sig trygg med dom. Han ville anmäla hos nån bekant.”

”Varför?” sa Ringmar.

”Varför anmäla bilen alls?” sa Winter och nickade ner mot skoskyddet igen. Han kunde inte gå innanför avspärrningen än. Det skulle kunna förstöra mycket.

”Jag tycker jag ser blod på den där”, sa han.

Det var blod. Varifrån det kom var en fråga om tid. Winter ville ha ett snabbt besked från SKL.

”Det är midsommarafton i morgon”, sa Torsten Öberg. Han tittade på sitt armbandsur. ”Snart är det midsommarafton i dag.”

”Gör ett försök till”, sa Winter. ”Har du sett nåt annat i bilen?”

”Nej, vi har inte hittat nåt där.”

”Det är dom. Det måste vara dom.”

Öberg svarade inte.

”Vad säger du?”

”Verkar så.”

”Varför lämna skiten efter sig?”

”Varför ta med sig den?” sa Öberg. ”Den skulle ju brinna upp. Det var i alla fall meningen.”

Winter tittade på det utbrända vraket igen. Nån japan. Bilen såg ut som en liten stridsvagn som hamnat i fel eldstrid. När det mesta var bortbränt såg alla fyrhjuliga fordon ungefär likadana ut. Det var så med allt. Det var så med människor.

”Varför dumpa den här?” sa han.

”Herr Hussein Hussein bodde ju i trakten.”

”Skulle du dumpa en flyktbil på din egen bakgård?”

”Antagligen inte.”

”Jag tror inte Hussein ville göra det heller.”

”Skulle han ändå dra spelade det kanske ingen roll”, sa Ringmar som stått bredvid Winter under samtalet. ”Det var inte hans bakgård längre.”

”Men varför först göra sig omaket att köra hit?” sa Winter. ”In i mörka skogen? Bränna kärran och vandra tillbaka?”

”Bra frågor.”

”Det var inte han”, sa Winter.

”Han stack direkt från butiken efter morden?”

”Han kanske inte ens var där”, sa Winter.

Winter och Ringmar satt i Winters Mercedes på parkeringen framför Bergsjöns stadsdelshus. Det var över midnatt. Det var midsommarafton nu. Winter tänkte plötsligt att de flesta av människorna här måste förundras över det svenska firandet av midsommaren. Det var en hednisk fest. Den hade inte med någon gud att göra, kanske Bacchus förresten, och Dionysos, men så var det inte tänkt från början. Då handlade det om ljuset. Det handlade fortfarande om ljuset. Det fanns i jorden, under asfalten, och nu steg det upp igen, som dimma. Natten var varm och dagen skulle bli mycket varm. Lång och varm, tänkte han, och den börjar nu.

”Summering”, sa Ringmar. ”Nåt att sova på.”

”Tänker du sova?”

”Ska vi orka med Fredriks midsommarfest bör vi nog sova lite.”

”Visst fan, det är i morgon.”

”Det är i dag, Erik.”

Winter såg en man passera på torget framför dem. Han stannade till framför glasväggarna och tittade in, som för att se om festen hade börjat ännu. Men Bergsjökrogen skulle vara stängd i kväll, som de flesta krogar. Midsommarafton var en privat fest, en familjefest, helst hållen utomhus. Winter kände sig inte på festhumör. Han hade ont i huvudet igen, en distinkt smärta över ögat. Han hade inte sagt något till Angela. Han visste vad hon skulle säga.

Mannen fortsatte bort mot Rymdtorget. Han vände sig en gång mot Winters bil, han måste ha sett Winters och Ringmars skrämmande silhuetter, han ökade på sina steg på gränsen till språngmarsch och var försvunnen. Winter tänkte på pojken uppe i Hjällbo. I morgon skulle han kanske prata med Hjällbobostäders städerskor. Nej, i dag. I morgon var fortfarande i dag.

”Okej, summering.”

Winter funderade på att rulla ner rutan och tända en Corps och blåsa ut röken i natten, men det skulle lukta inne i bilen och han hade barn att tänka på. Elsas barnstol låg på sätet. Han hade monterat bort Lillys från framsätet. I morgon skulle han dansa med dem runt midsommarstången och flickorna skulle ha varsin blomsterkrans på huvudet. Det skulle Angela också, och kanske han själv. Jag hoppas Fredrik har fixat en stång. Jag vill dansa. Tuffa killar dansar, åtminstone med sina barn.

”Vi vet inte vad det här rör sig om”, sa Ringmar. ”Eller: vi vet att det är mord, men vi vet inte varför.”

”Ovanligt många varför den här gången”, sa Winter.

”Ovanligt många mord.”

”På samma gång, ja.”

”Det var det jag menade, Erik.”

Winter rullade ner rutan men tände ingen Corps. De var ensamma. Det kändes ovanligt ensamt bland de tysta husen.

”Hör du?” sa han och vände sig mot Ringmar.

”Hör vadå?”

Winter svarade inte. Han lyssnade efter något som inte fanns där.

”Hör vadå?” upprepade Ringmar.

”Tystnaden”, sa Winter. ”Det är alldeles tyst, och det är vad det här handlar om.”

”Tystnaden?”

”Tystnaden, ja. Har du nånsin varit med om att det varit så tyst i en utredning, Bertil?”

Ringmar svarade inte. Det var svar nog, han var tyst nog.

”Här sitter vi mitt uppe i de livliga norra stadsdelarna, med sina spännande etniska grupperingar, sina åttiosex nationaliteter, och sina färgstarka kriminella organisationer och väletablerade gäng, och med ett välplanerat informationsnät bland alla dessa, en noggrann planläggning, och med mycket goda kontakter med alla som kan tänkas veta nånting. Och mitt i detta inträffar de mest spektakulära morden i stadens historia. De mest uppmärksammade, åtminstone mediemässigt. Antagligen pratas det om det i varje familj från Gårdsten via Bergsjön till Rannebergen.” Winter gjorde en paus. Kanske hörde han någon fläkt dra igång på något tak, ett mjukt sus som en vind. ”Och vad har det hittills lett till, Bertil?”

”Tystnad.”

Winter nickade. Han öppnade dörren, klev ur, tog upp cigarrasken, tände en Corps, drog in och blåste ut och såg röken stiga mot himlen. Dagens första bloss, ljuvt och rent och oskuldsfullt. Som morgonfisen, ljuv som brisen.

”Och den tystnaden hör ihop med vad dom där männen sysslade med”, sa Winter. ”Det var nåt privat jävelskap, och därför är den här tystnaden privat. Förstår du vad jag menar, Bertil?”

”Jag tror det.”

Ringmar hade också han klivit ur och ställt sig bredvid bilen och lyft armarna i en stretchrörelse över huvudet.

”Ingen etablerad organisation är inblandad, åtminstone inte direkt. Åtminstone inte varit det från början.”

”Kanske aldrig.”

”Jag vet inte, Bertil. Jag förstår inte det här med Brorsans informatör i sammanhanget. Varför försvinner han?”

”Om han har försvunnit, Erik. Och om det ingår i sammanhanget.”

”Jag tror att någon vet, utöver mördarna. Och utöver den där pojken, om han är ett vittne. Jag tror han är det.”

”Jag vet att du tror det, Erik.”

”Han kanske också snart är försvunnen. Om han inte redan är det.”

”Är det vad man kan kalla positivt tänkande?”

Winter svarade inte. Han lyssnade inte. Han tänkte på tystnaden.

”Det är sällan jag känt mig så beroende av säkringen av spår”, sa han. ”Och ändå kan det leda oss tillbaka till ruta ett.”

”Kom igen, Erik. Har inte du sagt nån gång att man alltid måste vara beredd på att gå tillbaka till gå? Att det är normaltillståndet för en spanare?”

Winter drog ett nytt bloss. Det smakade milt, det var en snäll cigarr. Röken försvann snabbt, som om luften blivit varmare. Den kanske hade blivit det. Det var i vilket fall över tjugo grader.

”Jag har inte spelat Monopol på länge”, sa han.

”Du gör det nu”, sa Ringmar.

”I så fall hoppas jag få bygga hotell på Strandvägen och Norrmalmstorg och inte släppa förbi en jävel.”

”Varför inte Rymdtorget?”sa Ringmar.

”Ingen passerar här ändå”, svarade Winter, men han visste att han hade fel i samma sekund som han sa det.

*

Winter svängde vänster i stället för höger på Bergsjövägen.

”Jag trodde vi skulle hem”, sa Ringmar.

”Vi tar en annan väg”, sa Winter.

”Den norra, förstår jag.”

Winter svarade inte. De var ute på Gråbovägen nu. Han körde i det tysta nattljuset. De mötte inga bilar. Det är som om vi kör runt alldeles ensamma i världen, tänkte han. Det var nu det hände, för bara tre dygn sen. Kanske vid den här tiden, ett på natten, den inledande vargtimmen. Tyst överallt. Sen kom vargarna. Kanske körde dom på den här vägen som jag kör nu, såg det jag ser nu, hörde samma ingenting som jag. Svängde in där jag svänger in nu, stannade där jag stannar nu, betraktade den lilla märkliga byggnaden som vi betraktar den nu. Steg ur som vi gör nu. Började gå som jag gör nu.

Han såg dem gå över asfalten. Han hade gjort en sväng därute förut, det hade han gjort många gånger, men nu var det annorlunda. Han ville inte göra det mer, han gjorde det bara den här gången för att se om... om det var som förut. Men det var det inte. Ingenting var som förut längre. Han hade smugit ut i natt som han alltid gjorde, men det var inte som förut. Som förut vaknade inte mamma och pappa, men det betydde inte lika mycket längre. Han önskade att de hade vaknat. Jag önskar att jag inte hade gjort det nån gång alls. Att jag inte varit här alls. Och att jag inte kommit tillbaka. Men jag ville komma tillbaka. Det var för att jag inte trodde på vad jag hade sett. Och sen sprang jag. Jag glömde att jag hade cykeln! Och sen cyklade jag. Det var ingen som såg mig, jag tror inte nån såg mig, inte nån av gångerna när jag sprang och cyklade härifrån. Jag ska inte vara här, jag vet inte varför jag är här igen. Det var tyst förut, kanske vill jag att det ska vara tyst och lugnt som det var förut, som det var också när det var öppet i affären, när dom var där, när alla var där, när det var ljust. Och nu kommer dom andra. Jag ser inte vilka det är. Det är två. Jag måste cykla härifrån.

*

”Vad var det där?”

”Vadå?”

”Det var nåt ljud bakom huset”, sa Winter.

”Jag hörde ing…”

”Tyst!”

Ringmar hörde det nu.

Någonting rörde sig.

Winter hade redan börjat springa.

Ringmar såg hans rygg, följde efter den, från noll till hundra på sex sekunder. De var förbi byggnaden, Ringmar såg fortfarande Winters rygg, men också något annat, som en flyende ljus fläck mot den mörka strängen av asfalt och det mörka gräset på båda sidor.

”Det är han!” sa Winter. Ringmar hörde hans andning. Han såg fläcken försvinna bakom en häck. Den var femtio meter bort, sjuttio, och sedan var den borta.

De stannade samtidigt. Winter slog ett slag i luften, som mot en osynlig motståndare. Han vände sig häftigt mot Ringmar.

”Tror du mig nu då, Bertil!?”

”Varför smyger han runt här?”

De var tillbaka på den öppna platsen framför butiken.

”Jag vet inte, Bertil. Nåt drar honom tillbaka hit.”

”Vad skulle det vara?”

”Rädslan, kanske. Jag vet inte. Jag ska fråga honom när jag träffar honom.”

”Mhm.”

”Han är kvar här, eller hur? Det måste vara han. Familjen har inte stuckit hals över huvud. Jag ska hitta honom. Helst i dag.”

”Det blir en lång dag, Erik.”

”Tack vare att jag körde hit fick jag bekräftat att grabben finns kvar här, eller hur?”

Ringmar svarade inte.

”Och säg inte att det var nån annan.”

”Det skulle jag aldrig säga, Erik.”

”Jag kan knappt vänta till morgonen”, sa Winter.

”Ska vi försöka få lite sömn till dess?” sa Ringmar.

Han drömde naturligtvis om cyklar, ett helt Tour de France-följe. Alla cyklister hade samma ansikte och ingen var över elva år. De försvann alla bakom samma husknut, men ingen kom fram på den andra sidan. Det hände någonting annat i den där drömmen fast han hade glömt vad det var när han vaknade.

Alla sov när han lämnade våningen. Det fick räcka med fyra timmars sömn för honom. Han kände sig inte trött. Kanske i eftermiddag, men då spelade det ingen roll. Han kunde dansa av sig tröttheten.

Huvudvärken hade följt med honom hem, den försvann när en Ipren gjort sin verkan. Angela hade mumlat något, aldrig vaknat ordentligt. Hon behövde sömnen, en ung medelålders förälder med småbarn. Han var inte riktigt så ungt medelålders längre. Men han skulle fortfarande vara i arbetsför ålder när Elsa gick ut gymnasiet, kanske också när hon var klar med sin doktorsexamen. Om hon ville läsa. Hon kanske ville sjunga. Eller dansa. Lilly var bra på att dansa twist. Angela spelade Chubby Checker för flickorna, ”Let's Twist Again”. Och igen, och igen.

Gatorna var rena och stilla när han körde norrut. Det fanns inga spår av något mörker nu, som när han kört samma gator för några timmar sedan. Himlen var renskrubbad, och jorden också. Redo för dagen. Han öppnade fönstret och kände sommarens dofter glida in mjukt och diskret, inga överdrifter. Det här var Norden.

Han slog på radion. Det fanns inga trafikstockningar någonstans eftersom det inte fanns någon trafik. De som kunde lämna stan hade redan gjort det. Midsommarafton var en helig dag. Det skulle bli vackert väder, meddelade den glada kvinnorösten i radion. Hon lät så jävla glad att hälften kunde vara nog. Jag har alltid haft svårt för glada röster, inte minst i radio och teve. Den som är neutral gör sig inte till, för att inte tala om den som är sur.

Det känns bättre att lyssna på en sur jävel, tryggare. I dag ska alla vara glada. Han petade in en cd-skiva och passerade Gamlestaden med Bobo Stensons musik. Det var morgonmusik, som en morgonraga. ”Oleo de mujer con sombrero”, det var spanska. Han förstod orden, men den bästa jazzmusiken var sitt eget språk. Det svartvita omslaget låg bredvid honom på sätet: en slätt, en strand, en öken, ett stort och tomt landskap. *War Orphans*, han hade köpt skivan för kanske tio år sedan. Krigets föräldralösa. Han var på väg till dem. Han kände på sig att det skulle bli en lång förmiddag, kanske den längsta.

Lars Palm väntade utanför sin expedition. Boendechefen såg pigg ut, som om han haft lång tid på sig att möta dagen. Winter såg inga andra människor på Hjällbo torg som låg bortanför kyrkan. Det var ännu mycket tidigt.

”Förlåt att jag slet dig ur sängen”, sa Winter.

”Det hade andra redan hunnit med”, sa Palm och log.

”Bor du här?”

”Nästan. Uppe vid Hjällbovallen. Och du?”

”Nere vid Heden nästan”, sa Winter.

”Aha. Själv har jag lite svårt för trafiken nere i centrum.”

”Vem har inte det”, sa Winter.

”Här är rena landet i jämförelse”, sa Palm.

”Åtminstone på sina ställen”, sa Winter.

”Jag fick tag på Riita”, sa Palm. ”Hon jobbar faktiskt just nu.”

”På midsommarafton?”

”Bara ett par timmar. Nere på Sandspåret. Vi kan gå dit nu.”

De passerade Limonell Café på vägen dit. Det skulle öppna för dagen om en timme.

”Dom har slagit igen uppe i Gårdsten”, sa Winter.

”Det visste jag inte.”

”Om det är samma ägare.”

”Jag tror det. Nu är det mest somalierna som håller till där, som gäster alltså.”

”Jaha?”

”Dom har mest tid, om man säger så.”

”Jag förstår.”

”Dom är ’längst nere på rangskalan’. Förut var det zigenare. Nu är det somalier.”

Winter nickade.

De gick söderut, nedför några trappor. Husen fortsatte över fälten i raka kolonner.

”Jag känner igen mig”, sa Winter.

”Ja, du har ju varit häruppe några gånger nu.”

”Jag menar inte på det sättet. Jag känner igen mig *här*.”

20

RIITA PELTONEN SÅG YNGRE UT än vad Winter föreställt sig. Han visste egentligen inte vad han hade föreställt sig, någonting klivet direkt ut från östra Karelen kanske, sent 1800-tal. Det var så lätt att bli fördomsfull, inte minst här, i de här stadsdelarna, där föreställningar om människor aldrig hade med kunskap att göra, och i så fall andras kunskap, och i de flesta fall var den felaktig.

Han ville själv träffa Riita, och själv ställa frågorna.

Hon talade med en sjungande svenska. Det hade han i alla fall föreställt sig. Det var ingen fördom. Det var bara ett vackert språk. Det påminde om midsommaren, innan högsommaren tog över.

Riita Peltonen sa:

"Det finns många pojkar på cykel här."

"Jag förstår det."

"Hur ser han ut?"

Winter försökte beskriva pojken.

"Det låter som många", sa hon och log.

"Han verkar vara ute på nätterna. Är det vanligt?"

"Tja... det beror väl på hur det ser ut hemma. Vilken kontroll föräldrarna har, eller vad man ska säga. En del föräldrar har inte mycket kontroll." Hon tittade på Palm, och på Winter igen. "Och en del har alldeles för mycket kontroll." Hon ryckte lätt på axlarna. "Ingenting av det är bra." Hon kanske log igen. "Lagom är bäst. Är inte det ett svenskt uttryck? Lagom? Det finns inte nån annanstans i världen, tror jag, Det är ett bra uttryck. Lagom. Lagom är bäst."

"Ibland", sa Winter. "Och ibland kanske man vill leva överdrivet."

”Det är inte så svenskt”, sa hon. ”Att leva överdrivet.”

”Men den här pojken får visst göra lite som han vill”, sa Winter. ”Han cyklar runt.” Winter slog ut med handen. ”Jag har sett honom här.”

”Här?” Hon såg sig om. ”Här, på den här gården?”

”Ja. Mellan husen här, och sen fortsatte han där uppåt.” Han nickade i den riktning han och Palm kommit ifrån. ”Han cyklade uppför slänten bredvid trapporna.”

”Jag får fråga mina kolleger”, sa hon. ”Jag kan inte säga vem det är utifrån vad du berättat.”

”Det förstår jag.”

”Det finns så många pojkar... nu när det inte är nån skola ser man dom överallt. Vänta nån timme, då kommer dom ut.”

”Han hade en tennisboll”, sa Winter. ”Han studsade en tennisboll.”

”Varför vill du prata med honom?” frågade hon. ”Jag vet ju att det har att göra med dom där hemska... skjutningarna. Men vad har den här pojken med det att göra?”

”Det vet vi inte än. Jag kan inte säga mer.”

”Har han sett nåt?”

”Jag vet inte”, sa Winter. ”Jag hoppas det.” Han slog ut med handen. ”Och på ett sätt hoppas jag det inte.”

”Kan han vara i fara?” frågade hon. ”Är det nån annan som letar efter honom?”

Riita Peltonen tänkte en spanares tankar. Hon strök sig över det blonda och grå håret. Hon såg inte ut att vara över 55. ”Är det så pass viktigt?”

”Jag tror det”, sa Winter.

”Jag ska göra vad jag kan.”

”Han kan ha flyttat”, sa Winter och nickade i Palms riktning. ”Familjen kan ha flyttat. Utan att meddela Lars och Hjällbobostäder här. Det är möjligt, eller hur?”

”Sånt har hänt förut”, sa Palm.

”När?” frågade Riita Peltonen.

”Senaste dagarna. Sen morden.” Winter såg en kvinna i svart

slöja stiga ur en port. Hon kastade en blick mot honom och såg sedan bort, över fälten. ”Eller i natt.”

Hiwa Aziz vänner fanns spridda över de norra stadsdelarna. Men de var inte många. Man behöver inte många vänner, tänkte Winter, bara det är dom rätta.

Alan Darwish satt framför honom. Pizzeria Gloria hade öppnat några minuter tidigare, Winter hade sett innehavaren låsa upp när han varit på väg dit och han hade sett Alan vara på väg från andra hållet, över skolgårdens fotbollsplan. Ett litet gäng i den bortre änden sparkade en boll.

Alan tackade nej till en kopp kaffe. Winter beställde till sig själv. De hade satt sig vid fönstret. Det var fortfarande tidig morgon. Hammarkullen vaknade långsamt därute.

Alan var i Hiwas ålder, några och tjugo. Han hade en blick som ännu inte fastnat på Winter. Den var kvar därute.

”Hur kände du Hiwa?” frågade Winter.

”Hur visste ni att jag kände honom?” frågade Alan tillbaka, fortfarande utan att titta direkt på Winter.

”Var det en hemlighet?”

”Va… nej.”

”Hur kände ni varandra?” upprepade Winter.

”Vi… det var väl skolan. Vi träffades där. Vi gick i samma klass.”

Winter nickade. Han visste det förstås.

”Och sen har ni fortsatt att träffas?”

Alan nickade utan att säga något.

”Var var du när han blev mördad?”

Mannen, eller pojken, eller ynglingen, ryckte till. Han såg äldre ut än sina några och tjugo, äldre än Hiwa, men inte mycket.

Det var en mycket direkt fråga.

”Jag… den natten… jag var hemma.”

Winter nickade.

”Varför frågar du?”

Winter fick sitt kaffe. Mannen gick igen. Några barn passerade utanför. Winter tyckte att han kände igen en liten pojke med alltför stora glasögon. Pojken tittade in på Winter som om han kände igen den ljushyade mannen som satt mitt emot en svarthårig.

”När träffade du Hiwa sista gången?” frågade Winter utan att svara på Alans fråga.

”Det var... jag minns inte.”

”En dag innan mordet? En vecka innan? Två veckor?”

”Nån... det var väl nån vecka. Ett par veckor. Nåt sånt. Kanske... jag vet inte.”

”Vad säger du om jag säger två månader?”

Alan svarade inte.

”Att ni inte hade setts på två månader?”

”Vem har sagt det?”

”Stämmer det?” frågade Winter. ”Var det så länge sen ni sågs?”

”Jag minns inte.”

”Du minns inte om det var två veckor eller två månader?”

”Nej.”

”Har du problem med minnet, Alan?”

”Du... behöver inte säga så.”

”Jag frågar. Det är skillnad på två veckor och två månader.”

”Det... var inte två månader. Det var kanske... en månad.”

”Det var i vilket fall lång tid”, sa Winter. ”Det var en lång tid för vänner att inte ses.”

Alan ryckte på axlarna.

”Jag vill veta varför det var så lång tid, Alan. Vad hände?”

”Vad... jag förstår inte.”

”Vad hände? Vad hände som gjorde att ni slutade träffas?”

”Hur vet du detta? Vem har sagt allt det här?”

”Bry dig inte om det nu, Alan. Säg bara om jag har rätt eller om jag har fel.”

Alan svarade inte. Han tittade ut genom fönstret igen. Den lilla gruppen barn hade passerat, pojken med glasögon och de andra. Winter följde Alans blick. Bollen for i luften borta bakom ett högt staket. Det gick inte att se någon som sparkade den. Där kom den igen. Den såg att flyga däruppe. Högst i dag. Alan såg ut som om han ville flyga dit, stanna där.

Det här är viktigt, tänkte Winter, jävligt viktigt är det. Det finns nåt här som hänger ihop med det andra. Jag var inte säker på vad Shirin Waberi pratade om och jag var inte säker på om hon visste det heller. Och Nasrin hade inte sagt något om det. Hon hade inte sagt något om Shirin heller, det var någon annan, Winter mindes just nu inte vem. Det var så många namn, och många som ställde frågor, knackade dörr, ringde telefonsamtal, granskade namnlistor, adresser, skolfoton.

Det var något som inte hade stämt mellan Alan och Hiwa.

Det hade hänt något.

De hade slutat träffas.

Alan ville inte säga varför.

Han ville inte säga något alls.

Han var rädd.

Det var något Hiwa gjorde. Ensam. Eller tillsammans med andra.

Om Winter fick veta vad det var så skulle han veta mycket.

Alan var så rädd att han hade blivit stum. Det han var rädd för hade gjort honom stum.

Han såg rädd ut nu.

Vad hade Hiwa gjort?

Det måste ha varit något mycket allvarligt.

Det hade kostat honom hans liv.

Alan tänkte på sitt liv. Winter kunde se det på honom, i hans ansikte.

Hiwa hade inte längre något ansikte. Varför hade han förlorat det?

”Varför var ni inte vänner längre, Alan?”

”Vi var vänner.”

”Varför träffades ni inte?”

”Det… kan bli så ibland.”

”Vad gjorde han, Alan? Vad gjorde Hiwa?”

Alan svarade inte.

”Berätta vad han gjorde.”

”Jag vet inte.”

Det lät inte övertygande. Alan sökte stöd utifrån, hans blick gled hela tiden ut dit. Bollen var inte längre i skyn. Han kunde inte längre flyga.

”Vad är du rädd för, Alan?”

”Jag är inte rädd.”

”Men berätta då.”

”Det finns inget att berätta.”

Glasögonormen var tillbaka därute. Den lille killen stirrade på Winter som på en kändis. Winter var på sätt och vis kändis, men knappast för grabben. Han var bara en främling, han var annorlunda.

Winter vände tillbaka blicken mot Alan som såg ner i bordet. Det var täckt med en svart- och vitrutig duk. Hela lokalen gick i svart och vitt. Winter förväntade sig att se en Juventusvimpel i något hörn, men det fanns inga utsmyckningar alls på väggarna. Kanske var det här färgerna för någon arabisk klubb, Bagdad BK, IFK Amman. Det fanns musik därinne, från någon osynlig högtalare, kanske arabisk, kanske kurdisk eller persisk. Winter hade musiken framför sig, han skulle lyssna på den, komma djupare in i den musiken. Det fanns musik med i det här fallet, bland de här morden. Mördarna hade inte stängt av musiken inne hos Jimmy, den kurdiska musiken, musiken för Kurdistan. För dig, Kurdistan. Varför för dig? Var morden för dig? Var morden genomförda för Kurdistans bästa? Var det där de bortskjutna ansiktena kom in? Hade offren skändat Kurdistan? Men ingenting tydde på att mördarna haft med sig cd-skivan. Det fanns inga sådana spår på skivspelaren, skivan, omslaget. Var det en tillfällighet? Hade de hört musiken alls? Före skotten, efter skotten? Hade de brytt sig? Ingen hade ännu sagt att det där, ja, det spelade Hiwa ständigt när han jobbade i affären. Men det var Hiwas musik, om man ville se det så, och Saids. Och kundernas. Det var inte Jimmys musik, han hade inga kurdiska plattor hemma. Said hade skivor med kurdiska sångare därhemma, och sångerskor, eller om det var Shahnaz. Och den musiken hade tystnat nu. Winter kom ihåg ett namn, Naser Razzazi, tydligen en av de största. Han hade gjort en skiva med ett namn på en stad som Winter inte kom ihåg nu. Skivan fanns hemma hos paret Rezai.

Och så hörde han Alans röst:

”Jag vet inte vad dom gjorde.”

”Vad sa du, Alan?”

”Jag... vet inte vad det var dom gjorde.”

”Vad dom gjorde? Dom gjorde alltså nåt?”

Alan svarade inte.

”Vilka är *dom*? Vilka menar du med *dom*?”

”Jag... vet inte.”

”Kom igen nu, Alan! Du måste ha menat nånting med det.”

”Jag... lovar. Jag vet inte vad jag menade. Det... var mer än en.”

”Vem sa att dom gjorde nåt?”

Han svarade inte.

”Alan!”

Mannen borta vid disken ryckte till av Winters höjda röst. Winter trodde att mannen kände Alan, eller åtminstone kände till honom. Det var Winter som hade föreslagit stället de träffades på.

”Ingen... men det var nåt... jag vet inte vad det var.”

”Hur menar du?”

”Det verkade som om han höll på med nåt. Nån business. Nånting. Jag förstod inte vad det var.”

”Jag tror dig inte, Alan. Jag tror du visste.”

Alan skakade på huvudet,

”Var det Jimmy och Hiwa och Said?”

”Jag vet inte. Jag känner inte dom andra.”

”Har du träffat dom?”

”Nån gång... jag var ju inne i butiken. Said, kanske. Om det var han.”

”Jimmy?”

”Nån gång.”

”Hussein?”

”Vem?”

”Hussein Hussein. Han jobbade också där.”

”Jag känner honom inte.”

”Han var också anställd. Kanske på deltid, som Hiwa. Antagligen också svart.”

”Men han... men han...” sa Alan utan att fullfölja meningen.

”Men han var inte där, nej.” Winter lutade sig lite framåt. ”Han var inte där när mördarna kom.”

Plötsligt såg Alan Winter rakt i ögonen.

”Vad... heter han... Hussein? Är det han som... gjort det?”

”Vi vet inte, Alan.”

Alan såg ut att fundera på namnet.

”Det är bland annat därför jag sitter här och pratar med dig i stället för att vara hemma med mina barn och plocka blommor att klä midsommarstången med”, sa Winter.

Det såg ut som om något blänkte till i Alans ögon.

”Har du träffat honom?” frågade Winter.

”Inte... vad jag vet.”

”Kan han ha varit inblandad i det som Hiwa höll på med?”

”Jag vet inte.”

”Nämnde Hiwa hans namn?”

”Nej.”

”Är du säker?”

”Jag kommer inte ihåg. Jag tror inte... nej.”

”Vad höll Hiwa på med?”

”Jag vet inte.”

”Jag vet att du vet, Alan. Det gjorde att du inte ville träffa honom mer. Vad var det? Vad gjorde han?”

Alan svarade inte.

”Han blev mördad för det, Alan! Det var tillräckligt jävligt för att han skulle bli mördad. Är det det du är rädd för? För att du vet vilka som gjorde det? För att dom kommer att jaga dig om dom får veta att du berättat?”

Alans blick gled ut genom fönstret när Winter sa det, som om han visste att någon stod därute och såg in på dem, och visste att han satt där, och trodde att han berättade. Alan såg ut som om han ville vifta iväg en signal: nej, jag säger ingenting.

”Vet Nasrin?”

Alan ryckte till mycket häftigt. Det var av mer än överraskning. Winter kunde inte säga vad det var, men mannen framför honom blev plötsligt ännu mer spänd, blev ännu mer som stål. Winter hade kommit in på ännu ett minerat område. Ännu ett tystnadens område.

”Vet... vadå? Vad skulle Nasrin veta?”

”Det vi just pratar om, Alan. Det som Hiwa och hans medbrottslingar gjorde. Det som du känner till, men inte vill berätta för mig.”

”Jag vet ingenting mer. Jag vill gå nu.” Han såg bort mot mannen vid disken som tittade tillbaka. Han såg på Winters kaffekopp. Winter hade inte druckit alls, han hade glömt bort det. ”Kan jag gå nu?”

”Jag skulle kunna ta med dig ner till polishuset”, sa Winter. ”Vi skulle kunna fortsätta det här samtalet därnere.”

”Kallas det inte förhör?”

”Där kallas det förhör.”

”Hur länge då? Hur länge kan ni hålla mig där?”

”Tolv timmar.”

”Då... missar du ju den där midsommaraftonen”, sa Alan, och Winter kunde se att han inte skämtade, att han inte log. ”Blommor och allting.”

Winter nickade.

”Jag vill inte vara där i tolv timmar”, sa Alan.

”Bra.”

”Om jag måste så måste jag. Men jag har inget mer att säga.”

Winter reste sig. Alan ryckte till igen. Han såg inte ut att vara beredd på tolv timmar, sex plus sex.

”Tänk på det vi pratat om”, sa Winter. Han tog fram plånboken och tog upp ett kort och gav det till Alan. ”Där står mitt mobilnummer. Du kan ringa när som helst.” Winter försökte le. ”I dag också. På midsommarafton.”

Det såg ut som om Alan försökte le tillbaka.

Han tog kortet och reste sig.

”Jag har inget att ringa om”, sa han.

Men han tog kortet.

Winter tänkte på samtalet i bilen tillbaka söderut. Alan hade sett ut som om han hade någonting att berätta, någonting stort, och som om han behövde någon att berätta det för. Han hade tagit kortet. Winter kom ihåg hans ansikte när han gjorde det. Alan skulle tänka. Han skulle ringa. Kanske i dag. Inte för många snapsar hemma hos Fredrik i eftermiddag. Och nästan ingen whisky.

Hama Ali Mohammad satt i gräset i utkanten av parken. Han kände sig säker där. Barnen rusade runt den där stången och han tyckte att det såg ganska kul ut. Han såg ingen han kände, han drog sig till ställen där han inte kände nån, som här nere i svenneland, Gunnilse, dom såg honom, men dom verkade inte bry sig. Kolla hur ful han är. Han visste att dom tänkte det, men vad fan. Det spelade ingen roll.

Hama reste sig och gick därifrån.

Han ville inte gömma sig i nån grotta.

Han tog bussen och gick på gatorna. Nordstan var öken nu.

Gatorna var tomma, det tommaste. Svennarna hade börjat fira sin midsommar överallt. Passade honom bra. Han skulle kunna klippa nåt. Världen är full av pengar. Han var ensam.

Han tog spårvagnen.

Samma öken häruppe.

Han såg ett gäng och gick bakom huset. Han kände dom, han ville inte känna dom.

Solen var stark nu, som om morsan hade fått sina gamla idiotiska drömmar uppfyllda, sina sjuka önskningar om det gamla landet. Ökensolen, kamelsolen. Det finns goda nyheter och det finns dåliga nyheter. Vi tar dom dåliga först: det finns bara kamelskit att äta. Vilka är dom goda då? Det finns mycket av det.

Och så såg han honom komma i skuggan utmed väggen. Han höjde handen. Hej, homie. Det var som han hade sagt.

Hama gick in i skuggan.

21

POLISHUSET VAR LIKA ÖDE som resten av det urbana Sverige just nu. Winter hörde sina egna steg genom korridorerna. Det var inte första gången, men sällan var det så tydligt som under de stora helgerna. Det var inte första gången han gått här när resten av den anständiga mänskligheten umgåtts med de sina. Men han umgicks med de sina nu, den stora familjen förenad i brott, på båda sidor om gränsen. Det var svårare nu att hitta gränsen, den hade flyttats många mil sedan han började i jobbet. Fanns den längre? Var går gränsen? Kanske var de nu i det gränslösa samhället. Gränslös kärlek, gränslöst hat.

Ekot hade tagit sig in i de tegelklädda korridorerna. Winter hörde det, och det hade ingenting med honom att göra, hans steg. Någon harklade sig i ett av rummen och det otrevliga ljudet tog sig ut genom den öppna dörren och Winter kände igen det.

”Så du är kvar?” sa han i dörröppningen.

”Snarare har jag just kommit”, sa Ringmar från sin stol bakom skrivbordet.

”Jag trodde du var hemma och gjorde dig fin.”

”Gjorde du verkligen det?”

”Nej.”

”Det är timmar tills jag måste vara fin”, sa Ringmar.

Winter tittade på klockan.

”Två och en halv.”

”Vi hinner mycket innan dess”, sa Ringmar.

”Som vadå?”

Ringmar gjorde en gest mot dokumenten och fotografierna framför honom på skrivbordet.

”Det här pusslet.”

”Är det ett pussel?”

”Vad skulle du annars kalla det?”

”Jag vet inte, Bertil. Ett massmord.”

”Plus ett till. Kvinnan i Rannebergen.”

”Blir det fler?”

”Med tanke på alla obekanta faktorer... det är möjligt.”

”Varför?”

”Just för att vi inte får ut nån information här.”

”Varför får vi inte det då?”

”Dom är rädda. Alla som hör ihop med det här är rädda.”

”Varför är dom rädda?”

”För att dom vet.”

”Vad vet dom?”

”Det vi vill veta.”

”Det kanske är tvärtom”, sa Winter.

”Hur menar du?”

”Dom är rädda för att dom inte vet.”

Ringmar svarade inte. De hade arbetat tillsammans i många år och när de försökte släppa tankarna fria brukade det ge resultat, på ett eller annat sätt gav det resultat, någonstans i det snabba utbytet av ord och tankar fanns svar på större frågor, kanske i början av berättelsen, eller i mitten, eller i slutet, där hade något kommit upp, kommit fram, och det hade sedan lett dem vidare. Enligt gammal värdelös polistradition dokumenterades inte de här blixtrande samtalen skriftligt, det hade varit omöjligt, men det som hade ett värde fanns med i minnet och kanske skulle något sådant också finnas där i dag. Eller så var det bara ett helvetes slöseri med tid när de hade annat att tänka på, midsommarfirandet till exempel.

”Det har tydligen skakat om grannskapet”, sa Ringmar.

”Det är ett stort grannskap.”

”Men det har skakat om.”

”Alla?”

”Mer eller mindre, om man får tro närpolisen. Jag pratade nyss med Sivertsson, förresten", sa Ringmar och nickade mot telefonen som för att visa hur han hade talat med närpolischefen i Angered.

"Vad sa han?"

"Det jag säger. Folk däruppe är omskakade. Gängen är oroliga. Dom är vana att veta och nu vet dom inte så mycket, om ens nåt. Har vi tur utlöser det här ett inbördeskrig, som han sa."

"Sa han så?"

"Holger har ett gott skämtlynne. Jag tror han menade nåt i stil med *survival of the fittest.* Sen är det inte så många kvar att bura in."

"Men det blir dom starkaste."

"Det är sant."

"Vi kommer visst aldrig förbi Darwin", sa Winter.

"Är det inte vad allt går ut på, Erik?"

"Sa han nåt om Brorsans informatör?"

"Han visste inte. Han hänvisade till Brorsan. Det är ju så dom jobbar."

"Brorsan skulle ringa mig. Han borde ha gjort det nu."

"Det betyder antagligen att källan fortfarande är försvunnen."

"Vi har en misstänkt mördare försvunnen, och vi har en informatör försvunnen."

"Tänk om det är samma?"

"Nej. Så jävla hemlig kan inte ens Brorsan vara."

"Han kanske inte vet? Han kanske inte vet allt om den här källan? Det viktiga är väl vad vederbörande har att komma med?" Ringmar reste sig. "Har du frågat honom?"

"Han har säkert tänkt det själv."

"Tänker han lika bra som vi?"

"Som du, Bertil. Lika bra som du."

Winter log. Det kändes bra att le. Det kändes strävt i ansiket, som om huden inte varit redo för ett leende. De senaste dagarna hade varit sträva, spända. Det kändes som om han inte sovit alls under veckan. Det var så det var. Sjutton arton timmars arbetsdagar under veckor i följd, det var så det var i det här jobbet. Den som påstod något annat kunde dra åt helvete, den som sa att poliser la av sig jobbet så fort de gick ut från kontoret. Herregud, han var sällan på kontoret överhuvudtaget! Hans kontor var på gatan, i de oskyldigas hem, och i de skyldigas, på bårhuset, i obduktionssalen, på fälten och i sjöarna och i dikena och i skogarna, i hyreshusen och i villorna och på motorlederna, vid havet och på toppen av berget. Han var överallt.

”Jag pratade med Sivertsson om en annan sak”, sa Ringmar. ”Eller han pratade med mig.”

”Det är okej så länge du vet att ni pratade med varandra, Bertil. Vad gällde saken?”

”Prostitution.”

”Prostitution?”

”Ja, eller trafficking. Prostitution, trafficking. Det finns ju över hela stan, förstås. Och det är helvetes svårt att komma åt, som du också vet.”

”Trafficking däruppe?” sa Winter. ”I norr?”

”Dom har försökt spränga nån liga, men det är svårt. Tjejerna transporteras runt från lägenhet till lägenhet, dom har bytt hela tiden.”

”Vet dom vilka som ligger bakom det här? Den där ligan?”

”Dom trodde dom visste.”

”Vad betyder det?”

”Tydligen har det förekommit på annat håll, eller flera andra håll. Samtidigt. Han visste inte så mycket än, men nån i ungdomsgruppen har snappat upp nåt om flickor som utnyttjas. Mycket unga tjejer. Skolflickor.”

”Skolflickor? Hur unga då?”

”Han visste inte.”

”Utifrån? Smugglas dom in utifrån?”

”Han visste inte det heller.”

”Vad visste han egentligen?”

”Det var mest nåt rykte, tydligen. Det förekommer hela tiden såna rykten, som han sa. Inte minst när det gäller prostitutionen. Skillnaden nu var att dom inte kunde sätta nåt ansikte på just det här.”

”Sa han så? Använde han dom orden? Sätta ansikte på?”

”Ja…”

Winter skakade på huvudet.

”Hur går dom vidare?” sa han.

”Han ville fundera på det och försöka få fram mer.”

”Men det här var nåt annat än den där hallickligan dom spanade på?”

”Tydligen.”

”Nationalitet?”

”Ligan? Jag tror han sa albaner, och balter visst.”

”Albaner och balter? Det är två poler i Europa, det. Vilken förening! Det är ju större än själva EU.”

”Kriminella är ofta ett litet steg före”, sa Ringmar.

”Men detta var alltså nåt annat än det kända slöddret?”

”Kanske.”

”Hur fick han tips om det?”

”En källa, tror jag.”

”Dessa förbannade källor. Jag vill ha mer än anonyma kansken från osynliga.”

”Mhm.”

”Men vi får ju titta på det. Vi får fråga om det.”

”Ja.”

”Vem ska vi fråga, tycker du?”

”Jag skulle vilja fråga Hussein Hussein”, sa Ringmar. ”Det är många saker jag skulle vilja fråga honom om.”

Det kändes instängt på hans rum. Det blir så på en plats där man sällan är. För några år sedan hade han beslutat sig för att tillbringa så lite tid som möjligt i rummet med den dystra utsikten över Fattighusån. Han behövde inte vara där. Människorna han behövde prata med fanns på annat håll, där de hörde hemma, där de kände sig trygga, eller otrygga. Ibland höll han förhör i det här rummet, eller samtal, om det var ett sådant, men i de flesta fall kunde han arbeta var som helst. Han var som en frilansare på det sättet. Han läste bättre hemma än på kontoret, åtminstone på nätterna när det var tyst. Han hade upprättat kontor på en bar vid Kungstorget och där tänkte han bra. Han hade tänkt bra på barerna på Costa del Sol, men det var andra tankar än de som måste tänkas häruppe i norr. Just nu mindes han inte vad han hade tänkt i solen, eller snarare i skuggan från solen, men det hade varit bra tankar, sådana som lindrar och helar. Det fanns inget lindrande i de tankar han tvingades tänka nu, kanske möjligen för anhöriga, på mycket lång sikt, efterlevande, om han kunde gripa gärningsmän, eller gärningskvinnor, men han visste att han aldrig kunde ge mycket till tröst hur bra han än tänkte. Det där var för något annat. Det var för hans egen skull.

Winter öppnade fönstret och andades den goda luften. Utsikten var skit, men luften kändes bra. Den var mild och öm där i skuggan, det var en perfekt dag. En spårvagn skramlade på andra sidan ån, på väg norrut. Winter kunde inte se några gestalter inne i vagnen. Alla som skulle vara i de norra stadsdelarna var redan där.

Han tryckte på skivspelarens start utan att veta vad han hade lämnat kvar senast han lyssnat. Det måste ha varit för en vecka sedan, eller för ett halvår sedan. Det var John Coltrane, vilken överraskning, i ett sällsynt samarbete med en sångare, Johnny Hartman, en av de bästa och en av de mest underskattade. ”They say falling in love is wonderful”, sjöng Hartman, de säger att det är underbart att bli kär, och Winters telefon på skrivbordet ringde.

”Ja?”

”Samtal till Erik Winter”, sa kvinnorösten i växeln. Hon var ny, midsommarvikarie kanske, han visste inte vad hon hette, men han hade nickat åt henne när han gick förbi, och hon hade nickat tillbaka mitt i ett samtal.

”Det här är Winter. Vem är det?”

”Han sa att han hette Brorsan. Han ringer från Angered. Vill du ta det?”

”Ja.”

Winter väntade på att få höra Brorsans mullrande röst. Han

hade hört den förr i telefon, det var som om Brorsan inte litade på att telefonledningen skulle leda samtalet hela vägen från Angered till Skånegatan.

”Winter? Är du där?” gastade Brorsan.

”Jag är här, Brorsan.” Han fick hålla luren ett par decimeter från örat när han lyssnade och sedan föra tillbaka den när han pratade.

”Jag prövade kontoret först. Jag misstänkte att du var där, midsommar eller inte midsommar.”

”Hur går det med Marko?”

”Marko? Vem är det?”

”Marko, din källa. Du sa ju att vi skulle kalla honom Marko.”

”Ja, just det, Marko. Det är därför jag ringer. Han är fortfarande puts väck.”

”Är du förvånad?”

”Va? Ja, det är jag faktiskt.”

”Finns det några nya omständigheter?”

”Nej. Hans flickvän är inte glad. Hon skyller på mig. Det är inte ens meningen att hon ska veta om mig.”

”Vad kan ha hänt?”

”Han är död eller redan hemma i Kirkuk.”

”Kirkuk?”

”Eller nån annanstans i Kurdistan. Det är en stad i Kurdistan, vad jag vet.”

”Är Marko kurd?”

”Ja.”

”Det var Hiwa Aziz också.”

”Det finns många kurder, Winter, inte minst i Göteborg.”

”Varför skulle Marko vara död?”

”Eftersom han inte hört av sig.”

”Är det så allvarligt?”

”Jag tror jag redan har förklarat det för dig, Winter. Och jag tror också att det kanske är en olycklig tillfällighet, detta, om man kan säga så. Min källas försvinnande kanske inte har med ditt fall att göra.”

”Jag utelämnar ingenting, Brorsan.”

”Jag har inte hört nåt alls åt det hållet. Ingenting alls.”

”I det här fallet hörs ingenting alls, Brorsan.”

”Så vad gör vi nu?”

På vägen ut tog Winter vägen om tekniska roteln. Han visste att Öberg skulle vara där. Han lämnade Johnny Hartman sjungande sin ”Autumn Serenade”. Men än var det långt till höst.

”Vi är visst ensamma i huset nu”, sa Öberg när Winter släppts in i det allra heligaste, det allra viktigaste.

”Ja, Bertil gick för en kvart sen.”

”Ska du inte hem och fira midsommar?”

”Jo, till Fredrik och Aneta.”

”Halders? Är ni så kontanta?”

”Han tycker bättre om mig än nånsin. Det har nog att göra med att jag var borta härifrån ett halvår.”

”Tänk vad han skulle gilla dig om du var borta ett år.”

”Ja, eller längre.”

”Jag går i pension om bara fem år”, sa Öberg. ”Fem år går i ett nafs. Hur är det med Birgersson, förresten? Är det inte dags för honom snart?”

”Om en månad”, sa Winter. Om en dryg månad var det dags för rotelchefen Sture Birgersson att lämna roteln för gott och försvinna in i den mystiska värld där han levde sitt privata liv. Ingen visste var den världen låg, hur den såg ut, inte ens Winter, den närmaste mannen. Det närmaste Winter hade kommit Birgerssons privata värld var en gång förra året när Birgersson gråtit vid sitt fönster och sedan torkat tårarna på en bar tillsammans med Winter. Det hade varit ett speciellt tillfälle. Birgersson hade visat någon form av svaghet. Winter hade önskat att det skett arton år tidigare. Det hade kunnat hjälpa honom som ung spanare.

Öberg nickade ner på bänken mot några fotoförstoringar av ett utbränt vrak.

”Bilen är intressant”, sa han.

”Jag hoppas det.”

”Vi hittade en bit skoskydd till som inte brunnit upp.”

”Bra.”

”Fotspåren runt om kan jag inte säga så mycket om, dock.”

”Nej.”

”SKL hör av sig efter helgen.”

”Jag väntar på besked från Borås också”, sa Winter.

”Vem gör inte det?”

”Jag hoppas det håller.”

”Jag hoppas aldrig”, sa Öberg.

”Får jag fråga dig en sak, Torsten?”

”Du får fråga om allt som har med jobbet att göra, Erik.”

”Hur många är inblandade här? Hur många mördare har vi att göra med egentligen?”

”Du ställde den svåraste frågan först.”

”Jag vet.”

”Det var det dom ville. Gärningsmännen. Att det skulle vara svårt. Se på ammunitionen, och vapnen. Skoskydden. Dom döda. Kvinnan uppe i Rannebergen.”

”Det är där vi måste hitta ett samband”, sa Winter. ”Mellan Hjällbo och Rannebergen.”

”Det finns ju ett samband. Paret Rezai.”

”Det räcker inte, eller hur? Vi måste förstå det sambandet. Vi måste få fram spår, annars förstår vi kanske aldrig.”

”Vi försöker, vi försöker.”

”Men varför klumpa till det med bilen?”

”Jag vet inte, Erik.”

”Det stämmer inte med tillvägagångssättet. Det är alltför klumpigt. Det andra var helvetes våldsamt, brutalt, nån form av avrättning, men det var inte klumpigt.”

”Inte då. Men nåt kanske hände. Det blev panik.”

”Långt efteråt?”

”Nåt kanske hände i bilen därifrån. Plötsligt var dom tvungna att göra sig av med den.”

”Jag tror dom visste vad dom gjorde”, sa Winter. ”Det var en del av planen.”

”Så därför är det meningslöst att jobba med spåren därifrån, menar du?”

”Absolut inte.”

”Hur menar du då?”

”Dom kanske förstår att vi skulle hitta spår, men dom vet inte hur vi ska använda oss av dom.”

”Jag hoppas du vet det, Erik.”

”När jag har dom i handen vet jag.”

”Grejerna i Jimmy Foros lägenhet har inte gjort oss klokare”, sa Öberg. ”Den där knappen till exempel.”

”Jag hade nästan glömt den.”

”På tal om glömma. Du ställde nån fråga om hur många dom var. Mördarna.”

Winter nickade. Det gjorde ont när han rörde huvudet. Han hade fått tillbaka smärtan över ögat, på två sekunder. Det blev inte bättre av alla solreflexer som flög omkring i Öbergs laboratorium, studsade mellan de blanka stålbänkarna. Plötsligt längtade han långt därifrån, in i skuggan, in i en dans. Han blev plötsligt fruktansvärt trött på döden.

”Två”, sa Öberg.

Det lät som ett slag, två slag, tungt, någonting Winter väntat på att få höra.

”Hur har du kommit fram till det?”

”Det här är fortfarande spekulationer, okej?”

”Naturligtvis.”

”Flera faktorer”, sa Öberg. ”Spåren i blodet. Efter hasningarna med skoskydden. Se här.”

Han böjde sig ner och tog fram några andra fotografier från en hylla under bänken. Han gick till en annan bänk och spred ut fotona. Winter hade följt efter. Han såg det röda havet. Han såg Öbergs vita streck med filtpenna över det röda, som bränningar. De gick kors och tvärs, det verkade inte finnas någon bestämd riktning.

”Jag är inte säker på storlekarna”, sa Öberg. ”Fötterna. Det går ju inte med såna skodon. Men det verkar vara en något större person och en något mindre.”

”Vad betyder det?”

”Det jag säger. Nån som var större än den mindre.”

Herregud, vilken absurd ordväxling. Och huvudvärken har inte släppt. Det känns som om huvet är större nu, det var mindre förut.

”Hur mycket större?” frågade han. ”Eller mindre?”

”Jag vet inte. Åtminstone inte än.”

”Men det var två?”

”Det ser så ut.” Öberg nickade ner mot de makabra bilderna. ”Du ser ju rörelsemönstret själv. Det kommer av två par fötter, vad vi kunnat se. Det ser nästan ut som om dom åkt vattenskidor i nån cirkel, ta mig fan.”

”Offren då?”

”Dom hade skorna på sig. Dom spåren har vi kunnat följa. Och där var det inte många steg.”

”Mhm.”

”Sen är det skotten, och skottvinklarna. Dom verkar följa stegen från skoskydden. Två som sköt.”

”Har du hittat några andra spår av skor?” frågade Winter. ”Jag vet att du redan skulle ha sagt det, men... om nu offren och mördarna är kartlagda... finns det ytterligare några fot- eller skospår?”

”Du tänker på Hussein Hussein?”

”Till exempel.”

”Nej. Vi har inte hittat nåt mer.”

Winter tittade på bilderna igen. Det där mönstret kunde föreställa vad som helst, och ingenting gav några bra associationer.

”Nåt mer som pekade på att dom var två?” frågade han och nickade mot fotografierna igen. ”Det där mönstret ser egendomligt ut. Behövde dom röra sig så mycket? Vore det inte mer... ekonomiskt att stå lite mer stilla, och bara skjuta?”

”Nåt mer som pekar på att dom var två? Ja... hur offren låg... vi vet ju inte exakt vem som blev dräpt först, men jag tror dom ligger i den ordning dom dog.” Öberg tittade upp på Winter. ”Det gick fort.”

”Visste mördarna vem som skulle skjuta vem? Jag funderar högt här. Hade dom bestämt det innan?”

Öberg svarade inte. Han tittade på bilderna, plötsligt som fördjupad i vad han såg. Som om han inte hade sett det förut.

Han tittade upp.

”Du pratade om det här… egendomliga mönstret, som du sa. Och det här hur offren ligger… det där har jag inte tänkt på förut, inte riktigt så. Du får gärna granska det också.” Han tittade på bilderna igen. ”Vi kan ta ett snack sen.”

”Ett snack om exakt vad?”

”Hur dom har rört sig, dom här figurerna i skoskydd.” Han pekade med ett långt pekfinger. ”Här. Här. Och här. Vid disken, där Aziz ligger. Ser du? Det är som nåt kors där.”

”Ja, jag ser. Det var det jag tänkte på förut. Vad betyder det?”

”Det är som om dom sprungit i vägen för varandra. Mördarna.”

22

OCH SÅ KOM VI ÖVER GRÄNSEN. Dom sa i alla fall att vi var över den nu. Det var nånstans vid Zaxo, men det namnet betyder ingenting för dig. Jag skulle kunna säga Batifa, Amêdî, Sersink, Kanîmasî. Jag skulle kunna nämna vilka städer som helst där, men det skulle inte betyda nåt för dig. De betyder ingenting för nån i hela världen, utom för oss. De finns i vårt land som inte finns. Det där kan du aldrig förstå. Det kan ingen som inte har ett eget land att gå till.

Det landskapet betyder ingenting för dig. Jag skulle kunna berätta hur det ser ut, men vad spelar det för roll. Vill du att jag ska berätta? Du kanske tror att det hör ihop med allt det andra? Det kanske det gör. Men det ser inte ut som nånting som man kan se här. Här finns sten, ja, men inte sån sten. Här finns sand, men det hör ihop med stränder här. Där finns inga stränder. Vi tänker inte på stränder, inte på det sättet. Inte på havet, inte så. Här finns havet på nära håll.

Vi åkte dit ibland. Det var när vi kommit till det här landet, den här staden, vi åkte ut nån gång på eftermiddan, först med spårvagn och sen med buss, och sen gick vi en liten bit och då var vi vid havet. Det var länge sen. Det känns som ett annat liv för mig. Men nu är vi redan där, vid det där andra livet, när vi kom hit, och jag har berättat för snabbt dit. Det hände andra saker däremellan. Jag sa att vi just hade kommit över gränsen. Vi hade inga papper med oss då. Vi hade kastat dom. Nån sa att vi måste kasta dom, annars tar dom allting ändå och använder det igen och nån annan med annat namn tar vårt namn och man blir då nån annan, vi kommer att åka fram och tillbaka över den där gränsen hela tiden, våra namn kommer att göra det, och på det sättet skulle vi aldrig komma därifrån. Förstår du? Och när vi kom hit och inte hade några papper så hade vi inte heller några namn. Vi var ingenting. Ingen trodde på oss. Alla trodde att vi hade kastat papperen för att vi var några andra som inte alls ville resa från vårt land egentligen, mer än för att tjäna pengar, eller för att maten kanske var bättre dit vi kom, eller att vädret var bättre, och sängarna mjukare. Och inte för att vi tvingades resa från vårt land som inte var vårt land. Att vi tvingades fly. Fly! Att vi dog! Att många av oss dog. Men då blir det som om min far inte har dött, som om han inte har fått bli död som man ska, men att han inte lever heller, och det är det mest fruktansvärda.

Sen kom det många dagar och nätter när vi inte visste var vi var. Det var nya gränser, gamla gränser. Min mor blev sjuk och en natt sa hon att hon inte orkade. Det var i ett tåg, en godsvagn, kanske i en lastbil. Ett tält. Jag vet inte. Kanske visste inte smugg-larna heller vad som skulle hända då. Vi kunde höra skott i nat-ten. Vi hörde att folk försvann. Vi var mycket rädda. Hela tiden var vi rädda.

23

DET STOD FÄRSKA SKOGSBLOMMOR PÅ BORDET, det var Anetas verk, tillsammans med stora delar av dukningen som gick i blått med lite gult. Winter och Angela kom uppför kullen med flickorna över axlarna. Winter noterade att Elsa blev tyngre med åren. Herregud, snart skulle hon vara tung nog att börja skolan.

”Har ni gått hela vägen?” frågade Halders som mötte vid grinden.

”Det känns så”, sa Angela och hivade ner Lilly på backen.

”Hej, Lilly!”

Hon gömde sig bakom Angelas ben. Jag skulle gjort detsamma, tänkte Winter.

”Hej, Elsa”, sa Halders och sträckte fram handen.

”Hej, farbror Fredrik!” svarade Elsa och skakade hand.

”Så ska det låta”, sa Halders. ”Du får lära din lillasyster.”

”Det ska jag göra.”

Halders tittade på sitt armbandsur.

”Om en timme ska hon ha lärt sig. Då ses vi här igen.”

Elsa nickade och log. Hon var redan van vid Fredrik Halders.

”Var är Magda och Hannes?” frågade hon.

”Dom grejar borta vid midsommarstången. Vi ska börja klä den nu. Vi väntade bara på dig och Lilly.”

De hade minst sju blommor bland allt det gröna som stången klätts in i.

De hjälptes alla åt att lyfta den och placera den i hålet som Halders och hans barn grävt i gräsmattan under förmiddagen.

De dansade minst sju danser och lekar runt stången, hoppade

groda, hoppade säck, sådde säd, tvättade sina kläder, så göra vi när vi tvätta våra kläder. Allt detta var fortfarande stora nyheter för Lilly. Winter hjälpte henne med tvätten och sådden. Hon skrattade sådana skratt som smälte isberg.

Halders bjöd Ödåkra Taffel och Brøndums Kummenakvavit till sillen. Det var de två bästa kryddade brännvinen i världen. Alla satt runt det stora bordet i trädgården, men barnen kom och gick. Aneta hade stekt prinskorv och Magda hemrullade köttbullar. Halders tog fram ovispad grädde till matjessillen, den blandade sig väl med smältande smör och sillspad och färskpotatis och gräslök, det var faktiskt ett bättre alternativ än gräddfil. ”Kommer från min mormor från Småland”, sa Halders. ”Skål!”

De skålade men först sjöng de: Vad blåser det för vind i dag? Brännviind.

Brännvinet var som glödande is i Winters strupe, flaskorna hade stått i frysen gud vet hur många timmar. De ångade av imma och frost på bordet framför honom. Det kunde vara livsfarligt att kasta i sig hela supen på en gång om flaskan nyss tagits ur frysen. Spriten kunde störta rakt igenom magens alla hinnor som en blytyngd. På det sättet var ett svenskt sillbord lika farligt som ett japanskt blåsfiskbord. Man satte sig till bords på egen risk.

”Hur är sillen?” frågade Halders oroligt när de börjat äta.

”Den är riktigt bra”, sa Ringmar med höjd gaffel. Hans fru Birgitta, mitt emot, nickade instämmande. Winter hade kramat om Birgitta ordentligt när de setts för en liten stund sedan. Ringmar och Birgitta hade kommit sent. Birgitta hade sett trött ut, men hon såg gladare ut nu. Kanske var det snapsen. Aneta hade tagit fram vitt vin också, men alla tog en första snaps. Det var en ritual, det var mer än en tradition. Detta var Sverige, ett land kraftigt förankrat i brännvinsbältet.

”Det är inte lätt att hitta bra sill”, sa Halders. ”Det är ett lotteri. Märken som håller ena året är skit det andra.”

”Sill är alltid skit”, sa Magda och Elsa skrattade till.

”Tyst, unge”, sa Halders och log. ”När du blir stor kommer du att älska sill.”

”Aldrig!”

”Nä, fy”, sa Elsa.

”Jag var likadan som ni när jag var liten, men se nu!” sa Halders och höll upp en sillbit i midsommarluften.

”Var du också flicka?” frågade Magda med oskyldig min och alla brast i skratt.

”Och på det tar vi en sång”, sa Halders:

Helan går, sjung hopp faderallan lallan lej!

”Skål!”

”Det finns en engelsk översättning också”, sa Winter när de ställt ner glasen och Halders sträckte sig efter flaskorna för att hälla upp igen till gästerna.

”Jag har visst hört talas om det”, sa Halders.

”Lyssna”, sa Winter:

Hell And Gore, Chung Hop Father Allan Lallan Ley.

”Det där var ju ingen skillnad”, sa Hannes.

”Du får skriva ner det”, sa Ringmar.

”Skål!” sa Halders.

”Hur har Moa det på tinget?” frågade Angela.

”Det verkar gå bra”, sa Birgitta Ringmar. ”Hon trivs.”

”Dom är annorlunda därnere”, sa hennes man.

”Dom pratar väl annorlunda”, sa Winter.

”Eksjö, är det väl?” frågade Angela.

”Ja.”

”Hur långt vikariat har hon?”

”Året ut”, tror jag. ”Sen får väl både hon och dom se.”

”Skulle inte tingsrätterna på mindre orter läggas ner?” frågade Winter. ”Jag har för mig att jag läste nåt om det rätt nyligen.”

”Det verkar som om dom börjar komma till sans om det där”, sa Ringmar.

”Sossarna?” sa Halders. ”Aldrig.”

”Hur bor hon?” frågade Angela.

”En trevlig gammal lägenhet i centrum, vad det nu betyder i en sån liten stad. Vi ska åka ner om ett par veckor. Det är fint där. En gammal fin trästad.”

”Den enda sossarna inte lyckades förstöra i det här landet”, sa Halders.

”Lyckades dom i andra länder?” frågade Aneta Djanali.

”Vad?”

”Du sa i det här landet. I vilka andra länder har dom lyckats förstöra städerna?”

”Övre Volta”, sa Halders.

”Så ni har en jurist i familjen nu”, sa Winter.

”Kan vara bra att ha”, sa Ringmar.

”Jag hörde att Martin jobbade i Sydney?”

”Ja… men han har flyttat till Singapore för ett tag. Eller, han pendlar visst mellan Kuala Lumpur och Singapore och Bangkok. Det är en hotellkedja… är det Shangri-La?” Han vände sig mot Birgitta. ”Är det Shangri-La-hotellen han är knuten till?”

”Jag tror det.”

”Ni får väl åka dit och kolla”, sa Winter.

”Vi har faktiskt tänkt göra det”, sa Ringmar. ”Kanske i jul.”

”Är han fortfarande köksmästare?”

”Ja, nåt sånt. Han står visst inte så mycket vid grytorna längre.”

”Vad spännande”, sa Aneta Djanali.

”Att inte stå vid grytorna?” sa Halders.

”Kan inte vi åka också till Kuala Lumpur?” sa Aneta.

”Först vill jag åka till Eksjö”, sa Halders. ”Jag vill med egna ögon se det som lyckats undkomma sossetatarernas vansinne. Det är som att besöka en bevarad stad från antiken. Eller nåt som överlevde Djingis Khan.” Han lyfte glaset. ”Nästa år i Eksjö.”

”Nästa år i Eksjö”, utropade alla och skålade. Det märkliga med snaps till sill var att spriten aldrig gick till huvudet. Kanske var det något i sillens konsistens, kanske i spadet. Den som drack sina snapsar i regelbunden följd och tillsammans med ett bra öl av lägre styrka blev inte berusad. Det var märkligt, men sant. Ett sillbord var på det sättet den bästa av måltider, ungefär som att ha lilla nubben på ett snöre i halsen.

Halders tog upp sången:

Tänk om jag hade lilla nubben uppå ett snöre i halsen
Jag skulle dra den upp och ner
Så att den kändes som många fler.

Shoo mannen. Får jag inte säga så? Nehej, okej. Alla snackar svenniska hela tiden, och det här är mitt sätt. Jag tänker så, förstår du. Jag snackar inte bara så. Jag vill inte vara svennigt jävligt fin. Men okej. Jag trodde inte du skulle komma förresten. Varför jag inte trodde det? Jag visste först inte att jag själv skulle vara här! I morse visste jag inte i alla fall. Vad jag har gjort? Hållt mig undan. Jävla tomt överallt. Snackat med nån? Nej jag har fan inte snackat med en kropp! Jag har väntat på ditt flus. Mitt flus! Mina pengar! Det är mitt, du har lovat. Jag har varit tyst, eller hur? Har jag sagt nåt? Jag vill ha det nu. Har du med dig det? Vad sa du? På ett annat ställe, var då? Däruppe? Okej, okej. Jag måste fråga dig om det där andra också. Nej, jag fattar, inte här. Fattar jag väl! Men akash är överallt nu, dom kanske tror att det... Dom vill fråga mig också. Fattar du? Dom frågar alla, alla! Det surrar om det överallt. Ja, ja, jag kommer. Jag kommer, sa jag.

Lilly tog en liten tupplur. Winter blev sittande på sängkanten. Han hade sakta rest sig efter att ha legat bredvid Lilly så att hon kunde somna. Hon hade krängt runt en liten stund. Det doftade av blommor och sol i rummet. Han gissade att det var Magdas sovrum, det såg ut som en flickas. Det hängde hästplanscher på väggen ovanför sängen. Om några år kanske han skulle behöva skjutsa ut sina flickor till Alleby. Ridskolan hade funnits därute i Säve så länge någon kunde minnas. Hade inte Lotta ridit därute? Han hade ringt sin syster i förmiddags och hon hade bjudit ut dem på middag nästa helg. Det var ett tag sedan. Han hade inte varit i Hagen på evigheter. Han reste inte västerut dessa dagar, bara norrut. Först söderut under lång tid, och sedan enbart norrut.

Lilly mumlade någonting, kanske något om hur vi gör när till kyrkan vi gå. Arm i arm, så går man till kyrkan. Det var ett tag sedan. Han saknade kyrkan, och inte bara kyrkorummet. Det är bara att gå dit. Det är stilla där, även när vi sjunger. Det är snart det enda ställe med värdighet vi har kvar. Det behöver inte ha med Gud att göra. Jag har aldrig sett Gud därinne, inte ens på bild. Det finns inga vittnen: beskriv hur han såg ut. Hur var han klädd? Talade han med dialekt? Vilken dialekt talade Gud? Vilket språk? Kunde han svenska också? Det var ett mycket litet språk i världen, men prästen i Vasakyrkan vände sig till Gud på svenska. Herre. Jag vänder mig till dig. Jag lägger vårt öde i dina händer. Gud fanns där för den som ville det, en han eller en hon, alltid osynlig, det var ingen bra idé att rita bilder på gudar, det visste hela världen.

Lilly rullade över på rygg och började snarka. Hon skulle få samma problem med polyperna som Elsa, kanske skulle de klara det utan operation, kanske inte. Han tänkte plötsligt på ett operationsbord vilket var det absolut sista han ville tänka på, en bänk, knivar, nej för helvete, ett kraftigt ljus som skar i ögonen på både kirurg och patient. Tanken han absolut inte ville tänka gjorde att huvudvärken kom tillbaka, inte omedelbart, men smygande, en liten kil över ögat. Det började bulta och han trodde inte att spriten gjort saken bättre, även om han bara tagit två snapsar, eller kanske tre, och en flaska mellanöl. Kanske en whisky, medan Halders gjorde i ordning grillen, så småningom skulle hjälpa bättre. Whisky hjälper mot det mesta. Jag lägger mig igen. Om jag blundar går det säkert över. Går det inte över snart ska jag berätta det för Angela vilken månad som helst. Eller fråga på apoteket efter migränmedel. Kan man spruta väggarna med det? Det sitter i väggarna, och utanför dom. Där kan man ge sig ut med en spruta, det är bättre än pistoler. Bättre än hagelgevär. Jag vill inte tänka på hagelgevär. Han ville inte tänka på vad man kunde göra med sådana vapen, men det gick inte att hindra det. Han tänkte på hur offren låg, och på de egendomliga stegen på Öbergs fotografier. Var mördarna oense om vilka som skulle skjutas eller handlade det om ordningen i avrättningarna eller om sättet som det skulle ske på? Han tänkte på Said Rezais fru, Shahnaz. Hon hade sannolikt släppt in någon hon kände, under de tidiga morgontimmarna, vargtimmarna. Eller hon hade inte släppt in någon alls, mördaren fanns redan därinne, hennes man. Hon var redan död. Winter visste inte med full säkerhet om mordet på Shahnaz skett efter morden i Hjällbo. Han kanske aldrig skulle få veta, men det betydde inte att han inte skulle få veta vem och vilka som utfört det. Där var han övertygad, han skulle få veta. Och han visste redan nu att han skulle bli överraskad, efter det grundliga och logiska arbete som lett fram till överraskningen, på det sätt som han alltid blev överraskad, ibland plötsligt, ibland långsamt, överraskad och förundrad över människan och människans handlingar. Ondska? Bara om man talade om människor. Det hade inte med Gud att göra. Då fanns han inte längre, han hade aldrig funnits. Det hade sannolikt ingenting med Djävulen att göra heller.

Lilly smackade till med munnen, som om hon fortfarande satt ute vid det stora trädgårdsbordet och åt marängsviss, och Winters huvudvärk släppte. Han hörde ett kvinnoskratt därute, det lät som Angela. Ett barn skrek, och skrattade. Han hörde en sjöfågel flina till. Det var god stämning på land och i luften därute. Han tittade på armbandsuret. Det var flera timmar kvar innan solen kort tittade ner under horisontlinjen, som någon som går till sängs någon timme bara och sedan stiger upp och går till jobbet. Han hade haft sådana dygn, och veckor. Han hade precis haft en sådan vecka. Det var därför han nu somnade. Snapsarna gjorde sitt. Han drömde att han låg på en säng i ett främmande hus med sin dotter sovande bredvid. Han vaknade och kom ihåg drömmen. Han kunde bara ha somnat in för några minuter. Ingenting hade förändrats. Det var första gången han drömt sanningen. Det måste betyda någonting när drömmar inte förändrar liv och tid. Då gick det inte att komma undan. Drömmen blev inte en tillflyktsort. Det fanns folk som kom undan också i mardrömmar, som till och med fann tröst i att fly in i sina mardrömmar. Han hade träffat dem, och han skulle fortsätta att göra det. Det kändes inte bra att tänka så, och tänka på varför han tänkte så. Nu skrattade de därute igen. Det kändes bra. Han satte ner ett ben på golvet och reste sig försiktigt ur sängen. Lilly rörde sig igen men vaknade inte. Dansen hade sugit musten ur henne, och svissen. Plötsligt kände han sig fruktansvärt sugen på någonting riktigt sött, det var blodet i honom som krävde det. Han ville ha ett kilo maränger. Ett fat baklava, och det där som hette kunafa. Sött som satan.

Vad är det här för ställe? Det är mörkt här. Kan vi inte visa oss därute? Eller därborta? Där är ju ingen! Dom är borta allihop och den store vite mannen och alla hans brorsan sitter nånstans och sjunger fyllasånger. Fyllesånger? Ja, ja, spelar det nån roll vad det heter? Om det är e eller a? Har det hjälpt dig, eller? Att softa på, ha! Hjälpt dig att softa? Det var nästan roligt. Lika roligt som flus. Jag börjar bli lite otålig. Jag har gjort ett jobb och jag ska ha betalt. Om du har gömt fluset så får du hitta det nu. Jag förstår, ja, ja. Dom kunde leta hemma hos dig också, jag förstår det där. Vad var... hörde du!? Finns det nån annan här? Jag hörde nåt! En fågel, ja. Ja, jag hör. Där skrek den. Det knakade till, men det var väl skogen. Eller en elefant, eller kamel! Jag känner folk som har ägt kameler, gör du? Va? Va? Nu hör jag inte vad du säger. Fan, där knäckte det till igen! Hörde du? Det var en gren som knakade, det hörde du väl? Det är nån där! Vem är det? Hallå? Hallå! Nej, jag måste se. Jag måste... jag tyckte jag såg nån... det är nån!

Halders tände grillen med en elektrisk tändgaffel.

”Tiden för tändvätska är förbi. Här är det slut med att förgifta atmosfären.”

”För att inte tala om maten”, sa Aneta Djanali.

”Det blir en senare fråga”, sa Halders och studerade briketterna där röken började stiga.

De satt utspridda på stolar i gräset. Solen var fortfarande stark och varm, men ljuset var annorlunda. Barnen var någon annanstans. De hörde deras röster inifrån huset. De stora flickorna tog hand om Lilly. Hon hade vaknat nu.

”Nästa gång Martin är hemma kan han få komma hit och ge oss en grillektion”, sa Halders.

”Jag ska säga det till honom”, sa Ringmar.

Ingen frågade när Martin varit hemma senast. Det var ingenting de ville tala om. Winter betraktade Ringmars profil. Bertil hade haft en konflikt med sin son för fem sex år sedan och den var ur världen nu, men Bertil hade inte glömt, och ingen annan i familjen. Bertil hade inte varit densamme efter det, om man kunde använda ett sånt jävla uttryck.

”En gång när han var tjugo eller nåt grillade han julskinkan”, sa Ringmar nu.

”Nä, lägg av”, sa Aneta Djanali.

”Det är sant. Det var dan före dan, han tog ut grillen på altanen och laddade med briketter och satte igång med en femkilos skinka. Han fyllde på med briketter undan för undan. Annars hade väl grillen smält!”

”Fungerade det?” frågade Winter.

”Bästa skinka jag smakat”, sa Ringmar.

”Allvarligt?”

”På allvar. Den där röksmaken. Och saftigheten.”

”Griljerade han skinkan också på grillen?” frågade Halders.

”Naturligtvis.”

”Höll du i den medan han gjorde det?”

”Det kan du ge dig fan på”, sa Ringmar och reste sig och gick bort till Halders och studerade den nya dyra grillen. Det kom mer rök nu, snart skulle det börja glöda ordentligt. Det var första gången den skulle träda i tjänst. Halders såg fortfarande stolt ut. Han betraktade sig som en mästare vid grillen och Martin Ringmar hade inte knäckt honom.

”Tack för tipset”, sa Halders. ”På nyårsafton ska jag grilla oxfilé här.”

”Bra, Fredrik.”

”Jag är så gott som vegetarian”, sa Aneta Djanali.

”Jag är en vegetarian som äter kött”, sa Halders och log mot Ringmar. ”Du är välkommen på nyårsafton.” Han höjde blicken och såg ut över dem allesammans. ”Ni är allesammans välkomna.”

Alla höjde vinglasen till tack, utom Winter som höjde ett litet glas whisky. Han hade tänt en Corps och röken drogs till röken från Halders grill, som efter sällskap.

”Vi kanske är i Asien över nyår”, sa Ringmar.

”Ja, ja, Kuala Lumpur, Singapore, det där får du hålla för dig själv, Bertil”, sa Halders.

”Han kanske grillar skinka i Kuala Lumpur också?” sa Aneta Djanali. ”Kan du inte fråga honom?”

”Det ska jag göra.”

”Nu hade jag tänkt att vi skulle ha lite förplock”, sa Halders. ”Barnen älskar förplock.”

Det fanns flera olika saker på grillen, men det mesta var lamm. Det var bra. Winter stod bredvid Halders och gjorde ingenting mer än att läppja på whiskyn. Han skulle snart stryka lite glaze på en del av köttet. Halders läppjade på en whisky. Solen var bakom några kullar nu, men det var fortfarande mycket varmt i luften. Himlen var fantastiskt blå, den bästa blå färgen, en djupnande himmel.

”Är detta nåt slags lugn före stormen?” sa Halders.

”Vilken storm tänker du på?”

”Antagligen samma som du.”

”Vi har undvikit att tala om det i eftermiddag, Fredrik. Kanske vi ska fortsätta med det.”

”Ja, du har rätt.”

”Vi mår nog bäst av det. Det är intensivt nog ändå.”

”Har du slutat tänka på det då?”

”Nej.”

”Så vad är skillnaden?”

”Skillnaden är att vi slipper höra det.”

”Vad jag vet hör man tankar också. Inom sig. Ibland hjälper det att tala om saker.”

”Och ibland inte.”

”Men det vore inte rätt mot Birgitta och Angela.”

Winter svarade inte. Han ställde glaset på sidobordet och tog upp en liten skål med glaze. Den luktade örter och vitlök och kanske något svagt sött. Han ville inte ha sött längre. Det hade funnits maräng kvar.

”Eller mot barnen”, fortsatte Halders.

Winter strök ut glaze på lammskivorna. Halders la precis på ett par marinerade lammracks. Han tittade upp på Winter.

”Det är för stilla”, sa han. ”Det är för lugnt. Det är för vackert. Det känns inte riktigt bra.”

24

DE VÄNTADE IN MIDNATT. Himlen var fortfarande fantastiskt blå, men i en ännu mörkare nyans nu. Det finns säkert ett namn på den blåfärgen också. Träden runt trädgården var stora hemliga skuggor. Allting var perfekt. Alla barn sov inne i huset och Angela såg ut som om hon också var redo. Winter funderade på att lyfta henne från trädgårdsstolen där hon lutade sig i en obekväm ställning och bära in henne och lägga henne någonstans där det var ledigt. Det kostade på att vara småbarnsförälder. Hon hade varit det mer än han den senaste veckan, han hade varit det mer än hon det senaste halvåret, han visste hur det var. Man slocknade före midnatt, och absolut efter ett par glas vin.

Halders såg ut över Lundens sluttningar. Därnere låg stadens centrum. Det blänkte från onödigt gatljus. Några bilar gled fram nere vid Ullevi.

”Folk utomlands kan nog inte förstå att Norden kan vara så här också”, sa Halders.

”Vi har allt, eller hur?” sa Winter.

”Det har vi verkligen”, sa Halders.

”Vi förstår inte hur bra vi har det”, sa Winter och tog upp Corps-paketet ur bröstfickan.

”Jag förstår”, sa Aneta Djanali.

”Det finns mer vin”, sa Halders och sträckte sig efter en butelj på bordet. ”Natten är ung.”

”När blir den gammal?” sa Aneta Djanali. ”När går den över och blir gammal, eller medelålders?”

”Är du allvarlig nu?”

”Javisst. I Burkina Faso finns inga såna uttryck, som natten är ung. Där börjar mörkret vid samma tid varje tidig kväll och natten är ungefär lika lång alla tider på året. Tolv timmars ljus och tolv timmars mörker."

"Som i Kuala Lumpur", sa Halders. "Eller hur, Bertil?"

Han fick inget svar.

"Bertil?"

Det hördes ett mummel bortifrån liggstolen Ringmar hamnat i.

"Han behöver bara vakna till", sa Birgitta Ringmar och log.

"Sover han redan? Det finns många äventyr kvar."

Det där skulle Fredrik inte sagt, tänkte Winter, och sekunden senare ringde mobiltelefonen han bar i bröstfickan bredvid cigarrasken.

Winter kunde se hur sällskapet hoppade till, faktiskt ryckte till och lyfte någon centimeter upp i luften: Vem kan det vara?

Det var krimjouren.

Någon hade larmat 112. LKC hade skickat ut en radiobil, som sedan meddelat jouren. Och jouren hade ringt ut de två kriminaltekniker som låg i beredskap.

Nu var de på väg.

"Man har hittat en kropp uppe i Bergsjön", sa jourkommissarie Johan Västerlid.

"Var nånstans?"

Västerlid beskrev platsens läge.

"Teknikerna bör vara framme snart", sa han.

"Man eller kvinna?"

"Vet ej."

"Ring mig så fort ni vet mer", sa Winter och tryckte av.

"En kropp i Bergsjön", sa han till sällskapet.

"Jag förstod det", sa Halders. "Kan vara vem som helst."

"Kan vara Brorsans källa", sa Winter.

"Är Brorsan meddelad?" frågade Ringmar som kvicknat till.

"Nej, inte än. Inte vad jag vet, i alla fall."

"Vad händer nu?" frågade Angela.

"Jag väntar på att teknikerna ska höra av sig", sa Winter.

*

Lars Östensson ringde, en av veteranerna på tekniska roteln.

”En relativt ung man”, sa han.

”Hur?” frågade Winter.

”Ser ut som ett stick- eller skärskador.”

”Är identiteten klar?”

”Nej.”

”Var är det exakt? Där vi hittade bilen?”

”Nej. Längre norrut.”

”Har du meddelat Öberg?”

”Ja. Han ringde mig, faktiskt. Jouren meddelade honom.”

”Vad gör han?”

”Han är på väg hit upp.”

”Beskriv offrets utseende”, sa Winter.

Winter lyssnade och tackade Östensson och tryckte av. Han slog omedelbart ett nytt nummer.

Brorsan Malmer svarade efter andra signalen.

Winter beskrev offrets utseende.

”Helvete, det kan vara han”, sa Brorsan. ”Jag sticker dit.”

”Jag kommer också”, sa Winter. ”Vi kommer.”

”Är du nykter?”

”Varför frågar du?”

”Det är midsommarafton.”

”Inte nu längre”, sa Winter och tittade på sitt armbandsur.

De behövde transport, men Winter visste att det var omöjligt att få en målad bil på kort tid under midsommarnatten.

”Jag ringer Lars”, sa Winter. ”Han dricker inte.”

Lars Bergenhem och hans Martina och dottern Ada hade varit bjudna hem till Halders, men Ada hade fått vattkoppor två dagar tidigare. Det hade inte riktigt varit läge för barnvakt, Ada var lite för kinkig.

Bergenhem var där på tjugo minuter. Halders, Ringmar och Winter klev in. De hade druckit starkt svart kaffe medan de väntade, ingen var berusad och ingen heller riktigt nykter. Ringmar var tröttast.

Winter blinkade ett par gånger när de körde norrut. Han kände sig inte trött. Det fanns fortfarande kraft. En kropp, en man. Vem? Det var kanske lika oklart när de sett kroppen. Han kände en svag ilning i bakre delen av skalpen. En ny natt på jobbet. Vem skulle de möta? Hur mycket närmare gåtans lösning skulle de komma? Eller skulle den här natten leda längre bort än där de var nu? Han hade varit med om det förr. Fall såg ut att krympa, reduceras, men det var en illusion, de krympte inåt men vidgades utåt, allt längre och vidare, långt utanför de gränser han trott funnits där. Gränserna flyttades.

”Var är vi nu?” sa Ringmar plötsligt.

Winter tittade ut. En lång fabrikslänga dök upp.

”Gamlestaden”, sa Bergenhem med lätt förvånad röst. Bertil borde väl känna igen Gamlestaden.

”Kör över Kortedala”, sa Ringmar. Det fanns något utdraget i vokalerna, ett större avstånd mellan bokstäverna.

”Jag är på väg”, sa Bergenhem.

De svängde av i en korsning som såg egendomlig ut i sin ensamhet, som övergiven av bilismen.

”Ljusårsgatan”, sa Halders, ”vilket jävla namn.”

Det var mest skog och väg därute nu, några dunkla hus, mer skog. Det kunde vara var som helst i Sverige, men inte någon annanstans.

De mötte en bil med släckta lyktor.

”Vilken idiot”, sa Halders. Han lät inte glad. ”Jävla idiot.”

Ingen annan sa något.

”Varför sitter vi här?” sa Halders. ”Det kan ju vara vem som helst som ligger däruppe.”

Ingen svarade.

”Eller hur? Varför skulle vi ha sån tur att det är vårat lik?”

Ja, varför? Det kunde vara vem som helst. Det kan höra ihop med vilka andra tragedier som helst. Winter stirrade rakt fram på vägen. Bergenhem körde snabbt och lugnt. Snart skulle de vara framme.

”Jag känner på mig att det hör ihop med dom andra morden”, sa Ringmar. ”Det gör vi allihop. Vi hade inte suttit här annars.”

”Hur långt måste vi gå från vägen för att komma till platsen?” sa Halders.

”Ett par hundra meter”, sa Winter. ”Det här blir en genväg.”

”Hur menar du?”

”Det går en stig från andra hållet. Från Rymdtorget. Men med bil blir det närmare från det här hållet.”

”Hur vet du allt detta?”

”Jag har varit här förut”, sa Winter. ”Men det var länge sen.”

Han hade varit i skogen, gått på stigarna för länge sedan. Han hade varit i handgemäng på torget. Då hade han varit helt nykter. Vi får hålla oss undan reportrarna i natt. Men det finns förmildrande omständigheter. Bertil får hålla sig i bakgrunden. Han måste ha tagit ett glas extra, vad det nu är ett extra glas egentligen betyder. Han kanske somnar i bilen. Lars kan vaka över honom tills vi är tillbaka.

”Där är det”, sa Lars, men då kunde de redan se saftblandarna rotera ljus över midsommarnatten. Det såg drömlikt ut på något sätt, det aggressiva ljuset i den milda natten, men det här var ingen dröm. Winter tänkte på drömmen han haft tidigare, den som inte förvred verkligheten utan återgav den precis som den var. En midsommarnattsdröm.

Patrullen som kommit först till platsen hade dragit avspärrningen på gott avstånd. Winter kunde se Öberg därinne, tillsammans med en rygg han inte kände igen just nu. Öberg tittade upp och vinkade in dem.

Mannen i skogen var inte mycket mer än en pojke.

Han hade ett otäckt sår.

Han stirrade upp mot himlen med ett förvånat uttryck. Han skulle inte ha varit här.

”Vet vi vem det är?” frågade Halders.

Öberg skakade på huvudet.

”Han har inga papper på sig”, sa han. ”Ingenting. Ingen plånbok.”

”Det är inte Hussein Hussein i alla fall”, sa Ringmar. ”Inte som vi har fått honom beskriven.”

”Den här är mycket yngre”, sa Winter.

”Ser ändå ut som en arab”, sa Halders.

Öberg tittade på Halders som om Halders uttryckt någonting rasistiskt, nedsättande, som ”nollåtta” eller ”jävla skåning”.

”Är det dödsorsaken vi ser där?” sa Halders och nickade mot mannens hals.

”Vad jag kan avgöra här och nu”, sa Öberg. ”Vi får veta mer när rättsläkaren kommer.”

Platsen var upplyst som på dagen. Det behövdes inte många lampor. Öberg och hans folk kammade terrängen. Det fanns steg i mossan, men de var många. Det var inte en okänd plats. Hela tiden han var där kunde Winter höra röster någonstans fjärran ifrån. Skogen levde. Medan han var kvar vaknade den alltmer, och fåglarna började sjunga som i en djungel.

”Hur kom larmet?” sa Halders.

”En nattorienterare”, sa Winter som ringt sina samtal, bland annat till LKC.

”En vadå?”

”En kille som sprang orientering i natt. Kanske hade han pannlampa, det vet jag inte än. Han behövde nog inte det.”

”Nattorientering på midsommarafton. Det är perverst”, sa Halders.

”Välj dina ord”, sa Ringmar.

”Han sprang hem och ringde därifrån. Jag lät honom vänta där. Jag ska prata med honom sen.”

”Så vem är det vi har här?” sa Halders och tittade ner igen på kroppen. Ansiktsuttrycket var fortfarande lika förvånat, och vem skulle inte vara förvånad. Halders visste inte hur de tre döda i servicebutiken hade sett ut i dödsögonblicket, mördarnas avsikt var att han inte skulle få se det. Kanske var Jimmy, Hiwa och Said inte förvånade?

”Jag vet nån som kanske vet”, sa Winter. Han hörde ljud genom skogen, någon var på väg. Det fanns ett litet eko som inte nådde långt. ”Han kommer här nu, tror jag.”

Brorsan behövde inte många sekunder, knappast någon. Närpolisen med de hemliga kontakterna mumlade något ohörbart och vresigt. Han luktade svagt av sprit, och han var inte ensam om det vid fyndplatsen, sannolikt brottsplatsen.

”Den lille jävla dumme skiten”, sa Brorsan, utan respekt för de döda. ”Jag hade varnat honom.” Han tittade upp och vände sig mot Winter. ”Det hade jag faktiskt.”

”För vad? Och vem är det?”

”Han heter Hama. Hama Ali Mohammad.”

”Är det Marko?”

Brorsan nickade utan att säga något.

”Vem är han egentligen?”

”En liten liten bandit. Tjuv, knark i mycket liten skala. Hallick. Dagdrivare. Eller arbetslös, som det heter i dessa dagar.”

”Hallick?”

”Han trodde han var det i alla fall. Höll till i utkanten av det där. Försökte komma in, men det gick nog inte så bra. Men han visste lite.”

”Som han berättade för dig?”

Brorsan betraktade Hama Alis förvånade ansikte. Brorsan såg ut att tänka att ja, se du förvånad ut, men jag sa till dig.

”Han tjallade till dig?” frågade Halders.

”Ja”, svarade Brorsan med blicken kvar på Hamas ansikte. ”Men det spelar ingen roll nu, eller hur?”

”Vad var det du varnade honom för?” frågade Winter.

”För att komma för nära elden, om man säger så.”

”Elden?” Winter tänkte åter för en sekund på en flammande skogsglänta. ”Är det inte vad det går ut på? Att källorna ska komma så nära elden som möjligt?”

Brorsan svarade inte.

”Bror?”

”Han höll på och dabblade med vapen också. Var väl nån springgrabb, mellanhand, jag vet inte riktigt. Där höll vi på och lägga lite pussel. Jag sa till Hama att hålla sig borta från det."

"Horor men inte pistoler?" sa Halders.

"Vi hade andra vapenkällor med bättre insikt än den här lille stackarn", sa Brorsan lågt och nickade ner mot kroppen. Hama hade hamnat i alltings utkant nu, även om han en liten stund till skulle vara i centrum för all uppmärksamhet.

"Vi skulle i så fall uppskatta lite information från dom", sa Halders.

Brorsan ryckte till.

"Vad sa du?"

"Vi letar fortfarande efter hagelgevär, och vägen dom tog till och från Jimmys butik."

"Tror du inte jag gör vad jag kan? Att vi gör vad vi kan?"

Halders svarade inte.

Brorsan såg ut att vilja säga något mer, men svalde det.

"Hur är Hama inblandad i vår utredning?" sa Winter som för sig själv.

"Han blev mördad av en orsak", sa Brorsan. "Det behövs ofta inte mycket, men det brukar finnas nåt litet skäl."

"Han visste för mycket?"

"Ja."

"Om vapen?"

"Jag vet faktiskt inte, Winter. Jag får gå tillbaka till det där. Om jag nu nånsin har lämnat det."

"Kände Hama nån av dom döda?"

"Inte vad jag vet. Men det får du väl fråga vidare om nu, eller hur. Fråga dom anhöriga."

"Var bodde han?"

"Gårdsten."

"Västra eller östra?"

"Öster om väster, om det är vad du menar. Salviagatan, nej, Muskotgatan. Är du bekant med trakten?"

"Ja, men inte just där. Jag kan mer om Kanelområdet."

"Eh... ja, just det. Det blev mycket exotiska kryddor när området byggdes. Dom visste väl vad som skulle komma trettio fyrtio år senare.”

”Vad gjorde han här?” Winter slog ut med armen. ”Just här.”

”Nån bad väl honom komma. Eller tvärtom.”

”Var han ofta i Bergsjön?”

Brorsan ryckte på axlarna.

”Han var ofta lite överallt.”

”Kände han Hussein Hussein?” frågade Winter rakt ut i luften som var varm och tät.

”Allt är möjligt”, sa Brorsan.

Öberg stod lutad över ett stycke skogsmark. ”Mordet skedde här”, sa han och tittade upp. ”Det är för mycket blod för att det skulle kunna vara nån annanstans.”

”Mhm.”

”En stor kraft.”

”Men ändå”, sa Winter. ”Hama Ali var ung, men det var ingen liten kille. Han borde ha kunnat bjuda nån form av motstånd. Men det finns inga sår på händer eller armar eller axlar, vad jag kunde se.”

”Nej.”

”Så hur kunde han bli så överraskad?”

”Han kanske vände ryggen till”, sa Öberg. ”Det där såret ser ut att ha dragits bakifrån.”

Winter svarade inte.

Snart skulle Hama Ali bäras iväg till en väntande likbil. De frågor som fanns om vad som hänt här kanske fanns som svar på hans kropp, kanske inte. Det kanske fanns svar i jorden här, mossan, riset. Det luktade av jord, eller om det var blodet. En lukt av järn.

”Det är många som har travat runt här dom senaste dygnen”, sa Öberg.

”Blir inte så lätt att göra ett stegschema”, sa Winter.

”Nej… men möjligen var inte mördaren ensam här. På tal om hur grabben blev överraskad. Dom kunde vara två, eller fler förstås.”

”Jag har tänkt på det också”, sa Winter. ”Men det finns bara ett sår.”

”Nån avledde uppmärksamheten?” sa Öberg.

”Dom kanske blev överraskade båda två?”

”Mördaren blev inte tillräckligt överraskad för att inte hugga.”

”Det var ingen tvekan”, sa Winter.

”Ingen halvmesyr, nej.”

”Hama lockades ut hit för att dödas.”

”Det är du som säger det, Erik.”

”Han måste ha litat på mördaren.”

”Han kanske inte hade nåt val. Han var desperat.”

”Efter vad, Torsten?”

”Pengar, kanske. Jag vet inte. Det där får du ta med dina medarbetare. Brukar inte du och Bertil ha nåt slags metod? Jag har hört er nån gång. Tankarna rusar på.”

Bertil, däremot, var inte mycket för att rusa just nu. Han hade åkt hem. Hans ansikte hade sett grått ut i det späda ljuset. Jag är för gammal för det här, hade han sagt, men Winter visste inte riktigt vad han syftade på.

Han började gå därifrån. Öberg följde efter.

”Varför här?” sa Winter och stannade och såg sig om. ”Det är en bit från stigen, men det är inte områdets mest avlägsna hörn.”

”Det kanske inte var meningen”, sa Öberg.

”Hur menar du?”

”Det var inte meningen att det skulle vara avlägset. Det skulle vara… synligt.”

Winter svarade inte.

”Nån vill berätta nåt för oss”, sa Öberg.

”Eller för nån annan”, sa Winter. ”Det är nån annan som ska ha den här signalen.”

Rättsläkaren hade kommit för en stund sedan och börjat sitt arbete. Det var en kvinna Winter aldrig sett tidigare. Hon såg inte mycket äldre ut än ynglingen hon knäböjde intill. Nu reste hon sig, och gick bort till Winter och Öberg.

”Jag vet att det är svårt, men kan du säga nånting redan nu om tiden för mordet?” sa Winter.

”Nej”, svarade hon, ”egentligen inte.”

”Har han legat där mer än ett dygn? Har han varit död mer än ett dygn?”

Hon såg tillbaka mot kroppen. Den låg som till vila på mossan. Som om den bara lagt sig.

”Som det ser ut nu...” sa hon dröjande, ”det fordras ju mer undersökning, men... knappast mer än ett dygn.”

25

WINTER HADE RINGT FRÅN BERGSJÖN. Angela och flickorna tog en taxi hem. Bergenhem släppte av honom utanför porten på Vasaplatsen. Alla sov när han la sig. Angela mumlade ett par ord och han mumlade tillbaka, på väg in i sömnen innan huvudet nått kudden.

Han vaknade som i ett fall. Han hade fallit. Det var en dröm som var borta nu. Han satte sig upp, drog på sig shortsen och gick försiktigt över trägolvet i sovrummet. Han sköt igen dörrarna efter sig och gick ut i köket och spolade tyst upp ett glas kallt vatten och drack.

I vardagsrummet öppnade han balkongdörrarna mot gatan och gick ut på balkongen. Stenplattorna under hans nakna fötter kändes varma. Det var som att stå på den lilla pation som hörde till lägenheten de hyrt i centrala Marbella, några hundra meter norr om Apelsintorget. Där hade han stått ibland i natten. Det var mest för att tänka på ingenting och allting på samma gång. I vissa kretsar gick det under beteckningen ”livet”. Att stanna i sig själv. Det är inte lätt. Dom flesta flyr från det där och jag har nog varit en av dom som sprungit i täten.

Men han hade mot slutet av halvåret i solen saknat gåtorna. Livet var visserligen ett mysterium i sig, men han var van vid alla delmysterier som skapas av mänskligheten, ofta med vapen i hand, och han saknade det. Han var ännu inte redo att lämna den undre världen. Han var som en tungviktare som kom tillbaka till ringen för att få på käften igen. Ibland ge på käften. Ibland tänka ut nästa drag. Ibland bli en del av motståndaren. Gå ner i motståndarens avgrund. Tänka sig in i avgrunden, bli en del av avgrunden. Och sedan lämna den innan det var för sent. Det var därför han hade lämnat den förra året, för att han hade varit rädd för att det varit för sent. Men det är aldrig för sent. Det är ett bra uttryck, det tröstar. Det är aldrig för sent förrän man är död och då kanske det bara börjar om. För miljoner på jorden är det en tröst det också. Det blir bättre nästa gång. Och en del försöker redan i det här livet. Lämnar allt och kommer till ingenting och börjar om. Börjar om i Göteborgs norra förorter. Det är inte en majoritet. Men det är den minoritet jag har att göra med. Dom är mina gåtor. Jag ska lösa dom, lösa upp dom kanske man kan säga. Därnere körde en bil utmed Vasaplatsen och fortsatte norrut. Det var det enda livstecknet han såg, om en bil är ett livstecken. Han kunde se solen stöta sig uppåt över hustaken, borta över Angered. Det såg ut som om den gick upp i bergen norr om Angered, höll till där. Rannebergen. Said och Shahnaz Rezai. Iranier från trakten av Tabriz, Said flydde på väg till fronten, han ville inte dö som artonåring. Alla som kom till fronten mot Irak visste att dom skulle dö. Winter visste inte om Said sagt just så men han hade hört det från andra. Han visste inte heller om det var sant att Said flytt, eller exakt hur han lämnat landet, och varför, men han hade kommit hit och arbetat som fönsterputsare och på verkstad ett kort tag och med annat som fanns tillgängligt för kortare tider, men oftast inte alls, det fanns nästan ingenting för sådana som Said. Winter hade för flera år sedan läst en utredning från Socialhögskolan, eller från någon annan institution, och den där utredningen hade slagit fast att det var absolut jävligast för unga ensamma iranska män att få något slags fäste i det nya landet. Ingen hyresgäst ville ha dem, inte heller de så kallade allmännyttiga bostadsbolagen. Ingen så kallat seriös arbetsgivare ville ha en ung svartskalle från Iran, och skulle inte jubla över en gammal heller. Det var inte lätt för araberna, men av någon anledning var det svårare för perserna. Kanske för att de var flera då, en majoritet. De flydde från kriget nästan i bataljoner. Winter visste inte exakt hur många. Men han visste att Said Rezai hade begått ett par mindre brott, utan att hamna i fängelse, och att han så småningom hade tagit sig en brud från hemtrakterna, men hon hade redan då funnits i landet. Det var vanligare att männen hämtade sina brudar från Iran, om det var möjligt, men Shahnaz hade levt med sina föräldrar, och föräldrarna hade ett par år senare rest tillbaka till Iran, kanske en stark längtan, som för Anetas föräldrar en gång.

Deras dotter hade nu blivit mördad i en lägenhet ägd av allmännyttan. Said hade kommit in där till slut, kanske för att han inte längre varit en ensam ung man, han hade inte ens varit ung längre, bara iransk.

Och Shahnaz hade varit hemma. De hade inga barn. Varför i helvete hade hon fått halsen avskuren? Vad hade hon gjort? Hade hon gjort något, mer än att veta för mycket? Hur var hon inblandad i detta? Vem blandade in henne? Said? Någon annan? En bil till passerade därnere. Staden skulle snart vakna, men mycket långsamt. Midsommardagen var landets långsammaste dag, tillsammans med juldagen, och nyårsdagen, och långfredagen förstås. Om Said var inblandad i något brott, var också hans fru det? Var det något mer än risk för avslöjanden som blev hennes död? Var hon också en del av en hämnd?

”Ska du inte komma och lägga dig, Erik?”

Angela hade lagt en hand på hans axel. Han satt på en av balkongstolarna. Han hade inte dragit på sig någon skjorta.

”Fryser du inte?” fortsatte hon. ”Jag tycker det är lite kallt.”

”Jag har inte tänkt på det.”

”Vad har du tänkt på då?”

”Ja... jag vet egentligen inte. Allt och inget.”

”Det är inte bra när man ska sova.”

”Jag kanske inte ska sova. Det kanske inte är meningen.”

”Det är nog nödvändigt, min vän.”

”Jag kan inte. Nästa vecka kanske, eller veckan därpå. Eller om en månad.”

”När ni har löst det här fallet alltså?”

”Om man kan uttrycka det så.”

”Hur ska man annars uttrycka det?”

”Jag vet inte det heller.”

”Ni försöker sannerligen. Hela gänget iväg mitt i midsommarnatten.”

”Mhm.”

”Var det nödvändigt att släpa med Bertil? Han var trött.”

”Han ville själv. Vad skulle jag säga? ’Du får inte, Bertil’?”

”Inte exakt med dom orden.”

”Okej, det var kanske inte så bra. Men han gjorde ingen skada i alla fall.”

”Vilken nytta gjorde du och Fredrik då?”

”Ingen alls, vad jag kan se nu, ingen praktisk.” Han reste sig upp. ”Men det var bra att jag åkte dit. Jag fick veta vem det var, direkt. Det kan hjälpa oss. Möjligen redan i morgon. I dag, menar jag.”

Hon svarade inte. Hon hade hört det förut. Allt kunde vara till hjälp. Det var vad han sa i förhör han höll. Det var vad han sa till sig själv. Det var bara fantasin som satte gränsen och gränsen fanns inte. Ingen visste var den låg, eller vem som hade dragit den.

”Kom så går vi och lägger oss igen, Erik. Lilly vaknar snart.”

Han vaknade av att någon satt på hans mage, någon som sa något han inte förstod.

”Ni får ta hand om ungen nu, jag behöver sova.”

Elsa dumpade barnet hos föräldrarna. Lilly balanserade på hans bröstkorg.

Angela sov vidare.

Han lyfte upp Lilly i luften och hon skrattade. Angela vände sig på andra sidan.

Han kokade gröt. Det luktade inte så illa. Han hade en matt känsla i huvudet, men ingen värk. Tungan var inte torr. Tre snapsar och två små whisky och en flaska mellanöl och ett enda glas vin på en hel midsommarafton. Solen sken i dag också utan att göra skada. Han skulle äta sin gröt med Lilly och gå igenom gårdagseftermiddagen med henne. Angela skulle kliva upp och avlösa honom och läsa några sagor för Lilly, och sedan, när solen stod högre, och han fått någon timmes sömn till, skulle han köra norrut.

”Så gå vi runt kring en enebärabuske!” ropade Lilly.

Det var ett absolut perfekt uttal. Hon hade vuxit upp över natten. Ge damen en cigarr.

Hama Ali Mohammads syster Bahar stirrade på Winter med ögon som uttryckte tvivel på vad han berättat, som om det inte berörde hennes Hama. Det fanns så många. Hon fingrade på bordet där de satt, fingrarna och händerna rörde sig fram och tillbaka, upp och ner. Det stod en telefon på bordet, det låg en telefonkatalog intill. Det var som om hon ville dra till sig katalogen och slå upp alla Ali Mohammad och visa Winter: Se hur många det finns!

”Jag följer inte med”, sa hon. ”Det är inte han.”

Winter gjorde en liten gest som betydde att det i så fall ändå skulle vara till hjälp, då kunde de söka efter ett annat namn, eller samma.

Det fanns en person till i familjen, modern, Amina. Hon satt i soffan bredvid sin dotter och blicken verkade vara någon annanstans, som om detta var ett samtal mellan dottern och mannen som kommit in i deras hem men inte skulle få komma in i deras liv.

Det fanns en person till i rummet, Mozaffar Kerim, tolken som översatte Winters frågor till kurdiska. Det behövdes inte med Bahar, hon pratade svenska som Nasrin Aziz, och var i ungefär samma ålder, men modern verkade inte kunna ett ord av språket i det nya landet.

”Det kommer att gå fort”, sa Winter. ”Vi är snart tillbaka.”

De var snart tillbaka. Bahar ville inte längre vara i samma rum som Winter, eller Mozaffar. Senare skulle Winter fråga Nasrin om hon kände Bahar. Hon skulle svara nej. Hon skulle också säga att Bahar betydde ”vår” på kurdiska. Hon visste inte om det var ett av de förbjudna namnen.

Winter och Bahar hade pratat i bilen till och från, mest till.

Nej, hon kände inte de människor han nämnde. Hon visste att Hama höll på med lite skumma saker, som hon kallade det, men hon visste inte vad det var och hon ville inte veta, hon ville aldrig veta. Hon hade försökt prata med honom, men han ville inte lyssna. Han ville aldrig sitta still. Han var alltid på väg ner till stan eller nån annanstans. Han sa att han kände alla, men hon trodde honom inte. Vad för skumma saker? Hon visste inte. Vapen? Hon visste inte. Narkotika? Hon visste inte. Prostitution. Nej! Winter frågade henne om det en gång till. Hon visste ingenting, hon såg honom inte i ögonen en enda gång. Hon såg ut mot hembygden som de passerade två gånger till och från bårhuset. Hon hade en fruktansvärd sorg att bearbeta. Amina, den äldre kvinnan som väntade på det slutgiltiga beskedet, hade samma sorg, eller en annorlunda men lika fruktansvärd.

De satt i det enkla vardagsrummet. Det stod glas med te och söta kakor på bordet, nötter och sesamfrön, herregud, något slags tvångsmässig etnisk gästfrihet också mot den som kom med bud om döden. Winter frågade inte om fadern, inte nu, han visste att mannen försvunnit i det gamla landet och att familjen sedan kommit hit. Det var ett bekant scenario. Också den här familjens öde var obestämt. Tydligen var de på väg tillbaka till Tyskland eftersom det var dit de först kommit, insmugglade i en boskapsvagn. Tyskarna kunde boskapsvagnar. Nej, för fan lägg av nu, Winter, du är faktiskt gift med en tyska. Skicka handläggarna på Migrationsverket i boskapsvagn tur och retur Levanten, eller varför retur? Byråkrater utan empati och fantasi, fan ta dom. Kanske folk häruppe kunde fira med tårta och champagne då. Nej, det är ovärdigt vem som än gör det. Och det här är värdiga människor. Amina pekar på mitt teglas nu. Jag dricker en klunk. Jag sätter ner det. Vi kan gå nu. Hon vet ingenting om nånting som skedde utanför det där fönstret. Jag kan se husen på andra sidan gången. Dom ser verkligen alldeles enorma ut. Jag vill inte ta värdigheten från människor som bor här. Det är deras hem. Här lever dom sina liv, som Amina här, hela sitt liv så länge de tillåts levas här, eller som fru Ediba Aziz nere i Hammarkullen, de går sällan ut.

26

JAG HAR GLÖMT EN SAK. När vi hade kommit över gränsen, den första gränsen, så gick min bror tillbaka för att hämta nånting. Jag vet inte vad det var, han berättade det aldrig. Han gjorde nånting där. Vi visste först inte att han varit borta, det var först när han kom tillbaka som vi förstod. Min mor var mycket arg, hon orkade fortfarande vara arg! Min syster sa ingenting, hon sa aldrig nånting.

Min bror sa inte mycket då, och inte senare heller. Vi försökte hålla ihop vår familj. Det var som om alla slet och drog i oss från alla håll, som att vi skulle dras åt olika håll samtidigt. Jag har läst nånstans om när man avrättade folk förr i tiden, i Frankrike kanske, eller Sverige också, man band fast den dömdes armar och ben vid varsin häst och piskade hästarna framåt och kroppen drogs sönder. Jag vet inte var jag läste det. En bok jag lånade på biblioteket. Eller tidning, en skräcktidning kanske. Finns det skräcktidningar? Det finns skräckböcker, det vet jag. Jag läste nån för min lillasyster, men hon blev så rädd att hon inte ville höra mer. Det var när vi kommit hit. När vi trodde att vi inte behövde vara rädda mer, inte rädda på det sättet, att nån skulle hitta oss, kasta ner oss på marken och in i en annan vagn eller nåt sånt.

Var vi fanns då? Var vi bodde? Då var det här. Det var en annan lägenhet än där vi bor nu. Det var mer skog runt där. Det var nästan som att bo i skogen. Jag kunde gå genom skogen till skolan, på en stig gick man och det var som att vara långt borta nästan. Långt borta från allt.

Och efter… och ville jag vara långt borta från allt.

När vi åkte runt i dom där hemska bilarna.

Den där lukten.

Dom.

Jag ville inte se deras ansikten. Jag ville aldrig se dom mer.

Jag försökte att aldrig se ansiktena. Jag blundade men då kunde dom slå mig och då tvingades jag titta.

Ansiktena.

Ans…

Jag kan inte låta bli att gråta.

Jag ville inte prata om det här. Jag berättade ju om den där skogen där jag gick som barn. Jag var så liten då, men det är inte så många år sen. Och sen ville jag bara dö. Vi hade rest så långt för att inte dö, och sen kom vi hit och då önskade jag mig döden. Jag gör det nu också. Förstår du det?

27

WINTER KÖRDE HEM MOZAFFAR KERIM till västra delen av Gårdsten. Det var inte långt, ett par vindlande alpvägar över ravinerna och de var på Kanelgatan. Det var ännu tystare här, och allt var mycket mer småskaligt än i systerförorten österut, husen lägre, vägen smalare, allt tillsammans var som en egen småstad där själva tiden passerat. Kvarlämnat fanns kvartersbutiken 2:ans Nätservice, en låsbutik med göteborgsvitsiga namnet ”Låsinväst”, Salong La Nouvelle, Café Limonells tomma fönster.

Och Pizzeria Suverän. De var tillbaka vid samma bord, det var samma kvinna som serverade dem kaffe. Hon nickade. Winter var stamgäst nu. Det kanske var samma kopp. Han och Kerim var de enda gästerna därinne.

”Det fanns inte mycket du behövde översätta”, sa Winter. ”Den stackars kvinnan var ju närmast stum.”

”Det blir så ibland. Rätt ofta, faktiskt.”

”Kände du dom?”

”Nej, inte alls.”

”Du har inte träffat dom genom nån av dom kurdiska organisationerna?”

”Nej. Men därför kan dom ju ha varit med nånstans.”

”Dom var inte med vad vi vet”, sa Winter. ”Ingenstans.”

”Nehej.”

Kerim hade ryckt lätt på axlarna. Det stod var och en fritt att vara med i vad som helst, eller inte. Detta var ett fritt land.

”Har du jobbat mycket med polisen häruppe?”

”Varför frågar du?”

”Är det en konstig fråga?”

”Nej, nej. Ja, jag har gjort en del uppdrag för närpolisen.”

”Är det dom som ringer tolkcentralen?”

”Ja... det är det väl. Jag vet faktiskt inte. Du får fråga dom där hur det går till exakt. Jag får ett uppdrag och sen åker jag dit där man behöver mig.”

Winter nickade. Han kunde se en liten dam med en liten hund ute på torget. Kvinnan lät hunden kissa mot ett av de tunna träden framför parkeringsplatsen. Solen strålade genom det glesa grenverket. Luften såg dammig ut, som fylld av fin sand kanske. Den var gul, gyllene. Det bidrog till känslan av att befinna sig i förfluten tid. Sommaren bidrog alltid till en sådan känsla hos Winter. Något slags vemod. Det kanske var etniskt. Svenskt. Den flyktiga nordiska sommaren gav inte tid till egentlig njutning eftersom tanken gick åt till att reflektera över dess löjligt korta existens. Sommaren gick när den kom. Hur såg Mozaffar på den svenska sommaren? Nasrin? Sirwa och Azad och Ediba? Alan och Shirin och Bahar? Hon var döpt efter våren. Hur var våren i Mellanöstern? Det var kanske viktigt att fundera också över sådana saker i den här utredningen. Att vara öppen för allt, verkligen öppen. Att inte falla för mycket för benägenheten att bedöma främmande kulturer efter sin egen. Att göra så kallades etnocentrism.

”Vad tycker du om den svenska sommaren?” frågade han.

Kerim log ett leende som kanske var vemodigt.

”Den är för kort.”

”Har du varit med på förhör av misstänkta? Polisförhör?”

”Var?”

”Var som helst.”

”Nej, inte på det sättet... jag har väl varit med nån gång när dom gripit nån ung, eller nåt litet gäng, men där behövs ju inte tolk egentligen.”

”Dom unga kan snacket?”

”Om dom vill.”

”Det språket låter som en riktig hybrid ibland”, sa Winter.

”Det är en hybrid.”

”Av vad?”

”Av allt användbart”, sa Kerim. Han kanske log igen. ”Och lite till.”

”Har du jobbat nere på polishuset nån gång? Skånegatan?”

”Nej.”

”Aldrig?”

”Nej. Det kan du ju fråga dom därnere om du vill. Du finns ju där själv.”

”Jag tror dig, Mozaffar”, sa Winter, ”Det vore ju dumt att ljuga om nåt sånt.”

”Varför säger du så? Ljuga? Varför använder du det ordet?”

”Känner du till nåt om prostitution häruppe, Mozaffar?”

Det var kanske en oväntad fråga. Kerim ryckte till. Det kan vara inbillning. Men han var inte beredd. Det behöver inte betyda nåt.

”Ja... jag har väl hört att sånt kan förekomma. Men det gör det väl i hela stan. Men jag vet ingenting.”

Winter nickade.

”Varför frågar du?”

”Eller till och med trafficking?” fortsatte Winter. ”Unga flickor smugglas in för tvångprostitution.”

”Har jag aldrig hört talas om här.”

Winter nickade igen.

”Varför frågar du mig?”

”Vi frågar alla.”

”Förekommer det då?”

”Ja. I vilket fall prostitution. Men vi har inga bevis. Vi har mycket svårt att bevisa det. Polisen har arbetat med det, men vi har inte fällt en enda jävla hallick för det.”

”Då kanske det inte finns.”

”Det finns. I olika varianter. Det går bara inte att komma åt.”

Kerim tittade ut genom fönstret. Winter följde hans blick. Damen med hunden var borta. Ingenting levande syntes, bortsett från en sträng gräs, och de tunna träden som såg ut att frysa i solskenet, de såg oklädda ut. Winter visste inte vad det var för träd, han var dålig på sådant. Det var inte björk. Kanske var det ask? Det lät tunt och naket.

Barnen lekte i Hjällbo. De visste kanske inte så noga om midsommardagen. Winter följde Sandspåret. Det finns en dubbelmening i det, eller flera. Han såg efter pojken. Han hade inte hunnit tänka på honom mer än flyktigt det senaste dygnet. Men pojken var fortfarande lika viktig, kanske mer nu än någonsin. Han hade varit skeptisk till taxichaufförens "lätta steg", men Öbergs tekniker hade hittat dem därute i det daggvåta gräset. De fanns. Pojken fanns, eller möjligen flickan. Nej, pojken. Winter hade sett honom. Det var han. Kanske han inte sett något, men Winter ville fråga honom. Såg du något? Vad såg du? Vem såg du?

När taxichaffisen Reinholz kom var mördarna borta. Kvar fanns offren. Ett vittne. Reinholz hade gått fram mot butiken utan att veta något. Winter var på väg dit nu. Han kunde fortfarande inte se den. Han kunde se gång- och cykelvägen. Den såg ut som svart lava i det skarpa solskenet. Det var mycket varmt nu, termometern i bilen hade visat 37, men så hett var det nog ändå inte, inte som en levande människokropp. Winter hade vit linneskjorta och ett par blå Lee och mjuka italienska läderskor, inga strumpor. Han bar svarta glasögon som gjorde alla konturer skarpare, det svarta svartare.

Reinholz skulle köpa cigarretter. Märket han rökte fanns inte på hyllorna därinne. Det hade varit omöjligt att fastställa om det brukade finnas där eftersom Jimmy inte köpte in cigarretter på normalt vis, tobaken han sålde var insmugglad. Jimmy, o Jimmy. Övriga livsmedel kom härifrån och därifrån, det var en kultur Jimmy hade gemensamt med andra, större, lokala butiker i området. ICA hade inte mycket till chans. Men omsättningen på varor var också högre än på ICA. Folk här köpte inte bara en ynka aubergine, en halv gurka, ett halvt hekto oliver, ett hekto fårost.

Reinholz slog larm. Han hade mött en fruktansvärd syn. Han hade varit ensam. Larmet hade kommit kvart över tre ungefär, kanske lite senare, Winter mindes just nu inte den exakta tiden. Den kanske var viktig, men han hade ingenting att jämföra med.

Reinholz slog larm. Han var ensam. Han blev chockad. Han stod där, på tröskeln. Han gick inte in. De hade inga avtryck av hans skor därinne. Det var boots med räfflad sula. Hade han gått omkring därinne samma morgon hade de nog sett det, också utanför det röda havet. I havet fanns mönstret av hasande steg. Öbergs rörelseschema. Utanför fanns femtio år av steg, lager på lager, omöjliga att spårsäkra.

Reinholz kom förbi. Han var klart tagen när Winter talade med honom. Som om han själv hade varit mitt inne i *det.* Winter var inte världens bäste att bedöma chock efter en sådan upplevelse. Det var hans yrke att själv möta sådana syner, och sedan bearbeta dem. Han hade lång träning. Han hatade det, men han svimmade inte vid den första kontakten med det fasansfulla. Han fick inte falla för benägenheten att bedöma andras beteenden efter sitt eget. Reinholz hade gjort vad han måste när han mött fasan, men Winter trodde att han också hade gjort något som han inte berättat.

Pojken stod bakom hörnet. Det låg en trappa och buskar och en del av cykelvägen emellan honom och han som gick därnere, i den vita skjortan och solglasögonen. Glasögonen förändrade hans utseende men inte så mycket. Det var samma en.

Han visste varför han den store var där.

Nu gick han bort mot affären.

Pojken bestämde sig för att inte följa efter. I stället cyklade han tillbaka samma väg han kommit och fortsatte runt skolplanerna och upp mot fritidshemmet och ner mot torget och över parkeringsplatserna.

Han hade inte berättat nånting hemma.

Ingen hade frågat efter honom mer.

Han trodde att han kunde glömma. Snart skulle det inte vara nån som ville veta vad han visste nu. Han som hade gått därnere i vit skjorta och svarta glasögon letade efter andra. Det var ju inte han.

Dom hade rusat ut.

Han hade skakat. Han hade inte vågat röra sig. Han hade inte *kunnat* röra sig. Dom hade åkt iväg.

Sen hade den andre kommit.

Han hade stått där och sett sig omkring. Han hade stått där länge.

Winter stod på tröskeln. Alla konturer var kvar. Alla varor fanns på hyllorna, insmugglade eller inte.

Musiken. Den saknades där. Det hade varit väl magstarkt om den fortsatt att sväva därinne. Den kvinnliga sångerskan som sjöng för sitt Kurdistan, sånger till dig, Kurdistan. Bilden på omslaget på den kurdiska staden. Fontänen, bergen, bilarna som såg ut som något från ett land i öster. Winter hade fått texterna förklarade för sig, och de var vackra och vemodiga, men han begrep inte hur de skulle kunna hjälpa honom vidare. Det var folkmusik som kunde ha sjungits från olika hörn av världen. Den handlade om saknad, och om tiden som reste alltför snabbt. Om kärlek. Det fanns kärlek i alla hörn av världen. Man fick inte glömma det.

Mobilen ringde. Det var ett mycket högt ljud därinne, det studsade från där han stod.

”Hej, Erik.”

”Bertil. Hur mås det?”

”Inte så illa, men inte så bra heller. Jag blev lite trött i går.”

”Det blev vi alla.”

”Var är du?”

”Jimmys.”

”Jag är på väg till Husseins lägenhet.”

”Varför?”

”Av samma anledning som du står däruppe i Hjällbo, antar jag.”

28

RYMDTORGET KUNDE HA LEGAT PÅ MARS denna midsommardag. Winter kände sig som den förste besökaren, en astronaut. Han gick Aniaragatan västerut. Kulturhuset var stängt tillsammans med biblioteket. Han gick tillbaka och passerade Fresh Livs AB, ett hål i väggen med en armerad dörr som skydd. Han mötte ingen förrän han stötte ihop med Ringmar framför Bergsjökrogen. Ringmar hade svarta glasögon. Winter kunde se sitt eget ansikte. Torget bakom honom såg ut som en avlägsen öken i Bertils sandfärgade glas. Aniaragatan löpte långt i fjärran.

”Dom öppnar om två timmar”, sa Ringmar och nickade mot dörren till krogen. ”Kan det verkligen löna sig en sån här dag?”

”Jag skulle kunna tänka mig nåt att dricka”, sa Winter.

”Där sa du nåt.” Ringmar såg sig om. De var fortfarande ensamma på den här planeten. ”Om vi är kvar då.”

”Jag har en stor flaska Ramlösa i bilen”, sa Winter.

”Ge hit.”

De bröt avspärrningsbanden och öppnade dörren. Det luktade torrt och instängt i hallen. Det var mycket varmt därinne. De stora fönstren i vardagsrummet vette mot väster. Det fanns inga gardiner till skydd. Det fanns inte mycket som skulle skapa trevnad i den här lägenheten. Den var som ett genomgångsläger. Till vad? Vilka hade legat på madrasserna på golvet? Öberg och hans folk hade lagt ner mycket tid på att söka spår som förts mellan Jimmys butik och Husseins lägenhet, men ännu inte funnit något.

Om mördarna kommit hit efter mordet hade de gjort ett bra jobb av att dölja det. Förhören med grannarna hade inte givit något. Ingen hade hört något den natten, inget extra spring i trapporna.

Och före? Ingenting då heller. Allt hade varit som vanligt i den mjukt svängda huskroppen på Tellusgatan.

Ringmar gick längre in i lägenheten. Winter kunde se dammet dansa i solljuset. Det såg ut att kunna fylla lungorna på nolltid och orsaka kvävning. Han hejdade en impuls att dra fram en näsduk han inte hade och knyta den över mun och näsa.

Ringmar vände sig om.

”Jag tror inte han är kvar i landet”, sa han.

”Mhm.”

”Vi vet för fan inte ens hur han ser ut, Erik! Herregud, jag är väl en gammal naiv kommissarie som inte hänger med i den nya världen längre, eller det nya landet, får man väl säga.”

”Du har bara befunnit dig i fel del av stan, Bertil.”

”Va? Nej, vänta nu. Jag är allvarlig, Erik. Jag trodde faktiskt inte att det var så lätt att leva inkognito här. Och då menar jag inte stackarna som har hållit sig gömda i åratal undan den svenska barmhärtigheten.”

”Barmhärtigheten?”

”När vi hjälper dom tillbaka hem till sina hemländer.”

”Ja, den barmhärtigheten.”

”Alltså inte dom. Jag menar pajsare som travar runt ute i det öppna. Som denne Hussein. Han bor och lever och äter och skiter och jobbar, svart dessutom, men vi har ingen aning om vem han är.”

”Sånt har en förklaring rätt ofta”, sa Winter.

”Det finns såna skäl, ja. Dom är förståeliga. Dom är fruktansvärda, omständigheterna är fruktansvärda. Men det finns också en bra möjlighet att gömma sig bakom det där. Att börja om. Att bli nån annan.”

Winter nickade.

”Du skulle kunna bli nån annan, Erik.”

”Det är en lockande tanke, Bertil.”

”Är det?”

”Bara som ett experiment.”

”Säg att du riskerade tortyr och död i Götaland eller Svealand”, sa Ringmar. ”Det var inte bara en risk, förresten. Det bara var så. Du var förföljd. Dom hade tagit dina bröder och systrar. Din far och mor. Du hade inte en chans. Du visste det. Vart skulle du ta vägen?”

”Norrland?”

”Jag skojar inte.”

”Inte jag heller, men du nämnde inte Norrland.”

”Norrland har ryssarna stängt, eller våra före detta fredliga grannar norrmännen. Du måste söderut, och långt. Mycket långt.”

”Mellanöstern?”

”Ja, och ännu längre. Långt ut i sandhelvetena. Men dom är inga helveten längre. Det har blåst nya stormar. Där finns friheten och demokratin. Det är dit du måste ta dig, till det förlovade landet.”

”Och jag flyr.”

”Du flyr. Du betalar en förmögenhet till smugglare från Dalsland eller vad fan och åker Transwaggon genom Europa och på trålare över östra Medelhavet och på kamel genom den syriska natten och så är du framme vid gränsen.”

”Vilken gräns?”

”Gränsen till friheten, förstås.”

”Okej.”

Winter kunde se den blå skyn därute. Han hade inte sett ett moln på veckor. Inte ett enda, inte en tuss. Det måste vara rekord för den svenska himlen.

”Men du vill inte riskera att skickas tillbaka. Du är inte säker på att du har torterats tillräckligt mycket för att dom fria människorna i det nya landet ska tro på dig. Du kanske inte har plågats tillräckligt mycket för att få komma in i paradiset. Så vad gör du?”

”Jag blir en annan.”

”Du är så gott som redan en annan, eller hur? Det är inte svårt.”

”Nej.”

”Du vet knappt ens vem du var förut. Det där vill du glömma så snabbt det går. Så du blir en annan och försvinner ut i den fria offentligheten, anonymiteten. Du finns men du är borta.”

Winter såg sig om i lägenheten. Det fanns ingenting att se.

”Som Hussein Hussein”, sa han.

Bergsjökrogen hade inte öppnat när de passerade.

”Du, jag skulle verkligen behöva en kopp kaffe”, sa Ringmar.

”Jag vet ett ställe”, sa Winter.

Pizzeria Suverän höll öppet så gott som hela dygnet, det hade Winter lärt sig, men han kunde inte förstå varför. Han hade aldrig sett någon annan gäst därinne utom sig själv och Mozaffar Kerim.

Ringmar hade suttit bredvid honom i Mercedesen och druckit mineralvattnet. ”Nu känns det bättre”, hade han sagt och sänkt flaskan. ”Men inte för att jag var bakfull.”

”Naturligtvis inte”, hade Winter sagt och svängt av från Gårdstensliden.

”Men ibland kan man faktiskt tänka klarare när man är bakis”, hade Ringmar sagt. ”Det är som om man går direkt på vad det handlar om, utan några distraktioner. Förstår du?”

”Nej.”

”Men det är så.”

”Då kanske vi skulle se till att vara bakfulla varenda morgon”, sa Winter.

De hade parkerat framför Salong La Nouvelle och gått in på Suverän. Den är verkligen den enda i sitt slag, tänkte Winter. Kvinnan vid kassaapparaten nickade mot honom som till den stammis han var. Ett ögonblick funderade han på att introducera Bertil, kanske ta med honom för ett litet samtal med hovmästaren, och köksmästaren.

”Två kaffe, tack.”

”Nånting till?”

”En mazarin om den är färsk”, sa Ringmar.

”Dom bakar inte i dag.”

”Ge mig en i alla fall.”

Winter kunde se hans fåror i pannan, de skarpa vecken mellan ögonen. Men Bertil var nyrakad. Det fanns ett litet sår under hakan. Winter såg det när Ringmar sträckte på halsen när han såg upp i taket. Han sänkte huvudet igen.

”Det här är en tjugofyratimmarsutredning”, sa han. ”Per dygn.”

”Jag håller med dig på den punkten.”

”Så vad gör vi dom kommande timmarna?”

”Jag behöver läsa in mig igen”, sa Winter. ”Prata med Torsten.”

”Jag orkar inte läsa i dag”, sa Ringmar. ”Det blir yttre tjänst för mig.”

”Du kan spana efter den där grabben”, sa Winter.

”Finns han borde vi ha hittat honom nu.”

”Han finns”, sa Winter, ”men han är inte som Hussein Hussein.”

”Har vi inte gått igenom varenda lägenhet i Hjällbo?”

”Inte riktigt. Dessutom vet du, utifrån vad vi pratade om nyss, att det där inte går att göra på papperet.”

”Din städerska då? Finskan?”

”Får hon veta nåt hör hon av sig. Det är bara ett par dar.”

”Bor hon inte häruppe?” sa Ringmar och gjorde en gest med handen, ut mot Kaneltorget.

”Jo. Det är som en liten finsk koloni häruppe.”

”Där ser man.”

”Vill du gå tillbaka till Jimmys lägenhet?”

”Det får räcka med lägenheter för i dag”, svarade Ringmar.

Winter såg en bil parkera utanför. Det var en vit taxi, Volvo V70, Taxi Göteborg. Den vanligaste. Winter kunde se chauffören genom framrutan. Det var inget ansikte han kände igen. Ansiktet vändes bakåt, han tog emot betalningen från passageraren. Passageraren steg ur från baksätet. Det var Mozaffar Kerim. Han började gå därifrån med snabba steg. Ringmar tittade upp i taket. Han kände inte Kerim. Winter såg taxin backa och svänga höger och börja köra därifrån. Då såg Winter att någon satt i baksätet, en silhuett när bilen redan var på väg ut mot Gårdstensvägen.

”Vad i helvete!”

Ringmar ryckte till häftigt i huvud och nacke, med risk för whiplash.

Winter var redan på fötter.

”Bilen!” ropade han och sprang mot dörren.

Kvinnan vid kassan såg bestört ut.

”Vi betalar senare!” ropade Winter. Han hade inga sedlar. Bertil hade, men de hann inte fumla med det nu. ”Sätt fart nu för helvete, Bertil!”

Winter kunde se taxin längre fram när den körde över tunneln.

”Vi kan ringa in till föraren”, sa Ringmar.

”Nej. Jag vill veta vart körningen går.”

”Är det en eller två som sitter därbak?”

”En, vad jag kan se.”

”Nån som kände tolken?”

”Troligen.”

”Kan vara vem som helst.” Ringmar gned sig över nacken. ”Nåt jobb tolken gjort.”

”Jag vill gärna veta vilka han umgås med”, sa Winter.

”Du litar inte på honom?”

Winter svarade inte. Han visste inte om han litade på Mozaffar Kerim, vad det nu betydde i sammanhanget. Han sökte fakta och bevis. Han tyckte han såg något undflyende hos Kerim, som om tolken höll inne med något: information, kunskap, kontakter. Ord. Kerim hade fler ord än han ville bruka på det här fallet, för Winter. Han kom och gick och nu hade han kommit, men han hade inte varit ensam. Det kunde vara intressant eller fullständigt betydelselöst. Men nu hade Winter varit på en viss plats vid en viss tidpunkt, kanske den rätta. Det var inte tur, det var det aldrig. Hade han inte suttit på Suverän hade han inte sett något. Yttre tjänst. Spaningen på platsen. Det hade varit spaning på platsen, eller det hade blivit det nu. Det återkommande. Att återvända. En dag skulle han skriva en bok om det, och den skulle användas på Polishögskolan.

Taxin svängde av vid brandstationen och fortsatte söderut på Angeredsleden. Winter kunde se Angereds centrum till vänster, ett litet downtown, eller uptown. Byggnaderna såg sotade ut under den starka solen, silhuetter mot himlen. När hade han suttit med Brorsan på kaféet därinne? Det kändes som månader sedan.

Taxin svängde vänster och så småningom höger i en rondell. Winter låg en vägkorsning bakom.

”Han kör in på Hjällbovägen”, sa Ringmar.

Winter körde in i rondellen.

Han hade två bilar mellan sig och taxin nu. Någon hade kört ut från Hammarkullens väg.

De passerade Gropens Gård, och Hammarkullsskolan.

”Ser du honom?” sa Ringmar.

”Ja.”

Taxin svängde vänster. Winter var närmare nu. Han svängde efter och såg taxibilen svänga igen och köra i en halvcirkel på parkeringsplatsen framför Tomaskyrkan och parkera. Winter fortsatte förbi korsningen och stannade lite längre fram. Han justerade backspegeln. En man gick ur taxin och betalade till föraren genom rutan. Kontantbetalning. Han började gå därifrån. Han var ingen främling för Winter.

”Ser du vem det är?” frågade Ringmar som sakta vänt sig om, whiplash eller inte.

”Ja. Han heter Alan. Alan Darwish.”

”Darwish.... det är nån av Hiwa Aziz kompisar, eller hur?”

”Ja. Du har väl läst samtalet jag hade med honom.”

”Nej, inte än. Men du har nämnt det.”

”Jag hade hoppats att han skulle ringa mig. Han såg ut som om han ville ringa.”

Darwish gick relativt långsamt, som i tankar. Han såg sig inte om. Han hade aldrig sett sig om inne i taxin. Hans huvud hade varit litet och avlägset i kombin.

”Om vad?”

”Om vad som egentligen hände”, sa Winter.

”Så pass starkt?”

”Eller om vem Hiwa egentligen var. Han var nåt som vi inte vet. Som den här killen visste. Som gjorde att dom slutade träffas.”

”Vet systern nånting hon inte vill berätta?”

”Det är en bra fråga, Bertil.”

”Så vad gör vi nu?”

Winter såg fortfarande Darwish därborta, på väg bort mot Bredfjällsgatan. Det var där han bodde. Det var hans hem.

”Vad gör vi?” upprepade Ringmar.

”Ingenting.”

”Vi ska inte traska efter honom, och ringa på?”

”Tycker du det är en bra idé?”

”Nej.”

”Vi får hålla på det här kortet ett litet tag”, sa Winter. ”Det är bara vi som vet att vi har det.”

”Så Alan känner tolken. Det kanske inte är så ovanligt. Dom känner naturligtvis till varandra. Dom är kurder, och så vidare.”

”Mhm.”

”Dom åker en tur i taxi.”

”Jag ska ta ett litet snack med den där taxichaffisen.”

”Han har kört nu.”

”Vi är poliser, Bertil. Vi kan ändå ta reda på vem det är.”

Taxichaufförens namn var Peter Malmström. Winter nådde honom på telefon via kommunikationsväxeln medan Malmström fortfarande var på väg söderut. Han gick med på att vända.

De träffades på den stora parkeringsplatsen utanför Hjällbo centrum.

Winter och Ringmar flyttade över till taxins baksäte. Föraren såg ut som om han var beredd på besvärliga frågor. Han såg ut att undra vad han dragits in i. Om han kunde råka illa ut. Två gangsters i baksätet som föreställde poliser. Häruppe kunde alla vara allting.

”Vem plockade du upp först?” frågade Winter.

”Han... den äldre. Uppe i Gårdsten, Kanelgatan. Där jag släppte av honom.”

”Beställde han körningen?”

”Ja, det är klart. Vi åker inte omkring däruppe och cruisar, precis.”

”Vad hände sen? Berätta.”

”Jag körde ner honom till Angeredstorget… parkerade rätt nära centrum och han bad mig vänta och gick ur.”

”Han bad dig vänta?”

”Ja. Han sa att han bara skulle vara borta några minuter och att vi skulle åka ner till Hammarkullen sen.”

”Vart gick han?”

”Det… vet jag inte.”

”Åt vilket håll?”

”Eh… mot längan längst bort, tror jag. Norrut. Där polisen har sitt… och ABF… och en del andra organisa… jag vet inte, nåt utländskt kulturcentrum eller nåt.”

”Kurdiska kulturcentret”, sa Ringmar.

”Nåt sånt”, sa Malmström.

”Kurdiska kultur- och bildningscentret heter det, tror jag”, sa Ringmar. ”Gick han dit?”

”Jag vet faktiskt inte. Jag tittade inte. Jag tog upp den här gamla tidningen och läste”, sa Malmström och höll upp en Metro.

”Hur länge var han borta?” frågade Winter.

”Tio minuter kanske. Jag kan ge dig exakt om du vi…”

”Behövs inte just nu”, avbröt Winter. ”Vad hände sen?”

”Vi körde ner till Hammarkullen och parkerade utanför Tomaskyrkan och väntade nån minut. Där jag släppte av honom sen, det var samma alltså.” Malmström gnuggade sig över hakan. ”Det var en underlig körning.”

”På vilket sätt?”

”Först fick jag hämta en snubbe och sen hämta en annan och sen lämna den förste och sen den andre på samma ställen som förut. Och vi åkte ju bara runt.”

”Ni åkte bara runt?”

”Vi åkte ner mot Hjällbo, och sen runt Bergsjön, och tillbaka upp, och sen över till Gårdsten. Och efter det körde jag ju tillbaka till Tomaskyrkan igen.”

”Vem gav anvisningar?”

”Vart vi skulle köra? Det var han den äldre.”

”Vad sa han?”

”Han sa… kör till Hjällbo, och sen när vi var där så sa han kör till Bergsjön, och, tja, där sa han kör tillbaka till Gårdsten, 'där du hämtade mig', som han sa.”

”Hur länge varade körningen? Efter det att det var dom två kunderna?”

”Eh.. vill du ha exakt så kan…”

”Runda svängar”, avbröt Ringmar.

”Fyrtio minuter ungefär, kanske lite mindre.”

”Frågade du varför dom ville åka på det där sättet?” sa Winter.

”Nej.”

”Funderade du på det?”

”Egentligen inte. Vi kör dit folk säger.”

Kör över bron, jag ska begå självmord, tänkte Winter.

”Hur betalade dom?” frågade han.

”Fast pris”, svarade Malmström.

”Pratade dom med varandra?” frågade Winter.

”Det gjorde dom.”

”Vad sas?”

”Om jag det visste.” Ett snabbt leende flög över Malmströms läppar. ”Jag talar inte språket, om man säger.”

”Dom sa inget på svenska?”

”Bara när han gav köranvisningar.”

Winter nickade.

”Men det var en rätt het diskussion dom hade”, sa Malmström.

”På vilket sätt?”

”Jag vet ju inte om såna som… om just dom här… varifrån dom nu kommer alltid snackar på det där sättet. Det kanske är deras vanliga samtalston, jag vet inte. Men nog verkade dom bråka en del.”

”Bråka?”

”Det lät så.”

”Hur då?”

”Tja… dom var upprörda.”

”Båda? En av dom?”

”Båda två, vad jag kunde se. Jag kollade ju inte så noga. Jag ville ju inte lägga mig i. Men det är klart att hade det blivit värre hade jag ju fått säga nåt. Man vill ju inte ha nåt slagsmål i bilen eller så.”

”Var det risk för det?”

”Jag vet faktiskt inte. Som jag sa så begrep jag inte ett ord av vad dom sa. Dom kanske bara diskuterade priset på kaffe eller korv. Det kanske inte var värre, eller politik, eller fotboll, jag vet faktiskt inte.”

”Du fick inget grepp om varför ni åkte som ni gjorde.”

”Hur menar du?”

”Varför du skulle köra just den slingan?”

”Slingan? Ja, det kanske man kan se den som. Grepp om… tja, dom pekade väl ett par gånger.”

”Pekade?”

”Ja, pekade.” Malmström höjde instinktivt handen och pekade bort över den tomma parkeringsplatsen, som för att visa hur det gick till när man pekade. ”Vi körde förbi och han den äldre pekade, sa nåt, rätt upprört. Eller om det var den andre, den yngre. Det kommer jag faktiskt inte ihåg. Dom pekade båda två några gånger.”

”Var var ni då?”

”När dom pekade?”

”Ja.”

”Det minns jag inte. Bergsjön, tror jag. Det är ju en lång… slinga. Där var det väl nån viftning. Och här. Hjällbo.”

”Det är stort”, sa Winter. ”Var det åt nåt särskilt håll.”

”Inte som jag kunde se. Bara in mot husen.”

”Känner du till Jimmys servicebutik?” frågade Ringmar.

”Ja… vem gör inte det? Och framför allt nu?”

”Gjorde du det förut också?”

”Det är klart. Det gör väl alla taxichaffisar. Nattöppna ställen.”

”Körde ni förbi där också?” frågade Winter.

”Nej.”

29

DE VAR TILLBAKA I WINTERS BIL. Ringmar hade lutat sig framåt och slagit på cd-spelaren och skivan gled in och musiken fyllde bilen. Winter sänkte volymen med fjärrkontrollen på ratten. En avlägsen violin. En avlägsen röst. En ballad från ett land som inte fanns på alla kartor.

”Vem är det här?”

”Han heter Naser Razzazi”, sa Winter. ”Kurdisk sångare.”

Sången fortsatte, dämpad men ändå stark.

”Omslaget sitter i facket”, sa Winter.

Ringmar öppnade locket och tog fram omslaget. Han såg en man i svart mustasch och tjockt silverfärgat hår, eller om det var solen i håret som gjorde det till silver. Naser Razzazi blickade förbi betraktaren, och långt bort i fjärran. Det var en målning. I bakgrunden reste sig Zagrosbergen.

”Kermashan”, läste Ringmar från omslaget. ”Vad är det?”

”En stad. Ligger i iranska Kurdistan, tror jag.”

”Är han därifrån? Sångaren?”

”Jag vet inte, Bertil. Han föddes i Sinne i östra Kurdistan. Det lär väl vara Iran. Men han har bott i Sverige i många år. Gammal gerillakrigare.”

”Hur vet du allt detta?”

”Det står i häftet.”

Ringmar log och vecklade ut det.

”Det fanns ett exemplar av den där plattan hemma hos Said och Shahnaz Rezai”, sa Winter.

”Men dom var väl inte kurder?”

”Nej.”

”Mhm.”

Musiken ökade, fler violiner, en kontrabas, en cello.

”Kurdistan, this land of blood and fire”, läste Ringmar. ”Landet av blod och eld.”

Winters mobiltelefon ringde.

Han kände igen Brorsans andning innan han hörde hans röst.

”Var är du, Winter?”

”I bilen.”

”Han ringde för en timme sen”, sa Brorsan.

”Vem?” sa Winter. ”Vem ringde?”

”En annan källa jag driver. Sa jag inte att jag skulle kontakta honom?”

”Nej.”

”Han måste ge mig nåt. Jag tror han kan göra det. Han kanske kan hjälpa oss. Jag har gjort det rätt klart för honom.”

”Vad heter han?”

Brorsan svarade inte.

”Ge mig ett namn vilket som helst, för helvete! Vi måste väl ha ett namn att referera till!?”

”Abdullah.”

”Tack.”

”Jag ska träffa honom.”

”När?”

”Jag vet inte än riktigt. Snart.”

”Jag vill vara med”, sa Winter.

”Nej.”

”Jag vill vara med, Brorsan.”

”Det fungerar inte så, Winter.”

”Hur fungerar det då? Som uppe i Bergsjöskogarna? Som med Hama Ali, alias Marko?”

”Du behöver int…”

”Ska det gå samma väg med den här Abdullah, eller vad fan han heter?” avbröt Winter.

”Ta det lugnt.”

”Ring mig när mötet blir av!” sa Winter och tryckte av och

slängde ifrån sig mobiltelefonen. Den studsade från sätet och upp på Ringmars arm.

”Ta det lugnt!”

”Varför det? Varför ska jag ta det lugnt?”

Han ville inte ta det lugnt, de hade inte tid med lugn. Han hade plötsligt fått fruktansvärt ont i skallen, det gamla brännande hålet över högra ögat. Han hade inte tid med poliser som inte ville förstå.

”Vi kanske kommer en bit framåt om Brorsan träffar honom”, sa Ringmar som hört Brorsans röst lika bra som Winter, bättre. ”Vänta och se. Brorsan känner honom.”

”Det är det som gör mig orolig, bland annat.”

”Den här Abdullah kanske inte har med vår utredning att göra, Erik.”

Winter svarade inte, han visste. Det gick inte att förklara, inte ens för Bertil. Han visste också att han skulle förstå bättre om han fick träffa Abdullah, bara ställa några frågor till honom, och se honom, studera honom. Sådant gick aldrig att förklara. Det var en känsla som hängde ihop med allt han lärt sig i arbetet genom åren. Den svek honom sällan.

Skulle han skugga Brorsan?

Herregud, huvudvärken.

Han gned sig häftigt över ögat.

”Vad är det, Erik?”

”Ingenting.”

Han tog ner handen.

”Ont i skallen?”

”Det är ingenting, Bertil. Nu åker vi tillbaka till Hammarkullen.”

Det låg frukt och grönsaker i lådor utanför Hammarhallen. En äldre man i kavaj höll upp ett äpple, som för att beundra glansen.

Några unga pojkar hängde utanför rulltrapporna ner till spårvagnarna. Det låg papper och annat skräp på asfalten. Någon hade vält en papperskorg. Den låg slängd på gräsmattan.

Barnen spelade fotboll på planen utanför skolan. Ropen studsade mellan husen.

Porten var öppen.

Winter studerade namnlistorna inne i trapphuset.

”Fjärde våningen”, sa han.

De gick uppför trapporna. Winter tog inte hiss om det inte var alldeles nödvändigt. Ofta, när de var två, åkte den ena hiss och den andra gick i trappor för att inte bli överraskade av någon som sett dem komma och bestämt sig för att smita, men den här gången kändes det överdrivet.

Om Alan Darwish ville smita betydde det någonting. Å andra sidan räckte det med försvunna nu.

En kvinna i svart öppnade efter tredje signalen. Hon såg ut som en syster till Ediba Aziz. Familjen Aziz bodde i ett av husen i närheten. Det var samma gata. Winter hade planerat att tala med Nasrin igen, men inte nu. Kanske senare i dag.

Han hade tagit en tablett mot huvudvärken. Den hjälpte inte, kanske senare. Om han skulle fixa lite kat när han ändå var i närheten. Somalierna importerade tonvis. Näpochef Sivertsson hade berättat om razzior där lägenheter fyllts med kat, och blixtsnabbt tömts på somalier när razzian kom. De hade flugit ut genom fönstren som stora fåglar.

Kvinnan sa ingenting. Winter och Ringmar höll fram sina legitimationer. Kvinnan vände sig inåt lägenheten, som efter hjälp. Winter kunde höra barnen spela fotboll. Fönstren måste stå öppna, men de släppte knappast in någon svalka.

”Vi söker Alan”, sa Winter.

Hon svarade inte. Han talade ett främmande språk. Winter tänkte på Mozaffar. Det hade varit elegant att dyka upp tillsammans med Mozaffar, som om ingenting hänt, som om de inte visste. Låtit Mozaffar tolka ännu en gång.

”Alan”, upprepade Winter. Det måste hon ändå förstå.

”Vad är det?” hördes en röst och Alan blev synlig i hallen.

Kvinnan såg förskräckt ut, som om hon blivit överraskad av Alans röst. Han var sannolikt hennes son.

Alan sa någonting till henne. Hon svarade och han sa något igen. Hon kastade en snabb blick på Winter och Ringmar och gick sedan därifrån, mot köket som Winter delvis kunde se.

”Hon gör i ordning te åt oss”, sa Alan.

Nej. Inte den här gången. Han kunde inte sitta ännu en gång med en tyst moder och hennes barn och prata om döden. Och absolut inte nu, när hon troligen skulle vara helt utestängd från samtalet.

”Tyvärr”, sa Winter.

”Men vi måste.”

”Jag vill att du följer med oss ett tag, Alan.”

”Varför?”

”Vi ska berätta det om en liten stund.”

”Följa med? Följa med vart?”

”En liten biltur bara.”

”Varför kan vi inte prata här?”

”Vi har några frågor”, sa Winter. ”Dom hör ihop med bilturen.”

Alan såg rädd ut, men inte som någon som tas med på en biltur och fruktar att den kan vara den sista. Det var mer frågorna än bilturen.

Han gick ut i köket och sa något till kvinnan. Winter hörde inte svaret. Det kom inte ut någon mer person i hallen. Ingen man, ingen far. Det här var ett område med frånvarande fäder.

Alan kom tillbaka. Han klev i ett par sandaler. Det rasslade till av sand eller grus mot linoleummattan.

”Bara en liten stund”, sa Winter.

Halders vinkade in taxin och satte sig i baksätet. Bilen började rulla innan han stängt dörren.

”Hjällbo”, sa han.

Chauffören nickade.

”Och ställ dig där du stod då”, sa Halders.

Taxibilen var den enda på parkeringen. Området var fortfarande avspärrat. Det fanns inga nyfikna denna midsommardagseftermiddag.

”Vad vill du göra?” frågade Jerker Reinholz. Han hade frågat om meningen med det här när Halders ringt upp honom, men Halders hade bara mumlat något om utredningen. Det var enkelt att hänvisa till den, slippa tvingas veckla in sig i tal om intuition och föraningar, förnimmelser rentav. Halders var inte mycket för förnimmelser, men ibland följde han en tanke som inte ville släppa.

”Vi går ur”, sa han.

De stod bredvid bilen.

”Okej, du parkerade och började gå mot butiken. Berätta.”

”Jag har ju dragit det hundra gånger.”

”Det är ingenting”, sa Halders. ”Hur många gånger tror du inte jag läser igenom samma förhörsprotokoll?”

”Men då har ni ju förhöret där”, sa Reinholz. ”Varför göra ett nytt?”

”Det här är inget förhör”, sa Halders.

”Vad är det då?”

”En rekapitulering.”

”Vad betyder det?”

”Man går igenom nåt på nytt. Och här står vi och du började alltså gå.” Halders nickade bort mot den lilla byggnaden. Den såg vit ut i solskenet, kritvit. ”Du gick dit bort.”

Reinholz nickade.

”Vi går”, sa Halders.

Han stannade halvvägs mellan bilen och byggnaden.

”Härifrån ser man gångvägen.”

”Har inte tänkt på det”, sa Reinholz.

”Har du inte gjort det?”

”Varför skulle jag göra det? När jag har varit här förut har det ofta varit mörkt, eller jag har haft bråttom eller nåt. Varför skulle jag fundera på hur det ser ut runt om?”

”Den här gången var det nån som kom på den där vägen”, sa Halders. ”Kom och gick.”

”Jag sa ju det. Nån stack härifrån.”

”Dom lätta stegen. Barnet.”

”Det kanske inte var nåt barn”, sa Reinholz. ”Jag har tänkt på det där. Det kanske var nån som... hade gjort det. Som hade skjutit dom.”

”Det har du inte sagt förut.”

”Jag har inte tänkt det förut.”

De gick några steg till.

”Vad såg du utifrån?” frågade Halders.

”Ingenting.”

”Ingenting alls?”

”Du ser ju själv. Man ser rakt in, men om det ligger nån på golvet ser man inte.”

”När såg du att det låg nån på golvet?”

Det röda havet hade kvar sina konturer, men hade mist sin färg. De stora fönstren släppte in allt solljus som fanns därute och gjorde det mesta vitt också på insidan.

Halders och Reinholz stod i dörren, på tröskeln, Reinholz ett steg framför Halders.

”Här”, sa Reinholz. ”Här såg jag den förste.”

”Vad gjorde du då?”

”Jag... minns inte riktigt. Det blev... jag blev chockad. Jag skrek till, gissar jag. Eller om jag gjorde det när jag tog ett steg till eller nåt och såg den andra också.”

Halders sa ingenting.

”Och det var väl då jag ringde. Hundratolv.”

”Hur lång tid hade gått då?” frågade Halders.

”Gått? Gått från när?”

”Från när du först såg allt härinne. Dom döda. Blodet.”

”Det där har jag ju sagt förut. En halv minut kanske. Nån minut.”

”Inte mer?”

”Jag vet inte. Jag tog inte tiden. Jag... visste knappt vart jag skulle ringa. Först hade jag glömt larmnumret. Det var rätt skakigt.”

”Du hade fått ett samtal från din växel när du var på väg till parkeringen”, sa Halders.

”Eh... ja, det har jag väl berättat.”

”Nej, men det är okej. Sånt kollar vi alltid. Du var upprörd, det är lätt att glömma. Men om man tajmar det lilla samtalet med ditt larm så får vi nästan tio minuter.”

Halders stod fortfarande snett bakom Reinholz, men han kunde se chaufförens profil. Mannen blinkade. Ibland föredrog Halders att stå vid sidan av folk han ställde frågor till. Det var ibland irriterande att se alla dessa blickar som flög iväg upp i rymden, eller spändes i hans egen, som om vederbörande litade på att ögonkontakt gav omedelbar fribiljett.

Reinholz vände sig om, men han såg inte Halders i ögonen.

”Tio minuter?”

”Nästan, det slår på ett par sekunder.”

”Jaha?”

”Du behövde rätt lång tid på dig för att slå larm.”

”Som jag sa... jag tog inte tiden.”

”Det är en lång tid. Tio minuter, eller nio, eller åtta.”

Reinholz svarade inte.

”Vi gick över den där parkeringen på en minut”, sa Halders. ”Du hade minst åtta minuter på dig härinne.”

”Vart... vill du komma med det här?”

”Jag bara funderar”, sa Halders.

Han hade funderat. Han och Aneta och Winter och Ringmar, sedan de gått igenom alla telefonsamtal de kunde gå igenom. Reinholz hade dröjt med sitt larm, men det var inte ovanligt att människor dröjde i situationer av svår chock. Tiden blev annorlunda, ibland gick den mycket fort, ibland oändligt långsamt. Verkligheten blev en annan, och den egna uppfattningen om vad som var tid stämde inte med verkligheten. Jag plockar med honom dit ut, hade Halders sagt. Vi får se vad som händer.

”Jag... satt nog en stund i bilen innan jag gick ur”, sa Reinholz.

”Varför?”

”Det vet jag inte. Jag var trött. Ibland blir man bara sittande en stund efter en körning. Det... kan vara jobbigt att bara stiga ur.”

”Varför stanna till överhuvudtaget?” sa Halders. ”Du kunde ju bara kört hem.”

”Jag skulle ju köpa ciggisar. Det har jag ju sagt.”

”Varför väntade du med att larma, Jerker?”

Reinholz såg Halders i ögonen för ett ögonblick, och vek sedan undan blicken, ner mot golvet som såg ut att vara lagt i olika lager, som skiffer.

”Jag väntade inte”, sa Reinholz. ”Vad jag minns ringde jag så fort händerna slutat skaka.”

30

IBLAND KOM ANDRA FRÅN VÅRT LAND. Det ena året, det andra året. Det fanns dom som kunde berätta om nån avlägsen släkting, men många gånger visste dom inget alls. Alla hade bara fått fly, eller fått ge sig av utan nästan nånting när den dagen kom. Dom kom hit med ingenting.

Min mor satt inomhus, hon var rädd för det som fanns utanför.

Kanske var vi också rädda.

Allt var främmande. Det fanns en del av vårt folk därute, men det gjorde att det blev ännu konstigare ibland, som när man landar i ett så främmande land och tas emot av såna som varit där och stannat och redan börjat förändras. Jag såg hur en del hade förändrats.

Vi förändrades också.

Jag började skolan, men det gick inte bra.

Jag kunde inte sitta stilla. Jag satt och tittade ut genom ett stort fönster på skolgården, och på en boll som alltid verkade vara i luften.

På rasterna stod jag mest för mig själv i ett hörn. Jag var inte med på lekarna. Jag hade en vän, eller två, kompisar, men vi var aldrig hemma hos oss.

Och sen kom min bror hem med två män, och då förändrades allt.

Inte genast, men det fanns nåt där… som liksom svävade i luften, jag vet inte hur jag ska säga, det var som om en vind som var farlig hade tagit sig in genom dörren när dom två andra kom in också. En vass och elak vind. Och det gick inte att vädra ut den.

Jag förstod inte. Först förstod jag inte.

Sen kom dom där två inte tillbaka och det var som om nåt farligt hade begravts. Jag ville att det skulle grävas ner. Eller brännas.

Och sen kom dom andra tillbaka. Jag kände inte igen ansiktena.

Min mor satt i soffan och såg ut som en blind.

Hon var blind.

Hon såg inte mitt ansikte då.

Hon såg inte hur min bror såg ut när dom hade misshandlat honom.

Du har inget val, sa dom.

Men vi har alla val. Vi kan alla göra ett val. Jag tror att man måste förstå att man kan göra det, och när man förstår så kan man göra nånting, även om det är det hemska. Men man *har* förstått, innan det blev för sent. Blir det för sent kan man inte göra nånting, inget gott, inget ont, inget hemskt, ingenting. Man kanske bara har ett par sekunder på sig.

31

ALAN, O ALAN. Du tittar ut på allt och ingenting. Därute ligger Storås. Här kommer Industrigatan. Snart ska vi svänga vänster på Gråbovägen, och sen ner på Bergsjövägen. Vi är på väg.

”Känner du igen dig?” frågade Winter.

”Vad… vad menar du?”

Winter hade ännu inte sagt något om syftet med resan. Han hade bara sagt att de skulle åka och titta på något. Alan Darwish hade sett rädd ut, men han kanske alltid såg rädd ut. En del människor hade ett sådant utseende. De behövde inte vara skyldiga till något. Eller ha information om något som de borde lämna vidare. Vi får se.

”Du åkte förbi här tidigare i dag.”

”Jag… jag förstår inte.”

”Det gör inte vi heller, Alan. Inte än, i alla fall.”

Winter svängde av mot Bergsjön. Alan fortsatte att hålla blicken utanför. Han satt bredvid Winter därframme. Ringmar satt i baksätet. Winter kunde se hans lugna blick i backspegeln. Den var så lugn att det såg ut som om Ringmar snart skulle kunna somna. Kanske han bara förberedde sig på vad som skulle komma.

”Du satt i en taxi som passerade förbi här för ungefär två timmar sen”, fortsatte Winter.

”Hur vet ni det?”

”Vi frågade taxichauffören, förstås.”

Alan sa ingenting. Winter svängde in mot Rymdtorget.

”Har han rätt?” frågade Winter och parkerade på det gamla vanliga stället. Han var en trogen besökare här nu. Han var hemma här. Allt var bekant på det sätt som det blir när man besökt en plats mer än två gånger. Allt krymper, husen, gatorna, kyrkorna, vårdcentralerna, stadsdelshusen, krogen.

Winter stängde av motorn. De satt kvar i bilen. En ung familj kom gående över parkeringen. Mannen körde barnvagnen. Kvinnan höll en liten flicka vid handen. Flickan tog ett hopp för vartannat steg. Hon hade en röd klänning. Alan följde dem med blicken. Mannen såg dem och började gå snabbare. Kvinnan och flickan blev ett par steg efter. Flickan började hoppa på varje steg. Kvinnan sa någonting Winter inte kunde uppfatta. Mannen gjorde en gest: skynda på. Han hade mörk kostym som såg varm ut i solskenet, finkostymen.

”Vad gör vi här?” frågade Alan.

Familjen syntes inte längre.

”Hade chauffören rätt?” frågade Winter igen.

”Om vad?”

”Gör dig inte dum nu för helvete, Alan! Svara bara på frågan. Den är inte svår.”

Winters huvudvärk hade minskat under bilresan, men nu brände den till igen. Det var kanske svordomen. Det var inte bra för kroppen att svära, det var inte så man skulle tala. Det visste vartenda barn. Men Alan hade hoppat till. Kraftuttryck kanske uttryckte kraft någon gång.

”Om ni... redan vet behöver ni väl inte fråga”, sa Alan. Han fortsatte att se efter den försvunna familjen. Den kunde vara kurdisk, arabisk, persisk. Winter kunde ännu inte se skillnader.

”Varför gjorde ni den där resan, Alan?”

Alan svarade inte.

Winter upprepade frågan. Smärtan över ögat kom och gick. Han behövde komma ut härifrån. Han öppnade dörren för luft.

”Varför skulle jag inte kunna göra den?” sa Alan. ”Jag... kan väl åka vart jag vill, om jag vill.”

”Visst. Och då är det väl inte så mycket att tveka om, eller mumla om, eller hur?”

”Varför skulle det vara intressant för er om jag åkte taxi?”

”Jag vet inte. Därför måste vi fråga.”

Ringmar harklade sig i baksätet.

”Ska vi konstatera att du åkte taxi, Alan?” frågade han.

”Ni vet ju redan. Jag behöver inte svara på det.”

”Vi vill att du säger det”, sa Winter.

”Ja, ja, jag åkte taxi då för fan.”

”Varför?”

”För att... för att...” sa han men fortsatte inte meningen.

”För att han bad dig?” frågade Winter.

Alan svarade inte.

”För att han bad dig åka med?”

”Ni vet ju allt så det är ingen mening att svara.”

”Varför ville Mozaffar Kerim att du skulle åka med honom?”

Alan såg ut att vilja säga något, men det kom inga ord. Det skulle vara meningslöst att ifrågasätta ännu fler påståenden, fler namn.

”Han ville... prata lite”, sa han till slut.

”Om vad?”

Alan stirrade fortfarande bort mot torgets slut, vägs ände, som om familjen skulle komma tillbaka och dra uppmärksamheten från hans person och låta honom få vara i fred.

Han tog tag i dörrhandtaget.

Vräkte upp dörren.

Kastade sig ut!

Winter hörde Ringmar slita upp sin dörr därbak.

Han såg Alan springa som en galen bort mot Aniaragatan. Killen såg sig inte om.

Han såg Ringmars rygg.

Han hade själv fortfarande inte rört sig.

Nu var han utanför bilen. Nu var han förbi Bertil.

Det här händer inte.

Fortsätter det så här får vi göra om polisutbildningen. Jag får skriva en bok om det också.

”Han stack åt höger”, ropade Ringmar.

Alan var borta bakom hus, glas, betong. Winter stannade för att lyssna efter hans steg.

De hördes, på väg bort. Killen såg ut som en löpare. Att springa ifatt honom skulle vara meningslöst, och omöjligt.

Ringmar stannade flåsande bredvid Winter.

Ljudet av springande steg hördes fortfarande men avtog på sekunder, som ett tåg som försvinner bakom kröken.

”Herregud”, sa Ringmar.

”Han fick plötsligt lust att springa”, sa Winter.

Ringmar andades hårt och stötvis. Ingen uppvärmning, det var inte bra.

”Det slog slint ordentligt.”

”Behöver inte betyda nåt”, sa Winter. ”Ibland finns det bara inga ord.”

”Och då tar man till apostlahästarna.”

”Ett ögonblicks ingivelse”, sa Winter.

”Vi får väl fråga honom om det också”, sa Ringmar. ”När han har slutat springa.”

”Han kanske aldrig slutar.”

”Han kommer inte undan”, sa Ringmar.

”Undan från vad?” sa Winter.

”Från oss, förstås. Men det kanske inte är hans problem?”

”Nej.”

”Vart springer han nu då?”

”I en cirkel”, sa Winter. ”Jag tror vi springer omkring i en cirkel allihop.”

”Då får vi väl ta oss ur den.”

”Vi kanske gjorde det nu”, sa Winter.

Kanelgatan var också hemma för honom. Winters parkeringsruta var tom. Pizzeria Suverän var tom. De såg inga människor. När de kört omkring hade han haft en känsla av att vara ensam i en ny värld, ett nytt land. Det fanns ingenting att förhålla sig till. Någonting elakt svävade i luften. Det förstärktes av hettan. Det höll livet borta, rörelsen. Rörelseschemat.

Ringmar vände sig om, som för att se Alan komma spurtande de sista hundra meterna. Men Alan var troligen kvar i Bergsjöskogarna, och så småningom ute ur dem, när polisen funnit honom. Han skulle inte försvinna. Inte han också.

”Hade killen mobil?” sa Winter.

”Jag vet inte, Erik.”

”Vi får kolla det.”

”Javisst.”

”Han ringer hit”, sa Winter.

”Var bor tolken?”

Winter pekade i den riktning de gick.

”Vi kanske ska vänta lite, Erik.”

”På vad?”

”Jag... vet inte.”

”Har Alan ringt honom lär vi få veta det. Fatta det. Och tvärtom.”

De stod framför huset. Ingången var på gaveln. I norr kunde Winter se höga berg och djupa dalar. Det påminde honom om skivomslag till kurdisk musik.

Två hus längre bort fanns Jimmy Foros lägenhet. Det första offret. Mozaffar Kerim och Foro hade inte haft någon kontakt, enligt Kerim. Winter hade inte kunnat säkra någon sådan, genom något annat vittnesmål.

Trapphuset luktade nystädat, en såpalukt. Det var en trygg lukt.

Ingen öppnade dörren framför dem.

Ringmar ringde på en tredje gång.

”Bor han ensam?”

”Ja.”

”Han är inte hemma eller så vill han inte öppna.”

”Han kanske är ute och joggar.”

”Dom kanske har en gemensam slinga.”

”Det har vi redan konstaterat.”

”Javisst ja.”

”Ring på igen.”

De hörde signalen därinne. Det var ett bekant ljud. Under i stort sett hela sitt vuxna liv hade Winter lyssnat på sådana signaler i främmande lägenheter, innanför främmande dörrar.

Porten öppnades därnere. De stod på andra våningen.

Efter någon minut hörde de steg i trappan.

”Vad vill ni?” Mozaffar Kerim stod en halvtrappa nedanför med en varukasse i handen. Han såg förvånad ut. ”Vad gör ni?”

”Ringer på din dörr”, sa Winter.

Pojken gick nedför gången. Han hade ställt cykeln hemma. Det var som om någon hade sagt till honom att han inte skulle cykla längre, inte cykla nu.

Att det kunde vara farligt.

Han studsade bollen. Han studsade den mer nu när han inte cyklade så mycket. Han kunde göra tio på foten, tolv en gång. Han kunde bli proffs.

Han visade morbror den första gången. Morbror hade räknat.

Mamma ville inte prata om varför morbror inte kom och hälsade på nu. Snart, sa hon, och det var det enda hon sa.

Han stannade en bit från affären. Han tyckte han såg något röra sig därinne och gömde sig bakom en buske.

Sedan såg han någon gå ut. Han gick bakom buskarna ut till kanten nästan. De var två. En var flintskallig och han kände igen den andre.

”Teet var slut”, sa Mozaffar Kerim.

Han hade lastat in varorna och gjort i ordning te och satt fram glasen på bordet. Han hade insisterat.

”Jag ska göra khoreshte sabzi i kväll”, hade han sagt när han tömde varukassen.

”Vad är det?” hade Winter frågat.

”En gryta från Iran. Lamm. Mycket gröna örter, lime, citron. ”

”Jag kan se det”, hade Winter sagt. Lugn, hade han tänkt, bara lugn. Ta det lugnt nu. ”Det blir mycket mat.”

”Det blir det alltid”, hade Kerim sagt.

”Väntar du gäster?”

”Hur så?”

*

De satt vid det låga bordet. Lägenheten var ljus och möblerad med vackra textilier.

”När träffade du Alan senast?” frågade Winter.

”Förut, i dag”, svarade Kerim.

Ringmar mötte Winters blick.

”Var då?”

”I en taxi.”

”Varför det?”

”Hur menar du?”

”Varför träffades ni i en taxi?”

”För att han var rädd. Han ville det. Varför det var så får ni fråga honom om.”

”Varför var han rädd?”

”Det vet jag inte. Han ville inte berätta det.”

”Varför åkte han tillsammans med dig då?”

”För att jag föreslog det. Jag tänkte att det… kanske skulle hjälpa honom. Få honom att slappna av. Jag vet inte.”

”Du måste ha nån uppfattning om varför han är rädd.”

”Han kände den… en av dom dödade. Hiwa.”

”Ja?”

”Det var väl tillräckligt hemskt för att han skulle bli rädd.”

”Rädd för egen del?”

”Ja.”

”Men varför skulle han vara det? Var han inblandad i något som Hiwa sysslade med?”

”Det där vet jag inte. Det får ni fråga Alan om.”

”Vi försökte”, sa Winter. ”Men han stack.”

Kerim svarade inte. Han kommenterade inte Winters ord. Han tittade på sitt teglas men lyfte det inte.

”Varför ville du få Alan att berätta?” sa Winter.

”För att hjälpa honom, som jag sa.”

”Eller nån annan?”

”Förlåt?”

”Skulle det hjälpa nån annan?”

”Vem?”

”Jag vet inte, Mozaffar.”

”Han led. Jag lider när andra lider.”

Winter kommenterade det inte. Det fanns ett stort tryck på väggen bakom Mozaffar. Det föreställde ett landskap. Det såg bekant ut. Det var som hämtat från någon målning Winter hade sett, eller ett fotografi.

”Vi är en familj”, fortsatte Kerim. ”Man får hjälpa sin familj.”

Winter nickade.

”Vi är en lidande familj. Ett lidande folk. Vi har alltid varit det.” Kerim flyttade blicken mellan Winter och Ringmar. ”Nu håller den svenska regeringen på att förhandla med folk i norra Irak för att få dom att ta emot oss när vi kastas ut.”

”Förhandlar med Kurdistan?”

”Hur vet vi att det är kurder?”

”Vi såg er”, sa Winter.

”Förlåt?”

”Dig och Alan. När ni steg ur taxin.”

”Var?”

Kerims blick hade sökt sig ut genom fönstret, och ner mot Kaneltorget.

”Suverän.”

”Ja, då så.”

”Det är en underlig förklaring du ger, Mozaffar.”

”Jag har inte ljugit, eller hur? Jag har ingenting att dölja. Varför skulle jag det?”

”Var tror du Alan är nu?”

”På väg hem, om han kan. Om inte polisen tar honom först. Jag antar att det har gått ut ett larm efter honom.”

Winter och Ringmar svarade inte.

”Det är bättre att bara vänta på honom hemma. Han är mest förvirrad. En förvirrad ung man. Vem skulle inte vara det?”

32

”JISSES, VAD SÄGER MAN OM DET!”

Ringmar skakade på huvudet. De var på väg tillbaka till Winters Mercedes. Den såg ut som en svart ugn i solen. Den var en svart ugn.

”Han visste att vi var där”, sa Winter.

”Var? På pizzerian?”

Ringmar nickade mot Pizzeria Suverän. Dörren stod öppen för luftindrag, men det fanns ingen luft att dra in. Det var ingen hälsosam luft. Folk kunde avlida i den, av den.

”Det var en show”, sa Winter. ”Allt var en show.”

”Jisses, vad är detta?” sa Ringmar.

”En show. En galen show.”

”Du menar att han såg oss när han kom tillbaka med taxin?”

Winter svarade inte. Han tryckte på fjärrkontrollen och billåset öppnades som ett dämpat pistolskott. En svart katt på väg över parkeringsplatsen sköt rygg och slappnade av igen och fortsatte mot längan med pizzeria och kvartersbutik.

”Han visste redan då att vi satt där”, sa Winter.

”När han var på väg hit?”

Winter nickade och såg bort mot ingången till pizzerian. Det gick inte att se om någon stod därinne och såg ut mot dem.

”Men vi visste det ju knappt själva”, sa Ringmar. ”Det var ju bara nåt du föreslog och så stack vi hit.”

”Och nån såg oss”, sa Winter.

Ringmar följde hans blick mot dörröppningen.

”Därinne? Nån såg oss därinne?”

”Mhm.”

”Men där var ju bara…” sa Ringmar och tystnade.

”Vi får kolla telefontrafiken därifrån, och dit.”

”Ska vi inte prata med henne?”

”Inte nu.”

”Så… du menar att allt var iscensatt?”

”Iscensatt? På tal om show? Nej, det tror jag inte. Men Mozaffar Kerim var beredd när vi kom, han visste vad vi skulle fråga honom om, han hade sina svar klara.”

”Eller så berättade han bara hur det var, och varför. Han hade liksom ingenting att dölja.”

”Tror du det?”

”Vad skulle han ha att dölja, Erik?”

”Vad han är skyldig till, menar du?”

”Vad skulle han kunna vara skyldig till?”

”Vi får fråga honom”, sa Winter.

”Han kanske har ett svar redo där också. Ett förberett svar.”

”Då får vi fråga honom igen.”

”När?”

”När vi är beredda.”

”När är vi det?”

Winter kisade mot solen. Den var på väg ner, men hade fortfarande flera timmar kvar att vandra på himlen. Dagen skulle fortsätta in i natten, fortsätta och fortsätta. Jag får ingen sömn förrän det här är över. Hoppas skallen håller. Det bultar inte så jävligt över ögat just nu. Det är över snart. Det börjar röra på sig nu, ett nytt rörelseschema. Människor blir nervösa, nervösare. Vi kommer närmare.

”Vi är beredda när solen går ner”, sa Winter.

”Den går ju aldrig ner.”

Jerker Reinholz klev ur sin taxi och sträckte armarna mot skyn. En hel dag i en bil, eller en natt, drog samman musklerna och det var viktigt att dra ut dom igen. Han ville inte bli kutryggig. Nästan en krympling. En stackare. Det fanns för många stackare. Se bara på dom flesta som körde här. Stackare. Dom kom inte längre. Dom var fast. Dom vågade liksom ingenting. Dom tog inga risker. Herregud, han hade tagit risker, men det hade gått bra. Man måste ta risker. Den som inte gjorde det var en krympling. Den där snuten var inte liten precis, men han var inte smart, det kunde vem som helst fatta. Komma med det om hur många minuter han hade varit därinne. Dom kanske tyckte det var smart, men det var inte smart. Dom hade väntat med det, men till vilken nytta? Hur skulle han kunna åka dit på det? Ingen hade sett honom, eller hur? Han hade sagt då att han hade hört steg, men det hade han ju hittat på! Visst gjorde jag det! Visst gjorde jag det? Det hade jag väl inte tid att tänka på då? Steg? Jag hade nog av mina egna steg. Fy fan. Det var inte meningen att det skulle bli *så*. Det var det väl inte? Det hade dom inte sagt till mig. Att det skulle bli *så*. Fy fan, fy fan. Och prata om det sen gick ju inte. Det går inte, det förstår alla. Snuten förstår det också, men det är också det enda dom förstår. Där kommer Peter. Hej, hej. Det var nyss, en viftning bara på Gråbovägen. Jag kunde se silhuetterna i baksätet när vi möttes. Ett tecken bara och det var klart och alla visste. Bara man höll koll på allt var det inga problem. Det är det fina med taxi. Ingen ser en taxi, kärrorna är som osynliga.

Alan, o Alan, vart är du på väg? Du har rivit sönder din skjorta på en taggig buske. Det finns sådana också i de små skogarna här.

Du har lämnat dem efter dig. De var verkligen inte snabba, eller inte så intresserade av att springa efter dig, eller så orkade de inte. Den ene är gammal och den andre är yngre, men han sprang inte långt han heller.

De såg dig inte när du tog vägen upp här. Du sprang i en cirkel. Några barn vände sig om när du passerade, men sedan fortsatte de med sin lek. Där stod ett lokomotiv.

Varför springer du, Alan? Du vet inte. Plötsligt hade du inga ord. Sedan var det inte möjligt att komma tillbaka. Den som börjat springa fortsätter att springa. Du önskar att du inte visste någonting. Att ingen berättat någonting för dig. Att du var döv. Att du inte var här, här i landet. Det är det ingen som önskar nu. De är levande döda nu, de som inte är döda döda. Det var så hon sa. Där blev du våt om foten och skon, dyngvåt. Ett kärr. En skog nästan mitt i en storstad, det är inte klokt egentligen. Hur ska du göra nu?

Det blir cellen för dig, Alan, om du fortsätter att springa. Och vara stum. Och du kan inte springa hem, alltså hem hem hem. Det är tusen mil.

Pojken studsade bollen mot en vägg. Det var en slät vägg och bollen kom tillbaka samma väg som han hade kastat den. Ibland hade han kastat mot skrovliga väggar, och då kunde bollen hamna var som helst.

Ibland önskade han att skolan började igen. Den hade nyss slutat, men han hade inget att göra och han ville inte gå omkring eller cykla omkring och göra ingenting. Och tänka. Och spana. Han ville inte göra det heller. Han ville inte säga något hemma, det hade han förstått att han inte skulle. De skulle flytta då. De hade flyttat så många gånger, och han ville inte och han trodde inte att han behövde göra det. Alla skulle glömma. Ingen skulle leta.

Bollen kom inte tillbaka i hans hand.

”Är det här din boll?”

Han vände sig om. Det syntes inte vem det var. Det var skuggor.

”Du verkar gilla den här bollen.”

”Ja…”

”Får jag pröva?”

Det blev ett kast mot väggen och bollen kom tillbaka och skuggan tog den. Han kallade den där för skuggan nu. Skuggan. Den flyttade sig inte.

”Jag har inte sett dig på några dar.”

Pojken svarade inte.

”Men det är många barn här.”

”Kan jag få min boll?”

”Snart, snart.”

”Jag måste gå.”

”Det måste jag med. Vi kan gå tillsammans.”

”Jag ska gå hem.”

”Var är din cykel? Du har inte din cykel.”

”Hemma.”

”Jag vet var du bor.”

Pojken svarade inte.

”Vill du inte ha en fotboll?”

Pojken svarade inte. Han ville gå ur där han stod, som att gå ur skuggan, och han ville ha sin boll. Han hade haft den länge. Den var lika bra som en fotboll.

”Nej.”

”Du vill inte ha en ny fotboll?”

”Nej.”

”Jag har en som du kan få.”

”Jag vill ha min tennisboll.”

”Du vill inte byta?”

”Jag vill ha min boll.”

Pojken hoppades att någon skulle gå förbi, men han hade valt baksidan av ett hus mot fälten och där gick ingen nu.

”Här är din boll”, sa skuggan.

Winters mobil ringde när han körde söderut.

”När kommer du hem?”

”Jag är på väg.”

”Flickorna är kinkiga. Vi behöver mat.”

Han kände att han också behövde mat. Han var plötsligt mycket hungrig.

”Säg när du kommer så kör jag igång”, sa Angela.

”Tjugo minuter.”

Mobilen ringde i höjd med Kortedala. Extrainkallad polis därifrån sökte efter Alan i Bergsjöskogarna. Det var deras distrikt. Winter och Ringmar väntade på besked vilken stund som helst. Killen kunde inte komma långt. Han ville det antagligen inte heller. Han kunde vara i fara. Alla var i fara.

”Fredrik här.”

”Ja?”

”Reinholz kunde inte redogöra för varför det tagit så lång tid, men för honom kanske det inte var så lång tid. I den situationen.”

”Nej.”

”Det är nåt med den där jäveln, men han kanske bara är skum i största allmänhet.”

”Ja.”

”Värst vad du var fåordig.”

”Ja.”

”Okej, jag fortsätter monologen. Bilen var stulen. Heden. Var annars?”

”Mhm.”

”Hur är det, Erik?”

”Jag fick bara ont i skallen. Fortsätt.”

”Nattorienteraren hade inte så mycket att tillägga. Han var ute och kutade och sprang på ett lik.”

”Han hörde ingenting?”

”Ser man på, ett livstecken.”

”Några ljud?”

”Nej.”

”Okej.”

”Men Torsten har en nyhet. Jag ville vänta med det bästa till sist.”

”Ja?”

”Det fanns nån annans blod därute också.”

”Därute? Menar du i skogen?”

”Jag menar skogen. Hama Alis sista plats i livet. Det var hans blod, men nån annans också.”

”Var?”

”Där han låg.”

”Bra. Torsten fick fram svar så snabbt vi hoppades. Men om dom hittat nåt i registren hade du redan sagt det.”

”Det fanns ingen jämförelseprofil, nej.”

”Är det mördaren som skurit sig?”

”Eller ett offer till”, sa Halders. ”Ett tilltänkt offer.”
”Vi behöver inga fler.”
”Fixa den där skallavärken nu.”

Angela hade stekt svamp till pastan. Han kände igen några av höstens trattkantareller. Elsa petade bort dem.
”Kan vi inte åka och bada, pappa?”
”Jo.”

Vattnet kändes lika varmt som luften. Elsa och Lilly byggde slott ock kojor nere vid strandkanten. Det var familjen Hoffmann Winters egen strand, men där fanns ännu ingen byggnad. Kanske nästa år, eller året därpå, och så vidare. Winter blundade. Han såg rött och svart. Det glödde till över ögat, men bara för ett kort ögonblick. Det skulle försvinna för alltid inom ett dygn, eller dygnet därpå. Och då skulle han konsultera doktorn.
”Och hur ser resten av dagen ut?” frågade Angela.
”Jag vet inte.”
”Snart kommer den där mobiltelefonen att ringa igen.”
”Det kanske är för sista gången för den här gången”, sa Winter bakom de slutna ögonen.
”Du ser trött ut, Erik. Jag tycker inte om att säga det, jag vill inte säga sånt, det vet du, men du ser rätt färdig ut.”
”Rätt färdig eller rättfärdig?”
”Välj själv.”
Och mobiltelefonen ringde. Det var den moderna världen.

33

JAG KOMMER IHÅG NÄR ALLA BARN sprang ut från klassrummen i skolan och samlades på skolgården och vi stod där ungefär som en skock små getter som darrar för att dom vet att nåt hemskt kommer att hända. Det kommer jag ihåg. Det hände speciellt en gång, jag säger speciellt eftersom det var en vacker kväll och vi hade kvällsskola. Det var för varmt på dagarna. Eller om det var nåt annat. Kanske var det krig. Kanske var det nån annanstans. Jag minns inte just det. Men jag kommer ihåg att vi stod där, när det var rött överallt, precis överallt, det måste ha varit solen som gjorde det, bergen och himlen och jorden och sanden och husen och vi själva. Vi var alldeles röda vi också.

Nåt sånt kommer du aldrig att komma ihåg, för det finns inte här. Det finns skolor förstås, men dom är som paradis även när dom är dåliga. Om man inte lär sig nåt, än sen? Det heter väl så, än sen? Vad betyder det om man lär sig nåt? Vad ska man med det sen? Vad kan man använda det till? Det man lärt sig? Du behöver inte svara, för det finns inget svar. För mig finns det inget svar i alla fall.

Kan man ge upp? Det är inte vad det handlar om. Det blir för enkelt då. Det är andra saker. Jag har försökt prata om det, hur det var och hur det blev, nej, inte hur det blev, inte än, men jag kommer dit. Men jag vill inte och det är ju inte så konstigt, eller hur?

Jag skulle vilja stå på den där skolgården en gång till. Den där röda skolgården. Är det för mycket att begära? Ja, jag vet att det är för mycket, att det är omöjligt, men jag vill ändå drömma om det, som att drömma när man är vaken. Jag vill inte vara vaken.

Det blir värre än döden att vara vaken och vara vid liv resten av livet. Förstår du det? Du kan leva ditt liv, men mitt liv är ju inte kvar. Det finns ingenting kvar. Jag kan inte säga att jag visste att det var över när jag… när jag… men jag vet det nu.

Om jag blivit kvar där min skolgård låg så hade jag aldrig förlorat mitt liv innan det var slut. Förstår du? Om tiden hade stannat, eller nån snäll person hade stannat tiden där, just då. Varför är inte alla snälla? kunde jag tänka då.

Dom hemska sakerna. Du vill att jag ska prata om dom hemska sakerna. Är det så? Det har jag redan gjort! Det har jag ju gjort hela tiden.

Men när allt är för sent blir det lättare att prata om allt. Har jag gråtit en enda gång? Jag kommer att göra det, men inte vid det här bordet, i det här rummet. Jag tycker att det är bra att det är så mörkt i det här rummet. Jag kan knappt se dig och det är bra.

Det var såna rum vi var i.

Det var inte så länge.

Och sen var det över, och då kunde jag inte glömma och jag var inte ensam. Och så bestämde vi vad vi skulle göra, men det blev inte så, det blir aldrig som man bestämmer.

34

”DET HÄR ÄR DET ENDA UNDANTAGET jag gör och nånsin kommer att göra, Winter.”

Winter höll mobilen med Brorsans röst två decimeter från örat. Angela ryckte till. Lilly och Elsa tittade upp. Segelbåtarna ute på redden gjorde gir. Även när Brorsan gjorde hemliga undantag var det ett meddelande till världen.

”Har du pratat med Abdullah?” frågade Winter.

”Vad fan tror du?”

”Ta inte ut ditt undantag på mig, Brorsan.”

”Vem är annars aktuell här?”

”Var och när?” frågade Winter.

Winter ringde Öberg när de kommit hem. Han kände saltet spreta i håret när han väntade på att signalerna skulle gå fram. Huvudvärken var borta. Han kanske inte hade en tumör. Det var kanske inte migrän. Det var det här. Det här telefonsamtalet bland annat. Han kanske hade blivit allergisk. Det kom och gick.

”Hur var det med blodet?”

”Generalisten säger att det definitivt finns två DNA-profiler.”

Generalisten kallades den person som Öberg höll kontakt med på SKL när det gällde allting som rörde utredningen. Det blev enklare så.

”Och inget i registren?”

”Nej. Inte på Hiwa heller.”

”Han hade inte hunnit komma så långt i karriären än”, sa Winter.

”Tyvärr.”

”Så där fanns en person till. Hur mycket är det? Blodet?”

”Det vet jag inte än. Jag visste att det var blod, men det var också allt.”

”Det logiska är att det är mördaren”, sa Winter. ”Jag kanske får veta mer om det i kväll.”

”Vad händer då?”

”Jag ska träffa en informatör.”

”Brorsans hemlighet?”

”Ja.”

”Det var som fan. Var försiktig.”

”Är det här farligt, Erik?”

”Nej.”

”Du har lovat att inte ljuga för mig. Framför allt inte när det gäller ditt jobb.”

”Det har jag lovat.”

”Så är det farligt?”

”Jag kan inte tänka mig det, Angela. Det blir bara vi och han.”

”Var är det?”

”En avlägsen plats, men det är bara bra. Vi har uppsikt.”

”Varför inte på den där polisens kontor? Eller ditt?”

”Då ställer han inte upp.”

”Är det han som bestämmer?”

”Nej, men vi vet ju inte ens var han är. Det måste bli på hans villkor just nu.”

”Jag tycker inte om det här.”

”Vem gör det?”

”Kan du inte låta han… Brorsan sköta det här själv? Du har ju sagt att det är hans källa eller vad det kallas. Låt honom prata med den där källan då.”

”Jag vill vara med.”

”Varför?”

”För att jag är övertygad om att det hänger ihop med mitt fall. Den där källan vet något som kan hjälpa mig. Det är inte säkert att Brorsan kan få fram det.”

”Han om någon”, sa Angela.
”Jag är inte säker på det.”
”Lovar du att vara försiktig?”
”Det är ingen fara, Angela.”
”Har ni med er mer folk? Fler poliser?”
”I en större ring, ja.”
”Vad betyder det, större ring?”
”Försöker han sticka kommer han inte undan.”

Ringmar och Winter möttes på Winters rum. ”Trane's Slo Blues” gav den rätta melankoliska känslan, om man är svag för det. Fönstret stod öppet mot kvällen. Musiken var inspelad för femtio år sedan, men det kunde vara nu, eller sedan. Melankoli är tidlös. Och farlig. Här fanns egentligen inte tid och plats för svårmod.

”Hur känner du dig?” frågade Winter.
”Bättre.”
”Hört nåt mer om prostitutionen?”
”Nej, den är ännu mer under jorden.”
”Den försvann med skotten hos Jimmy.”
”Det verkar så.”
”Vad säger det oss?”
”Att våra offer var inblandade.”
”Allihop?”
”Det är en mycket bra fråga.”
”Hiwa Aziz, Jimmy Foro, Said Rezai, Shahnaz Rezai, Hama Ali Mohammad.”
”Alla eller några eller ingen.”
”Plus två försvunna. Alan Darwish och Hussein Hussein.”
”Räknar du Alan Darwish som försvunnen?”
”Än så länge. Förrymd och försvunnen.”
”Jag känner mig dum, Erik.”
”Skulle du kunnat kuta efter honom?”
”Nej.”
”Det var mitt fel. Jag slog av centrallåset. Jag öppnade min dörr.”

”Ja, okej. Men vem kunde förutse att killen skulle sticka?”
”Inte ens han själv.”
”Nej. Men vi borde fånga in honom snart.”
”Annars?”
”Just det. Vad annars?”
”Han råkar illa ut han också.”
”Tänkbart.”
”Som unge Hama Ali.”
”Är det nåt vi borde förstå här, Erik?”
”Alan leder oss till en mördare.”
”Mozaffar?”
”Är han en mördare, Bertil?”
”Jag har svårt att se honom som en sån.”
”Då ligger han illa till.”
”Ska vi ta in honom?”
”Nej, inte nu. Åklagaren skulle inte kunna få honom häktad.”
”Det vet vi inte, Erik.”
”Förhören skulle inte ge nåt. Inte än.”
”Du väntar på i kväll?”
”Ja. Ett nytt namn, eller ett gammalt.”
”Reinholz?”
”Dom där för långa minuterna är inte mycket att komma med.”
”Vi kan ta in honom.”
Winter svarade inte. Musiken hade tystnat och han gick bort till hörnet där Panasonicen stod, och tryckte igång skivan igen, ”Like Someone In Love”.
”Varför skulle Mozaffar bli en mördare?” sa Winter och vände sig om.
”Jag vet inte.”
”Vilken relation har han till familjen Aziz?”
”Det vet vi inte.”
”Har vi försökt ta reda på det?”
”Ja.”
”Vi kanske vet det lilla som faktiskt finns att veta.”

”Kanske.”

”Varför skulle Mozaffar vara en mördare?” upprepade Winter. ”Varför?”

”Vad hör ihop med vad?” sa Ringmar.

”Ta prostitutionen. Vi har verkligen försökt komma åt dom etablerade gängen, men det är inte dom, det kan inte vara det. Inte just den här gången, inte just den ligan. Vad säger det oss?”

”Att det var ett annat gäng. Ett gäng utanför dom etablerade.”

”Jimmy, Hiwa. Dom jobbade ihop ändå. Said, kanske. Om han inte bara var en kund som var på fel plats vid fel tid.”

”Och hans fru.”

”Varför döda hans fru? Och på det sättet?”

”Var hon inblandad?” sa Ringmar.

”Inblandad i vad? Prostitutionen?”

”Hennes man var en småskojare, men steget till… jag vet inte.”

”Ingen vet”, sa Winter, ”men så är det inte. Det är nåt annat. Det är tystnaden.”

Ringmar nickade.

”Ingen säger nåt”, sa Winter. ”Det är vi vana vid, det är nästan en sammanfattning av det här jävla jobbet. Men nu är det verkligen *tyst*. Herregud, Bertil, folk springer hellre till skogs än säger nåt!”

Ringmar brast i skratt, ett mycket kort, som verkade få gardinen att fladdra till.

”Det är rädsla”, fortsatte Winter. ”Varför är dom rädda?”

”Hur menar du?”

”Varför är alla rädda?” upprepade Winter. ”Vad är det dom är rädda för?”

”Du sa ’vad’. Inte ’vem’.”

”Är dom rädda för att själva råka illa ut?” sa Winter. ”Eller är det nåt annat?”

”Vad skulle det vara?”

”Rädda för att sanningen ska komma ut, Bertil.”

”Sanningen?”

”Sanningen om dom där morden. Skotten hos Jimmy. Vad som egentligen låg bakom. Sanningen. Den är värre än nåt annat.”

Att förlora ett barn var värre än allting annat. En son. Ediba Aziz hade förlorat sin son. Winter frågade hur hon mådde. Det var kväll nu, egentligen för sent för detta. Tolken översatte. Det var en kvinna som presenterat sig som Parwin. Möllerström hade ringt Tolkcentralens jour och de hade skickat Parwin. Hon såg inte ut att vara många år äldre än Nasrin. De hade nickat kort mot varandra, Parwin och Nasrin. Winter fick intrycket av att de kände varandra, men inte mer än så, kanske mindre än så: det fanns ingen igenkännande värme i hälsningarna, men det kanske handlade om konventionen, om respekten för sorgen som fortfarande ruvade över det här hemmet som en svart fågel som inte längre flyger.

Det stod te och kakor på bordet. Winter drack en klunk av det söta teet och bet i en frasig smördegskaka strödd med sesam.

”Sesamkakor”, sa Nasrin.

Hon hade någonting ironiskt över sitt ansikte, ett uttryck i ögonen. Som om hon beskrev det självklara. Som om Winter inte kunde se det självklara.

Hon nickade mot fatet med bakverk på bordet mellan dem.

”Valnötsbollar med fyllning”, sa hon och nickade igen mot några valnötsbollar med fyllning, en boll fylld med en boll. Winter tänkte på pojken och hans tennisboll. Han var borta. Han skulle inte låta sig finnas. Han kanske inte fanns, inte som Winter ville att han skulle finnas.

Plötsligt hade han bestämt att han ville åka hit, till den ljusa och tomma lägenheten i Hammarkullen där återstoden av familjen Aziz levde.

Sirwa, lillasystern, var inte där. Azad, lillebrodern, gick när Winter kom. Pojken nickade kort och var borta.

Winter la ner sin sesamkaka på tallriken.

Ediba Aziz sa något.

”Hon frågar om du inte tycker om kakan”, sa Parwin.

”Den är mycket god”, sa Winter.

Nasrin skrattade till. Ljudet lät inte som ett skratt.

”Ljug inte”, sa hon. ”Poliser ska inte ljuga.”

”Jag ljuger inte”, sa Winter och tog upp kakan igen och stoppade in hela i munnen.

”Har du ätit nåt sånt här förut?”

Han tuggade färdigt.

”Ja, många gånger”, sa han sedan. ”Jag tycker om söta saker.”

”Det tror jag inte på.”

”Hur är det med dig, Nasrin?”

”Vadå?”

”Tycker du om söta saker?”

”Nej.” Hon skakade till med huvudet. Det tjocka håret skakade med rörelsen. Hon hade gjort något med sitt hår sedan Winter såg henne senast. När var det? Det kändes som en vecka sedan. ”Jag tycker om sura saker.”

”Citroner?” sa Winter.

”Var det därför du kom hit? För att fråga mig om citroner?”

Hon reste sig och gick ut ur rummet.

Hennes mor sa något.

”Hon är arg”, översatte Parwin. ”Nasrin är arg.”

Winter nickade.

Ediba sa något igen:

”Hon går nästan aldrig ut. Hon sitter bara på sitt rum.”

”Ursäkta mig”, sa Winter och reste sig. ”Skulle jag kunna få gå och prata med henne därinne?”

Ediba nickade.

Hon svarade efter andra knackningen.

Winter öppnade dörren.

”Jag vill vara ifred”, sa hon.

”Jag behöver prata med dig, Nasrin”, sa han och tog ett par steg in i rummet. Nasrin satt på sin säng. Det hängde en plansch över sängen. Den föreställde en hembygd. Winter kände igen bergen.

”Det kunde du gjort därute.”

”Du gick.”

”Ska du fortsätta prata kakor och citroner kan du gå direkt.”

”Det var du som började.”

”Vad är det för barnsligt snack?” sa Nasrin.

”Får jag sätta mig.”

”Inte på sängen.”

Det fanns musik i rummet. Det var hembygdsmusik. Men sångaren lät yngre än Naser Razzazi. Musiken lät yngre.

”Vem är det där?” frågade Winter.

”Du är visst intresserad av allt”, sa hon. ”Frågar du alltid om allting?”

”Jag är intresserad av musik.”

”Jag har sagt förut vem det är. Kommer du inte ihåg?”

”Nej.”

Hon sträckte sig efter något på sängen och slängde plötsligt iväg det mot Winter. Han fångade det i luften. Det stack till i handen.

”Bra gjort!”

Han läste på cd-omslaget.

”Zakaria.”

”Han har flyttat tillbaka.”

”Flyttat tillbaka?”

”Han bodde i Sverige, men han flyttade tillbaka till Kurdistan.”

Hon nickade mot någonting bakom Winter. Han vände sig om. Det hängde en karta på väggen.

”Kurdistan?”

”Vad tror du?”

”Jag tror faktiskt det är Kurdistan”, sa han och log.

”Det är rätt! Så ser det ut. Om det fanns. Mitt land skulle alltså sett ut så där om det hade funnits.”

Det såg ut som Italien, utan skospets. Ett Italien utlagt mellan Medelhavet och Kaspiska havet och Persiska viken.

”Var kommer familjen Aziz ifrån?” sa Winter. ”Kan du peka ut det?”

”Nej.”

Det lät mycket definitivt. Hon ville inte titta på kartan nu.

”Vill du också flytta tillbaka?”

”Det är för sent.”

Varför det?”

”Det finns ingenting kvar längre. Ingenting att peka ut. Det är borta för alltid. Och då finns det ingen mening med att flytta dit, tycker du?”

”Det kan du bara avgöra själv, Nasrin.”

Hon log ett egendomligt leende. Eller om det bara hände någonting med hennes läppar när hon lutade sig framåt.

”Vad sjunger han om?”

”Va?”

”Vad sjunger han om?” upprepade Winter. ”Zakaria.”

Hon verkade lyssna.

Hon verkade tappa intresset, för musiken, för att sitta kvar på sängen, för att lyssna på Winters frågor.

”Det är bara kärlekssånger.”

Winter läste på omslaget.

”Bo Pesimani. Vad betyder det?”

”Jag ångrar mig. Det är vad han sjunger, jag ångrar mig, jag ångrar mig.”

”Ett välkänt tema i kärlekssånger.”

”Är det?”

”Jag tror det.”

Nasrin reste sig.

”Jag tror jag ska gå ut ett tag.”

”Får jag fråga dig en sak till först, Nasrin?”

Hon svarade inte.

”Var Hiwa på något sätt inblandad i prostitution?”

Hon hade börjat gå mot dörren, Winter såg inte hennes ansikte. Hon vände sig inte om.

”Var det det det handlade om, Nasrin? Prostitution?”

Hon vände sig om. Ansiktet var som förut.

”På något sätt? Vad menar du? Höll på med på något sätt?”

”Var han inblandad i prostitution?”
”Varför skulle han ha varit det?”
”Jag frågar dig.”
”Det vet jag inget om.”
”Är det verkligen sant, Nasrin?”
”Det är verkligen sant”, sa hon och lämnade rummet.

35

WINTER PASSERADE VÄGSTUMPARNA: Fjällbinkan, Fjällgrimman, Fjällgrönan, Fjällhavren, Fjällkåpan. Han var i fjällen. Därnere låg fälten, han kunde se korna fridfullt beta i det vackra skymningsljuset.

Utsiktsplatsen var vid och bred. Winter parkerade och gick över gräset mot buskaget.

Han kunde se bänken och personen som satt på den. Han satte sig bredvid.

”Det är vackert här”, sa Brorsan.

”Ja, det är det verkligen.”

”Ibland åker jag upp hit och bara sitter här och tänker.”

”Vad tänker du på då?”

”Fast oftast tänker jag inte alls”, sa Brorsan och log. ”Ser du korna? Det är rena landet.”

”Jag tänkte detsamma”, sa Winter.

”Se där. Det här lockar fram fridfullheten i oss. Naturen. En stunds eftertanke.” Han vände sig mot Winter. ”Har du haft några eftertankar på sistone?”

”Är det inte vad jobbet går ut på, Bror?”

Brorsan pekade ner över dalen. Den sträckte sig längre än de skulle kunna se ens med kikare. Husen i byarna var som modeller på en grön platta med en modelljärnväg.

”Ser du idyllen därnere? Ser du Gunnilsevägen? Det är den som är längst. Där bor fler banditer per hundra meter än nån annanstans i norra Europa.”

”Ögat kan verkligen lura en”, sa Winter. ”Var är Abdullah?”

”Han kommer. Han ville bara vänta tills det blev lite mörkare.”

”Då får vi sitta här till augusti.”

”Nej, nej. Men han har inte vant sig vid midnattsljuset än. Han förstår inte det där än.”

”När kom han till Sverige?”

”Femton år sen.”

”Jag förstår.”

”Han vet inte att du är med, Winter.”

”Är det så välbetänkt.”

”Att du är med? Nej. Men nu är du här och hade jag sagt det till honom så hade han aldrig dykt upp.”

”Hur ska vi göra då?”

”Jag ska snacka med honom först.” Brorsan nickade ner mot dalen. En bil var på väg vart som helst i väster. Inga vägar ledde upp hit därifrån. Det var så pass mycket skymning att strålkastarnas ljuskäglor syntes genom kvällningen. ”Ser du bilen därnere? Det är han.”

”Är det ett terräng- och bergsgående fordon han har, Bror?”

”Det skulle kunna ha varit han.”

Winter tittade på klockan. Han var beredd att vänta på Godot. Låta det absurda samtalet fortsätta. Brorsan var nervös, han var alltid så här då. Winter var inte nervös, men han kände en upphetsning som han höll tillbaka med den här typen av konversationer. De skulle ha kunnat vara två vänner som beundrade skymningen från den högsta punkten. Sommaren skulle inte bli ljusare än så här. Det hade vänt, sommarsolståndet hade redan varit. När midsommarhelgen kom var dagarna redan kortare. Det var kanske en tröst för Abdullah.

”Ursäkta mig”, sa Brorsan och reste sig.

Alan hade väntat i vägkorsningen och bilen hade kommit. Han hade inte stått direkt i korsningen förstås, det hade inte varit någon bra idé. Men om något hände visste de att han skulle stå där. Det var dit han skulle ta sig om han kunde, ja, inte bara han. Han skulle inte ringa, det gick ju inte. Han skulle försöka vara där.

Det hade inte varit någon bra idé att bara sticka.

Ibland blir det stopp i huvet. Men man måste få tid att tänka, och då fanns det inte tid.

Nu fanns det tid. Kanske.

Han sprang till bilen och hoppade in. Bakdörren var redan öppnad. Bilen drog iväg.

”Lägg dig på golvet!”

Han kastade sig ner, det gick så snabbt att näsan slog emot gummimattan. Det gjorde ont. Han kände lukt av jord och sand.

Winter tände en Corps och undvek att se sig om. Röken gled genom den klara luften och ut över kanten och blev ett moln över dalen, en tuss, den första på veckor. Han gnuggade sig över ögat, värken hade kommit tillbaka, men mest som en skugga av hur det varit tidigare. Kanske nikotinet skulle hjälpa. Han hade läst att det hjälpte mot Alzheimers sjukdom, stoppade upp den onda processen, och det var en god sak.

Han tyckte han hörde Brorsans röst.

”Winter.”

Han vände på huvudet. Brorsan stod vid buskaget.

”Det är dags.”

Winter reste sig och följde efter Brorsan.

I den andra änden av parkeringsplatsen stod en Opel Corsa från förra årtiondet, eller årtiondet före det, vit, rostig. Opeln hade inte stått där när Winter kom.

Han kunde inte se någon i bilen.

”Kom han i den där?” frågade Winter när de gick över platsen.

Brorsan såg sig om.

Ett par satt på en av bänkarna vid randen. De var unga, ryggarna såg tunna ut, som om de där ungdomarna skulle kunna blåsa bort över Gunnilse om det kom en kraftig vind.

”Känner du till dom där?” frågade Winter.

”Nej.”

”Jag gillar det inte.”

”Jag kan inte gå dit och köra bort dom, eller va?”

”Var det du som valde det här stället, Bror?”

”Jag hade inget val och det vet du, Winter.” Brorsan mötte Winters blick. ”Du skulle inte ens vara här nu.” Han nickade mot bilen. ”Sätt dig i framsätet. Dörren är öppen.”

Winter gick runt bilen.

Han satte sig.

Brorsan satte sig bredvid honom.

Winter hade sett gestalten som låg på golvet i baksätet, men det var också allt.

Det hade börjat skymma lite till, som om ljuset sakta skruvades ner inuti skymningen.

Han hörde ett ljud därbak, som om någon snöt sig, eller hostade till.

”Vänd dig inte om”, sa Brorsan.

Nu hörde Winter en röst. Den var dämpad, eller snarare kvävd, vilket blir effekten när någon håller en näsduk eller något annat tygstycke för sin mun. Rösten kan komma från vilket hörn som helst i rummet, tänkte han. Det gick att uppfatta vad som sas, men det var ord utan färg eller klang, egentligen utan språk.

”Ingen annan, sa jag!”

”Jag tänker inte skylla ifrån mig”, sa Brorsan med blicken riktad rakt fram mot utsikten, som mest var himmel från det här perspektivet, och mot det unga paret som fortfarande vände ryggen mot dem. Varför skulle gubbjävlarna Brorsan och Winter vara intressanta för ett ungt par?

”Du lovade!”

”Det här är kriminalkommissarie Erik Winter. Han leder utredningen av morden nere i Hjällbo. Han bör vara med här.”

Rösten var tyst där bakifrån. För en sekund trodde Winter att hans närvaro skulle förstöra det här. Att han borde ha väntat.

”Han tvingade sig på”, sa Brorsan. ”Men det förändrar ingenting.”

Ett mummel från baksätet.

”Han kan inte se dig, eller hur? Han känner inte igen din röst. Han vet inte vad du heter. Låt oss nu snacka om vad du vet så vi kan komma iväg härifrån så fort som möjligt.”

Det fanns inga bilnycklar i låset. Det betydde ingenting.

Han har inte kört hit själv, tänkte Winter.

Det berodde inte på nycklarna. Det var bara en tanke. Någon annan hade kommit hit med Abdullah. Winter hade inte ens hört bilen. Den måste ha rullat med avslagen motor de sista meterna, kanske hundra. Det fanns ett svagt nedförslut från öster.

”Jag försökte få tag på dig tidigare i kväll”, sa Brorsan. ”Och i eftermiddags.”

Han fick inget svar från baksätet.

”Din morsa visste inte”, sa Brorsan.

Winter tittade på Brorsan.

”Varför stack du?” frågade Brorsan.

”Vad tror du?”

”Det där får du sluta med med en gång”, sa Brorsan. ”Försök svara på mina frågor bara. Vad fick dig att bara sticka iväg?”

”Jag blev rädd.”

”För vad?”

”Vapnen. Gevären.”

”Nu förstår jag inte.”

”Hama... jag visste att han skulle hjälpa till att fixa några hagelbössor, och jag var med... inte på det sättet, men jag visste att det var på gång. Jag hjälpte till med en bil.”

”Varifrån?”

”Heden.”

Brorsan tittade på Winter och Winter nickade. Heden, den fina öppna parkeringsplatsen för bilar som snart skulle stjälas.

”Hama? Är det Hama Ali Mohammad?”

”Ja.”

”Han är mördad, vet du det?” sa Brorsan.

Inget svar.

”Han är mördad”, upprepade Brorsan. ”Visste du det?”

”Nej, nej. Herregud, nej.”

”Du kanske vet. Så var du rädd då så finns det ännu större anledning att vara rädd nu, eller hur? Är det därför du inte vill vara på rymmen längre? Att du känner dig ännu mer hotad?”

”Jag har inte direkt känt mig hotad.”

”Direkt? Vad menas med det?”

”Jag stack ändå.”

Brorsan tittade på Winter.

”Vem levererade hagelgevären?”

”Jag vet inte.”

”Kom igen.”

”Jag trodde det var X-team, men jag fick inte veta. Det var inte… jag fick inte veta om det var dom exakt.”

”Exakt? Vi har vänt upp och ner på X-team”, sa Brorsan. ”Vi har inte hittat nåt om att det var dom.”

”Det var det enda jag hörde.”

”Det var inte dom”, upprepade Brorsan. ”Försök igen.”

”Va?”

”Försök tala om för oss vem som levererade bössorna. Det är inget för juniorerna. Direkt.”

”Jag hörde X-team.”

”Vem sa det?”

Inget svar.

”Varifrån hörde du det?”

”Kurderna.”

”Kurderna? Vad fan menas med det?”

”Nån nere på torget. Angered. Jag kan inte säga vem. Det spelar ingen roll. Han sa X-team.”

”Vem var det?”

”Jag kan inte säga.”

”Varför inte?”

Inget svar.

”En kurd säger X-team och du köper det?”

”Jag köper inte. Jag bara säger vad som sägs.”

”Vem köpte?”

”Va?”

”Vem skulle ha bössorna?”

”Det vet jag inte.”

”Du vet vem som levererar, men inte vem som köper?”

”Jag vet inte.”

”Hur kunde Hama Ali vara inblandad i det här? Han är ju en småhandlare. Han håller inte på med vapenaffärer.”

”Jag vet inte vad han gjorde. Jag fixade bilen. Sen vet jag inte mer.”

”Du frågade inte?”

”Jag frågar aldrig. Det vet du. Det är farligt att fråga.”

”Till och med att fråga ofarlige Hama Ali?”

Inget svar.

”Vilka gjorde det?”

”Va?”

”Hör du dåligt? ’Va?’ Du missbrukar ett av svenska språkets sämsta ord.”

”Jag vet inte vem som gjorde det.”

”Var det kurden?” frågade Winter.

Brorsan hoppade till bredvid Winter och gav honom en blick.

”Var det kurden som skulle ha gevären själv?”

”Jag vet inte.”

”Du måste ha tänkt själv.”

”Nej.”

”Varför kom ni att prata om det överhuvudtaget? Du och din kurdiske kontakt? Hur kom det upp?”

”Kom upp… vi pratar alltid om sånt som är på gång.”

”Vilka? Du och han?”

”Nej, nej. Vi… jag menar många. Det vet Brorsan.”

”Vad menas med det? ’Nej, nej.’ Är han inte en regelbunden kontakt?”

”Jag… han och jag har inte pratat om sånt förut.”

”Men den här gången blev det så?”

”Jag vet inte, jag kanske nämnde det. Jag minns inte.”

”Du sa i början att du blev rädd för vapnen? Vad menas med det?”

”Jag… när jag hörde vad som hänt. Vad dom använts till. Då blev jag rädd.”

”Var det för att du pratat med din kurdiske kontakt?”

”Nej.”

”Varför skulle du annars känna dig hotad? Du var ju inte direkt inblandad?”

”Jag… kände till gevären. Det räckte för mig.”

”Hur många kände till dom?”

”Jag vet inte.”

”Ge oss några namn.”

Det var Brorsan som ställde frågan.

Han fick inget svar.

”Hussein Hussein?”

”Vem är det?”

”Han jobbade visst hos Jimmy Foro.”

”Nej. Jag känner inte till honom.”

”Vet du att han har stuckit till skogs han också?”

”Till skogs? Han… han också?”

”Det är flera som sticker till skogs i den här historien”, sa Brorsan.

Det var tyst från baksätet.

”Visste du det?”

”Nej, det visste jag inte.”

”Varför skulle han ha försvunnit? Hussein?”

Inget svar.

”Var han också rädd?”

”Det vet jag inte.”

”Vad är du för en jävla informatör? Plötsligt vet du ingenting.”

”Jag kan ju inte säga det jag inte vet.”

”Vi får nog fortsätta det här samtalet på ett annat ställe”, sa Brorsan.

”Var?”

”Var tror du?”

”Jag vet inte mer. Jag gick med på att… prata med er. Med er båda, fast jag inte visste att det skulle vara två.”

”Vad vill du göra nu?” frågade Winter.

”Jag vill komma hem.”

”Varsågod”, sa Brorsan.

Det unga paret borta på bänken reste sig och mannen, nästan en pojke, kastade en blick mot bilen, och Winter kände att någonting var fel. Han kände inte igen mannen, eller kvinnans profil, men han fick en stark känsla av att de kände igen honom. Det var något i deras sätt att dröja borta vid bänken. Den snabba blicken från mannen. Hans ryggsäck. Herregud.

Winter gjorde en rörelse med handen under instrumentbrädan. Brorsan uppfattade den. Han tittade bort mot paret som stod kvar vid bänken, som om de kommit på någonting som fick dem att stanna kvar när de egentligen beslutat sig för att gå.

”Vi har noterat dina kompisar”, sa Brorsan till gestalten på golvet i baksätet. ”Och säg inte ’va?’ en gång till.”

De fick inget svar.

”Vad gör dom här?” frågade Brorsan.

”Jag förstår inte. Vilka kompisar?”

”Du får väl sätta dig upp och ta en titt.”

”Jag vet inget om några andra här.”

”Okej, vi har väl misstagit oss.”

Nu började de två därframme röra sig mot bilen, eller mot någonting bakom, kanske cyklarna som stod lutade mot ett träd.

”Har vi misstagit oss?” sa Brorsan.

Och de hörde ljudet när dörren flög upp därbak och Brorsans källa kastade sig ut och rusade bakom det där trädet och plötsligt var försvunnen igen. Men Winter hade känt igen honom.

36

BRORSAN SKREK I SIN MOBILTELEFON. Winter störtade ur bilen och sprang mot buskaget, men han visste att det var meningslöst.

”Ni går ingenstans!” skrek Brorsan bakom honom. De två ungdomarna hade inte rört sig.

Alan Darwish hade kastat sig på en av cyklarna som stått lutad mot ett träd och det var inte många meter in till Fjällsippan eller Fjällsyran eller vad i helvete dom eländiga återvändsstumparna hette. Men Alan skulle inte ta sig dit, han skulle cykla så länge det gick och sedan försöka återvända till ett gömställe i skogen. Han kände igen mig. Han visste att jag skulle känna igen honom. Eller så vågade han inte säga mer. Han hade redan sagt för mycket. Han visste att vi skulle ta med honom och att han förr eller senare skulle avslöja mer. Han ville inte göra det, vågade inte göra det. Han är mer rädd för nån annan än för oss, för mig.

”Vilka i helvete är ni!?” hörde Winter Brorsans röst.

”Det hade inte hänt om du inte varit med, Winter.”

Winter svarade inte. De var halvvägs till Angered Centrum. Det var inte långt.

”Jag har aldrig varit med om nåt liknande”, sa Brorsan.

”Det har jag.”

”Jag vet det, Winter. Jag borde ha lärt mig av det.”

”Lärt dig vadå?”

”Att inte sitta med öppna bilar.”

”Vi hade inte nycklarna.”

”Men vi har bilen”, sa Brorsan. ”Han tänkte inte så långt.”

”Det var Alan Darwish”, sa Winter.

Brorsan tittade förvånat på honom. Hans mobiltelefon ringde.

"Huh?" frustade han som svar.

Winter kunde höra rösten inne i mobilen, men inga ord. Det lät som grus eller sand under tunga klackar, ett skrapande läte.

"Var fan var ni egentligen?" sa Brorsan.

Han lyssnade igen.

"Han drar ju runt på en jävla CYKEL, för helvete! Rannebergen är ju bara en jävla BERGSTOPP, för helvete! Antingen kniper ni honom eller så har han kompisar däruppe som han slunkit in hos. Det finns inget däremellan."

Brorsan tryckte av mobilen med en häftig rörelse. Han var arg på den eller dem som varit i den andra änden av samtalet. Det kallades projicering. Winter skulle också drabbas. Han var den mest skyldige i Brorsans skulduppräkning.

"Få se om dom ens lyckas hålla kvar ynglen", sa Brorsan och vände sig plötsligt om, som för att se om ungdomarna fortfarande stod där de hade lämnat dem, tillsammans med en radiobil. Winter hade sagt att han ville ha ett samtal med dem senare. Hur senare? Han visste inte. De fick vänta i bilen så länge.

"Varför ville Alan Darwish träffas just däruppe?" frågade Winter.

Brorsan blängde på Winter och tog ett djupt andetag.

"Inte vet jag. Jag frågade men han svarade inte. Han valde plats, inte jag. Jag hade inte den möjligheten, eller hur? Det viktiga var att träffas, eller hur?"

"Du sa i telefon att han kanske hade kompisar däruppe."

"Ja, vadå?"

"Det kanske är så. Han kanske gömmer sig i nån lägenhet."

"Det vågar han inte. Kompisarna skulle inte våga. Det skulle kunna funka, men det är för jävla smart för Alan. Han skulle inte komma på nåt sånt."

"Det kanske inte är han som kommit på det", sa Winter.

Brorsan nickade.

"Ja, vi har ju fått dit så mycket folk det går så här i efterhand", sa han, "men vi kan inte söka igenom tusen lägenheter och vänta på att han väntar. Och vi kan inte spärra av hela jävla Rannebergen."

Nej, de kunde inte göra det. En försvunnen tjallare, därmed en värdelös tjallare. Det gick inte att mobilisera Västra Götalands samlade polisstyrkor till det på midsommardagens kväll.

Bilen. Winter tänkte på bilen. Opel Corsa. "Såg ut som en Corsa." Det var så han hade hört det uttryckas av kvartersvärden i just detta Rannebergen den första morgonen, den morgon när de kom upp hit för att konstatera mordet på Shahnaz Rezai, på Fjällblomman, i andra änden av stadsdelen från utsiktsplatsen räknat. "Såg ut som en Corsa. Vit. Lite rostig. Tio år, kanske." Så hade värden sagt, vit rostig Corsa, med en skadad stänksk... Jesus, hur hade bilen däruppe sett ut? Winter hade kommit från andra hållet... satt sig... störtat ut sen... var det inte nåt med skärmen? Kvartersvärden hade sagt att höger stänkskärm varit skadad fram, intryckt. Winter hade suttit på förarplatsen när de pratat med Alan. Men när han, Winter, sprang... var det inte nåt med plåten? Var det inte nåt han såg?

"Ring upp killarna vid bilen", sa han till Brorsan. "Jag behöver kolla en sak."

"Vadå?"

"Det gäller bilen. Det kan vara viktigt."

"Ja, ja", sa Brorsan och tryckte snabbnumret. De undvek radion. Ibland verkade det som om halva stadens befolkning lyssnade på polisradion. Det var tydligen bättre än P4, mer spännande.

Winter tog telefonen.

"Ja, hej, Winter här. Kan du göra mig en tjänst? Tack. Kolla höger fram på Opeln, stänksk... du står bredvid? Bra, kan du kolla hur den ser ut? Är den ska... intryckt, okej. Trycker inte mot hjul... okej. Bra. tack. Ja. Ja, jag ska hälsa honom det. Ja, tack, hej."

Winter lämnade tillbaka mobilen.

"Vad var det där om?" frågade Brorsan.

Winter berättade.

*

Angereds Torg såg dystert ut i skymningen, som lämnat åt sig självt.

Winter parkerade framför polislängan.

Brorsans rum såg lika dystert ut som torget därute.

Winter hade ringt Torsten Öberg medan de varit på väg hit.

Öberg hade suckat.

”Vill du ha kaffe”, sa Brorsan nu.

”Det är nog det enda som kan hålla mig uppe.”

”Ja, jag har ingen whisky.”

”Jag kör.”

”Bra. Jag ska se om apparaturen funkar.”

Winter tittade på klockan på väggen över Brorsans skrivbord. Tio över tio.

Han hade jagat upp Möllerström som hade jagat upp någon på Bostadsbolaget, som jagat upp Hannu i hemmet, kvartersvärden på Fjällblomman, mottagningstider 8–9, må–fre, men nu var det varken må eller fr, det var lö, det var midsommardagen, som höll på att bli en vanlig sö, och Winter ville veta ytterligare något mer i dag, i kväll, om det var möjligt. Om Öbergs folk skulle gå igenom bilen måste det finnas viss möjlighet, sannolikhet.

Hannu bodde i närheten, i Ramnebacken, och om en halvtimme skulle de ses igen uppe i Rannebergen. Ljuset skulle vara tillräckligt för plåtskador. Bilen skulle vara fortsatt vit och rostig, men ändå inte så oansenlig längre. Allt ljus på den bilen.

Brorsan kom tillbaka med två plastmuggar apparaturkaffe. Han grimaserade, kaffet genom plasten brände hans fingrar, han satte ner kopparna på skrivbordet.

”Så vad säger du?” sa han och satte sig på sin skrivbordsstol. ”Hur ska vi tolka Alan?”

”Tolka?”

”Tolka, ja, tolka. När man talar med folk häruppe är det inte spikrakt, om jag säger så. Ja, det gäller alla banditer, det vet ju du. Överallt. Så hur ska vi tolka killen?”

”Den bästa tolkningen är väl att han är rädd. Men det behöver man inte tolk för att förstå.”

”Va? Nej. Jag måste säga att jag är förvånad. Det är väl ett för milt uttryck. Jävligt förvånad. Först försvinner han och så dyker han upp under visst hemlighetsmakeri och så försvinner han igen.”

”Skyll inte på mig en gång till”, sa Winter.

Brorsan verkade inte lyssna. Han smuttade på kaffet, grinade illa, såg ut som om han tänkte.

”Han kom på nåt.”

”Kom på nåt?” sa Winter.

”Han kom på nåt under snacket, medan vi snackade med honom.”

”Vad kom han på?”

”Vi får lyssna tillbaka.”

”Spelade du in?”

”Vad fan tror du?” sa Brorsan och höll upp den lilla bandspelaren. ”Alan såg inte mikrofonen därnerifrån golvet. Det gjorde inte du heller, men jag sa inget. Jag kunde haft med mig en jävla inspelningsstudio utan att han märkt nåt därnere i skiten på golvet! Det är nackdelen med att stämma träff från baksätesgolvet på en Corsa.”

Winter nickade, gned sig över ögat, masserade tinningen. Huvudvärken var på plats, förnimbar, inte mycket mer, som ett väntande odjur.

”Orkar du, Winter? Är du trött? För mycket nattsudd?”

”Inte mer än du, Bror.”

”Jag har hört att du har sena timmar ibland.”

”Har sena timmar? Är inte det en anglicism?”

”Ja, just det, du är lite Londonfreak va? Jag har hört om det där.”

”Inte nu längre. Jag har inte varit där på tre veckor”, sa Winter.

”Ha, ha, bra att du orkar skämta. Du ser ut som skit, men nu lyssnar vi på det här.”

Brorsan tog ut bandet ur bandspelaren och stoppade in det i bättre apparatur.

”Han fick skjuts dit”, sa Winter.

Brorsan tittade upp.

”Han kunde ha kört själv.”

”Jag tror inte det. Nycklarna var inte där. Jag tror inte han skulle tagit ut nycklarna.”

”Varför inte?”

”Jag tror inte det”, upprepade Winter.

”Men du har rätt, grabben. Alan har inte körkort såvida han inte skaffat det i hemlighet under de senaste dagarna. Killen skulle inte kunna ratta en kamel. Eller puckla, kanske man ska säga.”

”Stod cyklarna där när du kom?” frågade Winter. ”Cyklarna vid trädet?”

”Jag såg dom inte, nej. Jag kom från andra hållet.”

”Jag såg dom”, sa Winter.

”Jaså?”

”Dom stod där.”

”Okej, dom stod där. Vad betyder det?”

”Det fanns inga andra där då, bara vi, du och jag, men det fanns ett par cyklar.”

”Vart vill du komma?”

”Att dom där ungdomarna inte hade cyklat dit.”

”Okej, dom gick väl.”

”Eller dom körde bil. Jag ska prata med dom när kvartersvärden kollat bilen”, sa Winter.

”Jag ska hjälpa dig”, sa Brorsan.

”Slå på bandet nu så vi hinner höra nåt.”

Skrapljud, gnissel, Brorsans röst:

”Varför stack du?”

”Vad tror du?”

”Det där får du sluta med med en gång. Försök svara på mina frågor bara. Vad fick dig att sticka iväg?”

”Jag blev rädd.”

”För vad?”

”Vapnen. Gevären.”

”Nu förstår jag inte.”

”Hama… jag visste att han skulle hjälpa till att fixa några hagelbössor, och jag var med… inte på det sättet… men jag visste att det var på gång. Jag hjälpte till med en bil.”

”Varifrån?”

”Heden.”

”Hama? Är det Hama Ali Mohammad?”

”Ja.”

”Han är mördad, vet du det? Han är mördad. Visste du det?”

”Nej, nej. Herregud, nej.”

”Du kanske vet. Så var du rädd då så finns det ännu större anledning att vara rädd nu, eller hur? Är det därför du inte vill vara på rymmen längre? Att du känner dig ännu mer hotad?”

”Jag har inte direkt känt mig hotad.”

”Direkt? Vad menas med det?”

”Jag stack ändå.”

Winter gjorde ett tecken. Brorsan tryckte av.

”Ja?”

”Jag tror han ljuger när han säger att han inte kände till att Hiwa mördats.”

”Det tror jag också”, sa Brorsan. ”Men vem berättade det för honom?”

”Mördaren”, sa Winter.

”Vi lyssnar igen”, sa Brorsan.

”Han är mördad, vet du det? Han är mördad. Visste du det?”

”Nej, nej. Herregud, nej.”

Brorsan tryckte av.

”Vad tycker du, Winter?”

”Han vet”, sa Winter. ”Han säger också att han inte direkt har känt sig hotad. Vad menar han med det?”

”Precis vad jag frågar”, sa Brorsan och nickade ner mot högtalaren.

”Och då säger han bara att han stack ändå. Spela tillbaka.”

Brorsan spelade tillbaka. De lyssnade igen.

Brorsan tryckte av.

”’Jag har inte direkt känt mig hotad’”, citerade Winter. ”Men han kände sig kanske indirekt hotad.”

”Av vem?”

Winter svarade inte.

”Ett indirekt hot”, sa Brorsan.

”Kör på”, sa Winter. ”Vi hinner kanske lite till.”

Brorsan körde på:

”Vem levererade hagelgevären?”

”Jag vet inte.”

”Kom igen.”

”Jag trodde det var X-team, men jag fick inte veta. Det var inte… jag fick inte veta om det var dom exakt.”

”Exakt? Vi har vänt upp och ner på X-team. Vi har inte hittat nåt om att det var dom.”

”Det var det enda jag hörde.”

”Det var inte dom. Försök igen.”

”Va?”

”Försök tala om för oss vem som levererade bössorna. Det är inget för juniorerna. Direkt.”

”Jag hörde X-team.”

”Vem sa det?”

Paus.

”Varifrån hörde du det?”

”Kurderna.”

”Kurderna? Vad fan menas med det?”

”Nån nere på torget. Angered. Jag kan inte säga vem. Det spelar ingen roll. Han sa X-team.”

”Vem var det?”

”Jag kan inte säga.”

”Varför inte?”

Paus.

”En kurd säger X-team och du köper det?”

”Jag köper inte. Jag bara säger vad som sägs.”

”Vem köpte?”

”Va?”

”Vem skulle ha bössorna?”

”Det vet jag inte.”

”Du vet vem som levererar, men inte vem som köper?”

”Jag vet inte.”

"Hur kunde Hama Ali vara inblandad i det här? Han är ju en småhandlare. Han håller inte på med vapenaffärer."

"Jag vet inte vad han gjorde. Jag fixade bilen. Sen vet jag inte mer."

"Du frågade inte?"

"Jag frågar aldrig. Det vet du. Det är farligt att fråga."

Brorsan tryckte av.

"Jag undrar verkligen", sa han. "Hur kunde lille Hama vara inblandad i det här?"

"Kan du spela tillbaka till det där med X-team", sa Winter. "En bit in i det."

Brorsan spelade tillbaka och tryckte igen.

"... inget för juniorerna. Direkt."

"Jag hörde X-team."

"Vem sa det?"

Paus.

"Varifrån hörde du det?"

"Kurderna."

Winter tryckte själv av.

"Kurderna. Varför säger han det. Kurderna?"

"Det hörs ju på bandet att jag också undrar det."

"Du provocerar honom inte. Han vill säga det. Han vill säga att det är kurderna."

"Pluralis."

"Ja. Sen blir det en. Men först är det 'kurderna'."

"Jag hör."

"Men Alan är väl kurd?"

"Jag tror det."

"Jag behöver veta det."

"Han är kurd. Om han inte är syrian. Inte syrier, syrian. Det är en skillnad."

"Jag vet."

"Han har snackat om sin hemlöshet, ett folk utan land. Där är det som kurderna. Nej, han är inte syrian. Jag blandar ihop honom med en annan. Han är kurd."

”Varför säger han ’kurderna’, som om han inte tillhörde dom?” sa Winter.

”Bra fråga.”

”Kör det igen”, sa Winter.

Brorsan tryckte ner knappen:

”Kurderna.”

”Kurderna? Vad fan menas med det?”

”Nån nere på torget. Angered. Jag kan inte säga vem. Det spelar ingen roll. Han sa X-team.”

”Vem var det?”

”Jag kan inte säga.”

”Varför inte?”

Winter tryckte av.

”Han säger att det inte spelar nån roll vem som sa det, men det låter falskt”, sa han.

”Jag tycker det låter falskt det mesta”, sa Brorsan. ”Varför skulle till exempel en kurd börja snacka om att X-team levererar hagelgevär? Det kan dom visst göra, men varför går nån kurd runt på torget och snackar om det? Och med vår egen Alan?”

”Är det inte så han får sin information?” sa Winter. ”Genom att gå omkring och snacka med folk?”

Brorsan skakade på huvudet.

”Nej, han är mera med, om du förstår. Med i planering, eller med i periferin i alla fall. Folk pratar inte bara rakt ut.” Brorsan tittade ner på högtalaren igen. ”Det där är bara ett påhitt. Det där med X-team. Hade dom varit inblandade hade vi vetat det nu. Tro mig.”

Brorsans mobiltelefon ringde samtidigt som telefonen på skrivbordet.

37

HANNU VÄNTADE PÅ HÖJDEN, tillsammans med poliserna i radiobilen och de två ungdomarna som fått tillåtelse att återvända till bänken. Det var mer mörker än ljus i dalen nu. Ljuset därnere var elektriskt, som punkter. Winter kunde se de två silhuetterna på bänken. De rörde sig inte.

Kvartersvärden såg ut som om han saknade sin overall, som om han hade behövt den för detta. Att försöka vittna om någonting var tungt arbete.

Winter hälsade på honom. Han kom inte ihåg Hannus efternamn. Han hade inte frågat efter det när de träffades första gången.

De gick till Opeln. Den stod övergiven vid trädet och buskaget. Den var stulen, så mycket visste de nu. Stulen från Heden. Hannu böjde sig över den krockskadade skärmen. Han tog några steg tillbaka. Han tittade upp:

”Det kan vara den. Det är allt jag kan säga.”

”Bra.”

”Men jag kommer inte ihåg numret eller nåt”, fortsatte Hannu, som uppmuntrad av Winters ”bra”.

”Har du sett den fler gånger?”

”Inte som jag kommer ihåg.”

”Okej, tack ska du ha.”

”Är det allt?”

”Har du nåt mer att berätta, Hannu?”

”Ska du inte fråga nåt om den där... den där lägenheten?”

”Vad ska jag fråga då?”

”Jag vet inte...”

”Vad är det du vill berätta?” frågade Winter i mjuk ton.

”Jag kommer ihåg dom där som bodde där lite bättre nu”, sa Hannu.

”Vad är det du kommer ihåg?”

”Bara att jag inte... tyckte om dom. Jag kände dom inte, men det var nåt... som gjorde att jag inte gillade dom. Varken han eller hon.”

”Vad var det som gjorde att du inte gillade dom?”

”Dom... hälsade aldrig, men det är ju en sak. Sen... jag mötte dom ett par gånger med ett par unga tjejer. På väg från huset. Det såg konstigt ut. Jag vet inte hur jag ska förklara... dom kom där, men det såg inte... naturligt ut. Tjejerna såg inte... naturliga ut. Som om dom gick där... jag vet inte.”

”Som om dom inte gick där frivilligt?” frågade Winter.

”Ja...”

”Varför har du inte sagt det här förut?”

Hannu ryckte lätt på axlarna:

”Tja... jag har tänkt på det nu, sista dagarna. Och jag säger det ju nu.”

”Skulle du känna igen dom där tjejerna igen?”

Hannu ryckte på axlarna igen. Det var inte en nonchalant rörelse.

De två ungdomarna reste sig när Winter närmade sig bänken. De hade hört hans steg. De såg inte nonchalanta ut, kanske trötta, men det kunde vara blandningen av ljuset och mörkret. Winter presenterade sig. De presenterade sig: Salim Waberi. Ronak Gamaoun.

Waberi, Waberi. Han kände igen det namnet.

”Har du en syster som heter... heter...” sa han och tystnade. Var det inte en flicka? Vän till Nasrin, eller Hiwa, eller båda. Han kom inte ihåg.

”Jag har en syster”, sa Salim.

”Vad heter hon?”

”Shirin.”

”Jag har träffat henne.”

Salim svarade inte. Flickan, Ronak, sa ingenting. Hon såg ner mot dalen, mot utsikten som inte fanns längre. En bil letade sig fram därnere.

”Har hon berättat det?” frågade Winter. ”Att jag träffade henne?”

Salim nickade.

”Kände du Hiwa Aziz?”

Salim nickade igen.

”Och Nasrin?”

”Lite.”

”Hur är det med dig, Ronak?”

”Vadå, jag känner Nasrin lite. Vad är det med det? Vi bor i Hammarkullen.”

”Vad gör ni här?” frågade Winter.

”Du... ni ville ju att vi skulle vara kvar. Vi fattar ingenting.”

”Varför kom ni hit?”

”Vadå, vi kollade bara utsikten”, sa Ronak. ”Vi går ofta hit.”

”Cyklade ni?”

”Cyklade? Nej.”

”Hur kom ni hit?”

”Bussen.”

”Vad är... vad handlar det här om?” frågade Salim.

”Det kanske du vet bättre än jag”, sa Winter.

Och plötsligt kände han sig trött, så in i döden trött att han ville lägga sig på marken, kanske sjunka igenom den, hela vägen ner till Vasaplatsen. Han ville inte stå här längre. Salim och Ronak kanske visste något om något, om Alan, om något annat. När Alan kom tillrätta igen fick de se, konfrontera honom med Salim och Ronak. Komma tillrätta. Det var också ett jävla uttryck.

Han sov dödens sömn, där fanns inga drömmar, ingen smärta över något av hans ögon. Han vaknade och berättade för Angela att han kände sig som en yngre man igen. Han var tvungen att väcka henne för att berätta det. Han trodde att han väckte henne. Jag känner mig som en yngre man igen.

”Det är vad jag behöver”, sa hon och drog honom till sig.

*

”Nån söker dig. En kvinna.”

De var fortfarande inte uppe ur sängen. Han tog mobilen som hamnat på Angelas nattygsbord.

”Ja, hallå?”

”Ja… det här är Riita Peltonen. Jag vet inte om du kommer ihå…”

”Jag kommer ihåg mycket väl”, avbröt Winter. Han hade satt sig upp. Det spände plötsligt i huvudet, som om han dragit på sig en trång huva. Det var inte huvudvärk. Det var en annan känsla, mer bekant, som en återkommande feber. Väckarklockan på hans eget sängbord berättade att det fortfarande var tidigt.

”Den där pojken. Jag kanske vet vem det är.”

Riita Peltonen mötte Winter ovanför Sandspåret.

Hon såg orolig ut.

”Det hände väl honom inte något?”

”Var bor han?” frågade Winter.

”Om det är han.”

Hennes svenska språk var som en morgonsång, en morgonpsalm kanske. Det var en stilla morgon igen, och lika varm, ingenting var förändrat, men Winter kände sig som om han återvänt från någonstans där han inte ville bli kvar längre än absolut nödvändigt. Och ändå hade han inte förflyttat sig. Han kände det som om han till och med skulle kunna springa bland dessa hus hur länge som helst, på jakt hur länge det än krävdes.

”Adressen”, sa Winter vänligt.

Winter ringde på dörren. Det stod BABAN på ett stort ark på dörren, textat av ett barn.

Dörren öppnades efter tredje signalen. En kvinna sköt upp en tvådecimetersspringa. Hon såg ut att vara i 30-årsåldern.

Vad skulle han säga?

Han visade sin legitimation.

”Jag söker en pojke”, sa han.

Riita Peltonen väntade utanför huset.

Dörren förblev i sitt läge.

”Bor det en pojke i 10-årsåldern här?”

Hon verkade inte förstå vad han sa, men hon vände på huvudet och såg på något inne i lägenheten, i hallen. Hon sa något Winter inte förstod och en röst svarade. Det var en ljus röst, tioårsröst. Winter sköt försiktigt upp dörren en decimeter till och pojken stod där, mitt i hallen, Winter kände omedelbart igen honom också utan cykel.

”Är den där grabben i fara?”

Han hade Ringmar på tråden. Den kändes plötsligt tunn, som om Ringmar satt i en annan världsdel.

”Ja. Enligt städerskan hade nån ringt en kollega till henne om att nån annan sett grabben därute. Kanske med en man.”

”En man? Vem då?”

”Det vet jag inte än.”

”Vem var det som såg det?”

”Det vet vi inte än.”

”Hur kom hon på honom? Att det var den grabben?”

”La ihop två och två, som hon sa.”

”Vad säger han?”

”Ingenting just nu, Bertil. Men det är pojken jag såg cykla runt. Flera gånger såg jag honom.”

”Det kanske var allt han gjorde. Cyklade runt.”

”Vi kan väl fråga honom, eller hur?”

”Mhm.”

”Det kommer att ta tid, Bertil. Han är chockad.”

”Hur mycket tid har vi?”

Winter svarade inte. Han stod utanför huset. Han hörde rop från barn. Han såg en boll i luften.

”Vad gör du med honom?”

”Han får stanna hemma. Vi bevakar det här huset. Skyddar det, får man väl säga. Jag ska prata med honom här. Han får vara hemma.”

”När?”

”Snart.”

Polishuset var genomlyst av morgonsolen. Tegelväggarna var aldrig så vackra som på morgonen. Det fanns ett särskilt ljus över Torsten Öbergs arbetsbord. Det fanns ett särskilt ljus över huvudena på bilderna. Man fick föreställa sig ansiktena.

”Men för Hiwa Aziz är det inte riktigt så”, sa Öberg. ”Se här. Och här.” Han drog fram en annan bild. ” Och jämför.”

Winter drog till sig bilderna och tog på sig läsglasögonen, som borde haft ett annat namn för det här arbetet.

”Vad är det du vill säga, Torsten?”

”Det är vissa skillnader, när man tittar noggrannare. Och längre.”

”Berätta för mig vad jag ser”, sa Winter.

”Hiwa är inte så skadad.”

Winter betraktade Hiwas huvud, hans ansikte. Det som varit hans ansikte.

”Nej”, sa han efter en liten stund. ”Det är en skillnad.”

”Vad säger du om det, Erik?”

”Han kanske inte skulle få samma straff som dom andra två”, sa Winter.

”Eller så blev dom störda.”

”Eller så var det så. Hiwa skulle inte få ansiktet bortskjutet.”

”Ändå fick han det nästan.”

”Ja.”

”Han låg alltså här”, sa Öberg och pekade på bildskissen från mordplatsen.

”Längst in”, sa Winter. ”Kan det ha betydelse? Dom hann helt enkelt inte avsluta jobbet.”

”Nån av dom ville det.”

”Och den andre ville det inte.”

”Dom där stegen”, fortsatte Öberg och pekade mot bilden.

”Som om nån sprang i vägen”, sa Winter.

*

Winter satt på sitt rum och lyssnade på sig själv:

"Var det kurden? Var det kurden som skulle ha geváren själv?"

"Jag vet inte."

"Du måste ha tänkt själv."

"Nej."

"Varför kom ni att prata om det överhuvudtaget? Du och din kurdiske kontakt? Hur kom det upp?"

"Kom upp... vi pratar alltid om sånt som är på gång."

"Vilka? Du och han?"

"Nej, nej. Vi... jag menar många. Det vet Brorsan."

"Vad menas med det? Nej, nej. Är han inte en regelbunden kontakt?"

"Jag... han och jag har inte pratat om sånt förut."

Där var det.

Winter tryckte av och spolade tillbaka och tryckte igen:

"Jag... han och jag har inte pratat om sånt förut."

Varför hade de inte pratat om "sånt" förut? Vapen. Kanske vad de skulle användas till. Mord skulle de användas till. Någonstans därute fanns vapnen. Winter hade inte hittat dem. Kanske någon annan gjort det.

Winter lyssnade vidare på fortsättningen av förhöret, eller vad fan det skulle kallas. Hussein Hussein. Vem var det? Fanns han? Var han nån annan? Alla är nån annan här, tänkte Winter. Dom är olika i olika belysning. Men det är svårare att se nu, det är för ljust, det är ljust hela tiden.

Pojken satt stilla i soffan. Hans mamma satt bredvid. Winter var tillbaka i Hjällbo. Han hade inte mött pappan, han fanns men han ville inte vara där. Pojken hette Ahmed. Winter hade låtit undersöka honom, utanpå, och inuti så gott det gick. Sådant skulle ta mycket längre tid, men de hade inte den tiden nu.

"Du får se när han börjar prata", hade psykologen som hette Berndt Löwer sagt. "Om han börjar prata."

”Så småningom gör han det”, sa Winter. ”Jag gör ett försök. Jag måste ju göra det.”

Han valde att inte filma förhöret, inte just nu.

Kanske skulle de kunna visa en konfrontationsfilm för pojken någon gång i den nära framtiden. Men de hade ännu inga att konfrontera honom med. Så småningom skulle de misstänkta komma, ställa sig på rad.

Winter lutade sig försiktigt framåt.

”Hej, Ahmed.”

Rösten var mycket hög i andra änden. Ringmar höll luren på avstånd.

”Jag söker Winter och dom kopplar mig till dig.”

”Du får nöja dig med det, Brorsan.”

”Varför då?”

”Han sitter uppe i Hjällbo. Förhör en person.”

”Hmh.”

”Vad gäller saken?”

”Saken? Ja, jag ska tala om vad den förbannade saken gäller. Alan Darwish har hört av sig.”

”Hur då?”

”Han ringde.”

”Varifrån?”

”Där hann vi inte med.”

”Vad säger han?”

”Han ber om ursäkt för att han stack!”

”Det är bra.”

”Visst är det? Artig jävel.”

”Varför stack han?”

”Det kunde han inte förklara på så kort tid.”

”Hade det med dom där två ungarna att göra? Ungdomarna?”

”Jag hann inte fråga.”

”Var är han?”

”På en hemlig plats.” Det lät som om Brorsan frustade iväg ett skratt. ”Men han vill komma ut i verkligheten igen.”

”Nåt hade han väl att erbjuda? Han ligger ju lite illa till.”

”En taxi.”

”Förlåt?”

”Han hade en taxi att erbjuda. En taxi som skjutsat runt horor.”

”Ahmed, känner du igen mig?”

Pojken skakade på huvudet, långsamt, som om han kände efter vad som skramlade och ramlade inne i huvudet.

”Du behöver inte vara rädd, Ahmed. Jag är polis. Här.” Winter höll upp sin legitimation, sitt fotografi. ”Det där är jag. Jag är här för att jag håller på att jaga bovar.”

Ahmed tittade på Winters legitimation.

”Jag jagar bovar, Ahmed. Det är mitt jobb. Jag vill att du ska hjälpa mig.”

Pojken tittade på honom.

”Vill du hjälpa mig, Ahmed?”

Pojken skakade på huvudet.

”Jag vet att du kan hjälpa mig”, sa Winter.

Winter höll upp sitt leg igen.

”Vi kan skaffa ett sånt här till dig också.”

Han visste inte om det hjälpte. Han kunde ha tagit med sig en fotboll, eller en tennisboll. Han såg inte tennisbollen någonstans därinne.

Ahmeds mamma strök sin pojke försiktigt över handen.

Det fanns ingen tolk därinne. Inte den första gången. Kanske skulle det inte behövas.

Enligt mamman talade Ahmed bättre svenska än någon annan i den här familjen.

Det var hans språk.

”Var är din boll, Ahmed? Din tennisboll?”

Pojken ryckte till, som om Winter sagt något farligt.

”Tappade du den, Ahmed?”

Pojken skakade på huvudet.

”Tog nån den?”

Pojken svarade inte. Han såg ut att tveka.

Winter rörde sig inte.

”Var det en farbror som tog din boll?”

Pojken svarade inte.

”Fick du tillbaka den?”

Pojken nickade.

”Känner du den farbrorn?”

Pojken skakade på huvudet.

”Har du sett honom förut?”

Ingen reaktion, ingen skakning, ingen nickning. Det var mer som att tala med en fyra-femåring. Jag får ta det varligt.

”Har du sett honom förut?” upprepade Winter.

Pojken såg ut som om han inte förstod frågan. Han tittade på någonting bakom Winter. Winter vände sig om. Där fanns ingenting, bara en vägg som var tom.

”Innan han tog din boll?”

Pojken nickade.

Winter kände huvan dras åt över huvudet, spänningshuvan. Huvudvärken var borta, den fick inte plats i skallen nu.

”Var såg du honom?”

Pojken svarade inte.

”Såg du honom vid affären?”

Pojken svarade inte. Vilken affär? Det fanns flera affärer.

”Jimmys kvartersaffär.”

Winter såg att pojken kände igen det han pratade om.

”Affären där man sköt.”

Pojken svarade inte, nickade inte.

”Hörde du att man sköt?”

Pojken nickade.

”Vad gjorde du där, Ahmed?”

Pojken svarade inte.

”Såg du när dom sköt?”

Nej. Pojken skakade på huvudet.

”Såg du nån som höll i gevär?”

Pojken nickade.

”Såg du dom därinne?”
Pojken nickade igen.
”Hur såg du dom?”
Pojken tittade mot fönstret.
”Fönstret? Du såg det genom fönstret?”
Pojken nickade.
”Vad såg du?”
Inget svar.
”Såg du när dom kom ut?”
Pojken nickade.
”Vad gjorde dom?”
Pojken svarade inte.
”Åkte dom iväg i bil?”
Pojken nickade.
”Vet du åt vilket håll?”
Pojken skakade på huvudet.
”Vad gjorde du sen?”
Pojken svarade inte.
”Sprang du iväg?”
Pojken skakade på huvudet.
”Stannade du kvar?”
Pojken nickade.
”Var du rädd?”
Pojken nickade.
”Varför sprang du inte därifrån?”
Pojken tittade ut mot hallen.
”Varför cyklade du inte därifrån?”
Pojken svarade inte.
”Det kom nån annan dit?”
Pojken nickade.
”När dom andra hade åkt så kom det nån annan?”
Pojken nickade igen.
”Var det en bil som kom?”
Pojken nickade.
”Var det en taxibil?”

Pojken förstod inte frågan. Winter kunde se det. Ögonen for iväg någon annanstans. Mamman satt bredvid och försökte förstå. Vad Winter förstod hade pappan redan förstått och var på väg att försöka få tag på en annan lägenhet för familjen på annan ort.

”Den som kom… när dom andra hade åkt… kände du igen honom?”

Pojken skakade på huvudet.

”Var det en farbror?”

Pojken nickade

”Gick han in i affären? I Jimmys affär?”

Pojken svarade inte.

”Stod han i dörren?”

Pojken nickade

”Vad gjorde han där?”

”Han… stod stilla”, sa pojken.

38

Vi var inte så många. Vi ville inte känna varandra. Det var som om man inte hade ett ansikte, man var inte värd ett ansikte. Sitt ansikte. Förstår du?

Om vi blev slagna? Vad tror du?

Kan jag få ett glas vatten?

Jag tror inte han visste. Eller förstod, inte förrän det var för sent. Förstod jag? Jag vet inte, och nu är det meningslöst att tänka på det. Meningslöst är det att tänka.

Det hade inte med språket att göra. Det var nåt annat. Det hade inte med några andra språk att göra. Språk hade inget med det att göra. Men jag har tänkt att våld också är ett språk, döden och det som leder till döden är också ett språk. Den som inte har några ord kvar använder våldet. Det är det yttersta språket, och då menar jag det som ligger längst bort från livet, från allt som är riktigt. Som har en heder.

När vi flydde var det från där språket inte fanns. Det var våld i stället för språk. Och vi hade inte vårt eget språk kvar. Ja, det där vet du om. Det har du förstått. Har han förklarat för dig? Jag fick ju inte vara med. Jag hoppas han förklarade bra.

Han klarade det inte. Det blev så att han inte kunde... hindra det. Jag var ingenting då, jag var inte värd nånting då. Men han var inte ensam. Det där har du också förstått. Du förstår mycket och lägger ihop det ena och det andra, men du förstår ändå inte. Ingen här förstår egentligen.

Hur varmt är det därute? Jag skulle vilja gå i en blomsterbacke. Heter det så? Blomsterbacke? Jag skulle vilja ligga i gräset och titta upp mot himlen. Det skulle jag kunna göra i många år. Dom har alltid sagt att det är samma himmel överallt, men det tror jag inte på, lika lite som jag tror att det är samma sol. Hur skulle det kunna vara det? Snart påstår dom väl att jorden är rund! Ha ha! Då skulle vi ju inte kunna gå, eller hur? Vi skulle ramla av. Och det gör vi. Jag ramlade av, min familj ramlade av, vår släkt, vi ramlade av allihop. Vi kom aldrig tillbaka. Hur ska man kunna tro på nånting?

Jag säger tack för att jag får prata. Sen blir det ingen som lyssnar. Men jag vill inte prata då ändå. Prata med väggen, va? Det är väl så man säger. Gå och prata med väggen och se om du får svar. Som att prata med dig, i början, det var som att prata med en vägg. Du ser ut som en vägg. Du är en vägg. Alla är väggar. Det finns bara väggar.

Det här vattnet var inte kallt. Kan jag få lite kallare vatten?

Vattnet som kom ur kranarna. Det är ett av dom första minnena, eller upplevelse kanske. Det var varmt vatten, varmt på en gång! Det behövdes ingen eld. Det här är ett kallt land nästan hela året, men man ser aldrig några eldar. Dom förstår inte här, ni förstår inte. För oss betyder elden allt. Innan förstörarna och mördarna kom trodde vi bara på elden, inte på någon gud. Vi behövde bara elden. Elden skulle brinna hela året, den fick aldrig släckas. När den släcktes fanns det ingen gud längre.

39

WINTER VANDRADE I SPÅREN UTANFÖR, Sandspåret, Skolspåret. Spåren hade blivit flera. Kurdspåret. Ha. Det var ett sorgligt minne, på flera sätt. Det fanns något komiskt över den historien, eller snarare tragikomiskt, det drog ett löje över hela poliskåren. Och Alan, en tragikomisk figur.

Men han kunde inte skratta nu. Han hörde barnen skratta från lekplatserna runt honom, gräsplättarna som redan börjat torka och gulna. Det var en dag som kunde locka till skratt. Det var lättare att leva sådana dagar. En blå och gul dag, himmel och solskimmer.

Pojken hade slutit sig efter sina ord. Han hade sett chockad ut, som om han överraskats av att han kunde tala, som om det var de första orden han kunnat uttala. Därefter hade han inte sagt ett enda.

Pojken hade börjat gråta. Mamman hade tittat på Winter med vädjande blick.

Winter hade gått därifrån.

Han gick ner till Jimmys före detta butik. Den kändes antik nu, som om det låg många år mellan nu och då, inte bara en knapp vecka.

Där måste pojken ha stått. Winter ställde sig där, gick ner på huk och såg in i butiken. Ja, det kan stämma. Där är dörren och där är bänken, golvet, det öppna golvet. Havet, det röda havet. Det syns fortfarande, som en avlagring på havsbottnen.

De kritade figurerna fanns kvar, som drunknade skuggor.

Först såg pojken mördarna komma in. Sedan såg han dem gå ut. Sedan såg han någon annan komma in. Den som kom in bara stod där.

*

Polishuset kändes svalare än på länge. Kanske fanns där en vind ingen kände till, eller så hade ventilationen börjat fungera för första gången sedan hushelvetet byggdes. Ett par år tidigare hade grannen Gamla Ullevi byggts om, men firman hade missat Polishuset, ett misstag. Vi hade alla haft en chans att börja om. Kanske till och med lämna stan för trevligare omgivningar.

Ringmar gick fram och tillbaka i Winters rum. Sex meter fram, sex meter tillbaka.

”Jag var på väg”, sa han.

”Jag ångrade mig”, sa Winter.

”Det kan inte vara nån annan”, sa Ringmar.

”Nej. Men det är nån mer.”

”Det förstår jag faktiskt. Men Reinholz kan ju berätta allt vi behöver veta.”

”Jag är inte säker på det.”

”Vad är det du inte är säker på, Erik?”

Winter svarade inte. Han stod vid fönstret. Han kunde se en spårvagn på andra sidan ån. Det fanns folk på gatorna, inte många, men centrum var inte längre öde.

”Jag tror vi gör ett misstag om vi tar in honom nu. Det sänder signaler till fler än vi vill.”

”Om han sticker då? Om vi låter en till försvinna?”

”Sticker han så är ju saken klar”, sa Winter. ”Då behöver vi bara gå en liten skallgång.”

”Ett jävla ord”, sa Ringmar. ”Skallgång.”

”För en stund sen bestämde jag mig för att ringa Tolkcentralen”, sa Winter.

”Var du inte ensam uppe hos pojken?”

”Jo. Det här var efteråt. Jag tog kontakt med dom från bilen ner.”

”Om vad?”

”Mozaffar. Mozaffar Kerim.”

Ringmar slutade sin vandring. Han blev stående mitt på golvet.

Winter såg ett ungt par gena över gräsmattan. Det kanske var ett brott.

”Jag lyssnar”, sa Ringmar.

”Mozaffar var den tolk som kom när vi skulle prata med familjen Aziz. Kommer du ihåg att han redan väntade när vi kom? Uppe på Hammarkulletorget?”

”Ja.”

”Han ursäktade sig för att han var tidig, och sen gick vi upp till Nasrin och hennes mor och syskon.”

”Det minns jag faktiskt också”, sa Ringmar och log.

”Nå, jag bad Möllerström ringa Tolkcentralen och beställa en tolk till det där förhöret hemma hos Aziz. Och det var också vad han gjorde. Och dom har sina rutiner och tog fram ett namn och det var det namnet som fick jobbet i Hammarkullen.”

”Mozaffar Kerim”, sa Ringmar.

”Nej.”

”Nej?”

”Nej. Jag har grunnat på det där. Varför blev det just Mozaffar? Han har varit lite för angelägen hela tiden. Han är nära familjen. Han finns med hela tiden, liksom. Så jag kollade vem som fått jobbet, dom dokumenterar det där, och det var inte han. Det var ett namn jag just nu inte kommer ihåg, men det var inte Mozaffar Kerim.”

”Hur gick det till då?”

”Det vet jag inte än. Det får vi fråga Mozaffar om, eller hur? Men på nåt sätt har han bytt med den som fick uppdraget och när vi kom upp till Hammarkullen var Mozaffar redan där.”

”Men varför?”

”Han ville hålla kontroll.”

”På vad?”

Winter svarade inte. Paret var borta från parken nu. I stället kom en elegant klädd medelålders kvinna med en hund gåendes från väster. Hunden tilläts skita mitt på gräsmattan och kvinnan såg sig om och drog sedan med sig hundskrället utan att torka upp bajskorvarna. Definitivt ett brott. En annan tidpunkt och han hade ropat tillbaka kärringen.

”Hålla koll på vad?” upprepade Ringmar.

”Allt”, sa Winter.

Ingen svarade hemma hos Mozaffar Kerim.

Tolkcentralen hade ingen uppgift.

Han satt inte på Pizzeria Suverän. Winter hade tidigare skrämt kvinnan till sanningen om hon meddelat sig med någon den gången Winter och Ringmar suttit där och Mozaffar och Alan stannat med taxibil utanför. Hon hade inte gjort det och hon talade sanning nu.

På Kurdiska kultur- och bildningscentret i Angered kände man till Mozaffar Kerim, men inte var han var, eller hade varit i dag. Winter hade tänkt ta ett djupare samtal med folket där, men ännu hade det inte funnits tid.

”När har du tänkt förhöra pojken igen?” frågade Ringmar.

”I morgon.”

”Sa du inte i dag förut?”

”Det går inte. Vi har kanske svaren i pojkens vittnesmål och det går att vänta en dag till.”

”Jag kan inte stanna inomhus längre”, sa Ringmar.

”Jag behöver prata med Nasrin Aziz”, sa Winter.

Winter trodde att gärningsmännen fortfarande levde. Hussein Hussein kanske inte levde, men han kanske inte var död heller. Han kanske aldrig hade funnits. Det var en tanke som sakta kommit smygande, som en huvudvärk som inte tänker ge sig av när den till slut anlänt. Alan Darwish? En gärningsman? Knappast.

Nasrin väntade under ett träd. Det var en dag när alla han mött sökt skugga. Det känns som ett helt annat land, tänkte Winter. Det har varit så sen vi kom hem.

”Jag vill gå”, sa Nasrin. ”Jag vill inte stå här.”

”Åt vilket håll?”

Hon gjorde en obestämd gest någonstans mot sydväst.

De gick förbi Bredfjällsskolan, Nytorpsskolan. Det fanns mängder av stigar mellan gångar och vägar, som om vägarna och gångarna inte varit tillräckliga för människorna här.

”Varför ville du träffas nu?” frågade hon efter en stund. Winter hade inte sagt något sedan de börjat gå.

”Vi kanske börjar närma oss”, sa Winter.

”Närma? Vad menar du?”

”Vi kommer närmare svaren”, sa han. ”Lösningen på gåtan, om man kan säga så.”

”Du talar nästan som i gåtor”, sa hon. ”Det är inte vanligt när det gäller svenska.”

”Är det inte?”

”Nej. Jag är ju inte expert precis, men det är som om det inte finns så många... lager.”

”Kanske inte.”

”Inte så många lager”, upprepade hon. ”Saker kan bara betyda en sak.”

”Det kanske är en god sak ibland”, sa Winter.

”Så man vet vad som är rätt eller fel?” sa hon.

”Det är mycket svårt att avgöra det”, sa han.

”Det är det verkligen”, sa hon.

De passerade Västerslänt. Det var fortfarande en bit kvar till Hjällbo.

”Vet du att kurdiska är ungefär det fyrtionde största språket i världen?” sa hon utan att se på honom. Hon hade inte sett på honom sedan de börjat gå.

”Nej, det visste jag inte.”

”Ungefär trettio miljoner pratar kurdiska. Det är några fler än svenskarna det.”

”Det är det verkligen”, sa han.

”Skojar du med mig?”

”Nej. Varför skulle jag göra det?”

”Du härmar mig.”

”Det gör jag inte. Jag vill att du berättar lite mer om språket.”

”Det finns inte så mycket mer att säga. Som jag vet i alla fall. Det finns olika dialekter. Men det finns det ju i alla språk.”

”Var är det för dialekter?”

”Spelar det nån roll?”

”Jag vill veta.”

”Det har ingen betydelse för din… utredning, eller vad du kallar den.”

”Nämn ett par av dom där dialekterna”, sa Winter.

”Tja… kalhuri. Och hawrami, kirmanji. Sorani. Ett par är från för längesen, många hundra år sen. Men… sen var det som om det inte spelade nån roll.”

”Varför inte?”

”Språket var ju förbjudet. Det vet du väl?”

”Ja.”

”Man fick inte skriva det. Man fick inte ens prata det.”

Winter sa ingenting. De passerade en kyrka. Korset syntes knappt i solen.

”Man fick inte tänka det”, sa hon.

De gick tysta ett par hundra meter.

”Jag vill fråga dig om en annan sak, Nasrin. Men det gäller också språk.”

Hon svarade inte.

”Hur väl känner du Mozaffar?”

”Vad menas med den frågan?”

”Talar ni samma dialekt?”

”Ja.”

”Kommer ni från samma stad?”

”Nej.”

”Är Mozaffar din vän?”

Hon svarade inte. De passerade en kyrka till, Hjällbo kyrka.

”Är han din vän?” upprepade Winter.

”Nej”, svarade hon.

”Varför inte?”

”Jag kan fråga dig samma sak”, sa Nasrin. ”Jag kan nämna ett namn och fråga om det är din vän och du kan svara nej och det finns hundratusen anledningar till att han inte är din vän.”

”Vad finns det för anledning till att Mozzafar inte är din vän, Nasrin?”

”Vad?” Hon saktade sina steg, blev stående. Det var första gången sedan de börjat gå. ”Vad menar du med det?”

”Har han varit din vän?”

Hon svarade inte.

”Om jag säger att han varit din vän men inte är det längre, vad säger du då?”

”Jag säger att jag inte vet vad du menar.”

”Var han Hiwas vän?”

”Ja.”

”Var han alltid Hiwas vän?”

Hon svarade inte.

”Ända till slutet?”

”Slutet? Vilket slut är det?”

”Var han Hiwas vän ända tills Hiwas liv slutade?”

Hon började gå igen. Winter kunde inte se hennes ansikte. Han gick ifatt henne. Nasrin stannade och tittade upp mot himlen.

”Jag tror det blir ösregn” sa hon. De var på torget nu. Människor gick fram och tillbaka. Winter tänkte inte på dem. Han följde Nasrins blick. Himlen hade plötsligt blivit orolig. Det fanns moln däruppe, svarta, vita.

”Jag vill inte svara på några fler frågor”, sa hon. ”Jag vill gå härifrån.”

De gick därifrån, fortsatte söderut. Winter kunde se huset där pojken bodde. Han var tillbaka igen, han kom alltid tillbaka hit. Snart skulle de se den eländiga byggnaden där Hiwa dött så våldsamt. Det verkade inte som om Nasrin tänkte på det, visste det, brydde sig om det, eller förstod det.

”Dödade Mozaffar Hiwa?” frågade Winter.

40

WINTER BESTÄMDE SIG FÖR att göra ett åka hem en stund.

Himlen mullrade när han låste bilen. Det fanns inget blått däruppe nu, det var mest svart.

”Se vem som kommer här”, sa Angela när han steg in i sin hall.

”Jag kan inte stanna länge.”

Han lekte med flickorna i vardagsrummet och hallen.

Sedan satt han och hans fru i köket över en kopp te, Swedish style, drucket ur porslin. Det mullrade igen från himlen. Det var mörkt i köket nu, som om de hade dragit ner rullgardinen.

”Det blir en riktig urladdning”, sa Angela.

Winter nickade.

”Hur länge blir du hemma?”

”Så länge jag orkar”, sa han och försökte le.

”Berätta om i dag.”

Han berättade om Nasrin.

”Jag undrar när chocken släpper på riktigt”, sa han.

”Vad händer då?”

”Jag vet faktiskt inte.”

”Jag ska inte säga nåt om hennes bakgrund”, sa Angela.

”Jag var alldeles nära att fråga henne om hon utnyttjades av sin bror”, sa Winter.

”Om hon varit en av de prostituerade flickorna?”

”Ja.”

”Varför skulle hon ha varit det?”

”Jag vet inte, Angela.”

”Vad är det som talar för det?”

”Ingenting, egentligen. Vi har inte kunnat hitta nånting. Vi har inte hittat nån av tjejerna.”

”Hur kan dom komma undan? Dom som bedriver den där jävligheten? Varför sätter ni inte åt dom? Ni sätter ju aldrig åt såna svin.”

”Vi försöker. Vi måste ha bevis.”

”Åt helvete med bevis!” sa Angela.

”Vi kommer att fixa bevisen också”, sa han.

”Hur?”

”Vi har några misstänkta.”

”Var är dom då? Varför sitter dom inte i häkte?”

”Dom vet inte än.”

”När vet dom då?”

”Den ene ska vi ta in nu. En taxichaufför. Han har fått vara fri länge nog. Och vi letar efter den andre.”

”Vem är det.”

”Tolken. Mozaffar Kerim.”

”Vad misstänker ni honom för?”

”Jag vill prata med honom. Jag blir inte klok på hans roll.”

”Roll? Du får det att låta som nåt skådespel.”

”Det är ett skådespel.”

”För vem?”

”För mig, bland annat. Vi har varit åskådare.”

”Nu börjar det”, sa Angela, och Winter hörde regnet vräka sig mot rutan.

Jerker Reinholz plockades in klockan arton noll sex. Winter hade bestämt sig.

”Vad är det frågan om!?” hade Reinholz frågat när polisen förklarade sitt ärende.Winter hade inte varit där. Halders hade gjort jobbet. Han hade haft med sig två radiobilar.

”Han sitter och spelar kort med en kollega”, rapporterade Halders till Winter från stationen. ”Det är kaffebrejk.”

”Vem är det?”

”Vad heter du?” frågade Halders och tog bort mobilen från örat.

”Malmström.”

”Han heter Malmström”, sa Halders till Winter.

”Förnamnet?”

”Peter.”

”Han heter Pe...”

”Ja, jag hörde. Ta in honom också.”

”Okej.”

”Vad i helvete är det frågan om!?” sa Malmström.

De två yrkeschaufförerna sattes i skilda rum och Winter förberedde förhör med Reinholz. Han hade ett samtal med kammaråklagare Molina. Regnet slog hårt mot fönstret och svepte in kvällen därute.

”Du kan hålla honom på sex, eller sex plus sex, men det här räcker inte för häktning. Det får jag inte igenom.”

”Jag vet.”

”Jag kan inte se den här killen som skäligen misstänkt, inte än. Eller nån av dom. Så i praktiken är du fortfarande förundersökningsledare, Winter.”

”Tack för det.”

”Ordna en konfrontationsfilm för den där pojken. Men det har du ju själv förberett.”

”Jag vill prata med Reinholz först.”

”Javisst.”

”Och jag vill prata med tolken. Han håller sig undan.”

”Har du lyst honom?”

”Nej, men det börjar bli dags.”

”Har du varit hemma hos honom?”

”Du menar i hans hem? Hans lägenhet. Nej. Han är ju inte där, han svarar inte i telefon. Då får man bara inte gå in i en lägenhet.”

”Det är bra, Winter. Det är mina takter.”

”Jag är på väg dit nu”, sa Winter. ”Aneta och Fredrik följer med mig.”

”Taxichaffisarna då?”

”Det tar Bertil.”

”När blev han förhörsledare igen?”

”Han är den bäste, efter mig.”

*

Winter kunde knappt se genom vindrutan. Vindrutetorkarna räckte inte till.

Skyfallet lättade lite när de närmade sig Gårdsten.

Han tyckte han såg rök strax innan de var framme på Kanelgatan. Det måste vara regnet. Det var som ännu ett litet svart moln på himlen.

”Det där är en eldsvåda”, sa Aneta Djanali.

Winter tog av från Gårdstensvägen. Han kunde se röken, och varifrån den kom.

”Det är ju för helvete i Kerims hus!”

Winter körde förbi torget och fortsatte på gångvägen och tvärbromsade framför huset. Det stod några människor utanför i ösregnet, med blickarna mot det öppna fönstret på andra våningen där rök vällde ut. Det skulle kunna vara övertänt på minuter.

Aneta Djanali, Halders och Winter sprang från bilen. De kunde höra sirener någonstans på andra sidan tunneln. Angereds brandstation låg inte långt bort, den stod där Gårdstensliden började. Larmet har inte kommit sent, tänkte Winter. Det är elden som börjar just nu. Vi kommer i rätt tid.

De sprang uppför trapporna. Röklukten var inte så svår.

Halders sparkade in dörren.

”Se upp!” skrek han och vräkte sig åt sidan.

Men där kom ingen explosion.

Winter gick snabbt in i hallen med pistolen i handen.

Det var inte dramatiskt. Det var ett metodiskt arbete, ta sig in i brinnande lägenheter med pistol i hand.

Halders och Aneta Djanali dröjde utanför.

Winter kunde se en kropp på golvet i rummet i änden av hallen, vardagsrummet. Fönstret stod öppet, det var det fönster där röken tog sig ut. All rök drogs ut där, det gick fortfarande att andas i lägenheten. Han kände igen ansiktet på kroppen på golvet, det var Alan Darwish. Den unge mannen såg ut att sova en fridfull sömn, ovetandes om besöket, eller elden, eller någonting annat som inträffade just nu.

Det brann i soffan och i en fåtölj. Elden började äta av väggen. En tapetlängd hade spruckit som ett sår. Plötsligt stack en eldslåga iväg som en drakes tunga och fick fäste i en gardin. Nu går det att se elden utifrån, tänkte Winter. Det gick inte förut.

”Elden är urkraften”, hörde han en röst bakom sig. Det var Mozaffar Kerims röst, mild och vacker och ändå stark. Den tog sig igenom ljudet av eld utan svårighet.

”Först fanns bara elden. Det är det enda rena som finns i den här hemska smutsiga världen.”

Winter vände sig om.

”Ta det lugnt, Mozaffar. Lägg ner det där geväret.”

”Det är en hemsk värld. Tycker du inte det också? Det vet jag att du tycker. Du har sett den. Du lever i den.”

”Mozaffar, lägg ifrån dig geväret.”

”Smuts. Skit. Det är ett svenskt ord jag tycker om, skit. Det finns bara skit kvar. Ingenting vackert finns kvar. Det som fanns en gång och som var vackert blev också till smuts. Dom gjorde det till smuts.”

”Vilka gjorde det till smuts, Mozaffar?”

”Vilka tror du? Vilka helvetes tror du? Jag svär inte så bra som du, men jag vill svära nu. Vilka helvetes tror du?”

”Du sköt dom”, sa Winter.

Mozaffar svarade inte. Han höll det avsågade hagelgeväret riktat mot Winters ansikte. Det fanns en darrning i Mozaffars händer. Det här går åt helvete, tänkte Winter. Jag svär bättre än han, med rätt satsföljd, men det hjälper mig inte nu. Var i helvete är Aneta och Halders?

”Varför sköt du dom?”

”Dom smutsade ner världen”, sa Mozaffar. ”Den nya världen. Sig själva. Sina egna.”

Hans hand ryckte till. Fingrarna. Winter blundade. Han hade ingen huvudvärk nu, ingen alls. Snart skulle den försvinna in i evigheten med resten av huvudet. ”Elden renar”, hörde han Mozaffars röst, som långt bort i en tunnel, i andra änden av Gårdstenstunneln som han kört över för sista…

Och ljudet av skotten splittrade hans trumhinnor. Han störtade till marken. Han väntade på smärtan, eller mörkret. Det här är den sista sekunden, man har en sekund. Han kände något mjukt under sig, han hade fallit på Alans kropp. Det var en fruktansvärd känsla. Lukten var fruktansvärd därinne, röken, haglet, explosionen på så nära håll. Han var blind. Han var döv. Han var lam.

Han levde.

Han var inte döv. Han hörde Anetas rop.

”Winter! Winter!”

Han var inte blind. Han såg Aneta. Aneta stod lutad över Kerim, det som varit Kerim.

Halders tittade upp.

”Jag kunde inte bara springa genom hallen, han hade hunnit skjuta både mig och dig. När han såg mig vände han bössan till ansiktet.”

Winter kunde se Kerims bakhuvud. Han ville inte se. Han hade sett sånt förut.

”Jag hann inte göra nåt, Erik. Det fanns ingen tid.”

Winter kände något som rörde sig mot hans ben.

Han hoppade till. Ren skräck. Hjärtat bultade i bröstet, ville ut.

Han tittade ner.

Alan Darwish rörde armen.

Alan var på väg i ambulans. Aneta Djanali följde med. Winter hade hört ambulansen medan han fortfarande kände hur Alans kropp rörde sig därnere på golvet.

Brandkåren var på plats.

Mozaffar var på väg i likbil, inga sirener.

Regnet hade upphört nu, de svarta molnen hade störtat vidare över havet. Det ångade från asfalten. Det luktade friskt.

Halders såg efter vägen där ambulans och likbil försvunnit. Skilda resor för Darwish och Kerim.

”Var det unge Alan som *blastade* på med gevären tillsammans med Mozaffar?”

”I butiken? Vi får se.”

”Alan såg inte pigg ut.”

”Vi kan höra honom om ett par dar.”

”Mozaffar tog med sig en del information när han lämnade oss.”

”Det var så han ville ha det.”

”Varför gjorde han det? Varför sköt han dom?”

”Han tyckte inte om det dom gjorde.”

”Vad gjorde dom exakt?”

”Det kommer vi snart också att få veta.”

”Av vem?”

”En eller annan taxichaffis, till exempel.”

Halders tittade på sitt armbandsur.

”Har inte Bertil haft en pratstund med Reinholz nu?”

”Jo, en lång, hoppas jag.”

Winter öppnade bildörren.

”Vad har du tänkt göra nu?” frågade Halders.

”Köra tillbaka, förstås.”

”I helvete heller att du kan köra efter det här. Du darrar för mycket. Du fick i dig för mycket rök, du borde inte stå här, du borde hängt med i Alans ambulans. Det kunde ha blivit i Mozaffars transport. Jag tänker inte mista livet efter att ha klarat mig igenom det ända hit.” Halders räckte fram handen. ”Hit med nycklarna.”

Winter dirigerade färden.

”Ta vänster därborta.”

”Det är inte närmaste vägen.”

”Jo. Till Bergsjön.”

”Vad fan ska du till Bergsjön nu?”

”Ja.”

”Varför?”

”Jag ska kolla en sak.”

”Vad? Med vem?”

”Vi har letat efter Hussein Hussein och nu har vi hittat honom.”

”Har vi? Var är han? Är han tillbaka i Bergsjön?”

”Nej.”

”Du får gärna förklara, Erik.”

”I sinom tid, Fredrik.”

”I sinom tid? Var är det för jävla gammalt uttryck?”

”Kör bort till Tellusgatan när vi är därnere, Fredrik. Jag behöver blunda en minut.”

Han blundade och kände världen fara förbi, inte tvärtom. Den gamla huvudvärken hade återvänt som en falsk vän som drar när det börjar osa hett. Det hade verkligen osat hett, verkligen osat hade det gjort. Han hade kvar stanken i näsborrarna, det var en stank för varje näsborre. Han hoppades den förbannade huvudvärken kunde känna det.

Han blundade fortfarande när Halders stannade framför det långa vackert svängda huset.

”Tellusgatan 20.”

De gick upp till fjärde våningen.

De blåvita avspärrningsbanden ramade in Husseins dörr som julgranspynt, men det var ett halvår kvar till jul. Så länge kunde inget pynt hänga kvar.

Winter ringde på dörren mitt emot.

Han ringde igen.

De hörde små springande steg innanför. Lätta steg.

Någon krafsade på handtaget inifrån. Det rörde sig, men bara lätt.

Tyngre steg.

Dörren sköts upp, den höll på att träffa Winter i ansiktet.

Han böjde sig och såg ner i pojkens ansikte. Han var uppe sent.

”Hej, du. Hej… Mats.” Han mindes namnet, ett av alla namn som han skulle minnas efter det här.

Han visade sin legitimation för Mats mamma.

”Ja, jag känner igen er.”

Winter stack ner handen i kavajens innerficka och drog fram någonting. Han höll fram det mot kvinnan. Det var ett fotografi.

”Känner du igen den här mannen?”

Hon tittade på fotografiet. Hon såg en man som lämnade ett hus. Han tittade upp, som om han var medveten om fotografen som stod gömd på andra sidan vägen. Men Winter var säker på att mannen ingenting visste. Det var en försiktig fotograf.

Mats mamma tittade på Winter, på fotografiet igen, på Winter igen.

”Det är han”, sa hon.

”Är du säker?”

”Får jag se! Får jag se!” sa Mats.

Winter höll ner fotot i Mats ögonhöjd.

”Det är Hussein!” sa Mats. ”Hasse Hussein!”

”Han säger så”, sa mamman och log.

”Han är visst också säker”, sa Winter.

”Klart att det där är Hussein”, sa hon och nickade mot det nytagna fotografiet av Mozaffar Kerim.

41

SÄVEÅN VAR SOM EN VALLGRAV mellan norr och söder. Halders körde över den på Kung Göstas väg. Vem fan var Kung Gösta? Winter såg Partilles skyline. De var ute på Alingsåsvägen och på väg hem.

”Det var som attan”, sa Halders. ”Vi har sökt ett levande spöke. Nu är han ett verkligt spöke.”

”Vad gjorde han med lägenheten nere i Bergsjön?” sa Winter.

”Hotellverksamhet?”

”Mhm.”

”Språkkurser?”

”Det var tillflyktsorten som aldrig kunde användas”, sa Winter.

”Och varför inte?” Halders körde förbi Bagaregården nu. ”Den här kärran är en njutning att köra.”

”Jag funderar på att byta”, sa Winter.

”Till vadå?”

”Opel Corsa.”

Halders skrattade till. Det fanns fortfarande utrymme till det. Winter skrattade inte. Det fick bli senare, kanske i morgon, eller nästa månad.

”Dom kunde inte använda Tellusgatan eftersom vi varit där”, sa Winter. ”Vi kom dit.”

”Och varför kom vi dit?”

”För att vi fick reda på att Hussein Hussein jobbade hos Jimmy.”

De närmade sig centrum. Trafiken fanns runt omkring dem. Det skulle pågå så här ett par veckor till och sedan skulle den glesna igen under semestern, men inte mycket. Vägarna och gatorna skulle fyllas på av turister. Barnen ville besöka Liseberg. Winter skulle besöka Liseberg med sina barn. Han hade besökt nöjesfältet varje sommar som barn, och sedan som ungdom. Det fanns attraktioner han saknade, de lite snällare. En del av de nya verkade för farliga.

”Och det fanns en Hussein Hussein i Bergsjön som vi trodde var den vi sökte”, fortsatte Winter.

”Men vi visste inte.”

”Det är inte helt lätt när nån är försvunnen.”

”Det är inte bara det”, sa Halders. ”Jag har väl sagt det förut. Den som vill bli nån annan blir nån annan. Det är lättare nu.”

”Det finns sannolikt en riktig Hussein Hussein som kommer hem från semestern vilken dag som helst och finner sin lägenhet avspärrad”, sa Winter.

”Från semestern? Eller från den andra sidan.”

”Den andra sidan?”

”Du vet vad jag menar.”

”Om Mozaffar skulle haft ett liv till på samvetet? Det är ju inte omöjligt.”

”Ingenting är omöjligt för den som blir som den mannen.”

”Hur blev han, menar du?”

”Jag är ingen psykolog, men jag har varit med några år. Han drevs av nåt som inte vek för nånting.”

”Vad drevs han av, Fredrik?”

”Hat, kanske. Galenskap, men den har väl en bakgrund. En orsak.”

”Mhm. Vi har inte riktigt grepp på den än. Orsaken.”

”Det får vi inte alltid”, sa Halders. ”Det kan vara lite otillfredsställande, eller vad säger du?”

Winter svarade inte. Nya Ullevis fasad växte framför honom. Stadion ansågs vacker när den byggdes till fotbolls-VM 1958 och senare ansågs den ful och sedan vacker och sedan ful och så hade det fortsatt genom åren. Winter tyckte att den var vacker. Han brukade se på den från ett fönster i Polishuset tvärs över Skånegatan när han tänkte på att få grepp om någonting som inte lät sig greppas.

”Men vi fick alltså veta om Hussein”, sa Winter.

”Du fick veta det.”
”Ja. Nasrin Aziz sa det.”
”Där börjar det bli besvärligt”, sa Halders.
”Är det inte det redan?”
”Varför skulle hon berätta om Hussein Hussein är Mozaffar?”
”Hon visste inte det.”
”Då finns det alltså en riktig Hussein?”
”Kanske.”
”Vad är alternativet? Från hennes perspektiv?”
”Det är värt att fundera på, Fredrik, eller hur?”

Det hade dragit ut. Ringmar fick inte grepp och han hade inte väntat sig det heller. Taxichauffören var okunnig om allt, han hade vandrat runt jorden som en oskyldig och gud vet hur han lyckats ta körkort med sådan oskuldsfullhet. Och sedan blivit yrkesförare. Det var ett hund äter hund-jobb, råtta äter råtta.

Förhöret började.

”Hur känner du Mozaffar Kerim?”

”Vem är det?”

”Kom igen nu, Jerker.”

”Nä, jag vet inte vem det är.”

”Mozaffar Kerim. Han är tolk.”

”Jag känner honom inte”, sa Jerker Reinholz. ”Hur skulle jag kunna känna honom?”

”Det ska du berätta för mig.”

”Jag har inget att berätta.”

”Din kollega känner honom.”

”Vem?”

”Mozaffar Kerim.”

”Jag menade min kollega.”

”Peter Malmström, förstås.”

”Känner han Mozaffar?”

”Ja.”

”Har han sagt det?”

”Ja.”

”Det tror jag inte på.”

Och så vidare, och så vidare.

Ringmar tog en paus och gick ut i korridoren.

Några sekunder senare fick han beskedet.

Han gick tillbaka in och satte sig mitt emot den oskyldige.

Han tänkte inte berätta om Mozaffars död, inte än.

”Berätta om den där morgonen när du kom till Jimmys butik.”

”Hur många gånger ska jag göra det? Herregud, hur många gånger ska jag rabbla det där?”

”Så många gånger som jag vill att du gör det”, sa Ringmar stilla.

Reinholz rabblade. Ringmar följde med i tidigare förhörsprotokoll, eller låtsades att han gjorde det.

”Varför dröjde du så länge därinne?” frågade han. ”Innan du slog larm?”

”Det var inte länge.”

”Jag tycker det verkar länge.”

”Du får tycka vad du vill.”

”Varför tog du på dig skoskydd?”

”Va?”Reinholz lutade sig bakåt. Det var första gången han ändrade ställning på något signifikant sätt. ”Vad säger du? Vad… vad är det här?”

”Du tog på dig skoskydd, va? Såna där man får låna hos doktorn.”

Reinholz svarade inte. Han satt kvar med ryggen lutad bakåt, som om han ville försvinna genom väggen, trycka sig igenom den.

”Vet du vad jag talar om, Jerker?”

”Nej.”

”Har du aldrig sett såna skoskydd?”

”Eh… jo, det är klart. Det har väl alla.”

”Varför satte du på dig dom när du kom till Jimmys ställe?”

”Det gjorde jag inte.”

Nej, tänkte Ringmar. Han gjorde kanske inte det. Vi får se. Jag får fullfölja frågan.

”Var det på grund av blodet?”

”Vilket blod?”

”Vet du inte vilket blod jag talar om?”

Och så vidare, och så vidare.

”Vi håller på och undersöker din bil nu, Jerker.”

”Varför det?”

Ringmar skickade efter nytt kallt vatten.

Reinholz hade intagit sin tystnad som en bergsklättrare, han grep efter klippa efter klippa och höll sig kvar där så länge han orkade, eller vågade, och sedan började han klättra igen. Men han kom inte uppåt, det här gick bara nedför, helst mycket snabbt.

”Berätta om flickorna.”

Öppna frågor. Reinholz kunde få gripa efter vilken klippa han ville.

”Vilka flickor?”

”Flickorna som ni skjutsade runt.”

”Varför skulle vi skjutsa runt flickor?”

”Berätta det för mig.”

”Jag vet inte vad du talar om.”

”Till slut kommer du att berätta”, sa Ringmar. ”Det gör alla till slut.”

Reinholz var tyst, han hade ingenting att berätta, nu eller någonsin.

”Vad jag inte förstår är varför Mozaffar lät er leva”, sa Ringmar. ”Att han inte mördade er.”

”Fråga honom.”

Ringmar nickade.

”I stället för det samarbetade han med er på nåt sätt. Efteråt. Det är vad jag inte förstår.” Ringmar drack en klunk av vattnet. Det hade blivit varmt igen, inte ljummet, utan varmt. Det var mycket hett och fuktigt i rummet. Reinholz panna var täckt av svett, som en hinna av vatten som rann nedför en slät klippa.

”Berätta varför du fortfarande är vid liv, Jerker.”

*

Han masserade pannan med fingertopparna. Coltrane blåste ”Psalm” igen, det var inte första gången i det rummet. Coltrane såg sviten *A Love Supreme* som sin gåva till Gud. Winter tänkte på gåvor till Gud. Han tänkte på eld. Elden var inte Gud. Gud var en och flera. Han fanns överallt och ingenstans. Var det inte så man sa om honom. Henne. Hon var överallt. Denna satans huvudvärk. Det är nåt allvarligt fel med mig. Jag vill inte ta reda på vad det är. Jag vill få reda på andra saker just nu. Det hjälper mig. Det lindrar. Var la jag Iprenasken? Nu ringer det.

Han visste att han skulle få höra Brorsans brölande röst innan han lyfte luren. Det syntes på telefonen. Den skakade redan.

”Ja?”

”Winter? Hör nu. Dom där ungarna uppe på utkiken var kompisar med Alan.”

”Ja. Jag beundrar modet.”

”Eh… va? Ja, att dom höll sig kvar. Men… tja, dom riskerade väl ingenting.”

”Dom avledde oss så att han kunde sticka.”

”Dom körde dit bilen”, sa Brorsan. ”Dom skulle cykla därifrån efteråt.”

”Du valde bänken vi skulle sitta på.”

”Hör nu, det var inte därför jag ringde. Det är för att dom kanske känner till nåt om vad som hände med tjejerna. Den lilla prostitutionsligan.”

”Kanske känner till?”

”Flickan, Ronak, hon har kommit med vissa antydningar. Om kvinnan som blev mördad uppe i Rannebergen.”

”Vad är det för antydningar?”

”Jag vågar inte säga nåt än. Hon skyddar sig själv, om man kan säga så. Eller nån annan. Det är som om hon skyddar nån annan. Hon är ju inte feg. Hon är rädd. Hon vet nåt men hon vill inte säga det nu. Men hon vill säga det.”

”Kvinnan som blev mördad? Hon heter Shahnaz Rezai.”

”Ja.”

”Vad är det med henne?”

”Ronak vill inte säga mer.”

”Nehej.”

”Det är som om hon vill veta mer av oss innan hon säger nåt. Vad som händer. Vad som har hänt.”

”Som att Mozaffar Kerim är död.”

”Som det, ja.”

”Säg det till henne.”

Ahmed satt alldeles stilla i soffan. Det var mycket sent nu, alldeles för sent egentligen. Men grabben var en nattuggla. Winter hade tagit med en fotboll. Han hade kört till Hjällbo med en tanke om att detta var sista gången. Det är nu. Sedan är det över. Juni är snart över och det här är över. Rent tekniskt är det över. Men det är också allt.

”Men du kanske hellre ville ha en tennisboll?” sa han till pojken som låtit bollen ligga bredvid i soffan.

Pojken skakade på huvudet.

”Jag spelade mycket fotboll när jag var tio år”, sa Winter.

”Jag är snart elva”, sa Ahmed.

Hans mamma tittade på honom. Det var som en lättnad över hennes ansikte. Hon kände igen sin pojke, hans röst. Det fick vara hur sent som helst för henne.

”Ja... bra. Det är klart, elva.”

Pojken tog upp bollen, vägde den i händerna. Den var vit och grå. Winter hade gått in på Stadium för att köpa en fotboll med svartvita rutor men inte hittat någon. Han såg gärna fotboll på teve men han hade inte riktigt noterat att bollarna såg annorlunda ut nu. Han hade varit ouppmärksam. Bollarna var lättare, han hade märkt det när han köpt den här, men det måste rimligen också betyda att de var sårbarare för vind.

”Om vi skulle prata lite om den där morgonen”, sa Winter.

Jag visste inte att han var därute, hade Ahmeds mamma sagt. Jag visste inte. Vi... han måste ha kunnat ge sig ut mycket tyst. Han är tyst. Han smyger här hemma också. Han smyger alltid. Men att han skulle vara ute mitt i natten. Jag förstår inte.

Ni sover, hade Ahmed sagt. Det går inte att väcka er ens om man dunsar med bollen.

Winter hade kanske förstått vad det var.

De fick undersöka det senare. Det fanns andra myndigheter för sådant. Han ville inte tänka på det nu. Han behövde nog inte göra det.

”Kommer du ihåg att vi pratade om en farbror som stod stilla i affären?” sa Winter.

Pojken nickade. Han var tillbaka i en tystnad. Bilderna han såg i sitt huvud verkade liksom trycka bort orden.

”Vad gjorde han sen?”

Pojken svarade inte.

”Gick han runt därinne?”

Pojken nickade.

”Gick han runt mycket?”

”Lite…”

Winter väntade. Ahmed ville säga någonting mer.

”Han tog på sig blå skor.”

Blå skor.

”Tog han på sig det när han stod där vid dörren?”

Pojken nickade.

”Innan han gick runt lite?”

Pojken nickade.

Men han trampade inte i det röda havet, tänkte Winter. Vi såg aldrig hans spår. Var gjorde han av sina skoskydd? Han stoppade dom på sig nånstans. Vi gjorde ingen kroppsvisitering.

”Vad gjorde han sen?”

”Han… gjorde ingenting.”

”Rörde han nånting?”

Pojken skakade på huvudet.

”Tittade han på golvet?”

Pojken nickade.

”Gjorde han nåt annat?”

”Jag sprang”, sa Ahmed.

*

Winter hade tagit med en konfrontationsfilm. Han hade ställt upp Reinholz och Malmström tillsammans med sex poliser med trevligt utseende. Reinholz och Malmström såg trevliga ut.

Winter hade tagit med en monitor och han laddade in kassetten.

”Nu kommer du att få se åtta farbröder som står bredvid varandra, Ahmed. Dom kommer bara att stå där. Dom ska inte göra nånting. Jag vill att du talar om ifall du känner igen nån av dom.”

Pojken nickade. Han kramade fotbollen nu.

”Förstår du?”

Pojken nickade igen.

”Om du inte vill göra det så gör vi det inte, Ahmed.”

Pojken nickade

”Vill du göra det?”

Pojken nickade igen.

”Det tar bara en liten stund. Jag slår på nu. Okej? Är du med?”

Pojken nickade.

”Känner du igen nån av dom så säg till.”

Winter tryckte igång filmen.

Reinholz stod som den tredje från vänster.

Efter femton sekunder hoppade Ahmed upp ur soffan och gick, eller smög, fram till monitorn och pekade med ett smalt finger på tredje farbrorn från vänster.

Ahmeds mamma hade hämtat saft. Winter drack också saft. Den var söt, men inte för mycket. Den var god. Senare skulle han fråga vad det var för bär. Han kände inte igen smaken.

”Ahmed, du sa förra gången vi pratade att du såg nån som höll i gevär.”

Pojken nickade.

Winter hade fotografiet av Mozaffar i fickan, men han ville inte ta fram det än, inte nu.

”Såg du när dom kom ut?”

Pojken nickade.
”Vad gjorde dom?”
Winter upprepade sina frågor från då.
Pojken svarade inte.
”Sa dom nånting?”
Pojken skakade på huvudet.
”Hur många var dom?”
Pojken höll upp sin hand.
”Ska vi räkna på fingrarna, Ahmed?”
Pojken log och höll upp två fingrar i luften.
”Två? Dom var två?”
Pojken nickade.
”Såg du två stycken därinne?”
Pojken nickade.
”Var det två stycken som kom ut?”
Pojken nickade.
”Åkte dom iväg i bil?”
Pojken nickade.
”Skulle du känna igen bilen?”
”Kanske.”
Han pratade igen. Det var lättare att prata om bilar.
”Är du bra på bilar, Ahmed?”
”Jag… tror det.”
”När dom där två kom ut… gjorde dom nåt?”
Pojken förstod inte frågan.
”Hade dom några mössor på sig?”
Pojken nickade.
”Vad var det för mössor?”
Pojken svarade inte.
”Var dom svarta?”
Pojken nickade.
”Tog dom av sig mössorna?”
Pojken svarade inte. Winter kunde se att det var en svår fråga.
”Tog en av dom av sig mössan?”
Pojken nickade.

”Den ene tog av sig mössan?”
Pojken nickade.
”Hade han ljust hår?”
Pojken skakade på huvudet.
”Vad var det för färg på håret. Ahmed?”
”Brunt”, svarade han.
”Han hade brunt hår?”
”Hon.”
”Hon?”
”Det var en hon”, sa Ahmed.

42

DET FINNS BARA ETT ENDA FOTOGRAFI på mig från det gamla landet. Jag kanske är åtta år, sju. Jag hoppar från en klippa och det ser ut som om jag flyger. Man kan inte se var marken är, man ser bara slätten, och bergen långt därborta, och därför ser det ut som om jag är jättehögt i luften och att jag flyger som en fågel.

Vill du veta vem som tog den bilden? Det var min far. Han hade ingen kamera vad jag vet, men han tog den bilden, han lånade en kamera nånstans. Kanske kallade han mig sin lilla fågel, fastän han döpte mig efter en blomma.

Jag har ingen bild på honom.

Jag minns inte längre hur han ser ut. Jag vill gärna göra det, minnas det alltså, men jag kan inte. Om jag har frågat min mor? Nej.

Jag är orolig för henne, för vad som ska hända nu. Och för mina småsyskon. Kommer dom att få stanna kvar nu? Efter vad jag har gjort? Efter vad Hiwa gjorde? Skickar dom tillbaka min mor och mina småsyskon nu? Tyskland, kanske. Och därifrån vet man inte vart.

Jag har inte kunnat tala med min mor om det här. Kommer du att göra det? Jag vill inte, kanske aldrig. Du får säga det till henne. Vet du vad du ska säga? Du ska säga att jag inte ville det, jag ville ingenting av det som hände. Det är vad du ska säga.

Vi kördes runt, runt. Varför det hände vet jag inte. Det var som en dröm man inte vill drömma. En ond dröm. Den kallas mardröm, som en malström. Jag tror att en malström är en ström där man dras ner mot bottnen. Så var det. En lek, sa dom. Men det var ingen lek.

Där var flickor som jag inte hade sett. Dom kom och reste igen.

Kunderna var bara vita. Bara vita svenskar. Det var chaufförerna som ordnade kunderna. Jag förstod nästan det med en gång. Du undrar varför jag inte förstod tidigare, alltså förstod vad som skulle hända. Det kanske jag gjorde? Nej. Jag litade på Hiwa. Han hotade mig inte, inte först. Sen sa han att han inte var min bror. Inte min bror! Han visade nåt slags papper på att han inte var det, men jag trodde honom inte. När jag såg pengarna trodde jag på dom. Det är det värsta, för mig. Det värsta. Att jag trodde så mycket på pengarna.

Du får inte fråga mer om det nu, jag kommer inte att svara.

Mozaffar fick veta och han blev som galen.

Han ville gifta sig med mig. Han hade frågat mig. Jag kommer ihåg den stunden som om det var nu, som för fem minuter sen. Han hade inte talat med min mor. Inte än. Han hade pratat med Hiwa. Hiwa hade skrattat, skrattat åt honom. När han gick skrattade Hiwa.

Mozaffar visste ingenting då. När han fick veta blev han som galen. Ja, det har jag redan sagt.

Du frågar om ingen visste? Nej, inte först. Sen var det några som visste. Du har träffat dom. Jag kunde inte vara tyst så länge, sen när jag ville ut… när jag ville därifrån. Dom hotade mig då. Jimmy och Said. När jag ville därifrån.

Och Shahnaz. Shahnaz Rezai. Hon hotade mig.

Det var inte Mozaffar. När hon dog, dödades. Det var jag. Ni kommer inte att hitta några spår efter honom där, det vet jag, för han var aldrig där. Jag var där. Ni kommer nog att hitta spår efter mig. Det var jag som var där den sista gången. Jag kan berätta var kniven ligger. Jag skulle kunna gräva upp den och hugga henne med den igen.

Den där vaktmästaren eller vad han kallas, han förstod det, han som hade sett mig där. Han förstod allting, jag kunde se det på honom. Har han sagt det till dig?

Först visste Mozaffar ingenting och sen visste han allt. Men han ville inte döda dom där taxichaufförerna också. Först ville han det, men sen orkade han inte. Eller så skulle han göra det senare. Nu samarbetade han, eller vad man ska säga. Han var fortfarande som galen, galen. Han spelade att han inte var galen, men det går inte hur länge som helst.

Jag trodde att det bara skulle vara Jimmy och Said därinne. Mozaffar sa att det bara var dom. Det var inte svårt att gå in där och skjuta. Dom hade gjort mig så illa och nu gjorde jag dom illa, det var inte så hemskt som jag hade trott. Fast jag ville, ja, jag ville. Men det räckte inte för Mozaffar, ja, det har ni sett. Dom var inte värdiga att ha sina ansikten kvar, sa han. Han sa andra saker också, men det har jag velat glömma. Man ska inte komma ihåg allt.

Men jag visste inte att Hiwa skulle vara där, innanför, i rummet innanför. När han rusade fram kunde jag inte göra nånting. Jag försökte ändå ställa mig framför Hiwa, stå där när Mozaffar gick fram dit. Men jag kunde inte göra nåt, inte ens när Hiwa skrek. Jag förstår nu att Mozaffar visste hela tiden. Att det var Hiwa. Att det var honom han ville döda först. Nu blev det sist, men det spelar ingen roll. Och jag blev som galen, galen. Jag blev galen jag också. Jag åkte upp till den hemska häxan däruppe och knackade på dörren och hon kände ju igen mig och öppnade och sen… sen var det inte svårt. Jag var galen.

Och sen betydde ingenting nånting längre. Hade du frågat mig den första gången hade jag berättat. Men Mozaffar var där. Och jag bestämde mig för att ingenting ändrades av att jag berättade. Nu berättar jag inget mer. Det finns inget kvar. Skulle du kunna hämta det där fotografiet som jag har på mig själv från mitt land? Det ligger i den näst översta byrålådan i mitt rum. Det är mitt berg, det är så jag känner det. Jag flyger över mitt berg. Det är det enda jag vill ha nu i hela världen, det där fotografiet. Nu ska jag vara tyst. Du ville att jag skulle berätta från första början och det har jag verkligen gjort, eller hur? Det är länge vi suttit här. Du kan stänga av den där nu. Jag säger inget mer. Du kan stänga av.

Winter lutade sig över bandspelaren:

”Förhöret med Nasrin Aziz avslutat, klockan är noll två noll tre.”

Han tryckte på knappen. Spolarna slutade snurra. Historien slutade snurra, den var över nu.

”Vill du ha ett glas vatten till, Nasrin? En kopp kaffe?”

Hon skakade på huvudet.

Stort tack till kriminalkommissarie
Torbjörn Åhgren, stf chef på tekniska roteln,
Länskriminalpolisen, Göteborg